穆儒丐——原著
陳均——編

一位正藍旗筆下的滿清建國大業

福昭創業記

【下卷】

復刻典藏本

編輯說明

本書上冊收錄原著序、編者序，以及首回到第二十二回，下冊收錄第二十三回到第三十三回。

本書原書名為《福昭創業記》，今復刻出版後，新增一副書名，作《福昭創業記：一位正藍旗筆下的滿清建國大業（復刻典藏本）》。特此說明。

目次

編輯說明……3

第二十三回 效兔置孔耿來歸 抒鴻謨親臣論戰……7

第二十四回 入明邊復興四路兵 滅插漢獲得傳國璽……46

第二十五回 建國號太宗登九有 進賀表群臣慶無疆……105

第二十六回 伐朝鮮李王輸款 頌功德三田立碑……137

第二十七回 克皮島諸將奏功 祭陵廟太宗言夢……167

第二十八回　戰鉅鹿象昇損軀　遺明書太宗議款……183
第二十九回　征索倫諸將立功　圍錦州二王降爵……205
第三十回　困錦州蒙軍投降　戰松山明師拜績……244
第三十一回　失地喪師承疇屈節　盜鈴掩耳明帝議和……266
第三十二回　破合議命將伐明　嗣大位章皇御宇……299
第三十三回　李自成燕京踐阼　吳三桂關外乞師……313

第二十三回

效兎罝孔耿來歸　抒鴻謨親臣論戰

話說明帝因爲巡撫沈棨。私與滿洲結盟。也不問於國於民。是有利是有害。一概認爲是不忠不義之臣。難免不有賣國嫌疑。這樣的人。若是久在邊疆。常常與夷虜來往。朕之江山。恐怕就不保了。所以在盛怒之下。命將沈棨拏進京來。按私通外國之罪。交部嚴議。可憐沈棨。只爲不忍生靈塗炭。以不戰手段。把強敵送走。也不爲無功。無奈正觸朝廷之忌。只落得身敗名裂。死在獄裡。自此以後。益發無人敢言和議。但是那時的形勢。是怎樣呢。流寇漸漸蔓延。敵國也日益強大。師老餉絀。惟待自斃了。不言閒話。卻說太宗自由宣府班師之後。於路遣歸蒙古各首長。七月初十日。過興安嶺。二十二日渡遼河。二十四日。駕還瀋陽。這次出師。雖然未把察哈爾根本解決。足見林丹汗已無能爲役。其畏逃遠避。胆氣已虛。已兆後來滅亡張本。何況藉此耀兵明邊。結盟而返。雖爲邊吏私和。不可持久。而明之虛實。由是亦可得其大概矣。以後屢屢伐明。皆由北鄙而入。亦由北邊虛弱故也。當太宗出師察部時。大凌河投降兵民。有乘隙潛逃者。雖爲數無幾。太宗亦不樂有此事。及還師。乃命額駙修養性。與文館諸臣。宣諭大凌河歸降各官曰。『爾等被圍三月。天以與我。不忍棄之。俱携至此。給衣食。配妻室。厚加撫恤。何異孩提時父母鞠養之恩。今爾等所統屬，不過四五十人。或二三十人。有何繁多。不各加訓飭。竟任其逃亡。殆因朕出征宣府。義和而還。爾等不得歸家故如此。不知和議果成。則財幣有資。邊市無阻。國家富強。長享安樂。豈非美事。若和議不成。專圖進取。彼察哈爾已遁萬里之外。旁無窺伺。我軍分道征明。無難一擧成事。不是之思。而背叛竄遁。負朕鞠養之恩。是負天也。可各曉諭所屬。令三復思之』有兩個民族以上的國家。使他們融爲一體。誠意協和。眞是一件不容易的事。因爲征服和被征服的心理。一時不易泯去。自然就有恃强和負屈的事。淸代自太宗以來。無一日不進行民族協和工作。有時屈己從人。百般恩結。小小的負屈之事。雖不能免。大體上却沒有什麼顯然的差別。所以三百年來。有合和無分離。總是向同等完整一條大路行去。如果果照近代的國家思想去作。淸代也未必這樣久長。但是滿洲民族所吃的虧。也萬不至有這麼大。滿洲民族也可以說是聖功王道的犧牲品了。由這段諭旨裏。就可以看出太宗主要的目的。還在議和。他常說沒有取中原的意思。或者這是眞正的本心。太宗大約願意以山海關爲界。和明議和。自要明肯出歲幣。滿洲報以人蔘貂皮東珠。各安耕獵。以享太平。這是最大希望。所以望和之心很切。冬十月。又向在寧遠的明將去書促其早決和議。都可以看出太宗的本心。不但此也。當由宣府撤兵之後。太宗關心和議。

竟把當時在文館供職的儒生沈文奎、孫應時、江雲三個人。召入內廷。款以筵宴。詢以和議之事。這三人都是明諸生。自來歸事太宗的。太宗因爲他們是儒生。所以命他們供職文館。

他們大約和普通只會作八股的儒學生不一樣。關於當時的大勢。以及新興的滿洲。一定有了相當的認識。不然的話。太宗也不能把議和的事。向這三人垂問呵。這里把太宗所問的話。以及他們所答的。寫在下面。可見三人的識見都不算平庸的。

太宗問說。『此番出兵。曾與宣府巡撫沈棨議和。爾三人之意。以爲如何』因爲沈棨被罪的事。尙未傳出。太宗又是誠意望和的。所以才有此問。

沈文奎答稱。『明人諱言和。區區邊塞小臣。其盟誓無足據』。這話很有見識。不啻把明人心事。一語道破。既然諱和。邊吏的盟誓。當然靠不住了。孫應時答曰。『明人以議和延緩我師。卽實心願和。其歲饋必不如我所定額數』。自袁崇煥督師寧遠以來。便是拏這種假意言和的方法。來延緩師期。一方面卻嚴修戰備。那有一點誠意。歲饋之不能如願。亦可想見。江雲答稱。『和議不成。十居其七。皇上姑遣使往明。以和議試之。彼若不從。則我兵入境攻取。更爲有名』。江雲的意見。更明決了。因爲不僅是供意見。而且還有主張。這一答恐怕與太宗平日的用心。殊爲暗合。試觀太宗每次出師。必向明人提出和議。成否雖不可知。而轉嫁責任。以爲出師之名。卻是頗佔上風。不必言軍事。只以外交言之。明人已極昏暗之致了。却說沈文奎等把和議所以不能成的原故。奏明以後。太宗十分嘉納。遂命文館儒臣。起草促和之書。來往已然兩三次。到了冬十月。又命偉徵囊蘇喇嘛。齎赴寧遠。交付明方守將。從前袁崇煥便是用刺麻來致書。此次仍以刺麻往。刺麻參與當時的外交。正是一件大可注意的事呢。其書曰。

我使者還。聞爾等云。議和之禮。須送還大凌河官一二員。並少退尺寸之地。以此爲名。方可轉達朝廷。夫和事果成。我又何吝此一二人。且普天之下。盡爲爾朝廷所屬。豈僅尺寸之地乎。爾不忘已失之土地人民。時藉以爲口實。我之二祖。無故被害。我能一日忘耶。我惟願見太平。未動爾邊疆寸草尺土。乃邊臣凌逼。致成七恨。漸啓兵戈。迄今未息。今我仍願太平。屢議和好。爾等乃以是爲言過矣。況自克撫順以來。我兩國强弱。豈有不知。知之曷爲徒飾利口。貽誤主上。流禍生民。從來兩國議和。必彼此使命往來。則和事易於就緒。今我一心願和。天鑒在上。實無欺僞。乃以至誠遣使。而爾卒不信。不一遣使相報。向者袁巡撫與我議和時。我方遣使通問。彼卽繕修城池。非惟拒守。又復相逼。是以計愚我也。我用是決意起兵。然於兩三月前。令杜明忠齎書以告。然後興師。未嘗詭計掩襲。杜明忠現在爾處。可詢也。我如是求和。爾堅執不從。且不必遠徵往古。卽自我兩國搆兵以來。歷年戰爭之苦。昭然可鑒。爾不樂太平。惟尋師旅。國家生靈。視昔更苦。咎將誰歸。今春往征察哈爾。知爾一年之內。與彼銀百萬有餘。與其以有用之金錢。費於無用之察哈爾。何如遣一曉事人來。早決和事。俾兩國共享太平也。我之心事。直告無隱。爾諸大臣。果能身任和議。以成美事。豈特兩國息爭。人民安業。且使無限生靈。免於鋒鏑。造福甚大。其福亦歸於任事之人矣。

以上是給與在寧遠明方諸將的促和書。另外還有一書。是請他們轉致崇禎皇帝的。本來兩國議和。既有君主。就應當以君主的名義來辦理。無奈在那時的明人心目中。普天之下。只有大明一國。其餘不但不足以言對等。恐怕連國家的名義。都不承認。一概目之爲夷虜。何況現在的滿洲。雖然蒸蒸日上。具備了强國的資格。但是由明人來看。還是夷虜。於是他們就把事實抹殺。專門以輕蔑的心理。來感情用事。强只管由你强。打只管由你打。要想教他們降尊紆貴。說點正經的。那是萬難。他們打敗了仗。可以投降。可以變服爲太宗用。可是事先却不能破釜沈舟。向明帝說明所以。排除謬見。來擔當和議。這就皆因僻見甚深。不至末日。萬不能醒悟的。致崇禎帝書。亦是一篇重要的史料。由此可以看出當時太宗所希望的。不算苛求。書曰。

滿洲國皇帝。奏書明國皇帝。我國稱兵。非不知足而冀圖大位也。因邊吏欺侮之恨。不得上達。致起兵端。於玆數載矣。我思想戰爭不息。則彼此俱被其禍。和好一成。則彼此均受其福。所以前於征察哈爾時。過宣府議和。刑白馬烏牛。誓告天地。我意既盟之後。永相和好。故執我國越境之人。戮示於爾邊臣之前。所獲財物。悉令送還。數月以來。未嘗少犯爾邊。我之篤守盟誓。可謂至矣。嘗觀往事。下情上達。天下無不治。下情上壅。天下無不亂。我兩國搆兵。亦因下情阻蔽。不得上達所致。皇帝如欲洞悉我之恨端。當遣使來問。我將悉告之。若謂業已議和。又何必語及夙怨。則亦惟皇帝之命。惟和好既成。獲邀歲幣。優游田獵。共享太平。是所願也。

如果太宗以對等國自居。有心侵凌明廷。則所致書函。原不用這樣卑以自牧的出以謙遜態度。就皆因自己所望不奢。沒有必得進關的意志。所以一開篇。便用『奏』字。以下又是什麼下情不能上達。最後的歸結。僅不過獲邀歲幣。優游田獵。可見明人如果虛心辦理。流寇萬不至徧天下。明事猶有可爲。不知因爲什麼。他們這樣執拗。就好象愚人打官司是的。非要傾家敗產。幹到底不可。最可恨當時駐在寧遠的明官。見了太宗的書函。仍然吹毛求疵。不肯誠心辦理。拏着國家安危的大計。只不過由幾個文人來開心。不是說文章作的不好。便是說格式不對。胡亂閣置了幾日。照原封仍給送還了。理由是上給皇帝的書。不應當封口。好象說。你們封固了來。我們不能預爲審查。知道你們寫的是什麼話。假如你們有什麼冒瀆天威的語言。不但你們吃不了兜着走。我們也要受你們的牽連。正是吃罪不起呢。這是什麼話。未免太可笑了。本來關着門的皇帝。和關着門的臣宰。那里知道什麼外情。無怪崇禎皇帝被這一群人送到煤山以上了。

畢竟太宗是創業之主。凡事只求實益。對於明臣這等形式上的苛求。還不怎的在意。既是他們說應當露封。於是仍命偉徵囊蘇喇麻以另換的露封書。與明之邊臣送去。論理這樣有重大關係的事。不應再以輕心掉之了。最低限度也應報告北京政府。說明有這一件事。誰知在寧遠的明臣。頭一次挑剔。本來就是故意搪塞。及見當眞露封送來。更不耐煩。爽得置而不理。可見明事之壞。只不過上下蒙混沒有一點誠意所致。太宗一心望和。却久久不見明人的覆書。後來又聽說宣府巡撫沈棨。因爲在邊境上與敵人結盟之故。已然被罪吃拏。這才知道明帝決無和好之心。既不願和。自然仍是願戰。那也就說不得了。所以太宗從此又加緊備起戰來。十二月初一日。布令國中。以是月二十日爲始。黑貂帽。五瓜龍明黃杏黃金黃等服。非上賜不得用。閒散侍衛。護軍。及貝勒下護衛以上。許服緞衣。餘衆俱用布。因諭曰。『國家服式之制。所以辨等威。定民志。俾朝野各有遵守。我國風俗。素敦淳樸。近者奢靡僭越之風。往往而有。不可不定爲法制。昭示國中。且一緞之値。可當十布。與其以一緞成一衣。何如十布可得十衣。所以令衆用布者。非爲緞疋專供上用。實有便於貧民也。凡婦人所服。緞布。各隨其夫』。自太祖建元以後。國中匠人。已自能織蟒緞。前面已然述過。就讓太宗時產量已視前加增。其大部分仍賴明之輸入。但是如果兩國和好。緞疋自然源源而來。可是如今和議無望了。若仍照此浪費。當然要有歉乏之日。我們不敢說此論便是備戰之一端。但是戒奢靡。節物力。自然於軍需上也是有利的。何況崇尚儉樸。自太宗以來。差不多成爲家法。我記得光緒時代的王公大臣。平日着布衣的很多。只不過領衣。坎肩。馬褂用緞。一般人民不遇喜慶。穿紬緞的也很少。風俗之奢靡。實爲晚近之事呢。太宗的爲人。我們隨處都可以看見的。無論關於什麼事。都非常細心。總要先事預防。有備無患。現在不是已然知道沒有法子與明議和。戰爭到底是不能免的事麼。所以頭一樣就是戒奢靡。節物力。說現在的話。也不外是一種銃後的預備。固然預備戰事。不止一端。其大部分不外乎勸農、講武、節用、儲材。所以到了天聰七年正月。又把八旗的備禦官。召集在一起。訓諭他們說。『田疇廬舍。民生攸賴。勸農講武。國之大經。方今疆土日闢。舊所給田地。若有不堪耕種者。察明換給沃壤。卽於附近建造家屋。俾遷居之。如貧民乏牛具籽種。赴有力之家代耕。一切徭役。專派有力者。不得濫及代耕貧戶。至善射乃我國制勝之技。宜各率所屬長幼。努力學習。勿得曠時。』我們看了這段諭旨。不可認作泛常。這正是清明勝敗興亡之所歧。也是當時一大事實。據上所述。明人固然是屢屢拒和了。但是拒和無異決戰。不過他們有無策戰的預備。這實在是一大疑問。現在的明側。是兵多賊多。財少才少的一個局面。他們忙作一團。有沒有力量能照太宗這樣從容預備。這實在是不可不加以檢討的。

他們的財政。已陷於窮境。而社會組織。又是把官紳和細民。分得極淸。官紳是有科名的。一切受着優待。他們對於應出公項。隨便可以舞弊。設法避免。對於鄉里。也就很容易的作出益已虧人的事。所以那時的人民。一方受着公家的壓派。一方又受着官紳的豪奪巧取。幾何不流而爲盜。爲流寇添羽翼爪牙。朱舜水先生的陽九述略裡面。有幾處說得最痛心。如今節抄一些。以見明末社會之糟。

：旣不讀書。則奔競門開。廉耻道喪。官以錢得。政以賄成。豈復識忠君愛國。出治臨民。坐沐猴於堂上。聽賦租於吏胥。豪右之侵漁不聞。百姓之顚連無告。鄉紳之賄。握有司獄訟之權。役吏爲奸。廣幕夜苞苴之路。朝廷蠲租之詔。不敵部科參罰之文。乍萌撫字之心。豈勝一世功名之想。是以習爲殘忍。倣效糢糊。水旱災荒。天時任其豐歉。租庸絲布。令長按册徵收。影占虛懸。巨猾食無糧之土。收除飛洒。善柔賠無土之糧。敲骨剝膚。誰憐易子。羨餘加派。豈顧醫瘡。全入長安。蟊賊騰循良之譽。客先曲木。屠伯叨卓異之旌。未聞黷貨有勾罷之條。惟見催科註陽城之考。盜賊載途。惟工塗飾。虫蝗滿路。孰驗災傷。夫如是、則守令安得不貪。……此現任官害民之病也。

其居鄉也。一登科第。志切饋遺。欲廣寢餘。多收投靠。妻宗姻婭。四出行兇。子弟豪奴。專攻羅致。女子稔色。則多方委禽。田園逆心。則百計垂餌。緩急人所時有。事會因爾無窮。攘奪圖謀。終期必濟。釘田封屋。管業高標者。某府某衙。訴屈聲寃。公專至偃者。何科何院。曲直撓亂。白黑蒼黃。庇遠親爲官戶。擠重役於貧民。事事貼賠。產已賣而役仍在。年年拖累。人已斃而名未除。官司比較未完。滿堂歡喜。隸役牌勾欠戶。闔室棲遑。士夫循習故常。餬心民瘼。被害胥讒唱歷。沒齒官邪。魚肉小民。侵牟萬姓。閭左吞聲而莫訴。上官心識矣誰何。饒財則白丁延譽。寒素則買董沈淪。薦剡猥多。賢路自塞。此鄉宦害民之病也。

百姓者。黃口孺子也。絕其乳哺。立可餓死。今乃不思長養之方。獨工掊剋之術。安得而不窮。既被其害。無從表白申訴。而又愁苦無聊。安得不憤懣切齒。爲盜爲亂。思欲得當以爲出爾反爾之計。由前所言。謂之巧宦。語之以趨炎附勢。門戶夤緣則獨工。語之以興利除害。禦災扞患則獨拙。嘗之以朱提白粲。朘削肥家。則攘臂爭首。告之以增陴濬隍。儲糧累土。則結舌不談。他如飾功掩敗。鬻爵欺君。種種罪惡。罄竹難盡。

以上所抄。是朱舜水先生。陽九述略第一章『致虜之由』裏面的三節。眞可謂慨乎其言之。因爲舜水先生。生在當時。躬逢國難。本打算糾合同志。抗敵復明。只是大勢已去。知道在國內找幫手。是不容易。所以南走安南。想借安南兵來抗淸軍。但是安南那能有那末大的實力。所以住了幾年。毫無結果。沒法子。又跑到了日本去活動。

日本那時正是德川氏開府江戶。他老先生隻身一人。又無使命。只以一位亡命客的名義。要想到江戶政府去接洽借兵的事。未免跡近夢想。所以到了日本以後。只能在長崎作寓公。自由活動。是不能够得的。幸喜當時日本人士。頗講漢學。有安東守約者。知道先生爲大儒。師事之。已則執弟子禮甚恭。並且分俸以養先生。陽九述略。就是皆因安東守約曾向先生詢以明亡之故。先生遂作此書以答之。所述雖多悲憤之言。事實却是這樣的。因爲先生生在那個社會裡。耳聞目覩。知之最詳。自然都是實情。所以先生在此書中。有一句概括的總評說。『莫大之罪。盡在士大夫』。後來先生的名望日著。卒爲德川上公所聞。迎先生而考業問道焉。但是先生所希望的事。在當時並未達到。所以很悲憤的不再履中國之土。而先生也就長此埋骨日本了。當清兵南下之時。先生便着眼海外諸國。如日本、安南、暹羅、緬甸。自已都曾去游說。不用問。自然是想借外力以驅逐自已所不喜歡的滿洲夷虜。而他老先生也忘了這些國一樣也是夷。所幸當日爲先生所垂青之諸國。除日本外。未幾皆歸清之屬國。假如有一兩國。或其全部。皆如今日之强國。出兵以干涉之。先生之志雖達。先生之國將安在。大約當時南方的志士。在感情上最不喜歡北方的韃子。而最喜歡南國的蠻子。舜水先生也正不外爲此感情所驅使。其實舜水先生也無須這樣悲憤。只可惜他不會未卜先知。如果他在三百年前。就有黃柏禪師那樣的數術。則今日之事。他已應當預先明白。又何必那樣栖栖遑遑。到處爲秦庭之哭呢。論理舜水先生到了現在。應當鼓掌稱快了。閑話不表。却說明方的社會是那樣的黑暗。在戰備上怎能如期設備呢。反觀太宗。卻一意在物力生產上用功。並且把貧民的負擔。全行免除。由有力的富戶代納。只此一點。便是明方所不能辦到的。民間既能貧富相倚的致力生產。自然數年以後。要有大效。有人問。你這話也未免是想象之談。實際上未必能這樣。殊不知太宗發訓令時。是把八旗所有的備禦職全都召集了來。親自訓話的。備禦就是後來的佐領。在入關以後的佐領。和未入關以前的佐領。職責上太不一樣了。入關以後的佐領。權限縮小。只掌八旗兵籍。民間的事。自然就歸了州縣官。關外時代。無所謂知縣一類的地方官。備禦差不多就兼備了地方官的責任。駐在一地方的兵籍。固然他們都有冊檔。便是駐在地的民戶。也是歸他們料理。他們正經是親民之官呢。不過那時兵民的界限。非如後世之嚴格。有事時民也是兵。無事時兵也是民。備禦既管兵又管民。乃是文武雙兼的性質。不然的話。太宗爲什麼向他們說田疇屋舍。生民攸賴的一些話呢。既說了務農的話。又說嘻射乃我國制勝之技。官各率所屬長幼。努力學習。勿得曠時。可見備禦所負的責任。很是重大。一方要督課農業。一方又要教習騎射。頗與寓兵於農的制度暗合

他們既然負着這樣的職責。太宗的訓話。又非後世一紙空文可比。那末他們一定實心任事的去作。可以無疑了。所以說凡是明側所不能辦的事。滿洲立刻就能辦。凡是明側所有的積弊。滿洲一樣卻沒有。這就是一方弊害重重。一方加緊建設。一方正在勃興。一方則將就敝壞。勝敗之數。豈待戰場而

決哉。由六年夏出兵察哈爾以來。太宗因與明議和。對於明方。始終沒有軍事上的行動。後來知道和議萬難成就。這才命令國中儲蓄物力。課農講武。軍隊的訓練。除了形式的操演。不時還加以實習。實習辦法有兩種。一是射獵。二是征討邊遠的部落。事例很多。以限篇幅。只得從略。現在在這里叙述一件最有關係的事。就是孔有德和耿仲明的來歸。由大凌河一役。太宗優禮降將的美譽。已然播之遐邇了。在大凌河之戰以前。明將都以爲滿洲好殺。絕無倖免。這其間固然不免有好多謠言。但是徵之太祖時代。自薩爾滸一戰。明兵明將之被殺的。委實不少。但是太祖時代。以團結滿洲民族。建立國家爲急務。而明人呢。自李成梁以至於熊廷弼袁崇煥。都是妨害滿洲建國。而不喜歡他們復成一體的。所以蠱惑離間。不恤用種種手段。務使葉赫、哈達、烏拉、輝發諸大部長。與太祖爲難。以攪撓他的統一政策。因此太祖恨之次骨。一旦相遇。自然不能容情。並且那時在國內用兵。也沒有禮用漢人的必要。到了太宗時代。不但滿洲統一。東迄朝鮮。西至插漢。全在勢力圈內。並且時時遠征明方腹地。假如機會到來。未始不可進圖中原。利用漢人的心理。也就一天比一天殷切。再說明方屢屢拒和。戰爭終不能免。兵法云。攻心爲上。攻城次之。所以在大凌河上。收降了那末多的明將。也不外攻心之結果。並且由用人行政上。大可以與明競爭。藉以收攬明人之心。以爲己用。我們看太宗對於張春那等敬重屈從。對於祖大壽任其自在去留。豈是無所爲而出此的嗎。因此明將差不多都在心坎中。

蒔了一粒種子。『太宗優禮降人』。孔有德、耿仲明。遠在山東登州怎麼也會跑到瀋陽來。可見他們早備攻心之策所動了。孔耿都是舊日毛文龍的部下。後來毛文龍被袁崇煥擅殺。舊部由袁崇煥改編。孔耿二人以參將職。率其所部。派赴山東登州駐守。登州是個緊要所在。當初熊廷弼建三方布置策。是打算在這里安置海軍的。孔耿是毛部。自然都習海戰。不過他們性質自由慣了。到了登州以後。事事受人節制。未免怏怏不樂。偏巧明廷的財政。又不寬裕。再加上地方官的克扣。他們的收入。便受了很大的影響。那里赶得上在皮島時那樣富貴呢。孔耿非常人。受不了這樣的烏氣。心懷反變。非止一天。天聰五年。太宗圍大凌河城。總兵祖大壽。乞請援兵。明廷命令山東出兵赴援。登萊巡撫孫元化。接到劄飭。便命參將孔有德。率騎兵八百。出山海關赴援。到了錦州。再聽督師孫承宗的調遣。孔有德知道這是一趟苦差。心裡不願意去。又不敢顯違命令。只得與耿仲明商量辦法。

孔耿是一處來的。自然遇事商量。無話不說。他二人一見面。孔有德便很牢騷的向耿仲明說。二弟你見麼。自從我們來到登州。沒人有好臉。說我們都有三分海賊氣質。好事一向攤不着。除了累便是餓。我們一樣是大明的人。爲何這樣岐視我們。豈不把人肚皮氣破。我們的弟兄。三個月沒領餉了。怎麼又教我們去援大凌河。誰還怕打仗嗎。這些戴紗帽的。只會說空話。欠餉和軍需。一字不提。難倒說我們一路乞食去麼。耿仲明說這里軍隊。不止我們由皮島來的。他不派別人。却派我們。分明爲削減我們的勢力。孔有德性直。便道。那我不奉他的命令好麼。仲明說。不可。我看我們要倒反登州。易如反掌。這里官兵。都是無用的東西。不如你先去。他們如若照付粮餉。我們就替他忙一趟。他們若是成心爲難我們。那你就囘來。我在這里等你。須知咱們是有地方討富貴的。你沒見老元帥在日時。屢屢和老汗王彼此通信。接洽投誠的事麼。若不是袁崇煥意恨心毒。賺殺了老元帥。我們那能受這樣的氣。據我看這里的官兒。既然把我們看不在眼。不如走他娘的。有德說。你既有此意。我們姑且放在心裡。由我先替他跑一趟。好便好。不得了時。我自囘來。照你言語行事。他二人便如此議定。如果山東的地方官。把粮餉備足。使他們無所藉口。或者也不至激成大亂。無奈明末的事。向常沒有聯絡預備。兵部只知調兵遣將。戶部却是一文不名。地方官也就奉行故事。實際上也是亂七八糟。孔有德雖然有兵。餉項却得由官中支給。如今要出兵了。自然要具領求支軍粮。巡撫說。兵部來文。只令出兵。我們這里又沒有多餘的粮餉。我已行文山海關。你們到了關上。孫閣老自會發給你們粮餉。至於你們路上的用度。所過州縣。一定要出供應的。反正是爲國勤勞。你就辛苦這一趟吧。有德見說。仍是沒錢。只得勉强答應。點齊人馬。當日出發。這些軍士。雖說在名義上是官兵。只是他們的行爲。都很豪橫。因爲受過毛文龍的薰淘。總免不了綠林的氣質。聽說沒領下餉來。一個個便都亂罵起來。一路之上。非搶卽奪。只弄得家家閉戶。處處擔驚。行在富庶地方。固然不愁乏食。一到了貧苦縣分。

官民就沒法供應。因此他們飢一頓。飽一頓。始終是亂烘烘沒個條理。這日才行至吳橋縣。益發都是窮鄉小鎮。聽說大兵到來。早已逃避一空。知縣也沒法應付。只得把城門一關。要求快快離境。八百多人。眼見沒有吃的。還有八百多匹馬。必得吃草料。人飢馬餓。如何忍受得了。因餓而怒。便都私議起來。有的說。這我們還不反。如果這樣餓着走。恐怕到不了山海關。就都餓死了。反了回走。倒有活路呀。當下一倡百和。人人願反。孔有德見大家已有反志。心中大喜。依然故意勸勉一番。大家那里肯聽。說參將要不反。我們可就對不起了。有德說。反也可以。只是得有個道理。若說大家一鬨。搶些吃的用的。還不是被官兵都打散爲止。這個我是不敢從命。如果大家都聽我的。我就可以隨着大家仍回登州去。軍士說。那是自然。不聽你話時。照舊你有權力。能處治我們。

當下大衆仍以孔有德爲統帥。自吳橋倒戈殺回。適當其衝的。就是陵縣。因爲餓的原故。把縣城搶掠一空。人馬飽食以後。遂節節攻破臨邑、商河、齊東、德平、青城、新城、諸縣。財帛細軟。人人都是滿載而歸。一直攻到登州。在城外安下營壘。城內多官。早已得了消息。連忙派兵。登陴固守。論理登州爲巡撫所在地。兵多將廣。以八百騎兵。一時那能攻陷。只是城內早已有了內應。便是那耿仲明手下還有不少兵將。天天竟候孔有德回來。不幾日。果然聽說孔有德反了。他是孔有德一黨。那有不受嫌疑的。只是仲明非常機警。未等巡撫發作。他先向巡撫說。孔有德乃忠鯁之士。萬不至反。恐怕爲飢兵所脅。等他到來。我去問他。如果眞反。我就一刀把他殺了。如果被脅。這八百人也不難誅却。有德依然還能爲國家出力報效。糊塗的孫元化。竟被耿仲明甘言所欺。並未防嫌他。仲明早已暗中布置好了。這日忽聽砲響。城門緊閉。便知是孔有德帶兵殺來。他便派人暗中給有德射出一封書信。約於黎明時。開城接應。這日城兵已然拒守了半日一夜。大家正在困乏之際。城門已然大開。有德已自率兵殺入。仲明所統馬步。又和變兵合在一起。只驚得守城官兵。反都墜城向外逃去。逃不脫的。全被變兵殺死。這一陣大亂。城內居民。都由夢中驚起。慌作一團。巡撫等諸官。見仲明附叛。城池已破。早已胆裂魂飛。逃的逃。死的死。一座很堅固的登州城。不一日完全歸孔耿二人所有。當下出榜安民。說明巡撫孫元化怎的待遇不公。怎的派兵出征。不發粮餉。怎的人馬飢困。此次回兵。無非殺去狗官。爲民除害等語。其實城內不但沒去什麼禍害。連婦女的耳環子。都入了變兵的腰包子。登州一破。這亂子可大了。明廷早已得了快報。不說地方官扣餉激變。叛賊的名兒。先給孔耿二人加上。當下急調各路兵馬。齊赴登州進剿。本來是處處沒錢缺餉。這一鬧錢更花的多了。這就所謂善財難捨。一共發來了五六萬援兵。地方上的災難。應有多大。這時孔耿二人。以新張之勢。屢破明兵。遂分兵破黃縣。取平度。直趨萊州。城已垂陷。急聞援兵大集。二人不敢遠略。依然還保登州。這登州城三面通陸。一面瀕海。北門外便是通海的馬頭。明之援兵。由陸路而來。只合圍東、西、南三面。

在海口上。竟沒有水師助攻。這也許是網開一面的意思。但是明廷興動數萬大兵。來勦孔耿。不是志在必得嗎。誰知這些官軍。敵愾同仇的很少。只不過以多爲勝。自要把孔耿逼走。復了城池。就算他們的大功。所以把海口給他們讓出來。專由陸路包圍。孔耿二人也早有打算。如能在山東一帶。站住地盤。自然想步陳涉吳廣的後塵。稱王自大。如不得手。便携衆航海。投降太宗。仍不失王侯之賞。所以他們破了登州之後。孔有德便自稱大元帥。耿仲明自稱總兵官。攻城略地。所至皆捷。也正不可輕侮。所以山東境內。原有兵馬。無能與之對敵。見了孔軍。立即潰敗。因此驚動朝廷。這才調集他處人馬。齊赴登州。孔耿一見。來了這麼多的官軍。假如登州一失。進退就不能自由。不如及早辦個出路。

當下孔耿二人。還有幾名心服死黨。便在原先的巡撫衙門。現在的大元帥府。把今後的大計。重行計議起來。大家皆以死守登州。終非善法。因爲官兵源源而來。意在長時圍困。一旦糧食用盡。又無處請求救兵。便是不被官兵捉去。也難免餓死。爲今之計。理宜另尋一個安身立命所在。庶幾實力不傷。還有個出頭之日。這話是由耿仲明提出的。於是有說不如打破皮島。仍在那里獨立的。有說旅順是個要塞。現由明將黃龍在那里駐守。如能打上岸去。豈不勝似皮島。耿仲明說。這話很對。但是旅順毗連滿洲。如想到旅順去。必得與大金汗合作。只憑我們這點實力。是不能成功。我聽說金國汗。招賢禮士。不見大凌河二三十員明將。投到滿洲以後。無不優禮有加。陞官進級。他們是戰敗投降的。尚且如此優待。我們全師投去。又携去許多六砲武器。他們能小看我們嗎。不如我們派人先與他們接洽。替他們先取了旅順。以爲進見之禮。豈不更有面子。大家見說。都以此計可行。當下便取決於大元帥孔有德。殊不知這是孔耿二人豫定的計畫。自然毫無異議。於是他們很容易的。把歸金的事。便決定了。當下便差人泛海。到滿洲去下書。使人到了瀋陽。太宗十分歡喜。忙修覆書。表示歡迎的意思。不想海路上時有黃龍的巡船。頭一次的使人。竟備黃龍捕拏了去。孔有德等候了多日。不見回信。這時外圍愈緊。明兵不時以火藥轟城。城內人心慌慌。他們深恐城內有變。只得設法先逃出圍城。好在北門外海面上。並無官兵。他們便把軍裝、武器、糧秣、馬匹。以及在各地擄掠的細軟財物。分載百十來隻海船之中。先後放洋。首尾相銜的。向北方泛海而去。軍艦官船。不能敷用。自然也掠去了不少的民船。所以軍士以及各人眷屬。一人未短。全行由海道逃出登州。他們走了兩日。老百姓才敢開城迎入官兵。想追時。又沒有船。只得由他們去了。孔耿一行在路上。先後又派了兩次使人。到瀋陽去報信。他們的大船。却一直向旅順開去。不想行在半途。颶風大作。船舶不能自由進行。把他們的船隊逕行漂到廣鹿島。（在大連港海中）這里雖也有些明兵。却都嚇跑。孔有德等。便佔據了廣鹿島。乘勢又把附近各島攻下。屯駐兵馬。以爲後圖。不過在颶風中。也颳丟了幾隻船。在這時派往瀋陽的使人逃回來幾名。才知道太宗覆書。原被黃龍截去。並非不報。這次已然明白了太宗的意思。用不着客套。不如直截了當的去通款誠。於是又派副將劉承祖、雷紹中二人。乘坐兵船。率領許多戰士。去到瀋陽呈遞降表。劉雷二將。以天聰七年。（崇禎六年）四月十一日來到瀋陽。太宗命貝勒大臣。以賓禮優待。陛見之日。劉承祖、雷紹中。述明使命以後。遂呈上降表一通。由巴克什達海。接了過來。捧呈玉案之上。太宗讀其表文曰。

總提兵大元帥孔有德。總督糧前總兵官耿仲明（原表名銜平列）爲直陳衷曲。以圖大業事。照得朱朝至今。主幼臣奸。邊事日壞。非一日矣。兵士鼓譟。觸處皆然。非但本帥如此而已。昨奉部調西援。錢糧缺乏。兼以沿途閉門罷市。日不得飡。夜不得宿。忍氣吞聲。行至吳橋。又因惡官之把持。以致衆兵奮激而起義。遂破新城。破登州。隨而收服各府州縣。去年已有三次書札。全不見回音。始知俱被黃龍在旅順截奪。（黃龍明將駐旅順）繼而因援兵四集。圍困半載。彼但深溝高壘。並不與我交戰。彼之兵日多。我兵糧少。只得棄登州。駕舟師。原欲先取旅順。以爲根本。與汗連合一處。誰知颶風大作。不得已漂自廣鹿島。（在大連港中）本帥卽乘機收服廣鹿、長白、石城、障子等島。若論大海洋洋。何往而不利。要之終非了局。久仰明汗。網羅海內之英豪。有堯舜湯武之胸襟。無片甲隻矢者。尙欲投汗以展胸中之偉抱。何況本帥。現有甲兵數萬。輕舟百餘。大砲火器俱全者乎。有此武備。更與明汗同心合力。水陸並進。則勢如破竹。天下又誰敢與汗爲敵乎。出於一片眞熱心賜。確確如此。汗若聽從。大事立就。朱朝之天下。轉盼卽爲汗之天下。其時明汗授我何職。封我何地。乃本帥之願也。因差副將劉承祖雷紹中。爲之先容。望汗速乘此巧會。成其大事。天賜汗福。亦本帥之幸也。若汗不信。則請差人以察其虛實如何。本帥不往別地。獨向汗者。以汗高明。他日必成大事也。故效古人。棄暗投明。希詳察之。爲此合用手本。呈至明汗駕前。煩爲查照。速賜裁奪施行。須至手本者。

這分明是降表。所以仍用手本名義者。孔耿二人。不肯輙失身分。仍以明制屬員謁長官時所呈手本以彌縫之。萬一不成。好留個退身步。所以稱太宗爲明汗。自稱本帥。那里知道。太宗以攻心之策。正在收致明臣明將。無論怎樣稱謂。也決不至有輕待的意思。話說太宗讀罷孔耿二將的表文。不覺大喜。一面令人款待劉雷二使。一面敕令發內廐馬。以及貝勒大臣　所有馬匹。選其良者。賜孔有德耿仲明。及其餘將佐登陸時乘用。餘俱散給部衆。一句話立刻就選出了二千多匹好馬。至於孔部等住居地。也令人擇定具報。這時太宗所命的歡迎使節。以及劉雷二使的報信人。已然合在一起。向廣鹿島去迎孔耿。於是太宗知道孔耿二人不日卽來。生恐於路有失。被明人或朝鮮人截殺。便發下一道軍令。命貝勒濟爾哈朗、阿濟格、杜度、率兵往鎭江迎護。鎭江就是現在的安東。原來貝勒濟爾哈朗等。正在岫巖、通遠堡、鹻場三處。奉命盛築城垣。因距鎭江較近。所以才命他們三人就近迎接。爲是在體統上隆重。再說如遇敵兵追襲。也可代爲抵禦。却說孔耿二人。自派劉雷二使去後。沒多日便見了太宗的覆書。意極優渥。又有自己人說明所以。如何不喜。當下棄了廣鹿諸島。由海道繞向鴨綠江口進發。明將黃龍。自從截得孔耿使人。知道他已自降了太宗。後來又見他們佔據了廣鹿島。旅順岌岌可危。所以無日不在抵防。又不時派船偵察他們的動靜。這日得報說。孔有德等。已然率領全船。航向鴨綠江中。他們知會了朝鮮守將。聯合出兵。打算把孔有德耿仲明截獲。但是黃龍的船。走的太慢。又因約會朝鮮水兵在江中助攻。所以把孔耿的艦隊。倒讓在前面。明船只能在後面鳴砲追擊。孔耿也不理他們。依然號令全隊。張滿了帆。順風開去。有時明船追得緊迫。便用大砲還擊。一發便能命中。因此明船不敢臨近。指望到了鴨綠江中。必有朝鮮水兵。在彼堵截。然後前後夾擊。孔耿可滅。萬沒料想。太宗已派濟爾哈朗、阿濟格、杜度、三位貝勒。率兵在鎭江一帶迎候。岸上是陸軍。江面上一列停泊數十隻巡江軍艦。眞是旗幡招展。威武堂堂。朝鮮兵雖然暗地裡受了黃龍的請求。因見對岸有了預備。不敢聲鳴打鼓的公然援助明人。所以按兵不動。作壁上觀。不一時孔耿的船艦已然先後開到。黃龍也不敢再往前開了。眼睁睁看着孔有德等很從容的上了陸。沒法可想。只得很失望的仍把自已所統率的幾隻糟朽兵船。開回旅順防守去了。據孔有德耿仲明。未損一兵一將。太平無事的。由鎭江上了陸。心中好不感激。回憶自吳橋起事以來。差不多兩個年頭。雖說打破了不少的州縣。却一日不受官軍的圍攻。今日來到大金國。頗蒙禮遇。這才有了眞正安身之處。功名勳業的建設。也就由今日才發端了。他們這樣一想。便把當日狂傲恣縱的態度收起。不知不覺在言談舉止上。也就收斂了許多。當他們與三位貝勒見禮時。也說了不少感激中謝的話。三位貝勒。自然也體會上意。稱孔有德爲元帥。稱耿仲明爲總兵官。說了許多仰慕的話。當下把孔耿二人。肅入官廨。張設盛宴。爲之洗塵賀功。其船舶輜重等物。則留兵爲之看守席間把太宗賜馬之事。說了一遍。二人殊爲感謝。當日便要進京朝覲。三位貝勒攔道。上以元帥一路勞乏。一俟部衆安插竣事。再行陛見不遲。是日太宗命文館諸臣宣諭曰。

元帥總兵。可令統領舊部。駐劄東京。號令鼓吹儀從。俱仍其舊。惟用刑出兵二事。當來奏聞。所屬人民。俱住蓋州鞍山。如或不願。令住東京隣近地。

據孔耿二人的降表所陳說。有甲兵數萬。這是故意的誇張。實際上決無此數。依據實的史料。孔有德所部總數八千零十四名。耿仲明所部總數。五千八百六十名。共爲一萬三千八百七十四名。其中除去家口。以及非戰鬪員。勝兵至多不滿一萬。若比起太祖大破明兵於薩爾滸時八旗的總兵數。僅及六分之一。若與現在太宗所有的兵數兩相比較。更不能同日而語了。由太宗這道諭旨中。也足以證明孔耿所携來者。不皆是兵。恐有一半是眷屬人民。以及奴僕等類。所以才命他們分別居住。此時太宗撥賜的馬匹二千匹。已然送到鎮江。於是頭一撥的官和兵。便都乘馬。移住於東京。（即今遼陽新城）田宅什具等項。皆由上賜。孔有德耿仲明。見太宗這般寵遇。遂上謝表曰。

皇上萬福萬安。德等所部。先來之官兵。俱已安插。均蒙給粮。恩同於天。德等欲赴都門謝恩。但續到之官兵。尙未按插。不敢輕往。完日。聽候皇上之鈞旨。赴闕叩頭。謹臨稟不勝戰慄之至。

（天聰七年五月二十四日）

這不是一件怪事嗎。前面孔耿二人由廣鹿島派人送來的降表。稱太宗爲汗。自稱本帥。並且言詞之間。還表示着不是沒有地方去。所以願到滿洲來。是因爲自己有兵有將。足以輔成大業的原故。和赤手空拳前來效力的。不能同日而語。所以在言詞上。一點也沒露出甘爲下臣的意思。現在這道謝恩的表文。就不然了。稱太宗爲皇上。自己則稱名。還有什麼赴闕叩頭。不勝戰慄之至等語。這不是完全表示了委質稱臣的意思了麼。所以把前後兩篇表文一比較。便覺得他們的態度。未免豹變的太快了。因此就有人很奇怪。不解他們意旨之所在。其實這也沒有什麼難明白的。孔耿之投太宗。乃出於預定計劃。這是豪無疑義的。不過太宗的國家。是怎樣一個實情。他們未曾實地看察。多少還有一點自誇。不肯降意屈就。好象他們的勢力。正不亞一個敵國似的。及至到了鎮江。見了濟爾哈朗等三位貝勒。不但威風凛凛。相貌堂堂。而且言談舉止。無處不是大度包容。以誠接待。人家都是國家貴戚。握着軍政大權。都能這樣謙恭下士。我們是投依人家的。反倒把自命的大元帥放在前面。未免不對。自然也就謙退了許多。旣而又見太宗自出內廐馬。賜與衆人乘騎。一切諭旨。無不優禮有加。這更令他們衷心感激了。還有一節。就是三位貝勒帶來的兵士。個個人高馬大。軍裝武器。件件鮮明。而且恪守紀律。強壯異常。看見一部分。就可以推知他們的全體。由此輕人自驕的心理。也打消了多一半。所以他們把以前猜測猶疑的心理。一齊抹煞。死心塌地。想輔佐太宗建功立業。於是委質歸心的態度。也就不能不明顯的表示一下。此其所以有後一次謝恩的表文。但是太宗延攬人才。收服人心的手腕。於此也正可以想見。決非常人所能及了。到了崇德元年。孔耿和後來歸順的尙可善。俱封王位。無非爲的是不負他們奮志功名的期望而已。閒話不表。却說孔有德等之謝表。到了都城以後。太宗因遣官傳諭曰。卿等身皆勞頓。宜暫休息。從容來見。又諭羣臣曰。向者我國將士。於攻取遼陽後。對於遼民。不免有所擾害。曾令嚴查。如有首告。定懲不貸。今新附之衆。乃攻克明地。涉險來歸。意在求庇於我。豈可不加意撫輯。令行之後。勿得稍有侵擾。如敢故違。定行處死。必不姑恕。六月孔有德耿仲明。自鎭江入覲。太宗乃率諸貝勒大臣。駕出德勝門。在距城十里之渾河岸邊。安設黃幄。黃幄之左。各設靑幄五座。太宗入黃幄。貝勒大臣。皆入靑幄。八旗護軍。則各按汛地。以爲拱衞。這時報馬迭來送信。傳達孔耿的行程。據太宗的意思。欲與孔耿行抱見禮。諸貝勒以爲太過。太宗曰。昔者張飛。尊上凌下。關羽傲上愛下。各有一偏。朕於人只以恩遇。有何不善乎。且元帥總兵。奪取登州。攻城略地。正當强盛。而納款輸誠。三遣其使。今率兵民歸我。功孰大乎。朕意已決。遂議定以抱見禮賜二將。少時孔耿二人由許多將校簇擁着。已到了行在不遠。便下馬步行。由貝勒大臣頭前引領。到了黃幄之中。先以漢禮朝見。旣而復進前叩見。抱上膝。太宗離座還抱之。旣又與一貝勒以下行抱見禮。

大家全行是禮已畢。遂設大宴。命孔有德耿仲明坐在御座旁邊。待以殊禮。並酌金卮。親授之飲。孔耿二人。在毛文龍部下。雖然也受過毛氏寵任。若比起今日這個局面。眞是出世以來頭一遭。當下不由感激。接過了御杯。跪地而飲。宴畢。遂與太宗一同進城。他們的府第。除在遼陽奉旨起造。在瀋陽城中。一樣也有賜第。因爲太宗知道他們都是熱心功名富貴的。不但在物資的享用上。務滿其欲。所賜的名號。也衝着他們的心眼行。孔有德不是自稱大元帥麼。這次太宗降旨。特授孔有德爲都元帥。令鑄印與之。從此自稱的大元帥。轉爲實授的都元帥。耿仲明授爲總兵官。一樣鑄印與之。可見他們在登州天天忙着打仗。連印都沒有。不日印已鑄成。授與之日。特在御樓設宴。以榮寵之。孔耿二人。大稱心懷。其樂也和韓信的眞王差不多了。太宗又特別賜以敕書。有其一切過犯。儼然和鐵券一樣了。凡與孔耿二人同來之大小將官。察其功之大小。皆用印給劄。這樣看起來。孔有德雖授以都元帥大印。

其效用只限於自己所部。官大而管轄的人數並不多。與小說上所說的天下都招討。兵馬大元帥。並不一樣的。我們在這一點。惟有感服太宗而已。却說孔耿歸投以後。遠近無不聞知。有一日蓋州守將石國柱。命遊擊雅什塔正在巡閱海灘。查拏奸細。忽見一隻大船灣在海邊。正要擇地登陸。雅什塔一見。料是明方間諜。忙命軍士近前捕拏。誰知對方船上。並不驚慌。反倒舉手相招。雅什塔甚以爲奇。連忙跑到船上看查時。只見男男女女。約有百十來人。爲首三人。俱是明側軍官打扮。不象海賊。也不象間諜。因爲作間諜的。用不着帶來這麼多的男婦。雅什塔很奇怪。只得盤問他們說。你們是那里來的。不知道偷登海口。是犯死罪的麼。船上爲首的三個人見問。一齊過來向雅什塔打躬說。在下遊擊張文煥。在下都司楊謹。在下千總李政明。雅什塔一聽。更奇怪了。心說。他們忘了明國是我們的仇敵麼。還敢道出官銜。這時三個人報完了名。遂由張文煥一個人說明道。我們是毛氏的部下。前年毛氏叛變。佔據登州。我們在那里約有二年之久。打破了不少城池。後來明廷發來數萬兵馬。把登州圍困五月之久。我們的粮草缺乏。明兵又掘了地道。打算用火藥轟炸登州城。因此毛氏棄了登州。想去攻取旅順。不想半路遭了颶風。我們這隻船。被風颳至雙島龍安塘。因此就和毛氏分開了。毛氏原想是投奔貴國的。他們一定不能離開附近的海島。但不知他們已然來了沒有。說罷。又問雅什塔貴姓高名。現居何職。雅什塔見說。好生駭異。因問張文煥說。你所說的毛氏是那一個呀。張文煥說。

毛氏你老都不知道。就是我們的大元帥和總兵哪。雅什塔說。大元帥總兵官。不錯。有的。他們是新來的。但是沒有什麼姓毛的呀。官文書寫的一位姓孔。一位姓耿。那里有什麼姓毛的。你弄錯了吧。張文煥見說。才悟解過來。忙道。我太胡塗了。竟照着我們的規矩說。不錯。他們老二位。一位本姓是孔。一位本姓是耿。雅什塔說。那麼你怎麼說他們姓毛。一個人姓毛。也沒有兩個人全姓毛的道理。張文煥說。你老不知。我們當年都是皮島毛文龍老帥的舊部。老帥在日。獨霸皮島。不願意有外人勢力參加。爲要鞏固自己勢力。所有部下。凡屬參將以上的職員。老帥一概命他們改姓毛。好象都是他老的子孫。自然也就沒有二意。無論官事私事。全屬毛家。沒有用自己眞姓名的。不但我們在皮島時稱長官爲毛氏。便是我們移駐登州以後。那里官民也呼我們爲毛家軍。我們這樣稱呼慣了。一時改不了。你老不要見怪。雅什塔見說。才知道孔耿二人也曾冒過毛姓。這就怪不得了。因謂張文煥說。你所說的毛氏。他們在四月裏已由廣鹿島投到我國了。我們皇上待他們很優呢。親派三位貝勒爺迎到鎭江。嚇跑黃龍。因此他們很平安的到了瀋陽。一位封爲都元帥。一位封爲總兵官。你們是他的部下。造化也就到了。三人見說。早已雀躍起來。連忙跑進船倉。和老小女眷們說了一個大概。大家也都長起精神。當下由雅什塔監督他們把船中輜重搬上岸來。暫時着人看守。先行帶領他們去見副將石國柱。國柱問明所以。開具花名。派人飛馬入奏。太宗因遣人去問孔耿。果有這隻船。中途被風吹散。於是命石國柱將一干人衆。護送來京。交都元帥安挿在本部之中。在孔有德未來之先。尙有一人。名毛有明。前來投誠。自言爲孔有德部下。現爲都司。因無證明。地方守將認他爲間諜。尙在拘押。至是亦由有德等證明。遂釋出。一律賜給田宅人口牛馬緞疋。此時諸貝勒大臣。有言須取旅順。以固海防者。孔有德耿仲明。因奏稱。臣等蒙恩豢養。無以爲報。前來歸時。本擬順道先取旅順。不意爲颶風所阻。今諸貝勒倡議往征。臣等願率所部。以爲先驅。滅此朝食。太宗也以黃龍不除。海疆不靖。於是頒令貝勒岳託。管戶部貝勒德格類。大臣楞額里、葉臣、伊爾登、昂阿喇、率左右翼兵。以爲前隊。總兵石廷柱。率舊漢軍以爲中隊。都元帥孔有德。總兵官耿仲明。率新附本部兵以爲後隊。共起馬步萬餘。往征旅順口。原來孔有德耿仲明。知道旅順城中。有不少的人民財物。他二人乍棄登州時。便想先奪旅順。掠其財物。俘其人民。收歸自己部下。這一來不但物資充裕。兵力也要加厚許多。因爲那時地大人少。不但滿洲有增加人口的必要。便是明方各將領。也是廣畜家丁家將以大閥閱。孔耿是明人。又因跟隨毛文龍多年。關於收畜人口。以厚勢力的習慣。是久已養成的。何況他們前來投奔太宗。更願意部衆充實。人口衆多。以佔優勢。本打算順便把旅順屯聚的人戶收爲己有。不想天不作美。在半途中起了颶風。把他們漂至廣鹿島。以後黃龍有了防備。不易攻取。只得先行歸依太宗。如今忽見諸貝勒大臣中有奏請攻旅順者。正觸動二人心事。熱心功名富貴。眞是不甘下人。

遇事爭勝。他們怕大功被別人着了先鞭。這才上了一本。請命他二人去取旅順。太宗自然不知他們的用意。允雖允了。却把他們派在後隊。二人雖然失望。却也有一番計較。

當下孔耿二人。選了本部精兵二千。和貝勒岳託等。都到校場。聽候太宗檢閱。此時太宗先率出征領將。在堂子中行禮祭告。然後齊至校場。閱視完畢。然後分三隊啓行。太宗親自送至邊境。諭勉一番。又向諸貝勒大臣囑以事事容讓。不可爭功。於是衆將別了聖駕。水陸並進。齊向旅順口進發。非止一日。已至旅順近郊。只見萬山環抱。又有海水圍護。論理這樣險要地方。決非短時間所能攻落的。無奈明事。日日偷安苟且。有名無實的事項。不一而足。黃龍雖在旅順鎭守多年。因爲太宗一向不曾注意此地。迄未加兵。所以他也就放心脫大。只不過在海面上。派出幾隻巡邏船。敷衍故事而已。他萬沒想到大兵會由後山攻進。却說貝勒岳託等。到了旅順。各札營寨。當日聚集衆將。計議攻取之策。論地形自然以水路至順。山路至難。遂把最容易的水路。由孔耿二人擔任。後方山路。由貝勒岳託和石廷柱等分擔。約以大砲三聲爲號。水陸一齊進攻。這日黃龍正在衙中理事。忽報海面之上。時見軍艦移動。桅檣上是敵國旗幟。請令定奪。黃龍見說。不覺大驚。暗道我與滿洲。各守疆界。向無侵爭。這一定是孔有德等。投降彼國。生心啓釁。圖建功業。他們都是慣習航海的。船上又有巨砲。倒得防範一二。當下傳令把所有軍士。全行派在海口上。竭力防堵。這時口外兵船。已然來的愈多了。兩下把大砲都裝好了。忽聽通通響了三聲大砲。口外的兵船。也就展開陣勢。向口內進攻。只聽砲聲隆隆。海波翻覆。兩下勢均力敵。正自難分勝負。不想後方城內忽地喊聲大作。槍砲齊鳴。驚得黃龍。不解所謂。忙命人査問時。早有人逃來報說。不好了。滿洲兵已由後山殺入。此刻正在攻城呢。黃龍見說。知道中計。他們所以先由海面來。無非使我注意海防。他們却乘虛而入。事已至此。惟有死命鏖戰了。好黃龍。自己持了戰刀。一面命衆死力防禦海口。一面自率一部軍士。去救城池。兵分力單。自然就不能兼顧。黃龍慌慌張張率領部卒。剛剛到了城外。不想貝勒岳託等所部八旗士卒。早已攻入。黃龍這一驚。非同小可。也不敢進城。只得仍回海口。打算乘船逃去。誰知孔有德耿仲明。也由海邊攻上岸來。陸海兩路。同時攻入。前後夾擊。黃龍走頭無路。眼見就要被獲遭擒。他不願作降將軍。大喝一聲。拔出佩刀。自刎身死。主將既死。其餘兵將益荒。當下也有奪船逃去的。也有被殺或投降的。不到半日。旅順口已然完全攻陷。單說孔耿二人。聽說前隊已先入城。他們更不遲延。早已督催部衆。也一直進入城中。因山路不平。孔有德竟自落馬。跌傷左腕。他們也不去會合貝勒岳託。怎的安民。怎的收驗軍需人戶。却乘亂軍之際。早已撥派軍士。分頭侵入商舖以及住民之家。固然全城民戶。他們不能全行佔有。大約也佔有了三分之一。至於私相掠奪。以飽私囊的事。更是肆無忌憚。他們依然還改不了皮島的舊習慣。照滿洲國行軍的規矩。本是不許自行掠奪的。對於佔領地的人民財物。原有一定辦法、有入官者。有充賞者。分別造冊。照章辦理。誰想孔耿存了自私之心。竟敢自由行動起來。凡是被孔耿所部佔領之民戶。門前都粘貼一個紙條。上寫『此家乃本帥親戚。勿得再入』。這眞是開千古未有之奇。卽或偶然遇了戚友。也不能這樣多呀。貝勒大臣正在辦理善後。起草告捷文書。忽然得了報告說。孔耿部下私佔民居。更不許別人過問。這在查點戶籍。分別官私財物。太有妨礙了。請求出示禁止。少年氣銳的貝勒見了此項報告。未免有些不平。便欲親往與之理論。大臣楞額里以爲不可。不如遣人前去婉勸。因爲他們乃新附之人。不知法紀。而皇上又在優容。不可因此以傷其面目。遂遣巴克什達海等、往彼營中說喻。孔耿雖口說不再如此。實際上還是搜括不已。因此貝勒岳託等。不再與較。因請乘勝攻取皮島。太宗不許。諭之曰。覽來奏。知汝等欲取皮島。朕意以爲皮島無甚關係。不必疲我兵力。聞明國內流賊猖獗。選調寧遠錦州兵前往應援。又有逃來之人云。祖大壽之弟。在前屯衛爲總兵。朕當遣兵往征寧遠。汝等酌留大臣鎭守旅順口。可卽班師。貝勒岳託等見諭。自然照辦。惟關於旅順口大概情形。以及如何把守之事。必須略爲奏明。還有一節。就是孔耿二人任意搜括之事。也須報告太宗知道。省得日後有知情不舉之罪。當下繕具本章。着人齎去。其略曰。

臣等奉諭班師。留葉臣伊爾登率每旗官三員兵二千五百名。遊擊佟圖賚。率漢備禦二員。舊漢軍百名。駐守旅順口。其地雖有水爲限。空曠可慮。應設瞭哨。迤邐相接。令駐守官兵。携兩月糧米。現移駐金州。前蒙諭令優待孔元帥耿總兵。臣等自思。亦極力優待之矣。當拔城後。其所屬將士。俱入城。凡官廨市肆。富民房屋。皆爲所佔。俘獲人口。多指稱親戚。挈之而去。臣等雖微有不平。未嘗稍露意語。遣巴克什等與語曰。元帥總兵任意携去。我等不爲介懷。若部下人。假稱主將號令。大肆搜括。則凡我衝鋒陷陣之士卒。將以何爲賞。竊慮三軍懷怨。後此再遇攻戰。無由使其踴躍趨赴也。彼口雖佯應。而貪得之心。已形於色。故彼所收取者。盡數與之。凡以親戚爲言者。亦任其領去。據彼云。所得人數。七百四十八名。以臣等觀之。尚不止此。荷天之佑。臣等俘獲頗多。歸期尚難預定。擬留砲車於蓋州。所俘人口。並留於後。惟携入官之物。與臣等偕行。不敢稽遲也。

話說太宗。覽了此奏。不覺暗笑。遂復遣官傳諭曰。爾等至海州。當即先遣人奏報。朕迎至渾河岸。爾等可與孔元帥耿總兵同來相見。砲車留於蓋州。付石國柱雅什塔善爲守藏。將來可由驛遞送。現駕砲車之牛。各結還本主領去。至所稱駐防軍士糧米。俟爾等到日再議。朕思爾等方攻破旅順口。軍威疊震之時。明人惟恐我兵前進。不能堅守內地。豈暇來犯我境乎。二位貝勒見諭。差人報以還師之日。是日太宗駕至渾河岸。立八纛祭天。既而御黃幄。以俟凱旋諸將進見。時孔有德以墜馬傷手。與耿仲明俱留東京。未能同來。

論理孔有德不過墜馬傷手。也不至不能行動。所以留在遼陽。託詞養傷。實因內心有愧。怎麼頭一次出兵。就來這麼一套私括人民財物的把戲。又不知貝勒們怎樣報告。太宗是如何打算。所以才故意報病。聽一聽太宗有何諭旨。單說太宗見貝勒岳託等已然凱旋。先命從臣傳諭貝勒大臣等在行間安否。大臣薩木喀遂進前奏曰。謹遵指授方略。攻克旅順口城。悉蒙皇上福庇。君臣慰勞答謝以畢。遂設大宴。自兩貝勒以下。悉酌金卮。並將所俘諸物。敬獻上前。據當時紀錄。此次攻克旅順。不但城郭要塞。悉為太宗所有。計人口五千三百有餘。馬牛騾驢數百頭。金二百十二兩。銀二萬一千二百兩。人參八箱。裘服皮張軍裝器具等物不計其數。不過這些人口物品。有益軍國者。自然都照前例隸歸旗下。其餘諸物。則分賞出征效力人員。孔有德耿仲明。雖然自行搜括不少人民財物。在表面上也是出力人員。一樣也得褒獎。所以特地派員傳諭有德曰。

> 元帥遠道從戎。所行事宜。實獲我心。招撫山民。尤大有裨益。不謂勞頓之身。又遭銜橛之失。佇聞痊可。用慰朕懷。

孔有德耿仲明。接得這道諭旨。就如一塊石頭落了地。並且把他們私行搜括的事。一字不提。反說是收撫山民。實獲我心。可見貝勒們也不曾說他們的壞話。過犯倒反為大功。當時具本奏謝。不過他們的部下。氣質上總不大馴順。沒事時只作些嫖賭的事。沒有錢。竟敢私賣軍器馬匹。這種習慣。若是不加矯正。不但沒有益處。不知要行出什麼不法的行爲。所以太宗在數日以後。又諭令孔耿曰。

爾都元帥總兵官。久習攻戰。軍律素嫻。何俟朕諭。但恐無知士卒。有私賣馬步軍器。致缺損者。宜急爲修整。卿等携來之紅夷大小砲。已運至通遠堡。即付卿等。與一切軍器。令軍士勤於演習。勿間斷。旗纛俱用皂色。馬匹各用印烙。繫印牌。以滿洲字書本主姓名。及本管官銜。並多備絆馬索。便於野牧。凡軍士甲冑及盔尾。俱以白布號帶書滿洲字綴之。師行之日。厮卒人等。各按部伍。毋得紊亂。

由此諭旨。我們可以知通孔耿二人。未歸太宗以前。他們的部隊。並不見得有什麼節制。而且十分紊亂。經此一番整頓。才漸漸成了節制之師。孔耿得諭後。自然遵照辦理。不在話下。到了本年秋九月。遂起兵征明。因爲自從征討察哈爾。和明巡撫沈棨結盟以後。太宗對明。一向未曾出師。仍以和平解決爲望。不想明人諱和。至今未報。但是太宗的國內。休養生息。自有一天勝似一天。明方則每況愈下。所以太宗曾於事前。召集貝勒大臣。詢以征明及朝鮮察哈爾。三者宜孰先。使各抒所見。於是貝勒濟爾哈朗起立曰。

朝鮮不遵我約。當反其貢物。姑與互市。不必往征。至若明方。乃吾敵國。宜令貝勒大臣。率兵深入。取其近京數城。因糧於敵。久駐伺隙。以期必勝。別屯兵山海關以東。錦州以西。攪其耕穫。

使不得休息。復携梯牌砲車。分兵之半。於山海關外立營。另以一半。繞入關內。內外夾攻。彼必勢窮力絀矣。

濟爾哈朗言畢。復歸本座。貝勒阿濟格因前言曰。

前者我兵。圍大凌河。四閱月。盡獲其良將精兵。在國家固有得人之慶。然而從征士卒。及新附蒙古。一無所得。皆以爲徒勞。今歲不即征明者。爲耕種故耳。耕種初畢。可即興師。皇上親駐邊外。令諸貝勒大臣。率兵入邊。所到之處。張示招降。然後相敵形勢。酌量緩急。以定進取。俘獲人口。每旗計甲均派。帶回可也。

旋由貝勒多爾袞起立言曰。

宜整頓兵馬。乘穀熟時入邊。圍燕京。截其援兵。毀其屯堡。爲久駐計。可坐而待其斃也。

多爾袞言畢。其弟多鐸繼起言曰。

我國之兵。非怯於鬬者。但止攻山海關外之城。有如射覆。豈可必得。夫攻山海關以外之城。與攻燕京通州之城。名雖不同。勞苦則一。臣以爲宜入長城。庶可饜士卒之心。亦可成久遠之計。且相機審時。古語有之。我兵若耽延旦夕。則敵人漸知預備。固其城池。根本修治。何隙之可乘。我國何愛於明。祗念士卒勞苦。姑與之和。若乘時可取。原不待再計也。至若察哈爾。且勿加兵。已和之朝鮮。勿遽與之絕。惟先圖其大者。如蒙天佑得之。則其餘隨我所求而皆至矣。

多鐸將話說完。貝勒杜度趨前陳策曰。

朝鮮已在掌握。宜勿征。察哈爾如與我逼。則征之。得破察哈爾。則天下自然膽裂。若尚遠。可取大同邊地秣馬。即深入明境。（察哈爾行國故有逼遠之論逼爲來犯遠爲遁逃）

貝勒岳託見杜度語畢。因起立言曰。

時不可失。事宜勇斷。宜乘此時。於明山海關。通州。燕京三處。先圖其一。以立丕基。

貝勒薩哈璘曰

察哈爾蟲食穴中。勢將自斃。而不煩急圖。至於明。則我兵少緩一季。彼之守禦益固。當於今秋。乘彼禾稼方熟。因粮於彼。爲兩次進兵之計。初次只簡精銳。務輕便往來襲擊。俘獲既多。即速出邊。第二次令已出痘貝勒率衆軍自一片石。奪山海關。則寧遠錦州。爲無用矣。不然。仍從故道而入。（此處所謂故道、指天聰三年十月、破龍井關大安口、攻至燕京而言。）斷燕京四面之路。取彼積儲之地。堅守勿歸。乘機伺便。縱兵奮攻。二三年中。大勳克集矣。

薩哈璘語竟。貝勒豪格言曰。

錦州寧遠。攻之無益。何也。我國攻城之法。彼盡知之。況我兵曾屢攻而未得。若復令攻。必有畏難之意。雖得錦州。此外七城。尚煩攻取。若徒得一城。其餘皆堅壁不下。彌旬曠日。恐老我師。今宜盡率我衆。及新舊蒙古。從故道而入。爲書頒示屯寨。及各城。告以我願和。而彼不肯和。則彼處人民。雖被瘡痍。將自怨其主。無尤於我。若馬匹疲斃。卽以所獲之資買馬。其餘幷以製衣。則我兵奮勇。靡有退志。而邊外蒙古。亦得饜所欲矣。再用更番之法。俟秣馬肥壯。益以練習火器之漢軍。携巨砲分兵兩路。一從寧遠入。一從故道入。夾攻山海關。進攻通州。得與不得。皆久駐其他。遣人往偵流賊情形。伺彼分師捍禦時擊之。必可圖也。至於朝鮮。且暫行撫慰。俟我與敵勝負既定。再爲區處。

豪格之語既畢。貝勒阿巴泰繼進言曰。

明國情形。皇上既悉知之。其地利臣等亦熟識之。宜選精兵。襲其不備。則關門可得。親統大軍駐關外。擇貝勒大臣。令入關分路攻取。若獲可用之人。送至御營。委遣往來彼處。消息易得。錦州無足顧慮也。

阿巴泰把話說完。貝勒中如大貝勒代喜。三貝勒古莽爾泰。皆伴上靜聽。無發言者。太宗遂以目向大臣席那邊看了看。只見大臣席中。首由額駙揚古利起立言曰。

我之於明。暇則一年再征。不暇亦一年一征。乃爲善策。當令已出痘貝勒將帥。率兵深入其境。

凡兵士所獲。不計多寡。聽其自取。則人人貪得。不待驅逼而賈勇爭先矣。所得城堡。惟貝勒更番駐劄。屬下兵將。勿使移易。蓋不辭勞苦者。方能成功。如謂有妨農事。則待農竣興師。令婦子收穫。農事亦無妨也。朝鮮察哈爾。且置度外。山海關外。寧遠錦州。亦且緩圖。但宜深入腹地。腹裏既得。朝鮮皆吾手足。察哈爾自歸順矣。

繼揚古利而進言者。爲管正黃旗楞額里。其言曰。

宜先抵燕京。任我兵所取而回。然後再入山海關。扼險佳劄。積粮城中。以備往來攻伐之用。

管正紅旗和碩圖曰。

宜相度明之邊界。乘瑕而入。其還師遲速。難以預料。必先修固我城堡。乃無敵人窺覘之虞。

管鑲紅旗葉臣曰。

宜先抵大同宣府。秣馬休兵。偵探察哈爾踪跡。近則我兵往征。若已遠遁。則我即入明邊地。焚其廬舍。近逼燕京。晝夜攻鬪。名爲帝都。其實易克。彼城上多積火藥。必自焚。且就彼近城一帶。伐木造梯牌。多方攻取。城即不克。亦足耀我軍威。如從山海路襲入。恐軍士俱無所得。徒勞苦也。

管鑲藍旗宗室芬古曰。

我軍蓄銳已久。其勢可用。宜即入明邊。攻取其近京城堡。何憂事之不成。

與其盤桓於山海關。不若徑入其內地。審敵之情形。備梯牌以爲攻具。乘機摧陷之。

管廂白旗伊爾登曰。

管正白旗喀克篤里曰。

我國之人。利行師。不宜偃息。今誠征明。則上天之眷佑。與人心之豫順。適相協應矣。

當貝勒大臣們陳說策略時。太宗只是靜聽。不加可否。及見大家把話說完。才向大家宣諭說。你們的意見。俱有可採。並且大多數主張征明。與朕頗有同心。不過軍旅之事。未可執一而論。明雖吾仇。其人民則甚可憫。朕意仍擬由山海關入。其路近。其事順。於是以秋八月壬戌。起兵征明。欲知後事如何。且待下回分解。

第二十四回

入明邊復興四路兵　滅揷漢獲得傳國璽

却說諸貝勒大臣。在太宗御前各抒己見。發表爭戰策略以後。幾乎全部皆主征明。惟貝勒杜度。主張征察哈爾。謂破察哈爾。則天下自然膽裂。按照當時大勢。明雖共主。國大人衆。然而政治腐敗。內外交攻。察哈爾雖不能與明並肩。而系出元後。林丹汗自謂有控弦四十萬。故明廷款之。年與歲幣。倚爲左右手。但是察哈爾雖强。始終不敵新興之滿洲。如一舉破其國。收其地。明失依倚。幾何不膽裂乎。於此可知當時的察哈爾。仍一敵國。而不可輕視者也。故杜度有此論。且謂逼則取之。如已遠遁。則移師取大同。以深入明境。在當時此論。雖似尋常。不謂後來一如其言。至於主張攻破山海關者。乃爲當時一般之希望。誠以山海一下。則內外打通。中原不難唾手而得也。是以自太祖攻下廣寧。即欲開通寧錦大道。西叩關門。無奈明雖積弱。竭天下之力。以守天下第一關之絕險。固非一時所能攻陷。且自關以東。連關重險。不一而足。一夫守之。千人莫過之地。未可一二數。況自熊廷弼袁崇煥先後督師。規模素具。以守爲戰。恒著奇效。後人因之。其軍雖不足以言戰。至於守禦。則尚不弱於往昔。即如大凌新築之孤城。圍之四月。粮盡援絕始降。矧在寧錦堅城。其儲蓄援軍。有非大凌可比者乎。然而自太宗方面言之。固以得寧錦破關門爲至便。所不勝駭異者。終太宗之世。師雄如雨。將猛如雲。而迄未入關門一步。則明猶能以天下之力赴之也。及其不能以天下赴。而關門遂自啓矣。善夫魏源氏之論曰。『謹稽乾隆四十三年。高宗純皇帝巡狩盛京諭言。山海關京東天險。明代重兵、守此以防我朝。而大軍每從喜峰居庸間道內襲。如入無人之境。然終有山海關控扼其間。則內外聲勢不接。即入其他口。而彼得撓我後路。故貝勒阿敏。棄灤永遵遷四城而歸。太宗雖怒譴之。而自此遂不親統軍入口。所克山東直隸郡邑。輒不守而去。皆由山海關阻隔之故。乃不旋踵而吳三桂請師討賊。反開關以延我師之入。在德不在險。詎不信哉。臣源又按。大軍至山東時。亦不用扼運河之策者。明糧艘夏北秋南。與我師多至春歸之期不相値。若留軍盛夏。又有暑雨蒸溽。士馬瘟疫。師老敵乘之慮。故用兵有小天時。有大天時。小天時以決利鈍。大天時以決興亡。愼其小時。則軍出萬全。俟其大時。則一戎衣而成帝業。』魏默深先生這篇議論。中肯已極。把太宗時代所以不能入關之故。發揮靡遺。愼小以俟大。固爲當時實情。而明之漕船夏北秋南。亦足以資明廷出全力以爲關守。向使大軍能扼運河。斷其糧路。燕京唾手可得矣。然而不能者。軍行利冬。春暖必歸故也。閒話不表。却說太宗見諸貝勒大臣咸主征明。主張征朝鮮者絕無一人。遂命貝勒阿巴泰、阿濟格、薩哈璘、豪格、額駙揚古利。管蒙古軍武納格等。率兵二千。往征山海關一路。起纛之日。太宗躬謁堂子告祭。送之五里以外。若說二千兵馬。便能攻破山海關。無此易事。因爲聽說明國內亂。流寇猖獗。關外明兵。有奉調入援之說。所以姑派此數。以嘗試之。不意衰弱的明廷。正恃關門以延殘喘。那敢把關外重兵。調去剿賊。因此賊勢益張。關外的精兵勇將。以後倒都成了清帝的先驅。這實在是天實爲之。非人力所能逆睹了。却說太宗把阿巴泰等送至五里以外。授以方略。囑以諸事小心。可進則進。以策萬全。切不可無功而返。致貽話柄。

當下衆將領命而去。過了廣寧。便沿途張示榜文。以曉諭明地人民曰。

滿洲國皇帝諭明國人民知悉。干戈原非朕起。實由爾主偏助邊外葉赫。釀成禍階。朕思上天以好生爲德。干戈一動。則民命傷殘。于是常以講和爲念。孰意爾朝廷不愛國而愛財。不爲民而爲己。諸臣又俱各貪位慕祿。恐據理直言。致遭貶譴。是以苟且偷安。不將成敗之勢。奏達于朝廷。以贊成和議。使爾等罹兵刃而蹈湯火也。爾朝廷大臣。既不贊和議。甘陷爾等於死地。朕亦無如之何。是爾等之被荼毒。非朕之故。皆由爾朝廷大臣荼毒之也。爾等當怨爾朝廷大臣。于朕何尤。

這等榜文。分明是照前面諸貝勒所議的。爲是嫁責於明廷。而且還可以激動明民仇視官府之惡感。這種策略。在當時很收相當的成效。因爲無論那一國的人民。都希望安居樂業。安居樂業的條件。頭一件是太平。第二樣是無苛政。可是在明末的時候。太平既不可望。苛政又不能免。起初還以爲滿洲造反。想奪天下。後來屢屢見了太宗的榜文。才知道滿洲本來是願和的。只是因爲朝廷不肯派人去和他們說話。非要把人家赶到黑龍江以北。驅入大海不可。因此才動了干戈。一下子就二三十年。現在老百姓都窮很了。不和好息爭。所爲何來。這樣一埋怨。勉强能支持的。依然忍着。沒錢沒業的。便去投入流賊。爲什麼流賊的勢力。一天大似一天。沒幾年糜爛了十幾省。在宣傳戰上。明人也吃了不少的大虧呢。却說貝勒阿巴泰等。奉命出師之後。於路彼此談論。都說以二千之衆。西破關門。絕無成功之理。我們到了那里。善觀方便好了。因爲他們在御前論戰時。多一半是不主攻寧錦。願從北邊各口。毀墻而入。如今却着他們去伐山海關一路。那能不半途而廢呢。他們一路行去。所過村堡屯寨。無不望風而逃。偶遇明方哨兵。也多斬獲。但是他們始終未能攻下一城。因爲他們並無得城久駐的意思。只不過照出獵旅行一般。很快的已然到了中前所。只得差人到關上去偵察。回來說。兵馬屯駐甚多。已然有了准備。諸將只得駐營計議道。我們還想到山海關看看麽。假如我們正在攻關。後方明兵掩殺上來。我們前後受敵。欲退不可能了。阿巴泰在當時。算是主將。便向諸人說。我軍已入險地。不可再爲深入。好在所過之處。明人不敢邀截。不如仍從故道而返。薩哈璘、豪格、皆贊斯說。貝勒阿濟格曰。不可。若由故道而返。上必罪責。且何以耀我兵威耶不如自寧錦大道回軍。庶免無功之誚。原來他們進軍時。是由廣寧義州。沿着邊墻。殺到山海關以外。這一路無大城。也無重兵把守。故此來時極爲順利。今若捨故道改從寧錦回兵。形勢自然不同了。山海關外有七八大城。屯寨無數。重兵十數萬人。若說以二千之衆。在敵人防地中。逍遙通過。未免要冒十二分的大險。所以阿濟格一提此議。有贊成的也有反對的。結果決之多數。決從寧遠大道而返。他們這宗行徑。雖似冒險。却不知當時明方兵將。也有一種牢不可破的打算。他們歷來是避野戰而善爲城守。因爲他們由多年的經驗。知道野戰決無勝算。所以出全力以鞏固城池。配置火器。每遇滿洲兵來侵。只有登陣固守。出城決戰的事很少。這次阿巴泰等率兵自北路進至關外。他們豈有不知道的。只是他們抱定你不來我不還擊的老法子。自然也就容許他們越城而過。阿巴泰等也就很無事的由敵地中耀兵而還。他們却不想明兵雖不敢迎頭堵截。等軍隊行過。從後掩擊的事也不能免。論理他們回軍時。應當注意後方。以防敵兵追襲。因爲多日無事。也就把這事不在意。只留圖魯什勞薩。率領百餘名哨兵。在後爲殿。圖魯什勞薩。在當時全是著了名的捉生勇將。手下兵卒也皆了得。不然的話。正恐他們不能全師而返呢。這時他們已把寧錦等大城越過。眼見到了本國的領域。不想有明兵數百。乘其不意。從後掩至。還軍之際。人人皆在思歸。並未在意。忽遇敵兵追襲。這是何等慌迫。幸喜圖魯什勞薩。皆爲久經大敵之人。突見敵兵襲來。一面派人飛馬報告前隊。一面急令所率百餘騎。散列作一半環橫陣。並不退後。反倒控弦以待。這時明兵蜂擁而來。本擬敵隊紊亂。人人思想。然後追擊可獲全勝。不意敵人反倒橫陣以待。只聽弓弦響處。矢如飛至。前行者。多數中箭。紛紛墜馬。當下一陣大亂。不敢再追。正在忙亂應敵之際。圖勞二將。業已率衆殺入陣中。這時前行部隊。早已接得報告。首由巴克什武納格。率領從卒。爭先還擊。大軍也皆返騎殺回。明兵討不得行。反遭痛擊。當下潰散。並且損失許多軍裝馬匹。阿巴泰等重整隊伍。安然而返。前後約在外行軍一個月。太宗見報。親往迎之城外三里。樹纛拜天。然後召見諸將。責以不聽指示。

自行回軍。旣決回軍。爲何不設伏兵。以截殺明之追兵。幸圖魯什等勇敢。又荷天佑。始敗明兵。否則爾等尙能安歸。來見朕耶。以後出兵。必須謹記朕言。諸貝勒大臣。皆引咎。不在話下。卻說自孔有德耿仲明倒反登州。殺官破城。投降滿洲以後。駐在登州的文武官吏。不說從前扣餉激變。反倒疑心由遼東移來的軍隊。大多數皆靠不住。尤其是生長在遼東的。他們久已沾染了滿洲習慣。什麼事都說滿洲好。這要不加淘汰。將來難免不再有孔耿造反的事。所以他們稟承上官意旨。把所有遼籍的人。盡行査出。不是遣赴邊遠地方。便是解送關外。交由該地將領看管。或是委用。因此本來是遼籍的。也不敢說是遼東人。但是他們的口音。究竟不能遮飾。其中有個叫蔡賓的。關外習慣。更是十足。不愛拘泥小節。言談舉止。總免不了豪俠的風度。他現在登州任職都司。下邊所屬的弟兄。也多爲遼東人。因見長官毫無理由的。防嫌着遼人。他們都很不平。這一日由蔡賓爲首。去向長官理論曲直說。我們遼東人。有甚不是。竟自這樣猜忌我們。現在正是用人之秋。彼此和衷共濟。還恐力單。怎麼分起畛域。自從軍事吃緊。幾次大戰。都是遼東人先去賣命。有甚對不起國家的地方。如今反倒這樣排斥我們。這位長官脾氣很大。見蔡賓向他來說話。已然覺得越分。不想又提出這個問題。不由得心頭火起。當下向蔡賓喝道。你說你們遼東人沒有不是。那孔有德耿仲明是那里來的。倒反登州。殺官奪印。把半個山東省。弄得糜爛不堪。不是他們麼。你們那地方。根本是化外。自來又受建州的利誘。差不多個個都懷着異志。還便嘴說沒不是。蔡賓一聽。氣急了。便不顧一切的向長官說。總兵。你老這是什麼科兒。難道把我們都看成孔有德耿仲明一樣麼。孔耿二人。原是毛文龍的舊部。曾冒毛姓。毛文龍你老不知他是那里人嗎。他是生在山明水秀的浙江省仁和縣。怎麼也會佔據皮島。從中漁利。假如他若不是先被袁巡撫設計殺了。還不是早已實現了他的異志。可見孔有德耿仲明。全是禀承他的遺志。深受他的薰淘。怎的說惟有遼人獨有異志呢。偏巧這位長官也是江南人。見蔡賓這樣肆口胡說。早已勃然大怒道。你敢汚蔑毛大帥嗎。他是好人。蔡賓說既是好人。爲什麼袁崇煥把他殺死。總兵說。那是爲爭功。他給毛大帥加的罪名。都是莫須有。蔡賓道。却又來。毛文龍名頭大了。便有同鄉爲他申辯。偏我們遼東人。就都是有異志的。現在國家內憂外患。相逼而來。正大丈夫馬革裹屍之日。以報君父之恩。怎麼着、還把遼東和十七省分作十八國嗎。若是這樣顯分畛域。彼此嫉妬。不第孔耿的事要接踵而起。恐怕國家大計。也要不堪聞問了。古語說。木必先腐而後虫生。人必先疑而後讒入。國家大患。就怕的是自殘骨肉。彼此都有仇恨之心。誰說的呢。我們都會有了異志。總兵雖然被蔡賓問的說不出什麼理由。心裡已然氣苦萬分。最後的判斷是。你看你們遼東人。這種野氣。實在令人不敢放心。下去吧。等我禀明巡撫。自有辦法。蔡賓也不便再與他申辯。只得負氣而去。次日文書下來了。說蔡賓等二十四人。平日傲慢不法。舉動狂躁。姑念在營効力多年。不忍加誅。着解往寧遠。軍前効力。：蔡賓等見了官事。人人氣憤。而又無可如何。大家計議。等走在半路再說。蔡賓手脚。本來十分了得。同遣之人。又都是關東大漢。解送他們的 只有一名百總。名叫姚世忠。另外還有幾名兵卒。他們一路之上。水路兼行。在人多有駐兵的地方。固然不敢有何舉動。及至入了遼西地面。人煙稀少。盡是曠野荒田。蔡賓等早已計議好了。這一到了寧遠。拿罪人看待。還有出頭之日麽。不如殺了姚世忠。投往滿洲國。回老家去吧。這日他們所走之路益行荒僻。蔡賓暗暗向大家使了一個眼色。乘其不備。先將姚世忠按倒。奪其兵刃。那些兵卒。也就無能爲了。因爲他們是被解送的。佩刀兵刃自然全被解除。要想逃脫。非赤手空拳。奮戰不可。幸喜蔡賓武術精强。正行走間。突出不意。回身一拳。將姚世忠打倒。隨手把他的佩刀搶到手中。姚世忠正待爭扎時。已被蔡賓殺死了。幫同解送的幾名從卒。一見蔡賓反了。竟敢殺死解差。又驚又慌。方欲上前捕捉。却不想同行被解的。一齊叛變。本來蔡賓手脚了得。又得了姚世忠的佩刀。還有多人幫助。不一會把幾名從卒。也都解決了。他們赤手空拳。差不多是由死裡逃生。雖然也有幾個受傷的。但是却無死亡。可謂萬幸了。這時大家喘喘氣。裹好了傷處。因由蔡賓向大家說。兄弟們。我們的罪越弄越大了。還要被官兵拿捕了去。還不是一剮。我們大家赶快逃入滿洲國吧。好在那里有孔元帥。一定會收留我們的。他們也眞可憐。不走此路。也眞沒去處。於是他們由被殺死的屍身上。搜集了一些碎銀錢。以作用度。又每人擇了一把較好的刀。晝伏夜行的。繞道入了太宗的領地。向地方守將說明所以。地方守將。行文瀋陽請求辦法。不日太宗降諭。着將蔡賓等護送前來。交付孔元帥授職安揷。因諭孔有德曰。蔡賓之歸我也。亦爲元帥故耳。朕嘉其來。賜以裘一馬一銀百兩。其餘或厚加恩養。或陞以官爵。悉聽爾酌量行之。從此蔡賓等便在孔有德麾下。作了軍校。不在話下。却說本年夏間。貝勒岳託。元帥孔有德等。攻克旅順口的當兒。明總兵黃龍。因海陸受敵。勢不可支。遂命人偷駕小舟。往廣鹿島去乞援兵。時廣鹿島守將。乃副將尙可喜。他爲什麼到了廣鹿島呢。原先廣鹿島中。本有明兵駐守。後因孔有德耿仲明由登州來降。不想被風漂至該島。遂乘勢取之。沒多日。孔耿降了太宗。命駐東京。該島又復歸明。黃龍遂派尙可喜。率兵前往駐守。以作旅順外衛。現在旅順受攻。所以急調可喜來援。不想可喜所率兵船。將到旅順近海。旅順城已被攻落。黃龍戰死。可喜料知難以克服。也就很忽忙的依舊率衆回守廣鹿島去了。彼時貝勒大臣們。本擬乘勝收取海上各島。一鼓肅淸。因爲太宗不許。說他們無非疥癬之疾。用不着疲我兵士。所以貝勒岳託等。得了旅順。便奉命班師。海上諸島。便暫爲放棄。若說照皮島那樣接近朝鮮。還不時有朝鮮官兵暗中接濟。倒能維持現狀。廣鹿諸島。則不然了。平日全仗由旅順發給粮餉。現在旅順失了。眼看無有倚靠。只得仰給於登州。只是自從孔耿叛變。登州官民已然恨極了遼東人。現在又證實了蔡賓等。殺死了解送官姚世忠。投奔滿洲。大約尙可喜也是不可靠的了。所以可喜請求了好幾次。也沒人理他。算了算。他所統轄的廣鹿、長山、石城三島。一共也有兵民二千餘戶。苦無接濟。如何得了。最近的登州。都不答理。求援遠處。更不成了。假如滿洲派兵來取。如何抵禦。想到這里。不如也效孔耿。歸降滿洲。倒是正理。孔耿二人。都是反將。尙蒙優禮。何況我們。若是投去。自然也不能薄待。當下派遣部下盧可用。前往通款。太宗大喜。遂作書令人齎去。招使來歸。不失王侯之賞。可喜見書。歡喜非常。傳令三島人民軍士。一齊收拾財帛等物。連同軍裝馬匹大小砲位。裝入數艘海船。以天聰八年二月。泛海由洪水堡登陸來歸。詔八旗官兵。有馬四匹以上者。各撥出二匹。迎之海瀕。諸貝勒以及家有積糧者。共匀出四千多石。以贍養之。當時以八貝勒家爲最富。次則八旗八大家。一曰瓜爾佳氏。費英東之後。一曰鈕祜祿氏。額亦都之後。一曰舒穆祿氏。揚古利之後。一曰那拉氏。葉赫之後。一曰棟鄂氏。何和理之後。一曰馬佳氏圖海之後。一曰伊爾根覺羅氏。安費揚古之後。一曰輝發氏。阿蘭泰之後。固然。當時著姓不止此八家。其餘有田土丁口的。爲數正多。便是當時歸附的明人蒙古。一樣也有大家。因爲時當開創。在財政和物資上。有好多地方不能採用明制。卽如官吏的俸給。兵丁的月餉。決其沒有那末多的銀錢現貨。按年按月發給的。旣不發給俸餉。難道教官吏枵復從公嗎。自然也有替代俸給的東西。於是乎有田宅的賜予。有人口的分隸。儼然就是古時封建的遺制。不過古代封建。是封國。有五等附庸。以及卿大夫食采之殊。清初雖然在事實上是這樣。除了入關以後的三藩。在關外並沒有大規模的封建。一概統以旗制。在所屬的旗分以下。固然各有他們耕作牧放以及住居之地。而同時屬於某一旗的大小官吏。又各有他們自己的土地和丁口。雖然不關俸。而土地之出產。丁口之勞作。每年所得。比起普通的俸給。或反有過而無一不及了。但是他們不白白享受這些土地和人戶之利益。如遇國家需要物資。以及國家的一切徭役。他們不但應出財物。而他們所自有的人丁。也須撥出若干。爲國服務。所以那時候。不必由國家動用一文。官公需要。都能咄嗟可辦。去年到鎮江去迎孔耿。由八家貝勒。以及內廐馬。共出二千匹。此次往洪水堡去迎尙可喜。又詔八旗有馬四匹以上者。各出二匹。這都是臨時的差徭供億。乃是他們所應盡的義務。出糧出人。也是如此。因爲這些東西。都是由國家賜給他們。以代俸祿。自然除了自己使用。同時也得效力於國。和後世納稅。同一意義。或曰。物歸私有可矣。怎麼把人口也當作普通的財產。和其他物品一同賞賜呢。若拿現在的思想。以論此事。便覺種種不對。所以就有人說。拿人口當財產。是女眞民族獨有的鄙風。反正三百來年。良風美俗。舉以歸之漢人。而野蠻陋習。就通通歸之滿人。這都由於不虛心。好以今人之見。以議古事。這拿人口當私財的。無論那個民族。都是曾經有過的事。三代的封建社會。不用說了。就如私有人口。用商行爲彼此買賣的事。直到如今也未絕跡呵。就拏典午朝的晉人說。那是何等風流儒雅。後人無不羨慕。但是照石崇王愷等貴族。他們家裡所使用的男女下人。並不是照現在出錢僱用的。全是以權力而私有的。石崇曾使女婢向王敦勸酒。說。如不飲。便殺却。女婢很駭怕而又很希冀的向敦去勸酒。王敦竟不飲。便喝令殺了一個。又使別婢勸。一共殺了三個。王敦始終不飲。說他家的人。隨便殺。與我何干。（見世說。可惜我不大記得了）。這樣的事。由後世看起來。也太難了。但是在古時。却很平常。因爲他們本來拿人當作財產的。和打碎一枝珊瑚一樣。女眞人不如晉人文明。便是殺人。也有雅俗之分。殺勸酒之婢。好象也有詩意似的。如果出在女眞。就不知說是何等的野蠻殘酷。

清初關外時代。也未免幹得太凶。打勝了仗。硬把戰地人民。全都俘獲了去。造具花名。分撥在各旗下充丁。或是用以賞賚有功。或投降的明將。這由表面上看來。是何等的蠻法。人家在一個地方住的好好的。忽用武力擄去。這不能不說是暴橫。但是一考其實。禍兮福所倚。因禍得福的。可以說是不可勝計。後來形勢一變。反客爲主。由壯丁莊戶。而昇爲地主富家翁的。不一而足。然論那一個民族。恐怕也沒有這樣的儍辦法。滿洲人可以說完全不懂得經濟。也不知道財產是怎樣經營。胡裡胡塗。委之他人。自己只擔了一個主人的空名。有權有勢的時候。還勉强算你的。權勢一墜。自然就脫手而去。作主人的。你教他說個大概。都不能。那里還知道有多少田土出產呢。因爲他們根本沒有自己經營。把大權全行落到旁人手裡。這種直接經營財產。漸漸握有實權的。起初固然很不幸。全是由佔領地俘來的人民。但是他們舉族以遷。父子兄弟妻子。並未離散。到了國中之後。分配所屬。派定地點。名義上雖說是屬於某旗某貝勒。或是某人某人。不免近於一種力的財產。但是由他們直接致力生產。日久天長。他們便和該生產發生密切關係。無形之中。便操握了實權。而又有家主爲之保障。關於一切徭役。自然也援助家主。使其避重就輕。信用他們的心理。也就一天比一天加重。況且俘獲人中。如果是儒生。或有出人材幹。很容易的便能替貝勒或諸大家掌家務。或是出仕作官。這樣的俘虜聽着很駭怕。實際上大半是因禍得福。絕對和俄羅斯的農奴。是不一樣的。他們僅止於名義地位不美。實際的生活並不苦痛。而且越年久的。越得便宜。不怎麼入關以後。俘獲的事情雖然沒有了。可是自行投靠的事。又發生了。他們不但把身名家口。投在旗下。或某王府下。連他們的田園也一齊願意圈了去。因爲從此可以享受優越的待遇。免除一切的課賦。由此一點。我們就可以看出來。滿洲人是怎的不重視財產。而惟屬人是託了。閒言不表。單說尙可喜。率領大小船隻。到了洪水堡的海口。只見海岸上。早有幾位貝勒大臣。率官來接。可喜甚爲滿意。當下見禮已畢。示以太宗諭旨。命他們在海州安住。海州就是現在的海城。尙氏子孫。至今猶而世守先塋。却說可喜見太宗如此優待。旣賜田宅廬舍。又贈粮石馬匹。感激之餘。誓以死報。諸貝勒大臣。見可喜儀表不凡。稟賦純厚。益加敬愛。當下先同可喜進了海州城。船隻行李等項。撥派官兵代爲搬運。沒多日。業已粗爲就緒。遂具表欲進京謝恩。太宗諭以跋涉勞頓。緩期來朝。本來可喜所携兵民人戶。共二千餘戶。也不下一萬多人。査閱安插。也正需時。再說他原先和黃龍一同在旅順駐守。那里也有不少親戚眷口。後因旅順失陷。便全被孔耿二將俘去。現在一一査明。報告太宗。太宗向來不許分散人的家族親戚。當命孔有德耿仲明。將在旅順口所獲可喜親戚査出。付給可喜。一同在海州聚處。夏四月。尚可喜進京朝謁。這時瀋陽城的增修業已大體竣工。宮殿也有幾處建築得頗爲宏大。因命禮部擬定京城名號。稱瀋陽城曰。天眷盛京。稱赫圖阿拉城曰天眷興京。尙可喜卽來京朝見。太宗因率貝勒大臣迎於十里以外。所有典制。以及朝見禮節。一如孔有德耿仲明之例。朝見畢。授可喜爲總兵官。賜以敕書。宥原一切過犯。隨來部校盧可用。金玉奎。並授參將。此外石城島千總袁家晉。劉文奎等。並以原職。隸歸可喜部下。諸事完畢。遂命禮部大臣。伴送歸還海州駐守。不在話下。却說國家大政。文武不可偏廢。有文事必有武備。若一意右武。則文化不免落伍。馴致文字一錢不值。文人辱於走卒皀吏。天下必大亂矣。故聖人治世。文武並進。使各效其能。盡其職。無此輕彼重之勢。治隆祥和之世。自然而見。太宗爲天生開國英主。雖然天天在馬上拓土開疆。肇基帝業。並不是盲目的偏重武人。對於文化事業。恐怕要和武備一樣重視。所以後人研究清史說。入關以後的文化事業。雖然成於康熙乾隆之盛世。但是創立根基。撒布種子者。實爲太宗文皇帝。這話實在不錯。天聰初年。詔設文館。關於文化設施。已然有了具體的機關。到了崇德年間。改爲內三院。比前更有成效了。我們已然說過了。天聰三年九月。已然考試了一次儒生。與試的三百餘人。取中的二百人。現在已隔五個年頭。人才大約比前更多。程度呢當然也比從前進步了。所以在八年三月又行考試。這次的考試。不專限漢文。滿文、蒙文也一樣考試。從前只是小考。中式者謂之儒生。卽所謂秀才。這次除小考。又特別舉行鄉試。取中者謂之爲舉人。其科目及取中人數。大體如下。

第一類。漢生員。試以經籍。漢文。取中一等十六人。二等三十一人。三等一百八十一人。（人名不見記錄）

第二類。滿洲人習滿文者。試以滿書作文。取中者剛林、敦多惠。

第三類。滿人習漢書者。試以經籍。漢文。取中者察布海恩、國泰。

第四類。漢人習滿洲書者。試以作文翻譯。取中者宜成格。

第五類。漢人習漢書者。試以經史策論。取中者。齊國儒、朱燦然、羅繡錦、梁正大、雷興、馬國柱、金柱、王來用。

第六類。蒙古人習蒙古書者。試蒙古文字論文等。取中者。鄂博碩岱、蘇魯穆格。

右所舉第一類。是普通的考試。象是後來的學考。自第二類以下。爲分科考試。取中之人數。雖不如後來鄉試之多。但是在當時必須使用的三種文字。莫不與試。後來的清制。便由此而開其端了。太宗對於這次中式的舉人。十分嘉奬。每人賜衣一襲。免四丁。命禮部設宴。以光寵之。至於生員。則按等賜銀有差。到了五月。又命重定軍士軍隊名稱。當孔耿二將來歸時。曾命其用皂旗。及尚可喜來歸。恐旗幟無別。後來又命孔有德耿仲明。將所屬旗幟鑲以白邊。尚可喜的軍旗。皂色白圓心。以示區別。至是諭貝勒大臣曰。前此各旗所隸兵。止就管營將領稱爲某將領之兵。今宜以護軍、前鋒、守兵、邊兵、援兵、砲兵、騎兵、步兵、各營伍分別稱之。蒙古兵稱左翼右翼。石廷柱馬光遠所管稱漢軍。孔有德耿仲明所管稱天佑兵。尚可喜所管稱天助兵。此乃清代最初之綜合兵制。而有定名者。至是遂復起兵征明。先期諭外藩蒙古。使各部長以兵來會。復集各旗將校等頒發軍令。每牛彔下。各派騎兵二十名。先頭啓行。又各派護軍八名。次日啓行。右翼五旗。由上榆林進發。左翼五旗。由沙嶺進發。師行時。勿擅離本纛。勿酗酒。勿踐踏田禾。其大凌河、蒙古、及歸化城俘獲蒙古。與各處所獲新蒙古等。如現隸之本主。自言撫養得所。可保不逃者。許其携往。否即勿携。若携不足憑信之人。以致脫逃者。罪之。每甲剌出弓匠二名。每牛彔出鐵匠一名。钁五。鑽五。鍬五。斧五。鋸二。鑿一。每人隨帶鐮刀。各備一月糗糧。每牛彔出纛一。每二人共出鎗一。箭五十。每甲剌出雲梯一。

用預採乾木爲之。各備冬衣一副。凡馬絆。及匙碗。俱書字號。每兵携帳房一。（兵字上恐有脫文）這道軍令。足以看出當日行軍情形。八旗制度。以牛彔爲單位。雖說也有官設的軍裝庫。而眞正應手的東西。多半由各牛彔分掌。軍裝武器的儲蓄。自上而下。分別擔任。隨時點驗。有時發在軍士家裡。自行修理擦磨。所以他們的用具。都很應手。我們看自雲梯互重之物。以至匙碗之微。全由各牛彔各人備辦。自然平日都和軍士不離。最爲合用。與那臨時現發的窳敗不堪之物。自不能同日而語。且五月行軍。各備冬衣一副。亦可見其周密。有備無患也。軍令既下。各旗各牛彔。於咄嗟之間。凡物備齊。於是太宗率衆貝勒大臣。統軍親征。命貝勒濟爾哈朗。大臣蒙阿圖、薩璧翰、巴奇蘭、舒賽。留守盛京。諭之曰。如聞敵人來侵。須偵探確實。悉心商議。相機應援。愼勿張皇。料不過南路朝鮮。於晏安無事時。樂於搆釁而來耳。其沿海諸島漢人。已盡爲孔有德尚可喜等携來。今皮島所遺。止數千人。必不敢來。縱有敵兵侵邊外蒙古。可令圖爾格率兵防守彰武臺河之地。亦勿輕往援。凡留守軍士。勿令閒適。一應甲冑器械。俱令修整。倘荷天眷佑。佔得一隅之地。來調爾等。亦未可知。其城上所置大砲。俟城工完日。各按汛地。布列預備。其隨征小砲。列於城下。不時操演。勿致疎忽。貝勒濟爾哈朗聞諭奏曰。若明寧遠錦州一帶之兵。皆往內援。各城空虛。我等可率兵往取否。太宗曰。縱往。所獲有限。如必欲往。以耀兵威。亦必向西南捉生。一二次。偵敵確信。果無防兵。然後可令圖爾格等兵往。又召宗室塔拜博和託、瑪瞻、屯齊、蒙阿圖、薩璧翰、巴奇蘭。守將克徹尼偉齊等。諭以黽勉奉公。爲留守貝勒之輔翼。又命貝勒杜度。偕大臣薩木什喀。防守海州。諭曰。爾等駐防海州。如四境有敵侵。卽當往援。亦必以親往偵探之狀。遣人告留守盛京貝勒。若爾兵與敵衆寡相當。可相機掩殺。倘敵兵甚衆。可待留守盛京兵至。合謀出戰。若敵兵乘船來侵。非一夕所能驟至。我必先瞭見之。旣見。卽可嚴爲設備。又命大臣圖爾格。勞薩等。率兵出邊。渡遼河。沿彰武臺河駐劄。守衛外藩蒙古。並扼敵兵。諭之曰。爾等當從陽什穆河北岸。抵彰武臺河立營。與喀剌沁兵同駐。嘗見千兵合爲一隊。則覺其少。分爲數隊。則覺其多。可先分爲二隊。若遇敵至。勞薩一隊前擊。圖爾格一隊隨後。敵若自渾河內偪。或深入我錫剌穆倫河邊。則合爲一隊。力與戰。圖爾格奏曰。黃泥窪一路。若有敵至。當往擊否。太宗曰。爾等若往黃泥窪。恐敵乘後來襲。可令駐防勾驪河城四將。率兵四十。駐彼處村落。餘則爾等率之以行。其外藩蒙古。俱令退駐陽什穆河北。勿使沿邊屯住。諭畢。管兵部貝勒岳託謂圖爾格等曰。自隄岸以東。勾驪河以西。原置十四哨。可斟酌布置。晝則令軍士時時習射整理弓矢。夜欲休息。勿解衣。須張弓開甲囊以待。若駐營之處。牧草將盡。可遵上所指示地移之。未行攻敵。先防敵攻。太宗行軍。每每如此。却說太宗把後方防務分派已畢。遂命圖魯什、武拜、率領前鋒兵。石廷柱、馬光遠、王世選、率領漢軍先行。次日。管八旗大臣納穆泰、達爾漢、葉克舒、葉臣、宗室芬古、覺羅色勒、阿山、伊爾登、管蒙古左翼武訥格、管蒙古右翼阿岱。同孔有德、耿仲明、尚可喜、各率兵行。丁未日。太宗率貝勒大臣出撫近門。謁堂子。列八纛。鳴角奏樂。拜天。然後統師西發。行至陽什穆河。遂命沿河駐營。共結營三十。蜿蜒數十里。在五月十一日那天。太宗因決計出征。曾命大臣阿什達爾漢伊拜。往科爾沁調兵從征。他到了科爾沁。正趕上科爾沁貝勒額爾濟格之子、噶勒珠塞特爾。蠱惑部人。向北方叛去。所以急急赶回。聽說太宗已至陽什穆河。遂馳至御營。報告上項消息。太宗問他說。叛去的人都有那個。伊拜說。除了塞特爾。還有海賴布延岱。白岡類。塞布類等。太宗說。他們想到那里去呢。伊拜說。他們託言向北方索倫部截取財賦。以圖自給。實在是率衆叛去。現在科爾沁、土謝圖濟農、札薩克圖杜陵、秉圖貝勒。承卓里克圖貝勒等。已率兵往追之矣。太宗曰。塞特爾等叛逃。恐索倫部無備。遭其騷擾。因遣戶部。政英固爾岱。文館學人敦多惠回盛京。傳諭留守貝勒曰。可亟令索倫部來朝頭目巴爾達齊速還國。恐致噶勒珠塞特爾襲取其地。宜善言訓諭而遣之。又命巴克什希福。同伊拜往科爾沁傳諭曰。法律所載。叛者必誅。爾科爾沁貝勒。若獲噶勒珠塞特爾等。欲誅則誅之。不誅欲用其人民爲奴者聽。已酉駐都爾弼地喀剌沁部長土默特部長率步騎五千至。癸丑即二十八日。次札木哈克地。巴林部長、奈曼部長、各率兵至。六月乙卯朔。次古勒班圖爾哈地。沒多日。扎魯特部長、烏剌特部長、阿魯翁牛特部長、阿魯科爾沁部長。皆率兵至。於是命在錫剌烏蘇河之南山平岡上。設黃幄。集諸部長置酒高會。山河爲之壯色。晏畢。遂頒軍令曰。

行師動衆。約束宜嚴。不可不明示法律。以肅衆志。大軍按隊安驅。勿使喧嘩。勿離旗纛。若馱載有一二歉斜。全旗暫止。以俟整頓。然後前行。如一二人私出刼掠。爲敵人所殺者。妻子入官。往取糧草。若一二人擅往被殺者。罪同。經過之處。勿毀廟宇。勿殺行人。敵兵抗拒者殺之。歸順者養之。所俘之人。勿奪其衣物。勿離其夫婦。即不堪驅使者。亦勿加侵害。勿淫婦女。勿令俘獲人看守馬匹。勿餐熟食。勿飲酒。曩我兵往征明時。敵人見軍士隨處沽買食物。因令多置毒物於中。不可不愼。違令者正法。

行軍全賴軍律嚴肅。賞罰分明。況以敵國而交戰乎。癸亥即六月初九日。前鋒將校伊勒穆。已行近明邊。遇明哨兵四人。逐之。其中一人被殺。其三人皆被生擒。送獻大營。甲戌。次於喀拉托洛穆。命貝勒德格類。大臣覺羅色勒。宗室芬古。率兩藍旗兵。武訥格率左翼蒙古兵。偕巴林、扎魯特、土默特諸部長。規取獨石口。居庸關。乙亥次博碩堆。巴克什希福還奏曰。科爾沁土謝圖濟農等。已追殺噶勒珠塞特爾。海賴布延岱、白固類、塞布類。盡收其部下戸口。太宗見報大喜。因命阿什達爾漢希福。宣諭從征蒙古諸部長曰。

科爾沁貝勒額爾濟格之子噶勒珠塞特爾、海賴布延岱、塞布類、白固類等。凡遇興師。既不隨行。又違法令。侵犯隨我出兵之鄰國。掠取牲牧。朕不念其惡。以其先世歸順已久。欲保全而屢宥之。乃彼全不知德。背欲叛奔察哈爾。今竟叛往索倫。爲其族兄弟土謝圖濟農。札薩克圖杜稜。乘圖貝勒。卓里克圖貝勒等。追及擒斬。在法。叛者必誅。固無可貸。然朕素視彼兄弟無異指臂。指一有傷。如傷吾指。且朕方欲廣宣德意。招集人民。使之共臻安樂。以彼受朕豢養之恩。安樂有年。弗克令終。是朕教化未洽之所致也。今阿魯部濟農之弟。達拉海、薩陽等。又越界駐牧。應以軍法從事。朕心不忍。爾等可共議之。

蒙古諸部長見諭。因請恩宥二人罪。各罰人戶十。駝百。牛羊千。詔減半罰懲。其噶勒珠塞特爾。以及同時叛去之白固類等之財産人戶。則命科爾沁諸貝勒共分兼管。處理已畢。始行進軍。甲申。次於喀剌鄂博。命大貝勒代善。貝勒薩哈璘、碩託。大臣葉克舒、葉臣、率兩紅旗兵。阿岱率右翼蒙古兵。偕敖漢、奈曼、烏剌特、喀剌沁、阿魯諸部長。規取得勝堡。進征大同。到了七月初二日。科爾沁部長。巴達里、布達齊、洪果爾、棟果爾、武克善、多爾濟、桑阿爾齋、索諾穆、滿珠什里、達爾漢巴圖魯塞稜、噶爾瑪固、穆占、巴拉塞爾固稜等。率兵五千來會。遂御行幄大宴之。並賜蟒袍各一。己丑。定議分軍四路。並入明邊。限期在朔州會師。遂命貝勒阿濟格、多爾袞、多鐸、大臣阿山、伊爾登。率兩白旗兵。偕翁牛特部遜杜稜。察哈爾部新附圖巴濟農。這人是在路上新收的。因命從征。還有蒙古幾位宰桑。隨其部長來的。也都派在此一路內。教他們自巴顏珠爾格地方入龍門。又命貝勒豪格、額駙揚古利等。攻尙方堡。毀邊墻。分軍捉生設伏。太宗統軍繼進。壬辰、（八日）豪格等奏。邊墻已毀。於是大軍入尙方堡。分道而進。至宣府右衛。命巴克什覺羅龍什等。遣人予書。責明右衛將官曰。

> 曩定盟。彼此毫無疑貳。孰意爾等陰懷詭譎。云約遼東人之在寧遠錦州者尋盟。竟久待不至。及三次遣使寧遠。復拒不納。且襲我邊境。殺我二十餘人。爾等或以詐盟爲得計。予縱可欺。上天亦可欺乎。爲民父母。不以民之疾苦。奏於朝廷。惟恐上之罪己。則所謂大臣者。亦何利於國。何益於民也。强弱之形。衆所共知。欲息干戈。可速遣信使。持爾主璽書來。如執迷不悟。爾國之禍。何時已也。

話說明方守邊官吏。得了太宗書檄。依然抱定從前老法。置之不理。但是不敢出城迎戰。只不過通如各地。加緊防守。北京自然也得了報告。免不了又有一番調兵赴援的事。這時太宗已統大軍進駐宣府城東南。旣而又移軍直迫新城。發砲遙擊之。斃守備一員。遂命正黃旗兵樹雲梯攻之。將登。梯忽折。因罷攻。移師西行。丙午卽二十二日。圍應城。次日分兵攻小西城。克其外圍。己酉有一儲生。名叫張文衡。自大同來歸。自言爲開平人。在明爲代王府參謀。因見明之諸臣。結黨貪財。專意民上。生民窮困。想望太平。惟皇上威名。震於天下。且招賢好士。慈惠寬仁。君人之大德咸備。今大兵四路並入。人心願歸者大半。宜備書前後興師之本意。布告四方。以慰民望。太宗深嘉納之。問以天下大勢。對答如流。遂命直文館。張文衡也是清代一位死事名臣。順治時。作到甘肅巡撫。因回亂遇害。八月甲子。即初十日。大軍攻應州。城之東南有一堡。堅愈名城。名曰石家村堡。明兵多在此設防。遂以砲擊之。城上雉堞。雖被砲擊毀了好幾處。守堡兵力拒不去。怒惱御前親軍將校。滿珠什里、海桑、鼐格、噶達琿、綽諾等。各揮短刀。冒矢石奮死先登。敵從上以大刀禦之。綽諾力戰。卒登其城。諸人繼後。一齊登城。敵不能拒。遂克其堡。太宗因重賞諸人。於是大軍自應州北行。約行四十里。命駐營以待各路軍報。忽有偵騎報云。陽和總督張宗衡。大同總兵曹文詔。俱率衆至懷仁縣。太宗見報。因命前鋒將阿魯什武拜曰。速往懷仁縣後山路。設伏邀擊。彼二人必被吾所擒矣。彼二人所以不直趨大同而往懷仁者。欲避吾截擊。乘夜偷度耳。速行勿緩。二將領令。未免懷疑。心說怎見得他們必在今晚往大同去呢。他們不會在懷仁住一日。探明道路再走麽。因此一疑心。把事情就看得輕了。不甚在意。回到營中。吃過晚飯。纔點隊啓行。到了懷仁縣的後山。天已二鼓。只見山道上遺了許多馬糞。二人一見。不覺大驚道。糟了。他們已然偷過了。因在山村中捉一鄉人問曰。有人馬過去嗎。鄉人說。在日落已後。有兩位大官。率領着許多兵馬過去了。果然是因爲來的太晚。吃他們先走了。二人好生後悔。怎麼這樣的事。會不往心裡去。疑他作什麼。這如果把張宗衡。曹文詔二人捉住。該有多大功勞。他二人可以說是過後的聰明。一點用也沒有了。當下垂頭喪氣。率領部隊。回到御營。太宗正待他們報告捷音。忽見圖魯什武拜空手而回。好不着惱。因問二人說。難道張宗衡、曹文詔。不會由後山偷過嗎。二人叩頭認罪說。臣等知罪。因行遲已被那廝先時偷過。太宗說。你們都是宿將。爲何也這樣不用心。他二人所以先到懷仁縣。無非爲避邀擊。把我兵引到懷仁去。他們却乘昏暮。從後山走了。他們是方面大員。不急急到大同去。到懷仁有什麼事。本來應當重辦你們。姑念前勞。略示薄懲。因命給圖魯什。武拜各記一大過。二人謝恩站起。太宗說。你二人若不貪逸。焉有此失。赶緊領本部連夜向大同方面追赶張宗衡、曹文詔不得有誤。二人見諭。那敢怠慢。各率本部。向大同方面躡蹤而去。一路之上。擒明哨卒十人。獲馬四十餘匹。戊辰卽八月十四日。太宗至大同。設御幄南山之上。明總兵曹文詔。率騎兵結營於城之東南門外。命圖魯什將左。武拜將右。額駙多爾濟將中。先命鄂齊爾桑率二十人挑曹文詔兵出戰。太宗下馬。坐黃蓋下以待之。文詔不出戰。遂命陣獲明將高登湖。齎書與大同城中衆官。索察哈爾逋逃。又與曹文詔書曰。

朕聞將軍乃識時俊傑。兩國情形。想久洞悉。在廷諸臣。當乘朕切於議和。力言於上。措斯民於太平。乃不念將士勞苦。不察兵力强弱。逼之進戰。稍有不前。輒行劾罷。或至論死。且閹宦專權行賄者獎擢。無賄者降革。上下蒙蔽。功罪不明。此番我兵既入內地。將軍日後能保無罪乎。朕非相激之言。料將軍早已慮之深矣。

因爲曹文詔不出戰。所以太宗以書激之。文詔見書。怒曰。欺我太甚。遂出戰。太宗勵諸將曰。必生擒文詔。蓋愛其才勇。欲收爲已用也。因此諸將奮戰。皆欲得文詔。戰良久。文詔不敵。率衆敗走。諸將從後追擊。至城壕而止。獲其千總曹天良。及馬百餘匹。在前些日。總督張宗衡。總兵曹文詔。本想用一種緩兵手段。止住太宗大軍。然後再想退敵之策。偏巧應州城中。別無可使之人。忽然想起應州獄內。收着一人。名叫鮑韜。乃是太宗軍中副將鮑承先之子。鮑承先原是應州人。自從歸降太宗之後。當地官府。便把鮑韜收在獄裡。一來報復。二來怕他們彼此通信。現在呢、滿洲國勢日强。鮑承先已然升任副將。甚得太宗信任。所以應州官吏。雖然未把鮑韜釋出。可是也不敢怎的虐待。大約鮑韜的牢獄之災。也該滿了。正赶上總督張宗衡。想派一人到太宗營中去作信使。便想起他來。當下便命人由獄中把鮑韜釋出。並用代王母妃楊氏的名義。寫了一封書信。大意說。如能退兵。必當奏明當今萬歲。講求和議。一應備安。遂命人把鮑韜叫來說。我派一人。同你到敵營中去下書。不但你父子可以團圓。成事之後。還有重賞。鮑韜見說。眞是意外之喜。當下便同了所派的百總名叫馮國珍。扮作商旅模樣。抄小道去到太宗營中。尋找父親鮑承先。他們行至哈里莊。不幸遇見蒙古巡哨兵。把二人給刼奪了。鮑韜還受了很重的傷。他們的衣服財物。全被刼去。只剩一封書信。沒法子。只得在附近鄉村中住了許多時。養好了傷。才到大營中來。這時太宗正圍大同。事情雖然誤了好多日。尙未喪命。也算萬幸了。他二人到了大營。先見了鮑承先。父子見面。悲喜交加。展轉又見了太宗。呈上書信。太宗一見。裡面都是不誠實的託詞。遂修覆書一封。命把昨日陣上所獲的曹天良釋出。偕同馮國珍。進城敎張宗衡等把書信轉致代王之母。書曰。

朕曾遣使於各處議和。爾皇帝黜戮大臣。大臣畏懼。以致蒙蔽不能上達。此番進兵內地。以昭願和不得和之故。已將此意。作書布告各處。誠能主持和議。當速成之。緩一日則民受一日之禍。早一日則民受一日之福。和議果成。我兵不終日而出境矣。朕若不思太平。專嗜殺戮。又何以服諸蒙古。而統重兵。朕之議和。實出至誠。如稍有越志。獨不畏上天乎。惟願彼此以至誠相待耳。

蓋兩方之不能和好。有出於利害之相左者。有出於感情之剌謬者。明淸之不和。不必出於利害之相左。且既和之後。利在明而害在淸。論史者早有定評。然而明人寧趨害避利。抵死而不願言和。殆由感情之驅使乎。其言若曰。淸吾屬夷。不能再蹈金宋故轍。於是一反從前羈縻故智。而以嚴拒爲能。

不知此策一行。而明遂亡矣。話說太宗將報書命人送去之後。多日未見回音。本來他們不敢私自作主。明廷又降下極嚴厲的敕旨。督催他們進戰。固然大兵已然入境。想在短時日中。用武力逐出。那時的明兵。是很不容易辦到的。但是固守城池。以待敵人自去。這種能力還在。所以自從曹文詔戰敗之後。他們變更了計畫。只有嚴守不再出戰。又怕朝廷督責。不免也作了幾道虛報說。克復幾座城池。打了幾次勝仗。明廷知道他們天天在打勝仗。也就不再催戰。這時明宗室朱乃廷一家。俱被俘在軍中。太宗命優禮之。及覆代王母楊氏書。不見回答。太宗又把乃廷、乃廷妻、及弟乃振、還有三子。一同釋還城中。爲是教他們斡旋和議。誰知他們去後。也都杳如黃鶴。太宗已知和難望成。遂命四路統兵將領。分別略地。齊到朔州。然後班師。却說貝勒德格類等。奉命入獨石口。攻克長安嶺城。又攻赤城。這里城壁甚堅。只克其外圍。舍之而去。由保安州會師應州。大貝勒代善等一路。則先攻得勝堡。參將李自全。知城不能保。自縊而死。又進至懷仁。城上守禦甚固。未能克。因有明兵來援。命貝勒碩託偕諸將分兵拒之。其衆大敗。追至朔州城下。始收軍。又與大貝勒等合攻井坪城。亦不克。太宗下令止攻。教他們在朔州馬邑中間駐營。分命貝勒薩哈璘、碩託。率兵往徇代州。他們行至代州城西。獲一鄉人。問以防守情形。該鄉人說。西去七十里。便是崞縣。那里守禦不堅。城墻北面已然頹壞。薩哈璘等見說。遂往攻之。原來該縣自聞大軍入境。人民早已紛紛逃竄。所餘又都是貧苦百姓。平日之間。軍民不和。所以在防務上。向來無人督管。城垣壞了一面。竟自無人過問。可見他們把公事是怎樣廢弛了。這日忽見敵兵來攻。大家慌慌張張。抵禦了一陣。等到半夜。外邊大兵止攻的時候。城內官民兵士。就好象有預約似的。全行遁去。天明已後。城內已是空空。一無所有。貝勒薩哈璘等。也不知他們什麼時候逃去的。可見攻城的也太輕忽。人是走了。得個空城。沒什麼用處。只得仍回原住汛地。因太宗有諭旨。調他們到大同去。於是他們便隨着大貝勒代善。全到大同。太宗設宴勞之。這里再說貝勒阿濟格一路。阿濟格、多爾袞、多鐸等。是奉命由巴顏朱爾格地方入龍門口的一路。他們率兵到了龍門口。明方早已添兵扼守。形勢又格外險峻。如必攻入。士卒損傷必多。太宗不欲多傷士卒。所以下令教他們改從保安州攻入。這里不如龍門易守。所以他們到了保安。只攻了半日。其城遂陷。斬守備一人。遂自保安趨應州。與他路會師。由是往徇朔州。至五臺而還。他們在應州得了太宗命令。命貝勒阿巴泰、阿濟格、額駙揚古利等。率兵往攻靈邱縣。多爾袞、多鐸、豪格、則先率兵至大同。單說阿巴泰等。到了靈邱。攻克縣城。自知縣以及守城軍官。多半陣亡。縣城以外。有一村。名王家莊。明兵在此設防。與縣城互爲犄角。現在縣城雖破。王家莊的陣地。依然頑强抵禦。所以分兵二百往取之。論理一村之衆。卽有官兵代爲拒守。當然不如縣城之難下。派兵二百。還不是手到拏來。誰知事體大出意料以外。小小村坊。保守得特別堅固。村外一樣也有壕溝圍塹。官兵村民。晝夜防守。

豪無疎虞。主將是一位守備。可惜失了姓名。他所預備的防守器具。不光是弓矢。凡能拒敵之物。無一不備。兵民也甘心聽他使令。因此大衆一心。雖死不退。若以久經訓練之師。來攻此莊、自然難以倖免。終必陷落。但是他們前仆後繼。父亡子代。一直支持了兩晝夜。第三天上。正黃旗兵。業已奮力攻上城垣。禮部承政巴篤禮。揮衆督戰。雖然身被數創。猶不退死戰。到了因爲中矢太多。死於陣上。衆軍士見死一大將。益發憤戰。等到把莊堡攻下。裡面所存已無幾人。不想小小地方。竟有這樣惡鬪。眞是向所未有。太宗聽說巴篤禮陣亡。不覺泣下悼惜曰。此朕舊臣。效力多年。致命疆場。深可惜也。後贈三等男世襲。不在話下。却說太宗戰敗曹文詔以後。大同城內。只有防守。不復出戰。其他大城。也多如此。並且攻下城池。又不能守。回軍時。依然放棄。所以不以攻城爲主。而以徇地俘獲爲先。現在四路皆有俘獲。遂有班師之意。因自大同城南山岡。移營四十里舖。前鋒將錫特庫。納海、努山生擒哨兵六人至。內中有一滿洲人、命俱斬之。（明代女眞人。（滿洲）在內地爲官。或爲兵士者恆有之。）又有收得明帝榜書。以爲間諜者。因獻於太宗。其書略曰。

滿洲原係我屬國。當此炎天深入。必有大禍。今四下聚兵。令首尾不能相救。我國人有得罪逃去。及陣中被擒欲來投歸者。不拘漢人、滿洲、蒙古。一體恩養。有漢人來歸者。照黑雲龍例養之（按黑雲龍亦系出女眞。自祖父以來。世爲明將。蓋久受漢化。故謂爲漢人）。有滿洲蒙古來 歸者。照桑阿爾齋例養之。(桑阿爾齋蒙古人。爲明副將)。若不來歸。非死於吾之刀槍。即死於吾之砲下。又不然。亦被彼誣而殺之矣。

這也可說是明廷的一種宣傳戰。因爲太宗每次出師。必張榜文。所以也依樣報復。不過這裡有點掘根子的意思。就好象兩個人打架。弱的說。你忘了。當初你的祖宗。還使過我們的錢。這話雖足以解嘲。但是於事無補。因爲天下的事。只不過是個時會推移。太王在不得志的時候。自然得恭維薰鬻。再不相容時。我就躲開你。但是運會不能永久教太王那樣不得志。等到他的子孫文王武王的時候。不但西戎都作了他們的手足腹心。連商王受的天下。也都歸了姬周。商王之後。以及其他民族。要想和武王掘根子。那不是空言無補。止於笑談了麼。由古至今。國家之盛衰。民族之消長分合。無一不受運會來支配。運會一到。磚頭瓦塊都會翻燒。何況是一個民族。清代自入關以後。諱言曾事明廷。而爲其所隷屬。這大約由於書闕有間。自己沒有那樣的紀錄。自然就不承認有那樣的事。還有一個原因。就是中國歷史。每逢改朝換代。全由於篡弒。篡弒者。都是亂臣賊子。爲王法所必誅。一國之中。總不要有這樣的事才好。所以高宗皇帝曾說。以古得天下。未有如我朝之正者。這就說清之有國。非由篡弒。乃是眞正的天命所歸。從今以後。我們應當建設一個古所未有的大帝國。一心向外發展。而不必防範國內有什麼篡弒的事。思想之濶大。目的之鴻擴。眞能令人欽佩。但是中國之所謂國家。向外發展的精神很薄弱。關着門搗亂的能耐却極强。一個和尙。一個小販。或是一個草寇。一個不得第的秀才。遇了機會。也敢黃袍加身。大過皇帝之癮。這是在中國歷史上。時常特筆的事。因爲有了這樣的風氣。所以乾隆皇帝。永久不變的大帝國思想。也就止於思想。能不能把中國人人想當皇帝的惡習慣。根本改造。中國到底是中國。這也是無可如何的事。那末你說了半天。淸代和明代。在早先究是怎個關係呢。那我就答一句。請諸位看一看朝鮮的史書吧。原來據朝鮮的紀錄。淸代始祖肇祖原皇帝。和明朝頭一位皇帝。太祖高皇帝。是同時而起的。在本書首回已然略略敘過了。自從大金爲蒙古所滅。南宋北金。同時瓦解。金族卽女眞族。(因避遼諱眞改爲直)除了和漢族同化。流落中原的。其餘都歸北滿一帶。各立部族。割據自治。明滅元後。其兵力一時雖及東北滿洲。但是後來不競。只不過以敕書名爵。賞賚各部長。命其爲都督、指揮、千戶、百戶等職。凡女眞所居之地。大部分爲三區。一曰海西。一曰建州。一曰野人。後來又別立建州左衛。就是肇祖所領之地。地近朝鮮咸鏡道慶源府。以勢力而論。那時的肇祖。不但不足以與明爭。便是朝鮮也是第二個上國。以一部長。地則介於兩大之間。勢則齊於諸部之列。在這時要發動民族意志。伸大義於天下。蓋不屈志而不可得。後來幾經變遷分合。到了太祖高皇帝。遂振臂一呼。大勳克集。推其興王之故。亦甚不易。受明敕贈。又何諱焉。且無論個人與國。貴能自立。能自立。則權勢在我。不能自立。則權勢在人。

方滿洲之不能立國也。中國以夷書之。朝鮮亦以夷書之。及其建帝國平海內。遠人莫不朝貢。向之稱我爲夷者。則極力避之。而我且書英夷入貢。彼時英人不得而爭之。勢不能也。天下自來如是。是知實錄中改抹夷字爲多舉。天下之書。書夷者多矣。能盡抹殺乎。且我改而人不改又將奈何。是知不如存眞。

話說太宗收得明廷宣傳榜示之後。遂亦作書與明崇禎帝曰。滿洲國皇帝。致書於明國皇帝。昨見皇帝書云。滿洲原係屬國。此不惟皇帝言之。卽予亦未嘗以爲非也。（可見在關外時代、並不諱曾服事明。）祇因遼東各官。欺陵不堪。屢次抒情往告。又蔽之不通。我思此種情形。仇怨已深。難人剖白。惟動兵戈可冀來詢其由。孰意皇帝乃惑于各官欺誑。十數年竟無一言問及。以致戰爭不已。若早遣一信使來。詳詢事由。判別是非。予豈樂尋兵戈耶。爾國臣僚。一味欺罔。每當我兵入境。自戮薙髮漢人。虛報斬級千百。我國若傷折百千。兵勢豈能常振耶。以皇帝之聰明。一忖度之。而欺罔自見矣。斬殺之眞假。暨我願和之誠僞。問黑雲龍自得其情。但黑雲龍惟恐結怨于文武大臣。是以不肯盡告于皇帝也。

明方的宣傳文字。能入太宗之手。太宗方面的答書。能否入於崇禎之手。這是疑問之疑問。因爲腐敗到了極點的明國。皇帝高拱深宮。外間的事。一點也不能聞見。宮門以外。是文武諸臣。裡面是大小太監。他們連成一氣。把皇帝包圍。就讓有天大的本事。也沒用處了。再說他們都有極大的權勢。自來營私舞弊。慣於蒙惑。末季的明帝。差不多是天天被欺哄着。尤其是內憂外患。相逼而來的當兒。他們爲避禍免責。更得設法蒙蔽。明明打敗仗。他們硬說斬首若干級。明明是邊事日壞。內政日偷。他們硬說將皆忠勇。民皆感恩。如果有眞識卓見。主張改善的。他們必然設法處治。熊廷弼袁崇煥。就是榜樣。等到流賊入了北京。遼東的兵馬。也一點功勞未立。那多年不能上達的下情。至此再不能蔽。自然而然。也就上達。但是崇禎皇帝。已然叫了王承恩了。還能再有什麼法兒。可見自古以來。亡國慘禍。全由奸臣蒙蔽。下情不能上達所致。不但一國。一個小的家庭和機關。也是如此。作奸弄壞。也全在下情能否上達。所以古來有好多文人。揀那愛民如子的地方官吏。或是英明之主。撰述了許多公案書。什麼康熙私訪。彭公案。施公案。于公案等。主人翁都是不能以名位自尊。敢於冒險。私訪盜賊。探聽民間疾苦。這些書。風行海內。家喻戶曉。就皆因這樣私訪的事。是民間所最希望的。也惟有私訪。而眞正的民間下情。始能上達。本來一個人無論你怎樣聰明。你到底沒有天眼通。也沒有天耳通。坐在一間辦公室內。專門會畫一個『行』字。你就大胆的敢說凡是你所管轄的人民和事務。無一不知。沒有一件是辦錯了的。凡出一令。布一法。無一件不是利國福民。這正是你個人的理想。實際上當眞能這樣嗎。恐怕你不能化裝老百姓。不和老百姓混在一起。和他們站在同一地位。享受同樣生活。你到底與他們隔離着。不知道他們是什麼。無論你說什麼。也是教科書上的話。曾文正公說。作事先由小事作起。作長官的。天天要眼到。手到。足到。而並不是止於心到的。就如同拉屎撒溺。人人都知道是風火事兒。一刻也不許猶預。屎溺一來。立刻就得排泄。但是、時至今日拉屎撒溺。也有文野之分子。我們祖父時代。沒有多大講究。如果生在山村。或蒙古的沙漠裡。拉屎撒溺。有多麼自由呵。而且花香土香。順着清風吹來。一點惡味也不見。自然的與大地添了肥料。也不見怎的狼稽。依然是清曠的山坡大地。如今我們叨光。大被近代文化之恩惠。拉屎撒溺。日見開明。文化的衛生便器。又潔又白。便後一拉機關。咦！屎溺被清水都澆入地道。曲屈的鐵管。老有清水貯藏。一樣一點惡味沒有。而且室內潔淨。四面白磁。異哉所謂拉屎者。亦可謂懿歟美矣。不過這樣的設備。在後起的我們的都會裡。尙不能普徧。未免還在奢侈衛生之例。一般市民。不但程度未到。而且經濟力也不容許。沒法子。安陋就簡。保持野蠻遺風者。觸處皆是。比較可以說是便所的。僅不過闕地爲塯。上覆茅亭。聊避雨淋而已。下此者。隨地便溺。無所謂所。這在人口突增的都市裡。眞是一個大問題、近來我對於家族。發出一個極嚴勵的命令。說。你們光會吃飯。吃飽了就拉。始終沒一人打掃便所。你們不知道這於衛生有碍嗎。把人都蚉醬起來了。自今日起、會騎車的。都到野外拉屎。在外面有職務的。務必在外拉屎。空着肚子家來。除老人。婦女。小兒。可以從權在家中方便。但是務要少拉。因爲沒有那麼大的容積。至必要時。大家應行減食。旣淸胃袋。於大便之調節。亦不無小補。事關一家衛生幸福。勿謂不近人情也。在這里忽然插入這樣一段閒話。似覺離題太遠。沒有關係。但是講故事的。因話提話。指不定扯到那里。何況切要人生。關係民命。也不算是言不及義的胡說吧。閒話打住。且說太宗旣以書覆明帝。遂命人將該書函抄寫了多份。除了射入大同城中的。在各村鎭也張貼了不少。各地明官。雖然得了此書。不但不敢呈報。反倒編造了許多虛僞的軍情。彼此對寃。所以那時的明帝。眞正消息。是不易得到的。在這時候。總督張宗衡。已到陽和去了。止有曹文詔還在大同。忽見太宗由南山岡移營四十里舖。他知道已然捨了大同。行要班師了。不覺大喜。又恐總督責他爲何不乘移營時襲擊之。那時不但無功。反倒遭譴。想了想。不如說是打退的。遂繕寫了一份塘報。差人到陽和去報功。其實曹文詔是位名將。只因一時疏忽。也不必貪功妄報。不過他的部下。見旁人這樣報的時候很多。也要學一學。所以才這樣作了。不想這下書人。又被鑲紅旗巡哨兵所獲得。搜出報功的文書。當時帶到大營去稟報。原來文書中所寫的話語。荒唐已極。根本無有那樣的事。什麼滿洲兵被砲擊斃無數。哭聲振天地。又是什麼陣斬甚多。未暇割取首級。止取大纛一桿。太宗看了這樣鬼話。不覺好笑說。自從在大同城外。把曹文詔戰敗。追入城中。始終不見他再行出馬。那里來得這個大勝。當下命將覆明帝書封入一函。另以一書予張宗衡。仍命原被獲人一總送到陽和去。並命人把酒食銀錢賞給那人。給他壓驚。自分必死的人。不但不殺。反倒得了賞賜。遂千恩萬謝而去。太宗致宗衡書如下。

昨於大同獲曹總兵遣人塘報軍情。見滿紙皆是虛誑。朕素謂明國大邦。自有忠臣義士。實心爲國者。何期一旦至此。前此得宣府張總兵塘報。其虛誑亦然。由此以觀。明國之衰已極矣。朕入境幾兩月。蹂躪禾稼。攻克城池。曾無一人。出而對壘。敢發一矢者。今朕尙在爾地。可令曹張二總兵。集各路兵會戰。爾等高坐城樓以觀。若爾出兵一萬。朕止以千人應之。出兵一千。朕止以百人應之。如敢直前迎戰。猶可自掩其罪。不然、徒以虛言誑君。亦可恥之甚矣。爾皇帝不知。以爲旣能取勝。速宜進戰。爾等又畏懼逃遁。縮頸城中。如此、則生民之塗炭。何日休息耶。爾等皆代皇帝撫字億兆者。自宜乘朕願和。凡有軍情。據實申奏。力贊和好。乃欺君誤國。貽害民生。寧不畏生受顯戮。死遭冥禍哉。朕欲決戰之言。非自矜誇。因爾等虛誑已極。故欲一較勝負耳。爾等若以朕言爲是。速約戰期。朕當勒兵以俟。

明兵長處。在於守城。滿兵則長於野戰。觀王家莊一戰。可以想見。所以明兵捨短用長。在勢不免。惟敵兵入境。僅恃防守之策。終不免退嬰之譏。這也是明廷所不喜的。自然就得虛作塘報。以免朝廷督促出戰。不想這種僞報。又不時爲太宗所得。自然看了要着惱的。所以才與張宗衡去了這樣一通書札。

不但指摘他們的僞報。而且還約他擇期會戰。以決勝負。這樣的事。似乎近於尙氣。在明方諸大員。決其不肯作的。所以張宗衡得書之後。心中雖亦有些不平之意。只是無故出師會戰。究是冒險。依然很鎭靜的傳諭各城。加意防守。如敵來。不可出戰。但是張宗衡這邊。雖則無意決戰。太宗却已統軍到陽和去了。本想以書那樣激他。他還不負氣出戰麼。誰知到了陽和以後。依然緊閉城門。除了零星哨兵。看不見什麼大部軍隊。這時前鋒將校錫特庫。正在巡邏。忽遇明千總一員。率領十數名哨卒。由天城到這里來探消息。兩下裡在城外村落中。無意相遇。自然不容分說。就交起手來。結果是明兵敗去。還遺下了幾具死屍。這才知道天城必有駐兵。遂自陽和移營。改駐天城之北。命錫特庫設伏於赤城。明兵有出探者。每被擒斬。又命設伏於左衛城。大軍則節節向歸路進發。八月甲申朔。駐營左衛城。初一日命圖魯什向宣府方面偵探。遇明哨十五人。圖魯什單騎往擊。不抵防。腹部忽中一矢。猶力戰。等到部下赶至。才將敵兵盡行擒斬。但是圖魯什因受傷過重。已不能乘騎。由部下抬回大營。太宗聽說圖魯什受傷很重。親自迎出。見一矢正由腹皮穿入。不覺大驚。忙令御醫往視。已不能爲力。過了兩天。遂卒於營中。後追謚忠宣。世襲一等子。圖魯什爲著名勇將。臨陣不懼。每每爭先。不想和巴篤禮一樣。死於小卒之手。可見出兵打仗。處處都是危機。所以勇將只存馬革裹屍之想。其他是不能預計的。初二日。大軍渡左衛河。在河之北岸駐營。初三日。攻萬全左衛城。城上炮火雷石。一齊打下。因命八旗合力攻之。用楯車挨牌冒火突烟而進。一方則調炮隊。自城外遙擊。以掩護攻城兵之前進。城上明兵。防備城下。又得遮禦遠來砲彈。一時弄得手忙脚亂。城垣已毀壞了好機處。這時正紅旗的雲梯。已自樹起。大家正在歡呼吶喊之際。親軍勇士褚庫、布丹二人。已自揮刀先登。在城頭。搖動大旗。高呼奮戰。驚得明兵。紛紛倒退。下城潰散。於是四面全行登城。城內共有明兵一千餘人。因爲無處可走。盡就殲滅。於是太宗重賞褚庫布丹先登之功。在左衛城中。住了三日。遂傳旨班師。太宗自率大軍出尙方堡。約行二十里。命從臣敦多惠。率領四十騎。先往盛京。以敕旨與留守諸貝勒曰。前入邊時。定議七月初八日。四路並進。朕率兩黃旗。及都元帥孔有德、總兵官耿仲明、尙可喜。蒙古科爾沁諸軍。從尙方堡至宣府。復由宣府新城、東城、西城、趨應州。往視大同城。其城南有兵結營。擊敗之。諸軍由龍門口入者。會朕於宣府。由獨石口入者。會朕於應州。由得勝堡入者。自大同直趨朔州。又有沿邊過殺虎口。繞道至朔州者。明大同城官吏。欲盡殺降明之蒙古。有蒙古八百九十五名。殺其守備一員來歸。朕又至宣府西六十里萬全左衛城。攻拔之。是行也。我師戰則勝。攻則克。風馳霆擊。所向披靡。擊毀臺堡百二十。擒斬甚衆。遇哨卒輒俘獲之。軍威大振。明之邊將震恐。未嘗敢整列隊伍。攖我軍鋒。惟兩黃旗攻深井城、小西城。正紅旗攻懷仁縣。兩白旗攻龍門城。鑲藍旗攻沙城堡不克。凡此不克者。非我兵盡力攻之而不克。乃相機而止耳。留守貝勒濟爾哈朗等見敕。無不大喜。當下起草奏疏。命人齎往行營。報告國中近事。其略曰。國無災祲。境宇寧謐。捉生五次。屢有俘獲。逃人兩次來歸。聞明崇禎帝。遣官至錦州。凡三調祖大壽未往。因繫其妻孥於獄。復召之。大壽乃行。瀕行謂人云。我雖竭力爲國。其如不我信何。我意此行。與滿洲國皇帝可戰則戰。量力不敵。則與一言決絕而來。若入京師。必致加害。我觀時事若此。是滿洲皇帝得天下之時。遂率所轄蒙古。沿途縱馬。食田禾而去。至寧遠駐三日。復縱馬食禾。餘皆以馬載之行。又聞明崇禎帝以蒙古人雖附明。實屬無用。其在大凌河也。殺人而食。敗則先奔。諭大壽殺之。凡二次。蒙古桑阿爾齋等。擐甲三夜。欲執大壽。大壽謂桑阿爾齋曰。我視爾等如兄弟。爾等何得如此。桑阿爾齋曰。聞諭旨欲盡殺蒙古。故我等有此謀。以自救耳。大壽遂與之盟。臣等偵知如此。伏思大壽不應召。既負罪。必求容於其主。或使我外藩蒙古。亦未可知。惟皇帝熟慮之。近有自明逃來之烏納海。言彼處蒙古情形。管兵部貝勒岳託。因遣蒙古一人。匿書靴內。致錦州蒙古多爾濟哈坦等曰。聞爾多羅特部落人。共稱爾等爲豪傑。夫豪傑識時。何故與旦夕將亡之明國同謀待斃乎。明國之君。心志驕盈。不念人民困苦。其大臣貪饕貨賄。肆行奸詭。又濫用閹人。以致閹人復恐嚇在外武臣。索取財物。人民皆堅足而立。明國將亡。顯然易見。往年我國出兵。恐察哈爾襲我之後。故不久旋師。今察哈爾汗。孑身遠奔刺麻闥白特部。其大族臣僚。已來歸我國。我攻城略地。縱淹留逾年。亦不反顧。

明人與我交戰。必令爾蒙古在前。進者爲我戮。退則被彼誅。勢難自全。今我兵進征大同。若擒獲大同王子。以易爾各城蒙古。或圍困燕京。聲言盡索蒙古。明人在危急之際。豈惜爾等乎。彼時雖悔何及。今宜乘時起事。如欲我兵援應。我兵即往。如爾等招撫城堡來降。當以城堡付爾等駐守。即棄城堡率衆來歸。亦必與我國貝勒大臣一體相待。豈不聞我國愛養歸順之漢人。雖陣前俘獲。均加恩育。大丈夫一心圖事。何事不成。宜速乘時起事。勿猶預不決。致貽後悔。話說太宗見了留守貝勒這樣奏疏和招諭蒙古的信稿。知道他們在留守期中。不但盡心國務。關於敵國消息。也能隨時偵察。不覺大喜。當即派人傳諭嘉奬。並告以還京日期。辛未、大軍渡遼河。駐營十方寺。留守貝勒濟爾哈朗等。早已迎至此間。一一進見已畢。遂與凱旋諸貝勒大臣。一同賜宴。次日還盛京。詣堂子行禮。遂還宮。沒幾日。忽報大臣吉思哈武巴海。已有捷書到來。說日內便可還京。原來吉思哈等。在去年冬天。奉命去征瓦爾喀。這瓦爾喀部。與朝鮮毗連。在朝鮮書記中。謂爲兀狄哈。一樣也是女眞族。在早年他們服叛靡常。人極强悍。不但朝鮮和明之邊方。常受他們的侵害。便是同一的女眞人。也不時遭遇他們的危害。在太祖時。國勢日强。也曾征勦幾次。但是始終未能完全服屬。太宗因他們一樣是族屬。又愛他們驍勇善戰。不讓索倫人。是以把以前仇隙。置而不論。迭次以武力收服了不少的羽翼。這次又派吉思哈等往征。臨行時諭之曰。爾等勿專以俘獲爲念。致降順之人。又復叛逃而去。所獲婦女。

當擇謹厚人守之。若有姦淫事覺。從重治罪。瓦爾喀人。雖然文化落伍。婦女極尙貞操。往往因爲氣憤。由一二人一招呼。便能結衆叛變。所以收服他們。光恃武力。是不成的。吉思哈武巴海。率領兵將。到了瓦爾喀部。恩威並用。打了半年多。那强悍不服的。依然死命抵抗。最後把他們趕入深山密林。失了耕牧之地。這才害怕投降。吉思哈等。也就不爲已甚。目的是爲移取他們的人戶。以作將來的預備兵。所以他們遣人奏捷的文書。開的很詳悉。人口和物品如下。

俘男子五百五十人。婦女幼稚一千五百人。獲馬一百九十四匹。牛一百八十三頭。貂狐貉獺猞猁猻黃鼠灰鼠靑鼠等裘一百六十三領。皮二千二百五十張。貉皮褥三床。緞四疋。布一百二十疋。人蔘八十斤。

這些東西。在瓦爾喀也許不算什麼。可是到了遼東。便成珍品了。而且也是國家所正用的。當初一旗有二十五牛彔。後漸增加。每旗三十牛彔。新附人戶。便分隸八旗。不問各旗人數多寡。因此就生出有餘和不足的現象。此次太宗頒諭。命將瓦爾喀人戶。分撥不足旗分。不必八旗分隸。這一點也是旗制中一個掌故。可以考見的。這且不言。單說吉思哈等。凱旋以後。太宗設宴慰勞。倍加獎諭。二臣謝恩而退。

沒多日。又有索倫部入貢。據說索倫是遼後。自從金太祖阿固達把遼攻滅以後。他們的族屬。遠竄黑龍江一帶。遂成索倫部。在本年五月裡。索倫部頭目巴爾達齊。曾來朝貢一次。貢貂皮一千八百一十八張。太宗甚加優禮。賞賚有加。巴爾達齊回國以後。甚感太宗恩意。又把太宗的國家是怎的隆盛。國都盛京。是怎樣的堂皇富麗。太宗以及諸位貝勒。是怎樣的英雄。兵馬軍容。是怎樣的强壯。大約祖先時代的舊業。由他們又要光復了。巴爾達齊這樣一說。其他頭目也都動了心。全想朝貢。不但得賞。藉此還可觀光上國。於是他們又邀集了幾位部長。如同景古齊、哈拜、孔格泰、烏都漢、讚赫徹特、白哈爾塔等。全是該部發號施令有權力的頭領。大家共推巴爾達齊爲領班。率部卒三十五人。騎了善於跋涉的快馬。二次前來入貢。太宗見說大喜。因謂從臣曰。古帝王修德省躬。始致遠人。朕有何德。一年之中。索倫兩次朝貢。此皆皇考在天之靈默佑所致。朕繼承大位。八載於茲。惟恐不能仰承先志。今遠人賓服。境土日擴。國中庶政。亦多清明。未至隕越。宜將八年以來諸大端。告之皇考。以慰在天之靈。乃卜冬十月庚戌日。祭告太祖之靈。是日太宗朝服。率諸貝勒跪焚楮帛。讀表而告太祖之靈曰。

臣某、自受命以來。夙夜憂勤。惟恐不能仰承先志之重。八年於茲矣。幸蒙天地鑒臣與曾八旗子孫一德同心眷顧默佑。復仗皇考積累之業。威靈所致。歸附甚衆。朝鮮稱弟入貢。喀爾喀五部舉國來歸。喀刺沁。土默特。以及阿魯諸部落。無不臣服。察哈爾林丹汗兄弟。其先歸附者半。及林丹汗携其餘衆避我西奔。未至唐古特部。殂于錫剌偉古爾部之大草灘地。其執政大臣。率所屬盡來歸附。今爲敵者。惟有明國耳。臣躬承皇考素志。踵而行之。伏冀神靈始終默佑。式廓疆圉。以成大業。謹據微忱。曷勝感愴。上告。

我們讀了這道表文。對於崇拜英雄的念頭。更應當加厚了。現在的人。好談英雄。尤好談民族英雄。你一言。我一語。把本來不是英雄而更不配作民族英雄的。也胡亂提起來。這大約也是聞鼙而思。不得已的希求吧。大凡所謂民族英雄。並不是由口頭得來。而必須有實在的事功。最低限度。也須在民族間。立下一番事業。如石勒苻堅之流。至若後世遼金元創業之主。功烈尤宏。然而艱苦卓絕。無如清代先人者矣。在太祖之先。迭遭變故。基業蕩然。外而明廷朝鮮。皆以先進大國自居。以文字任意侮辱。習爲故然。內而諸部分裂。互相攻殺。景顯二祖殂謝之後。以式微之家。逼處其間。不第不足以與明廷朝鮮抗。卽哈達、葉赫、烏拉、輝發。皆爲强敵。而無可奈何者。在此先進大國監臨之下。又有同室操戈之慘。使無民族英雄。挺生其間。豈僅建州一姓。闃其無聞。滿洲民族。亦將永無出頭之日。天生太祖。僅不過有遺甲十三副。羽翼數十人。振臂一呼。尼堪授首。九部兵挫。三十年來。遂統一滿洲。平服四國。使非感於民族之遭際。立志奮鬭者。能臻此乎。試觀與太祖並時角逐之諸國。微特朱明李鮮。其文化武力頗爲優越。卽葉赫、哈達、兀拉、輝發、以及蒙古諸部。無不地大兵强。

威名素著。以普通事理論之。皆足以併吞式微不競之建州。萬無轉被建州併吞之理。然而數十年來。不但以上諸國。東亞大半之大地。亦咸歸建州。建設古來未有之大淸帝國。豈可盡以天命論之哉。蓋不有英雄豪傑乘時握勢。崛起其間。豈能轉敗爲勝。定業與王者乎。彼諸國。惟無英雄。故國雖大。人雖衆。終於滅亡而已。然而英雄者。實國家之魂胆。一國興衰之所係也。話說太宗以表文祭祀太祖靈位。告以八年來所作所爲。自是益發痛感責任之重大。不敢安逸。先命考察各官成績。定爲三年一考。有功者陞賞。有過者貶罰。六部官以外。如管理漢軍之各官。本以招徠撫養爲目的。如戶口殷繁。人丁加衆。則管理者必是平日盡心。撫養得宜所致。反之人丁不旺。戶口減少。亦必由於管理者漫不用心。未能恩撫之故。凡此皆令査明。某管下人戶增加。某管下人戶減少。以此爲衡。三年考績。以爲陞降。至於外藩遠人。凡有歸附。無不恩養。初國中有鳥。名曰鵓鳩。羣集遼東。遼東素無此鳥。乃西北蒙古所產。其色淡黃。形如鴿。爪如人足。而有毛。國人皆曰蒙古之鳥。來至我國。必蒙古有歸順之兆云。因此出征察哈爾。及林丹汗逃往極西。察部各首長。無人統率。携其戶口畜產來歸者。不一而足。於是乃有定策出征之擧。事先詢諸貝勒大臣曰。朕欲起兵征明。當由何路。衆皆以山海關對。太宗曰。非計也。宜抵宣府。彼察哈爾。前聞我兵往征。心胆皆裂。擧國騷然。其貝勒大臣。將偕來歸我。我師由宣府至大同。必遇諸途。可多備服物爲賞賚。收其部衆以歸。計莫善於此。

因命出內庫緞帛。多製各色衣服。帽、鞋、甲胄、囊、鞬、鞍、轡等物備用。又命諸貝勒亦多製諸物。携之出征。這是此次出征明大同以前的事。那時人多不解是何用意。既是出征。自然要俘獲敵人的戰利品。如今反倒車載馬馱的。帶着這麼多的東西出征。說是預備着賞給人的。這倒好。出征還外帶放賑。眞是新聞。誰知大軍還沒入明邊。察部聞風來歸的已自絡繹於道。及至入了明邊。大獲勝利。察部各首長。降心益堅。太宗又派人用敕旨招諭他們。來者更多了。每來一起。太宗無不禮待賜宴。以後隨即頒賞。樂得諸蒙古。異常歡忭。都說太宗眞不媿一國大皇帝。一句話要什麼有什麼。大家這才明白太宗有先見之明。當眞收了不少的蒙古。到了天聰九年正月。太宗命管禮部貝勒薩哈璘宣諭曰。宗室懿親。不加表異。等威莫辨。甚或與常人相詆。詈及祖父。非所以尊國體也。至稱謂之間。尤當使親疎有別。嗣今太祖世子。俱稱阿哥。六祖子孫。俱稱覺羅。皆就其原名稱爲某阿哥。某覺羅。六祖子孫俱繫紅帶。如常人與繫紅帶者相詆。而詈及祖父者死。其不繫紅帶而致人辱詈者。勿罪。這是宗室覺羅始定制時。一段掌故。但非覺羅亦有賜繫紅帶者。如達海子孫是也。

但是由這一個制度。我們可以知道。人之貴賤尊卑。並不是因爲某一個人應當貴。某一個人應當賤。人爲上天所生。一律平等。並無貴賤。這種思想。不但現在法律進步時代。便是古人也早已有了這種思想。不過人類能創造文化。到底不能純任自然。於是有了社會國家。有了諸般法則制度。而人的職務地位係屬。在法律和制度上。也就自然分出等級上的尊卑來。如果沒有這樣的區分。未免就要亂七八遭。不知要怎的混亂。譬如一個家族。祖父是祖父。子孫是子孫。長幼尊卑。各有輩行。假如你說人類平等。何必要這些羅索。這一家豈不要失了輩行。亂了倫理。國家裡分出尊卑貴賤。也是如此。家庭以倫理分貴賤。國家以制度分貴賤。於個人固有的平等權義。並沒傷損。如果在倫理制度以外。擅作威福。侵害別人的權義。那就算損壞了人的人格。那才是眞不平等呢。行政司法。以及警察官吏。國家設官分職。乃是保護人民的利益。而替人民謀幸福的。人家天天操勞。我們見了人家。脫帽鞠躬。加以禮敬。不但公事上應當如此。就是平日也應愛敬。這是應當的事。因爲國家官吏。受了國家的委任。尊敬官吏。就是尊敬國法。誰也不應當說我吃虧。他佔便宜。若在君主國。則對於皇室皇族。更應禮敬。因爲不但情誼如此。也是國法所規定的。就如這里太宗對於宗室覺羅所頒的制度說。『常人與繫紅帶者相詆。而詈及祖父者。死。』乍觀之。好象紅帶子和常人太不平等。其實不然。下面緊接着又說。『其不繫紅帶而致人辱詈者。勿罪。』可見並不是由於人貴。實在是制度貴。紅帶在腰。常人便得加以敬意。而不可罵他的祖先。但是如果腰中未繫紅帶。那就和常人一樣。可見無論古今中外。法律制度。都是一理。國家之所貴。自然得尊敬。推而一切官吏公人。罔不如此。但是受了國家寵命者。也應當尊重國家的名器。不要使名器失了尊嚴使人不敬不愛。而反含了仇怨。這就不負國家之付託了。聞言不表。話說去年索倫部兩次來朝。國家的恩德。漸被北邊諸族部。遂有使犬部索瑣科等來朝。使犬使鹿諸部。皆女真族。在黑龍江東北。明初謂之生女真。文化雖不可言。但其人民勇健。長於冒險。地產良犬馴鹿。土人馭使之以拉拖床。往來雪地之中。疾迅如飛。因不識其眞正部族之名。姑以使犬使鹿呼之。現在勘察加半島一帶。以及海中的庫頁島。往北直至北氷洋的頁斯齊莫。皆屬此部。明永樂時曾設奴爾干都司。但不久卽廢。太祖崛起。兵威至於遐荒。始漸隷屬。但是自俄人東侵。喪失無限的土地。這些部族。也就伴着失地而不爲我有了。但是在太宗時代。這些部族。不但完全隷屬。且能徵其部民而爲官兵。後人不知勤遠略。又不知開發。誤於死書。敗於腐儒。反將國家根本之地。荒廢棄置。眞可歎也。是年二月壬午朔。太宗下詔。命各官舉賢才。其略曰。

朕惟圖治以人才爲本。人臣以進賢爲要。天下才全德備之人。實不易得。爾滿漢蒙古各官。果有深知灼見。公忠任事者。當速行薦舉。所舉之人。不分新舊歸附。已仕未仕。但得居心公正。足備任使者。卽呈送吏部。其居心公正。通曉文義者。呈送禮部。該部貝勒。隨時奏聞。候朕量材錄用

詔下。各部官員。正在思想怎的薦舉人材。纔能仰答聖意。忽有文館供職的寗完我范文程二位老先生。先後各奏一本。大意相同。其略如下。

上求賢若渴。思得眞才以輔國家。恐諸臣各昵親知。黨援倖進。貽誤不小。請仿照古人連坐法。

明降諭旨。酌定功罪。以示勸懲。則宵小退。而眞才進矣。

無論那一時代。發號施令。制定諸種法規。自非强盜團體。其始意無不聚精會神的。打算去利國福民。但是人類不齊。古今同慨。所以在制定法規的當兒。一定要謹慎斟酌。思前想後。不可作了賤丈夫的護身符。使此法令。反倒授以營私舞弊的口實和機會。這樣的先例。在史記中很多。最可怕的。如同王荊公的新法。結果弄得元氣大傷。擧國騰怨。北宋的財政。因此一蹶不振。而人心失信於政府。不再依賴。也就種因於此時。難道照王荊公那樣的人。還有什麼野心。打算虧國益己麼。自然是一往直前。很熱心的去圖富强。但是他老先生一個人熱心爲國。手下人却都私心爲己。越到下級官吏手中。威福越大。搜括的也越甚。眞有把產業蕩盡。賣了妻女。還不足以塡他們的慾壑的。如果小民埋怨。就給你罪上加罪。大臣說話。就說你阻撓新法。直弄得天下敢怒而不敢言。如果大家把宋史王安石傳讀一讀。就可以知道那時變法。完全壞於君相彼此的誤信。而所委任一群執行新法的人。又多善於蒙混。暗地竟作肥己的事。而君相高高坐着。黑幕裡的情形。一點兒也不知道。照這樣的變法。那不是活該誤國嗎。可見立法之初。無一不善。一到了下面。立刻就能有利用它的。從中找點什麼。太宗熱心求賢。下詔令人擧薦。難道還有什麼毛病。殊不知。由深達世故明於治體的甯完我范文程二位老先生看來。當時就想到未來的弊害。遂赶緊上本說。光是那樣一道詔旨。是不成的。須要補充一個防止弊賓的條件。不然的話。人人都有親知故舊。雖說內舉不避親。外舉不避仇。古有明訓。但是照那樣存心的。能有幾人。假如利用機會。胡亂保薦。不但屈抑賢才。有虧聖化。而使無才無德之人。濫竽高位。國家的尊嚴。治道的大法。豈不要因此而大行墜落嗎。所以請求仿效古時連坐法。使人保薦人才。這也是宋代的事。在南宋時。保舉人才的事太濫了。後來有人請求頒布連坐法。一時頗著良效。所謂連坐者。無論京外各官。依法皆得保薦人才。但是被保薦的人。若果稱職。舉薦的連帶嘉獎。若被保薦的人不稱職。甚至作出許多貪污的事。原舉薦者。一律受懲。這樣的保舉連坐。既不違於人情。而且極爲允當。後來多採取此意。但是到了亂七八糟的時代。這種良法。一定要被人摧毀的。使不存在。

太宗時代。國勢勃興。方在開創。自然和積弊已深的明廷。不能同論。但是一國之中。不必皆賢。請託援引。亦自不免。甯完我范文程。從政多年。又是太祖時的老人。關於用人利弊。知道的很詳悉。不忍不愼於始。而貽誤將來。這才先後上本。請以古昔連坐之法。以保薦人才。太宗見本。十分嘉歎。說。還是讀書人。心裡精細。想得周到。當下允從甯完我范文程所請。以後各官所薦之人。如不稱職與之連坐。這一來。凡是容心濫保的。也都歇了念頭。不敢蒙蔽。在太宗下求賢詔書那日。即二月初一日。同日又下了一道諭旨。大略說。近來察哈爾新附各官。時時加恩賞宴。可是由燕京及大凌河歸順各官。就許久未蒙宴勞。難道說我們得了新附之員。把那舊時歸附者。便忘了麼。一定不許這樣的。朕因事忙。把撫養以及宴勞懇親的事。常常教諸貝勒代辦。現在稍暇。朕很想念他們。着由禮部備宴。凡屬歸附各官。自守備都司以上。皆集殿庭預宴。君臣上下。盡歡一日。豈不盛哉。詔旨一下。當局者自然照辦。開宴之日。眞是衣冠畢臨。不過有些下級末僚。衣冠都很敝舊。形容也就透出枯槁。太宗一見。很爲駭訝。因謂衆貝勒說。朕於降官。一視同仁。並且屢屢推恩。教你們代朕撫養。怎麼內中竟有形容憔悴者。大約是你們忘了朕之叮囑。未加恩養所致。我國家蒙天眷佑。所得大小官員人等。朕皆一體加恩。未嘗分別新舊。爾貝勒等。務體察朕意。勿使先歸者。反致失所。且朕方下薦賢之詔。而舊人中已有如此之現象。求賢之謂何。諸貝勒見諭。都覺不安。連連認罪說。誠如聖諭。嗣後臣等加意恩養。自不敢忘。其實這些事情。也未必是貝勒們成心苛待。因爲降官依照堦級大小。皆有田土丁口。以代俸祿。微職小官。則交付貝勒妥爲安插。貝勒們從政出征。一天也是很忙。那有工夫。顧及此等事。自然也就教執事人辦理。事情一到下人手裡。那就不能十分痛快了。不過在皇帝面前。那敢推諉別人。罪過不是更大了。只得承認自己不對。從此貝勒們。也長了不少的閱歷。不敢盡聽下人之言。不在話下。却說太宗除了出征理政。每天所讀的書。多半是史書。因爲史書裡面。包羅宏富。無所不備。詔設文館。重視儒臣。也是爲蒐集文獻的原故。不過那時太宗以及諸位貝勒。雖然已能直接讀漢書。爲一般大臣將領計。還是多半仰賴翻譯。五月己巳。曾下詔。使纂譯宋遼金元四史。我們看了這道詔旨。足以想見太宗讀史的方法。頗有抉裁。諭曰。

> 朕觀漢文史書。殊多飾詞。雖全覽無益也。今於宋遼金元四史內。擇其勤於求治。而國祚昌隆。或所行悖道。而統緒廢墜。與夫命將行師之方。及賢奸忠佞之有關政要者。彙纂翻譯成書。用備觀覽。通鑑之外。野史所載。語多不經。無知之人。轉相流傳。信以爲實。着禁止繙譯。又見漢人稱其君者無論有道無道。概曰天子。不知皇天無親。惟德是輔。必有德者。乃克副天子之稱。今朕祇承天佑。爲國之主。豈敢遂以爲天之子。爲天所親愛乎。倘不行善道。不體天心。則天命靡常。寧足恃耶。朕惟朝乾夕惕。以仰答天眷而已。

這道諭旨。留給後人的教訓很大。可惜多忽略了。按着經訓說。皇天無親。惟德是輔。若由現代的新語來解釋。就是天助自助的意思。國君能自助。自然也就能得天助。而不失其天子之地位。推而以至一國之人。上下齊心努力。止有向至善境地邁行。那末不用說資格完備的大國。就是弱小之邦。也能馴至强大。不過這樣的教訓。人多以爲平淡無奇。不肯遵守。昏聵者光恃天命。奸狡者惟務紛爭。先由國內起了狼烟。彼此互殺起來。等到你的民貧財盡。外來一個强力。只一觸便倒了。太祖太宗的時代。沒想作天子。只不過眼見自己的民族。横遭蹂躪。明廷、蒙古、朝鮮。都很强大。都會以天之子自驕。惟有滿洲民族。四分五裂。隨便受人欺侮。太祖太宗。和同時並起的豪傑。如額亦都。何和里、費英東等等。不忍這樣下去。而自己又不是自古以來無聲無臭的。這才奮鬥爭脫。恢復了古昔的名譽。上天也喜歡他們能自助。天命也就眷顧他們。俾成古來未有的大業。太宗的諭旨。說的很透澈。也就無煩細說了。還有一節。就是觀於讀史的教訓。一般人都好高務遠。好象除了前四史。其餘都不足觀。其實這是極錯誤的意見。讀歷史並不是爲賞鑒它的文章。乃是爲明瞭事實的。事實越遠越無徵。也越無用。所以應當先由切近的讀起。宋遼金元四史。關於晚近文化。影響最大。舉凡政治之隆汙。民族之分合。依然和現代關聯着。所以治史的。先由近代作起。也是一個很好的方法。一位學人。長於史漢。却於明清歷史。一無所知。這也未免過於厚古薄今了。閒話止住。這里且叙一叙貝勒多爾袞等出征察哈爾的事。察哈爾自林丹汗逃死以後。他的國中。已無往日那樣聲勢了。各部首長。大都自由行動。多半都向太宗納款。率衆歸附的。不絕於途。但是和林丹汗有密接關係的。依然奉着林丹汗的眷屬。苟延殘喘。太宗以爲此時不圖。怕有死灰復燃之日。乃卜二月丁未日。命貝勒多爾袞、岳託、薩哈璘、豪格、爲統兵元帥。管旗大臣納穆泰、爲右翼。吏部承政圖爾格、爲左翼。率領護軍騎兵一萬。往收察哈爾林丹汗之子額爾克孔果爾額哲。臨出兵時。太宗親授方略。諸貝勒領命而去。既又命大臣濟什哈海塞。率八旗官八員。及外藩蒙古八十人。往駐上都城舊址。以偵軍事。却說貝勒多爾袞等。率領大軍。一路前行。不覺已至錫拉珠爾格地方。正在駐營造飯。忽探馬報說。現有察哈爾索諾木台吉。率領部下一千五百餘戶來降。此刻已然離營不遠。諸貝勒見說。無不大喜。連忙上馬。率領衛士十數人迎出營去。只見前面大道上。塵頭驟起。和天上黃雲。連成一片。塵頭下面。接連不斷的。盡是駝馬車輛。晃晃蕩蕩的向這邊行了來。蒙古人搬家雖然簡便。聲勢却極浩大。何況一千五百多戶人家。駝馬一項。也就很可觀了。再加上牲畜牛羊之屬。連亘數十里。結成一大長列。非在蒙古大平原。無由看見這種游牧民族遷徙圖。雖然多爾袞等衆貝勒。時常統兵出塞。見了這樣狀況。也甚驚奇。不一時索諾木台吉。業已一馬當先。率了十數名從人。已然來到。大家連忙下馬。彼此見禮。相互寒暄了一回。遂一同進了營門。來到大帳之中。命殺羊宰牛。治筵款待。外面人戶畜產。則命軍士妥爲保護。並賜酒食。索諾木台吉。見衆貝勒都是青年英雄。人物出衆。不但軍旅之事。佈置得宜。便是臨機處事。也都異常敏快。不覺感佩道。久仰諸位貝勒大名。今日一見。殊慰平生。本部自遭林丹汗苛暴。人人含怨。今日纔得脫了桎梏。是以率了部屬。往投貴國。如蒙大皇帝賜以游牧之地。不受强敵欺陵。當世守臣節。盡忠圖報。多爾袞道。吾國與蒙古。本爲一體。即此次提兵到此。無非奉詔招撫。別無他意。貴台吉如此歸心。皇帝必然十分見喜。本當陪伴。一同前往盛京。怎奈奉命而出。不能擅便。我等當遣將官。伴送入都。一路之上。自有照料。索諾木見說。甚感。當夜盡歡而散。各自歸帳休息。次日黎明。衆貝勒遣派隨征將校溫泰。伴送索諾木台吉。依然率領部衆。向盛京進發。多爾袞等。則仍拔營前進。非止一日。已到黃河岸邊。這里的黃河與河南省的黃河不一樣。可以行舟。水極深濶。馬不能渡。只得等待造舟。自古以來。什麼團體。也沒有軍隊能耐大。一聲令下。什麼事都能辦。當下便在河岸駐營。採伐木料。急造浮舟。以四月二十日。人馬渡河。二十八日。已到了托里圖地。這個地方。正是林丹汗之子。額哲的駐營地。他們以爲遠隔黃河。又在初夏。河水不冰。敵兵必不敢來。偏巧這日又是一天大霧。入夜益發昏黑。所以豪無防備。多爾袞等。也恐霧中進擊。如被驚覺。反倒容易逸去。所以按兵不動。另以平和手段。召其歸降。當下大家商量。暗中先把哨兵放出去。然後把隨征大將南楚、阿什達爾漢、哈木松阿、岱袞等。請進帳來。教他們先以善言。往見蘇泰福晉。招其來降。化干戈爲玉帛。豈不甚善。南楚見說。亦甚願往。原來南楚乃葉赫貝勒錦台什之孫。阿什達爾漢亦其同族。至察哈爾汗之蘇泰福晉。也是錦台什的女孫。乃錦台什子台吉德勒格爾所生。與南楚爲親姊弟。這樣看起來。滿洲和蒙古。都和葉赫有親屬關係。世世聯婚呢。却說南楚奉命說降。率領達爾漢等三人。來到蘇泰福晉所居的宮墻外面。天已要亮。當於馬上大呼曰。裡面聽者。進去回稟福晉。就說福晉之弟南楚來了。守衛人一聽。不覺嚇了一跳。連忙弓上弦刀出鞘的。擁了出來一看。只有四騎。方才放心。因問南楚說。你們方才叫些什麼。南楚又把方才的話。和他們說了一遍。請他們進去回報。這些衛士。還不放心。商量半天。方教一個人進去稟報。旁的人還在此不放心的看着。單說蘇泰福晉。自從林丹汗遠逃客死之後。她的境遇很悲哀了。兒子還不能掌理國務。屬地大半叛去。只有幾位舊臣。依然隨着。本有心投歸太宗。又不知怎的待遇。她現在眞是度日如年。這日淸晨起來。還不曾盥沐。忽有近侍女婢。進來傳話說。啓稟福晉。方才外面傳進話來說。是南楚舅老爺來了。福晉見說。不覺大驚道。什麼。南楚來了。他由那里來的。不對吧。說着便命把出葉赫帶來的家人侍從等叫進幾人來。問他們說你們聽見了麼。說是南楚來了。快出去看看。如果是他。快請進他來。侍從等見說。赶快向外就跑。到了外面一看。果是南楚。慌忙向裡迎請。一面又飛報福晉。蘇泰福晉見說。果是兄弟來了。一陣心酸。慟哭着迎了出來。姊弟二人。彼此悲泣了一會。相偕入內。從來的達爾漢等。也都一一給福晉叩了安。落座以後。福晉拭淚問他們說。看你們這樣子。我已明白八九。上天降禍。國破家亡。總算自己不會見幾。但是現在你們打算怎樣擺佈我們呢。南楚道。姊姊。你千萬不要多心。現在天命眷顧滿洲。不久卽成大業。凡是降附。自有好處。決無禍患。我們這次隨了諸貝勒。奉命統兵來到此地。並不是想用武。不過前來和好定盟。將來外甥依然不失王公之位。只求你們要識時。福晉道。自要他們不加害。我就教額哲到軍前去見他們。南楚道。決沒有那樣的事。大軍一路行來。秋毫無犯。並且半路還遇見索諾木台吉。率衆到盛京去投附。貝勒對他們都格外有禮貌。何況是你們。蘇泰福晉見說。這才放心。當日以酒食款待南楚等。約定明日。教額哲到軍中會見衆貝勒。並懇南楚。在貝勒前善爲說詞。把以前的事。都不要提起。我是婦人。沒別的見識。只求和平。南楚等滿口應承。這才興辭而去。回到大營。把會見情形。以及蘇泰福晉所說的話。向諸貝勒報告明白。多爾袞等見說。大喜。因向南楚說。他們母子。既識大義。國家必定待以殊禮。次日額哲奉了母命。率領衆宰桑來勞軍。並請移駐近地。於是大軍列纛鳴角而進。到了汗庭近郊。命將人馬札住。是日霧散雲消。天氣晴朗。衆貝勒遂與額哲會見。一同拜天。既而又在宮中與蘇泰母子相見。但是額哲和他的群臣。好象都有不安之色。衆貝勒等。因謂蘇泰福晉曰。吾等此來。原爲宣上德意。如有不誠不信之處。願設誓以求天鑒。因於次日。復與額哲結壇。誓告天地。蘇泰及其群臣始喜。當下設宴招待衆貝勒。貝勒們亦以盛宴與之酬酢。對於額哲以下。各賜鞍馬衣裘等物。於是額哲部下群臣。額濟格固實等。各以部衆降。獻其戶籍。先是大軍未至時。鄂爾多斯部濟農。以額哲年幼。欲收爲己有。乃自來招請額哲。令遵其約束。額哲不得已與之盟。及大軍馳至。濟農已事畢返部。因派前軍阿什達爾漢等疾追之。將濟農追還。貝勒多爾袞數之曰。察哈爾已屬我。爾何得私與盟誓。誘其部民。自今凡察部人民之在爾部者。當悉送來。不然我即統兵前進矣。又謂察哈爾諸臣曰。凡爾部人民。有遺留鄂爾多斯者。可具數報來。衆不敢隱。以實開具。遣人至鄂爾多斯索取官民共得一千餘戶。連同察部現有。

一一造具戶冊。以及牛馬牲畜等件。遣派啓心郎祈充格。齎捷書往盛京告捷。捷書略云。臣等荷蒙天眷。仰仗皇威。謹遵指授方略。進止以時。故得全部收服。謹具疏以聞。方捷音將至之前一日。太宗諭文館諸臣曰。朕憶從來左耳鳴。必聞佳音。今左耳鳴。出師諸貝勒。必有捷音至矣。果然隔了一日。祈充格等齎了捷書。已到盛京。這時太宗正賜巴林部長色爾宴。聽了捷音。無不稱賀。時巴林右翼宰桑。布兌山津。捧觴跪進曰。主上聖明。皇天默佑。臣等獲預宴筵。得聞喜音。敢進一觴。虔申慶賀。太宗曰。朕承天眷佑。喜慶疊臻。正宜仰體天心。益求治理。倘朕政治有遺闕。爾等當直言極諫。忠良之言。朕未有不聽。何至相侑以酒。導朕於非義耶。布兌山津。慚謝而退。普通人無不喜人逢迎承奉。何況在歡喜之際。觀太宗此舉。防微杜漸。使人勿得導以非義。其識遠矣。這且不言。却說貝勒多爾袞等。既以捷書把收服察哈爾的事。報告太宗以後。太宗亦遂於六日後命布哈塔布囊、哈克薩哈、鄂謨克圖等蒙古將領。率兵齎敕往迎諸貝勒凱旋。且諭之曰。上帝神明。俯垂眷佑。國內臣民。共享寧謐之福。四境田禾。雨暘時若。秋成可望。巴奇蘭。武巴海等。先後招降呼爾哈、瓦爾喀兩處編戶壯丁甚多。俘獲人口牲畜稱是。又遣人赴錦州捉生。獲其人訊之。聞爾等自大同宣府進兵。明國檄調山海關外兵馬往援。因復命貝勒多鐸等。從廣寧入。牽制援兵。恐我兵乘勢深入。派每旗率護軍往濟其師。又蘭磐。岫巖、海州、各有擒獲。又兩次所獲朝鮮國人。皆遣書國王。

令彼來取。又八家共遣二百人。往朝鮮貿易。已得其貨物還。又黑龍江貢貂者。以及索倫部人。先後來朝六十餘人。皆革面向化。不似先時執拗矣。故諭令爾等知之。話說貝勒多爾袞等。與林丹汗之子額哲。結盟拜天。誠心設誓以後。蘇泰福晉。以及左右諸臣。這才放心。不照先時那樣疑慮恐懼。不但死心塌地。納土歸降。便是遺留他部的察哈爾人民牲畜。也都掃數索還。直接歸了太宗統治。不過在土地人民以外。還有一件國寶。現在蘇泰福晉手中保藏。這是一件什麼國寶呢。就是中國歷代帝王所引爲符瑞的歷代傳國璽。若照小說野史所載。這傳國璽神秘已極。說法既不相同。各書所記璽上文字。也不一樣。爲了一塊玉印。三千年來。不知演出多少篡奪的暴行。和極哀痛的悲劇。其實帝王自有眞。有傳國璽沒傳國璽。原是無關重要。自要你有權力。能維持和平。悅服人心。自然就天與人歸。成了天命的國主。但是在舊時代裡。人們迷信傳國璽的念頭。還不能打破。所以察哈爾王庭。收着這件寶物。遐邇皆知。無人不曉。貝勒多爾袞。既然自幼熟讀史傳。關於傳國璽的知識。自然早已素具。如今既然收服察部。一切都歸國家所有了。傳國璽自然不容不問。多爾袞是天生大英雄。難道照俗人一般。也希圖這件東西嗎。不過怕這東西落在他人手裡。容易使人妄自尊大。起了不正當的貪心。不如乘此機會。將它收去。要知傳國璽怎樣收得。且待下回。

第二十五回

建國號太宗登九有　進賀表群臣慶無疆

話說貝勒多爾袞等。統兵收服察哈爾以後。因知歷代傳國璽。在蘇泰福晉手內保藏。生恐落於他人之手。易啓貪心。不如逕行索出。奏明太宗。使爲國有。豈不甚善。第一可作國家福瑞。第二免去妄人的貪心。當下便由貝勒多爾袞發議。先向察部衆宰桑把索璽的意思。和他們說了一個大概。教他們婉言和蘇泰福晉去說。並非執意想要這東西。不過將來如有遺失。或者竟有人强取。倒容易引起爭端。不如乘此機會。交出國家保管吧。衆宰桑一聽。異口同音的很贊成。因爲土地人民。全已服屬於人。只有一璽。還有什麼用處呢。一齊都承認去向福晉勸說。蘇泰福晉也因日來見衆貝勒皆有禮貌。又見兒子額哲。和他們處得也很親熱。心裡甚是快慰。這日忽見衆宰桑前來回話。因問何事。宰桑們便把收留玉璽。是件有害無益的事。向福晉婉勸一回。不如把它獻出。豈不因此更堅人信。福晉見說。婦道人家。雖然不能立刻決行。左思右想。究不如獻出爲宜。常言說得好。匹夫無罪。懷璧其罪。現在業已納土歸降。收藏此璽。委實毫無道理。不同是別的珍玩。這件東西是不可私收的。當下決心獻出。因命衆宰桑去向貝勒們說知。於是此璽遂由蘇泰福晉。交付貝勒多爾袞之手。原來此所謂傳國璽者。舊藏元朝大內。至順帝末年。棄了大都。携璽返沙漠。後來順帝駕崩於應昌府。璽遂遺失。過了二百多年。有牧羊人在山岡下牧羊。見一山羊三日不食草。不住以前蹄堀地。牧人因以爲奇。因掘地得璽。遂歸於元朝後裔博碩克圖汗。後來博碩克圖汗。爲林丹汗所破。璽又爲察哈爾所有。林丹汗亦元裔。自得此璽。頗以恢復元祚自居。不知天命自有攸歸。非璽所能致也。貝勒多爾袞既得璽。遂自匣中將璽取出。命衆同觀。只見璠璵爲質。交龍爲紐。文曰『制誥之寶』四篆字。玉質潔白。光氣煥爛。洵至寶也。多爾袞等甚喜曰。皇上洪福非常。天錫至寶。此一統萬年之瑞也。按世傳歷代傳國璽。與此不同。學林曰。後漢與服志。劉昭注引吳書曰。漢室之亂。天子北詣河上。六璽不自隨。掌璽者。投井中。孫堅北討董卓。頓軍城南。官舍有井。每旦有五色氣從井出。堅使人浚。得傳國璽。其文曰『受命於天。既壽永昌』。方圜四寸。上有紐文盤五龍。瑨七寸管龍。上一角缺。又引晉陽秋曰。冉閔大將軍蔣幹。以傳國璽付河南太守戴施。施獻之。百僚皆賀。璽光照洞徹。上蟠螭文隱起。書曰『受天之命。皇帝壽昌』。秦舊璽也。晉書輿服志曰。秦始皇帝藍田玉璽。在六璽外。文曰『受天之命。皇帝壽昌』。漢高祖佩之。後世名曰傳國璽。與斬白蛇劍。俱爲乘輿所寶。斬白蛇劍。至惠帝時。武庫火燒之。遂亡。及懷帝沒胡。傳國璽沒於劉聰。後又沒石勒。及石季龍死。胡亂。穆帝世。乃遷江南。建康實錄曰。

傳國璽秦始皇造。方四寸。以玉爲之。上蟠螭。其文曰『受命於天。既壽永昌』。自秦傳漢入魏。魏入西晉。永嘉末。爲劉聰所得。石勒滅劉氏。入僞趙。冉閔誅石氏。入冉閔。永和八年。始歸於晉穆帝。觀國按。攷傳國璽文。在吳書、建康實錄。則皆曰『受命於天、既壽永昌』。在晉書輿服志、晉陽秋。則皆曰『受天之命、皇帝壽昌』。其文不同者。按前漢元后傳曰。初漢高祖入咸陽。至霸上。秦王子嬰降於枳道。奉上始皇璽。及高祖誅項籍。卽天子位。因御服其璽。世世傳受。號漢傳國璽。以孺子未立。璽藏長樂宮。及莽卽位。請璽。太后不肯授莽。莽使安陽侯舜諭指。舜既見太后。知其爲莽求璽。怒罵之。舜曰。莽必欲得傳國璽。太后聞舜語切。恐莽欲脅之。乃出漢傳國璽。投之地。以授舜。舜既得傳國璽。奏之。莽大悅。又按後漢光武帝紀。建武三年正月丙午。赤眉君臣面縛。奉高皇帝璽綬。章懷太子注引玉璽譜曰。傳國璽。是秦始皇初定天下所刻。其玉出藍田山。丞相李斯所書。其文曰。『受命於天、既壽永昌』。漢高祖至霸上。秦王子嬰獻之。至王莽篡位。就元后求璽。不與。以威逼之。乃出璽投地。上螭一角缺。及莽敗。李松持璽詣宛上。更始敗。璽入赤眉。劉盆子既敗。以奉光武。聖宋哲宗皇帝得秦傳國璽。改年號曰元符。璽文曰。『受命於天、既壽永昌』。乃李斯蟲魚篆。方四寸。上有蟠蛟。缺一角。此卽元后投璽於地。缺一角者。眞秦傳國璽也。其曰『受天之命、皇帝壽昌』者。蓋自是一璽。非傳國璽耳。據此傳國璽既有岐說。文亦不同。不審孰爲眞璽。且古今度量之器不同。秦漢之四寸。未必卽爲後世之四寸。而宋人記錄亦曰四寸。殊不當也。古者天子六璽。漢末之亂。旣皆投入井中。何以孫堅所浚得者。僅一傳國璽。無此理。或一時皆出。或同時失去。未可知也。元室所藏之璽。或卽六璽之一。或卽唐宋故物。故亦曰傳國璽。且古璽傳於後世。但以志符瑞。並不使用。一代帝王。自有璽印。萬無使用舊印之理。然則世所謂傳國璽者。亦不過古器物之一。得失與否。無關重要。淸自開國。自製寶璽。至乾隆朝而大備。在察哈爾所得者。並不在國璽之內。惟在太宗建帝位改國號之先。忽得此璽。實爲天命攸歸之瑞兆也。閒言不表。却說貝勒多爾袞等。旣得前代寶璽。正要遣人馳告太宗。忽報布哈塔布囊等奉命齎敕而來。當與衆貝勒迎入營中。遂卽草奏。謝上遣使遠迎之恩。並奏報收獲歷代傳國玉璽。遣人齎去。諸事已完。遂携了察部降衆。一同渡河。行至歸化城。因貝勒岳託有病。只得留他在城中。以資休養。撥兵一千。以駐守之。其餘衆貝勒。則各提本部人馬。命將分略明邊。察哈爾林丹汗之子額爾克孔果爾額哲。及其大臣。往略明山西一帶。各路兵自蕁衛口而入。約至忻州會師。忻州守兵千餘出戰。擊敗之。時明總督遣副將一員。領兵七百。從代州來探。適大軍已至忻口。正與明兵相遇。命左翼主將圖格爾。率侍衛等自忻口追擊之。明兵敗入崞縣。獲馬六十餘匹。於是大軍由黑峰口出長城。復自應州赴平魯衛。衛內有馬步兵五百餘。出城列陣。右翼主將納穆泰。左翼主將圖爾格。各率本部兵。直衝其陣。破之。追擊至城壕。

明兵死者百餘人。貝勒等遂率大軍出邊。命納穆泰、圖爾格、率官十六員。兵一千名殿後。這時大同總兵王某。和寧遠總兵祖大壽遣來的援兵。會合一處。打算乘大軍出邊。出其不意。自後襲擊。不想圖爾格奉命殿後。不敢大意。處處留神。時時派人哨探。明兵的行動。已盡爲所悉。因命部下。把盔甲軍器暗中準備停妥。伏於山谷林木之中。反出明兵不意。掩殺上來。明兵遭遇猛襲。大敗潰去。死者甚衆。只餘五六百人。據保一座墩臺之上。這時納穆泰也聽見警訊。率兵驅至。團團把墩台圍困。自下用火器攻之。臺燬。明兵殲焉。獲馬二百餘匹。自大軍由平魯入朔州。直抵長城。又經寧武關、代州、忻州、崞縣、黑峯口、應州。而復還平魯衛。共擊斬明兵六千餘人。俘獲人口牲畜七萬六千三百有奇。至是遂出邊。與貝勒岳託會於歸化城。蓋因明人拒和。兩國不能以和平手段交換物資。而日形膨脹的滿洲。又不能自安於現狀。實逼處此。是以一遇機會。卽入明邊。以所俘的戰利品。來挹注國內的需要。在明未嘗不欲以封鎖政策。以困滿洲。但是兵懦將怯。政局黑暗。實不能貫徹其理想。是以太宗之兵。出入邊墻。以明地爲外府。殊爲自由。誠以一以圖謀生存而鬪。一以因循偷閑爲得。故强弱異形。終有一敗焉。話說諸貝勒等。於明邊略地以後。復至歸化城。這時岳託的病已然好了。正在計議旋師。太宗又命每旗派官二員。護軍各十名。每牛彔派騎兵一名。各以馬三匹馱米一石。往迎出征貝勒及諸將士。又諭廷臣曰。出征貝勒。久勞於外。兼得察哈爾全部人民及玉璽而還。不可不遠迎。因率大貝勒代善。及阿巴泰、德格類、濟爾哈朗、多鐸諸貝勒。謁堂子拜天。然後率衆西行。出上榆林。這時在歸化城的諸貝勒。已然班師。並派人馳報說。大軍在八月二十九日至扎哈地方之納赫特河。九月初五日以前。當過渾河。擬在陽什穆河躬謁聖駕。太宗得報。遂率衆貝勒渡遼河。偏闊所築巨流河城址。晚間進駐陽什穆河岸。次日派文館剛林、羅碩、同章京八員。赴貝勒軍約相見期。貝勒多爾袞見太宗已至陽什穆河。遂以九月壬子日。營於御營之右二里許。次日清晨。太宗率衆出御營。迎諸貝勒。諸貝勒亦率察哈爾林丹汗之子額爾克孔果爾額哲及其大臣等。馳馬來謁。太宗率衆稍前。至御營南岡所築壇上。設黃案。焚香。太宗率衆先行拜天之禮。然後還至御座。凱旋諸貝勒。設案。案上覆以紅氈。奉所得玉璽。置於案上 令正黃旗大臣納穆泰。鑲黃旗大臣圖爾格。舉案前進。諸貝勒率衆遙跪以獻。御幄前。設黃案。焚香。太宗受璽。親捧之。率衆復拜天。禮畢。復立。傳諭左右曰。此玉璽乃歷代帝王所用之寶。天以畀朕。非偶然也。於是貝勒多爾袞進前跪拜。復進上前。行抱見禮。貝勒岳託、薩哈璘等。以次如前行禮畢。額哲這纔率領察哈爾諸大臣。遙跪。稍前。拜一次。復進前跪拜。行抱見禮。太宗對於額哲。十分獎諭。因傳諭和凱旋諸貝勒。一同賞宴。宴畢。閱視額哲所獻之物。只見有金印。玉帶。諸色數珠。蟒緞。金銀器皿。以及駝馬等等。命酌納數件。餘皆返還。至凱旋貝勒所獻之物。太宗並不獨享。分賜八家貝勒。凡行間效力之大臣將士。亦皆頒賞。至察哈爾新附之民。選出壯丁八百。以補不足旗分。餘皆分隸各家。後來選出一塊游牧善地。名曰遜島錫爾哈。便教額哲領有其地。而世居之。臨行之日。太宗復大宴之。賜以鞍馬靴帽。又率大貝勒以下。送至盛京城外五里之地。這且不言。話說自貝勒多爾袞。收服了察哈爾全部。又得了玉璽。於是有許多官吏。便想着今後的事情。必要專專對明出師了。不如在事前。上本請求。既顯得有識見。並且還可掙取功名。所以如同都司陳錦。諸生張文衡等。都紛紛上言。大意說。方今朝鮮賓服。漢土向風。遠方投誠者。接踵於道。兵力日增。國威日振。皇上宜應天順人。進取中原。速成大業。太宗見了這樣的進言。雖然熱心可嘉。未免空洞不着邊際。理論好聽的話誰不會說呢。既欲言事。應當開出辦法。不可徒託空言。因諭刑部承政高鴻中。文館覺羅龍什等曰。凡進言者。宜從國事起見。或朕所行悖道。政治有失。或多殺無辜。當隨時直諫。此等眞心爲國之人。朕當識之不忘。近見漢官及諸生等。不揣事勢。紛紛以出師征明爲言。不知降服未及撫綏。人心未及收輯。城郭未及修治。雖勞師動衆無益也。大兵一舉。如何攻取。攻取之後。如何安輯。爾等酌議。疏奏以聞。諭下。沈佩瑞奏請屯田廣寧閭陽。造舟輓粟。爲萬全之計。太宗是之。九年十二月丁酉。祭告太祖山陵。諭貝勒大臣等曰。自古帝王。凡國有吉慶諸事。俱有告祭之典。今蒙古諸國。盡歸一統。又獲傳國符璽。當祗遵典禮。

用昭告於皇考在天之靈。於是率諸貝勒大臣等。恭詣太祖陵。焚香獻爵。祝冊成禮而還。甲辰內外諸貝勒合辭勸進。請上尊號。太宗不允。先是九月辛酉。都元帥孔有德。總兵官耿仲明。同日奏言。臣觀自古受命之主。必有受命之符。歷代玉璽。傳自漢代。距今二千餘年。今因聖武布昭。天畀我國。是天賜九武之尊。而享天下之福無疑也。伏願順時合天。早集大勛。以慰臣民之望。又多十月戊寅朔。管漢軍大臣石廷柱。率漢官等奉表稱賀云。皇上興順天應人之師。獲鎮國傳家之寶。禎祥已見。圖籙應歸。臣等久沐洪恩。欣逢盛事。謹拜手而颺言。更齋心而入告。伏願奉若蓍蔡。頒示臣民。符節遠合於百王。詔誥通行乎萬國。懸之象魏。一人開有道之基。傳示雲礽。千載踵無疆之業。臣等謹奉表稱賀以聞。太宗覽奏曰。諸臣所言誠是。朕亦知上天眷佑。示以上瑞。但慮才德涼薄。恐不能撫民圖治。以祗承天寵耳。諸貝勒見太宗依然謙拒。不允諸臣勸進。遂又命文館儒臣希福、剛林、羅碩。禮部啟心郎、祈充格等奏曰。上功德隆懋。克當天心。四方慕義之衆。延頸企踵。喁喁向風。前者、臣等廣集衆謀。合詞陳奏。請上進稱尊號。上謙德彌隆。辭以未知天意。不允衆請。必待上天垂佑。式廓疆圉。大業克成之時。然後郊禋踐阼。躬受鴻名。臣等伏思衆望不可以久虛。大命不可以終讓。今察哈爾舉國來歸。又得歷代玉璽。天心默佑。大可見矣。宜早正尊號。以承大統。

太宗曰。今雖諸國來附。兼得璽瑞。然大業尚未底定也。大業未定。豫建大號。非所以仰答天貺。

譬如諸臣。經朕擢用。不待朕命。輒自尊大。亦朕所不欲也。固辭不允。這是何等光明。古時奸兇。欺人孤兒寡婦。妄引天命。暗布爪牙。雖然有時也故作謙詞。以掩篡弒。究之欲蓋彌彰。所謂司馬昭之心路人皆見。太宗恢擴太祖成業。結合滿蒙漢諸民族。自行奮鬬。自建國家。稱王稱帝。或稱汗。原爲自然。並非奪自孤兒寡婦之手。如操莽所爲。然而謙德如此。譬喻懇摯。是之謂大英雄。眞知天命者。却說諸臣見太宗依然不允所請。到了晚間。滿洲漢軍。以及蒙古諸大臣。又都聚集到一起。謂天命已然顯然有所指示。內外臣民。也都引領而望。一登大寶。以作興人心。天下指日可定。但是依然不允。豈不要失了衆望。我們必得如前請求。衆以爲然。次日仍派希福去面奏說。衆臣之意。仍祈俯順輿情。早正大位。太宗曰。朕已屢諭爾等。依然如此固請。往諭諸臣。此事須行緩議。仍不許。或曰。太宗已然自稱爲朕。諸臣章奏。也稱太宗爲皇上。這不是已然稱帝了麼。爲什麼又行勸進呢。答曰。太宗所承繼者。爲太祖之大金汗位。後來把大金國號不用。改爲滿洲。滿洲是最嘉祥的名稱。爲國人所最喜稱。但是汗號依然如前。汗的名稱。在北方諸族間。就等於帝。用漢語來稱呼。就得用皇上二字才恰當。現在呢。國家的勢力益形膨脹。朝鮮早已結盟。蒙古全行服屬。國內外已無並肩大敵。只有明廷。空支老架。岌岌乎大有自仆之勢。這時獨有滿洲。具有新興的朝氣。開創新局。澄清寰宇。不但太宗和太宗的左右。懷此抱負。恐怕明方識時之士。以及墜在水深火熱裡的老百姓。也都很期許的在默待着。形勢如此。帝位的踐登。國號的重建。就好象順水行舟一般。不必費力。自然而至了。話說諸貝勒以及大臣百官。再三向太宗請求早正大位。以樹百年大計。太宗只是不許。諸臣也就把此議暫行擱起。反正時機已熟。無論怎樣謙辭。大勢所趨。就讓再行拒辭。也是無用的了。天聰十年二月。太宗出閱石廷柱所管漢軍。分騎兵爲一隊。步兵爲一隊。在演武場中。演習了一番。進退分合。步伐齊整。軍容甚肅。太宗對於諸將十分獎諭。在廳上賜茶。大小將士則各按等級。獎以銀兩。三月詔改文館爲內三院。當初設立文館時。分爲繙譯。記注兩直。繙譯直司。專譯經史。記注直司。則爲記錄政事。前面已然叙過了。天聰九年十二月。太宗諭記注儒臣曰。凡外國文移。及蒙古諸貝勒往來。迎送、獻酬、贈答、俱宜詳愼記載。勿有缺遺。至是改文館爲內三院。一曰內國史院。記注上起居。詔令。收藏御製文字。凡用兵行政六部所辦事宜。外國所上章奏。俱令編爲史冊。並纂修歷代祖宗實錄。撰擬郊天告廟祝文。功臣誥命。諸貝勒冊文。一曰內秘書院。撰與外國書。及上賜敕書。並諭、祭、文。錄各衙門奏疏。及詞狀。一曰內宏文院。注釋古今政事得失。進講御前。侍講皇子。並教諸親王。頒行制度。這就是內三院的職司。較比從前文館。範圍大多了。

是月外藩蒙古十六部。四十九貝勒。都元帥孔有德等。皆來朝。連銜請上受尊號。太宗仍不允。四月己卯。大貝勒代善。貝勒濟爾哈朗、多爾袞、多鐸、岳託、豪格、阿巴泰、阿濟格、杜度。額駙揚古利。八旗大臣譚泰、宗室拜音圖、葉克舒、葉臣、阿山、伊爾登、達爾漢、宗室芬古、蒙古八旗大臣。六部大臣。都元帥孔有德、總兵官耿仲明、尚可喜、石廷柱、馬光遠。外藩蒙古貝勒、察哈爾部、額爾克孔果爾額哲、圖巴濟農、科爾沁部、土謝圖濟農巴達里、卓里克圖台吉、武克善、乘圖貝勒、洪果爾扎薩圖杜稜、布達齊、達爾漢巴圖魯滿珠什里、剌廝什希、穆齋、伊勒都齊棟果爾、札賚特部、達爾漢和碩齊蒙袞、昂安伊勒都齊、杜爾伯特部、達爾漢台吉塞稜、郭爾羅斯部、哈坦巴圖魯固穆、伊爾登布木巴、敖漢部、額駙班第、柰諸木杜稜、奈曼部、袞楚克巴圖魯、巴林部滿珠什里台吉、阿玉什台吉、土默特部、鄂木布楚琥爾、噶勒根台吉索諾木、古英塔布囊、唐格爾塔布囊、巴善、扎魯特部、達爾漢巴圖魯色本、內齊、瑚弼爾圖、喀巴海偉徵、岱青、際爾哈朗、吉巴圖魯瑪尼、四子部、達爾漢卓理克圖鄂木布、噶勒根台吉伊爾扎木、阿魯科爾沁部、達賚楚琥爾、穆彰台吉、翁牛特部、遜杜稜、額爾德尼棟岱青、班第偉徵、達拉海宰桑、喀喇車哩克部、噶爾瑪台吉、阿剌納諾木齊、喀剌沁部、古魯思希布、塞稜、塞臣、萬丹偉徵、圖理瑚馬齊、烏剌特部、圖們達爾漢鄂木布、伊勒登和碩齊塞稜、額爾赫圖巴等。恭請上稱尊號。貝勒多爾袞、捧滿字表文一道。土謝圖濟農巴達理、捧蒙字表文一道。都元帥孔有德、捧漢字表文一道。率諸貝勒大臣文武各官跪進。太宗曰。爾貝勒大臣等。以朕安內攘外。大業游臻。宜受尊號。兩年以來。合辭勸進。至再至三。朕惟恐上無以當天心。

下無以孚民志。故未俞允。今重違爾等意。堅辭不獲。勉從衆議。朕思既受尊號。當益加乾惕。憂國勤民。有所不逮。惟天佑助之。諸貝勒大臣。見太宗已允所請。無不歡忭。文武百官。也都高呼萬歲。喜形顏色。當下進呈表章。分班叩見而退。旋由禮臣擬定上尊號禮節。擇吉四月十一日壬午。恭上尊號。太宗齋戒三日。以乙酉黎明。親率諸貝勒大臣。祭告天地。乃受寬溫仁聖皇帝尊號。建國號曰大清。改元爲崇德元年。先期築壇於天壇之東。備法駕鹵簿。是日太宗由中階升壇。御金椅。諸貝勒大臣左右序列。行三跪九叩首禮。左班貝勒多爾袞、科爾沁部土謝圖濟農巴達理、捧寶一。貝勒多鐸、豪格捧寶一。右班貝勒岳託、察哈爾部額駙額爾克孔果爾額哲、(以本年正月尙公主爲固倫額駙)、捧寶一。貝勒杜度。、都元帥孔有德、捧寶一。各以次跪獻。太宗受寶。於是貝勒大臣。捧三體表文。捧立壇東。宣示於衆。又於盛京城東。營建太廟。遣額駙揚古利。內院官希福等。祭告太祖山陵。丙戌。追尊始祖爲澤王。高祖爲慶王。曾祖爲昌王。祖爲福王。追封伯祖禮敦巴圖魯爲武功郡王。恭上太祖尊謚曰。承天廣運聖德神功肇紀立極仁孝武皇帝。太后尊謚曰。孝慈昭憲純德貞順成天育聖武皇后。廟號太祖。陵曰福陵。太廟前殿。安奉太祖太后神位。後殿正中安奉始祖神位。左安奉高祖神位。右安奉曾祖神位。左末安奉祖神位。右末東向安奉伯祖禮敦巴圖魯神位。設黑色太牢少牢一切祭物。太宗率諸貝勒大臣詣神位前祭告行禮。又追封功臣費英東爲直義公。額亦都爲宏毅公。配享太廟。定宮殿名。大門爲大淸門。東爲東翊門。西爲西翊門。大殿爲篤恭殿。正殿爲崇政殿。中宮爲淸寧宮。東爲關雎宮。西爲麟趾宮。次東爲衍慶宮。次西爲永福宮。臺東樓爲翔鳳樓。臺西樓爲飛龍閣。丁亥。頒詔大赦。群臣上表稱賀。內院官宣諭曰。

寬溫仁聖皇帝敕諭。朕以涼德。懼弗克纘承丕緒。是用戰兢。今祗告天地祖宗之靈。膺受尊號。爾內外諸臣。當體天工人代之義。同心輔政。以翊贊朕躬。現在立綱陳紀。次第舉行。諸臣果能各奏爾功。朕當隆以爵賞。尤在正己率屬。撫衆恤民。庶幾上合天心。下定民志。如此則君臣一德。庶績咸熙。我國家無疆惟休。天益佑助之矣。布告中外。咸使聞知。

是日內院官把所擬定的御用儀仗。開具數目。奏請裁可。太宗見了。諭內院官曰。爾等所擬。太繁重了。御前儀仗。無非用肅觀瞻。其實對於國家人民。却無一點利益。爾等當酌量裁減。以適可而止。由此一點。我們也可以知道太宗爲人。是重實際而不務虛榮的。先是九年十月。朝鮮國王李倧遣派侍郎朴魯來朝。並告王妃之喪。太宗召至內殿。出所獲察哈爾玉璽示之。朴驚駭稱賀曰。眞天賜之寶也。因賜鞍馬銀幣而遣還之。十年二月。太宗諭禮部備禮儀。遣戶承政瑪福塔往弔王妃喪。並令承政英固爾岱。齎書同往。備言一切事宜。八貝勒以及外藩四十九貝勒。也都以請上尊號致書朝鮮王。教英固爾岱一並携去。八貝勒書曰。

滿洲國大貝勒等。書奉朝鮮國王。我貝勒文武大臣。議欲應天順時。頌揚上德。勸進尊號。前年具奏。上以謙德。拒而弗納。今歲春正。蒙古各部貝勒。俱來朝賀。復合詞勸進。上曰。爾等皆吾子弟。朝鮮國王。亦吾弟也。宜令知之。我等仰體上孝友邦之誼。故遣使相告。以我等度之。王亦念上恩德。浹於人心。兵威臨於絕域。大勳克集。嘉況畢臻。即親來慶賀。禮亦宜之。今倣使至。即速遣親近子弟。前來勸進。王其以為何如。

蒙古諸貝勒書曰。

滿洲國外藩諸貝勒。奉書朝鮮國王。我等受明國厚恩。二百餘載。祇因明國官吏。貪黷貨財。蒙蔽君上。以致將偷兵弱。覆地喪師。今我滿洲國皇帝。仁智兼全。恩威並濟。照臨在上。如日方升。念我等各部。散亂無統。是用誕敷恩德。咸與招徠。撫育我群黎。奠寧我土宇。我等各部貝勒。及軍民人等。感激上恩。各思捐軀報效。如有驅使。即蹈白刃赴湯火。亦所不辭。現在朝賀來京。稔知天眷攸歸。勸上進稱尊號。以上篤於兄弟之國。用遣使告聞。我等順天意。合人心。衆志既定。王之從違。請自度之可耳。

這兩封書信。表面雖極和婉。內容卻極强硬。大有從違由你。只是後日的苦楚。也須想想之意。話說英固爾岱。到了朝鮮。國王李倧。已知道不是尋常。必然携帶着重要書札。前來商議恭上太宗尊號的事。但是朝鮮王。和其左右大臣。無不異常頑固。心目中只有明廷是天朝。在天朝以外。如果再出了一個帝國。他們決其是不能承認的。所以關於太宗進稱尊號一舉。不但不表贊同。好象立下決心。要反對到底似的。所以英固爾岱和瑪福塔到了朝鮮國中。述明來意。並以太宗及八貝勒書示之。國王拒而不納。當時議論紛紛。肚子裡有幾本死書的儒生們。也都大冒熱氣。要求宜斬來使。立斷國交。大臣中主戰最力者。爲掌令洪翼漢。以疏上國王李倧曰。『臣自墮地之初。只聞有大明天子。今此□言。奚爲而至邪。曩者賊臣引寇猝至。乘輿播越。乞和爲好。苟於其時。先梟弘立之首。俾我堂堂大義。照揭如日月。則雖戎狄豺狼。豈不感聳。欽艷我之禮義乎。計不出此。惟以得宏立爲幸。倚以爲安危之機。彼欲使我爲左衽。爲臣妾。實由於是。臣自聞僭帝之說。膽欲裂。氣欲斷。寧爲魯連之死。而不忍言以汚口。請急執□使。責其背約僭號而戮之。然後函其首。奏聞皇朝。（明廷）則義益伸。而氣益張。如以臣言爲妄。則請先斬臣頭。以謝□人。』朝鮮人雖亦東夷之一。但是他們所受漢化最早。所謂已然用夏變夷。儼然以第二禮義之邦自居。一樣也把文化較低的民族。呼爲夷狄胡虜。正所謂婢學夫人。轉益覺其不類。□中之字。原爲虜字。以是時英固爾岱等。係奉太宗之命以使朝鮮者。此字不忍書之。故代以□。洪翼漢等。既有這等强硬主張。當時李王竟爲所動。本想把英固爾岱瑪福塔二人殺害。與太宗決裂。只是英固爾岱和瑪福塔。都是身手了得。無人能敢傍邊。所帶去的護衛兵士。也都人强馬壯。一個個正如出山猛虎一般。如果出以明殺手段。一不成功。京城人民。先遭塗炭。怎樣好呢。不如出以暗害。就說你們二位不是一人來弔喪。一人來投國書麼。先請弔喪使。到禁川橋去祭奠。那時幃幕中。暗藏刀斧手。把瑪福塔先殺了。同時再請英固爾岱到議政府去議事。一樣也出其不意。結果了性命。完了、我們一方把守隘口。一方請明朝皇帝發兵救援。其奈我何。慣於紙上談兵的人們。想頭永遠是好。就如作了一場春夢一般。他們這樣商量定了。便去請英瑪二使。英瑪二人。自到朝鮮京城。李王拒而不見。已知風色不對。後來又聽得街上七嘴八舌的說了些什麼皇帝。…決交。…開戰等等的謠言。英固爾岱因和瑪福塔說。見麼。這一定他們不甘心皇上進稱尊號。正在商量辦法。所以街上方有這些風說。我們一定不可大意。但能得到他們的秘密。回去也好報告皇帝。他們這宗舉動。想是活得壓煩了。自尋死路。瑪福塔說。我也爲此想。且看他們有何動作。次日朝鮮王果然派人來請他們。英瑪二人。彼此使了一個眼色。仍照沒事一般。問來人說。不知爾王有何見教。王使說。吾王深感爾主情義殷殷。特派使臣前來弔喪。就請瑪使移玉禁川橋賜祭。英使可到議政府別有商議。派來的人。雖然故作鎭靜。究竟心懷鬼胎。說話有些變顏變色的。英瑪二人已知必有詭計。兩三日來。國王未見。今日却忽請弔祭。又把二人分作兩起。一定不懷好意。英固爾岱。因向王使說。瑪使節奉命前來弔喪。自然客從主便。可以到禁川橋去一趟。敝使臣奉命與爾王商議大事。既拒不見。敝使臣也不相强。議政府乃爾國大臣議事之所。未可往也。除爾王外。余不與他人語。王使曰。吾王有王妃之喪。政躬不預。尊使降尊一行如何。英固爾岱終不許曰。此事不由爾王議其可否。予終無以覆命。今惟請瑪使先行。以完使命。王使不敢再强。只得請瑪福塔到禁川橋去賜祭。若在平日。瑪福塔雖然携兵而往。也不能怎樣警戒。現在看出情形不對。不得不小心。官服裡面。穿上軟甲。暗藏寶刀一口。所帶三百兵士。給英固爾岱留了一百。保護館驛。另二百。皆擐甲貫冑。佩帶弓矢。手執戈矛。騎了怒馬。保護瑪福塔。隨了朝鮮王使。一路向禁川橋行去。那里國王也派了幾位大臣作招待。禮場上。高搭布幄。穿白樂手。跪在地下。奏着哀樂。表面上雖然看不見什麼兵戎兇器。壁衣裡却已伏着許多武士。專待瑪福塔行禮時。便出加害。却不想瑪福塔所帶兵士。已將布幄圍住。又有數十名隨員。都武裝隨入。正在頒賜太宗祭文祭禮。忽然揚起一陣怪風。把帷幕吹得飄飄颺起。只見帷衣內。蹲伏武士多人。手執利刃。正待行凶。瑪福塔一見。又驚又怒。當下大喝一聲說。已知爾等不懷好意。果不出所料。說着由襟底取出寶刀。把就近一員鮮官攔倒。場內當時大亂。嚇得那群樂手。屁滾尿流。叫苦哀哉的跑了去。外面的兵士也得了信。內外夾擊。把伏兵殺了一大半。其餘多官。也有受傷的。也有跑掉的。拋了一地紗帽。瑪福塔氣惱不過。率領隨員兵士。在大街上一陣衝殺。驚得商民人等。全都閉戶伏匿。慌作一團。瑪福塔又恐英固爾岱有失。事已至此。無法轉圜。只得合英固爾岱會在一處。逃出朝鮮。再作道理。這時英固爾岱在館驛中。不時派人密探。已知瑪福塔險被暗算。當時率領軍士前來救援。却幸瑪福塔安然而返。反倒殺死不少朝鮮伏兵。當下二人合兵一處。闖出京城。急急向鎮江方面逃去。不在話下。單說朝鮮王。因受强硬派所包圍。一意斥和。打算先把太宗所派使臣害死。藉此要請天朝的明廷。出師援助。殊不知自已沒有實力。希圖他國援助。已是下策。何況所要求援助的。現在已是自顧不暇。那有餘力去帮朝鮮的忙。他們實在想差了。把主意拿錯。現在暗害之計。既然未成。本想請回二使。再作商議。只是人已去遠。只得仍依主戰派的主張。出示曉諭。鼓動民氣。又命各地守城將吏。以及各道長官。激發忠義。設法以急國家之難。平日不知振作。惟知依賴天朝。一旦有事。那里來得强兵勇將呢。

朝鮮國王李倧通諭各道斥和備戰的公文如下。

國家猝值丁卯之變。（指第一次貝勒阿敏等伐朝鮮事）不得已權許羈縻。而十年之間。谿壑無厭恐喝且甚。此誠我國前所未有之羞恥。上自聖明。下至臣庶。含垢忍痛。欲有所奮。以一湔此辱者。豈有極哉。今此虜益肆猖獗。敢以僭號之說。託以通議。此豈我國臣民所忍聞乎。不量强弱之勢。一以大義決斷。却書不受。嚴斥其言。胡差等雖有要請。終不接辭。以至發怒不辭遁去。此都人士女咸共聞覩。雖知兵革之禍。迫在旦夕。反以爲快。四方若聞朝廷有此正義之擧。則必聞風激發。誓死同仇。豈以遠近貴賤而有間哉。自前遭逢變故。則必有告諭之文。今以此意。下諭諸道。使忠義之士。各效策略。勇敢之人。自願從征。俾期共濟艱難。此論。

這道通諭。言詞激切。大有勢不兩立之勢。但是內容空洞。看不見什麼軍事上的設備。無非善爲惡詈。教人激發忠義。自願從征。他們的結果。也就可想而知了。再說他們下這通諭時。並不是很光明的。照近代的哀的美敦書一樣。乃是在極秘密裡。通知各地。表面上還未敢輙行決裂。不幸有一個向平安道觀察使那里下通諭的人。行在半路。正與英固爾岱瑪福塔撞在一條路中。這樣文書。關係重大。自然不願被英固爾岱奪去。打算撥馬藏入村莊裡去。只是英固爾岱十分機警。見了官中人。很慌遽的向他避道。知道必有秘密。那里肯捨。當下命令手下軍士。圍了上去。可憐這個差人。走頭無路。便如鷹抓燕雀一般。把他由馬上抓下來。摔在地下。吩咐一聲搜！當有兩名軍士。翻身下馬。由那人身上搜出通諭一道。知道是他們的秘密。便收在懷中。依然率衆。策馬馳去。他們在朝鮮國中。一路行去。無人敢問。偶遇哨兵。也不敢奈何。如果用武。非亡卽傷。所以他們很平安的。回到盛京。單說朝鮮國中。自聞通諭被英固爾岱奪去。激烈的益發昂奮。和平的益發恐慌。好象不久禍事就到。當時大臣中有府尹崔鳴吉者。不主這等激矯辦法。說這是有害無益。爲今之計。仍宜遣使議和。因爲軍備未完。實力不固。徒以空言斥和。戰守之計未決。緩禍之謀不作。一旦敵兵猝至。何以禦之。遂排衆議而上李倧疏曰。

宣廟朝甲午年間。天朝諸將倦於用兵。始有講和退賊之計。使我國奏請天朝。故臣成渾首陳許可之意。而論者譁然非之。及全羅監司李廷馣繼發講和之言。將被重罪。渾與時相柳成龍。獨憐其忠義。約於上前同辭救解。渾先曰。廷馣之言。乃以伏節死義爲志。宣廟大怒。渾惶恐謝罪。柳成龍遂不敢言而退。自是攻渾之論益急。章疏紛紜而至。至有早正王法。以謝後世等語。惟時議不僅如此。雖渾門生。亦頗致疑於渾。渾以書往復自解。其答申應榘曰。人之所見。必誤入於前。而後發爲言論。故有貽害於後者。鄙見每謂事有是非。有利害。主是非、則見利不見物。主利害。則見物不見利。是以董子謂正其義不謀其利。然在朝廷或以是非利害合爲一處。朝廷利害之所在。卽是非之所在。坐於一句之所見。陷於一世之大戮。其答黃愼書曰。秦檜在前。千載之下。孰不欲剸刃其腹哉。以是言之涉和。衆共棄之。好名者惜名。趨利者求利。誰敢自近秦檜之故迹乎。鄙人之言。不幸而欲順中國之意。宜哉賢者憂我盡棄其平生。汚衊其身。不以死而救之歟。雖然、制事者必察其時。論人者當原其情。不可以疑忌之心。遽以一切之法律之。又曰、朱子云。旣枉尺而不直尋。又膠柱而不鼓瑟。若使天下之道理。只在上一句。又安說下一句耶。又曰。來諭謂與其講和存。勿寧守義亡。此乃人臣守節之言。宗社之存亡。異於匹夫之事。如此立說。不覺涕泗交頤。又曰。韓侂冑之伐金。謂可伸大義於天下。而先儒以幾危宗社而罪之。張南軒以復仇爲事業。而使之伐金。

則以金不可伐爲言。凡此之如。無不以宗社爲重。相時度力。而爲時中之義而已。如上所陳諸語。豈非今日廷臣所當深思者乎。愚意以爲。諸臣將皆須移居平安道。約束諸將。使有進無退。且移書備述君臣之大義。因以探敵情。若無他心。姑守前約。而爲後圖。若不然。則固守龍灣。(義州)背城一戰。安危決於邊上。或謂計非萬全。猶愈於束手待亡。捨此不圖。進退無據。江氷將合。禍迫目前。所謂待汝定議之時。我已渡江。今日之事。誠近似之。彼金之爲淸。汗之更帝。非我所當問。徒弄大言。以誤君父。己所不忍也。

崔鳴吉所上奏議。援古方今。頗有眞識卓見。誠憂國之文也。無奈當時朝鮮王李倧。惑於斥和派之言。對於崔鳴吉這樣名論。竟不報。同時斥和派也向鳴吉大起反動。說他不該蒙蔽天聰。如同校理尹集所上奏疏。可爲該派代表之作。『近有一種邪說悖慝之言。上蔽天聰。下絕人望。將使天地晦寒。義理斁絕。國不得爲國。人不得爲人。夫和議之亡人國家。非自今日始。而未有今日之甚者。天朝之於我國父母也。奴賊卽父母之仇也。爲人臣者。豈得與父母之仇約爲兄弟。置父母於相忘之域。恬然而不以爲恥乎。鳴吉之劄子。本多張皇。熒惑天聽。脅持臺閣。其沮遏公議之計。旣巧且慘。外挾强寇之勢。內劫其主。是可忍也。孰不可忍』。李王對於崔鳴吉的主張。雖然未有顯然的表示。可是暗中深韙其言。至於尹吉的激論。也不便發表。深恐兩派起了衝突。骨子裡雖打算絕決。表面還依鳴吉之言。遣使以貢方物爲名。實則爲探消息。卽或兩家起衅。也要避免責任。使釁由彼起。主意拏定。卽遣參議羅德憲。參判李廓。前赴盛京。臨行。國王李倧謂德憲等曰。至彼可激怒之。使釁由彼起。我乃有詞。二人領命而去。不在話下。却說英固爾岱等。自朝鮮還時。路遇明兵之在皮島者。出而截止。大約他們也受了朝鮮王的文移。教他們要刼英固爾岱。以便奪回通諭八道的備戰文書。只是這些皮島的明兵。不如英固爾岱所部那樣勇敢。接戰之後。紛紛中箭而倒。反落個大敗虧輸。依然逃歸島內。後來太宗痛惡他們乘機出沒。又與朝鮮勾結。等到二次親征朝鮮時。皮島的運命。也就完全告終了。話說英固爾岱等。一路之上。雖然屢遇朝鮮明國之兵。但是無能阻止。很平安的歸回盛京。把朝鮮王如何拒而不見。如何有一群文臣。舞文弄墨。主張斥和決裂。不肯贊同進稱尊號。如何在禁川橋安設埋伏。險把瑪福塔暗害。如何在路上奪得朝鮮王斥和通諭。原原本本。把上項之事。奏明太宗。又把李倧通諭取出。呈上太宗御覽。太宗看畢。又命諸貝勒傳觀。大家聽了這些無禮之事。又見了這樣悖亂文字。明明有意寒盟。主張開戰。當時無不大怒。皆請立卽興師。殲滅朝鮮。太宗曰。先遣人持書往諭。曉以利害。令以諸子大臣爲質。彼許諾則已。否則再議征伐。正商議間。忽報朝鮮王遣使至。太宗見說。大會群臣。以召見來使。斯時太宗旣受尊號。羣臣朝見。皆行三跪九叩首禮。獨朝鮮王使羅德憲李廓。不肯行禮。謂上之稱帝。敝國未預聞知。不知所拜。衆怒。請斬之。太宗諭曰。朝鮮使臣無禮處。難以枚舉。是皆其國王有意構怨。欲朕先戮其使臣。加朕以背棄盟誓之名耳。朕從不逞一時小忿。即兩國相仇。爭戰之際。以事遣人。亦無戮其來使之禮。況朝會乎。其勿問。仍厚其賞。因以書示李倧。而數其罪。書曰。

我使臣歸。知爾國變易成例。令我所遣大臣。赴爾宰臣衙門議事。且將貝勒等所致書。置之不答。此雖出諸貝勒之意。並會奏聞遣使。若云諸貝勒原無通問之例。則曩者兵臨爾境。王遁島中。不嘗書使往來。對天盟誓乎。吾兩國本無仇怨。爾無故發兵助明。加害我國。幸蒙天鑒。爾之將士。盡爲我擒。我不忘舊好。故不忍加誅。仍以客禮優養。天以遼東賜我。爾復容留明人於爾地。助給粮餉。誘納叛亡。我是以有聲罪之討。比及班師。爾以同姓之人。詭稱親弟。遣質我國。先年我將陣獲之將。遣還爾國。爾反戮之。其所遣隨徒漢人。盡執以付明國。爾見我國逃附明國之人。必引而致之。明國歸附我國之人。必追而執之。我嚴戢邊民。不許越境侵犯。爾縱國人漁獵採參。常擾我地。我是以始令增納所進歲額。今又聽書生不達時務之言。背棄十年盟誓之好。一旦戎馬臨郊。將令書生搦管前驅乎。抑令軍士荷戈以戰乎。爾國所恃者島與舟耳。『昔魏文侯浮西河而下。中流顧謂吳起曰。美哉山河之固。此魏國之寶也。吳起對曰。在德不在險。昔三苗氏左洞庭。右彭蠡。德義不修。禹滅之。夏桀之居。左河濟。右泰華。伊闕在其南。羊腸在其北。修德不仁。湯放之。殷紂之國。左孟門。右太行。常山在其北。大河經其南。修政不德。武王伐之。由此觀之。在德不在險。君若不修德。舟中之人。皆敵國也。』今爾國不修德義。徒恃海島之險。舟楫之利。背盟搆怨。自取覆亡。恐兩國交兵。王之臣民。皆王之敵兵矣。我國興師。順者撫之。逆者誅之。無知之民。逃匿山谷。此非予戕賊之。乃王自戕賊之也。此番使臣。其無禮更難悉數。爾之意。欲我殺汝使臣。以為盟好之敗。自我啓之。不知我國所行。從無此猥瑣之事。兵刃既接。當以一戰決强弱。焉有斬一二往來使臣。而謂之强者乎。

以上是太宗與朝鮮王書。繕完之後。交付來使。俾攜歸本國以示李倧。且諭之曰。爾國須在十一月二十五日以前。將王子大臣。以及倡言斥和者。全行送來。不然、我大舉東伐矣。諭畢、命英固爾岱出前獲八道通諭以示德憲等曰。渝盟之端。明在此書。何得云我先破盟。爾國以為多築山城。足以拒我。殊不知我由大路。直向京城。其山城能以禦我耶。爾國所恃者江都(江華島)我若蹂躪八道。則以一小島可為國乎。爾國之持議者盡為儒臣。能以柔豪。掃我雄師乎。於是遂遣其使。內院承政希福等曰。我國理直。彼之罪可以明責。至興師之期。豈可明告。若明告以期。彼益固守其邊關矣。太宗曰。此非爾等所知。日後自收其益。這且不言。容留後敘。話說癸巳日。有人獲一銅嘴善鳴之雀來獻。太宗曰。此鳥雖有好音。可以悅耳。然玩物喪志。昔賢垂誡。不宜近也。遂却之。太宗一朝。力崇節儉。尚實務而擯奢靡。雖卽天位。而無耳目服御之玩。此其所以爲興國令主。此事雖微。亦足垂訓。丁酉叙功。冊封大貝代善爲和碩禮親王。貝勒濟爾哈朗爲和碩鄭親王。墨勒根岱青貝勒多爾袞爲和碩睿親王。額爾克楚琥爾貝勒多鐸爲和碩豫親王。貝勒豪格爲和碩肅親王。貝勒岳託爲和碩成親王。貝勒阿濟格爲多羅武英郡王。貝勒杜度爲多羅安平貝勒。貝勒阿巴泰爲多羅饒餘貝勒。各賜銀兩有差。叙外藩蒙古諸貝勒功。封巴達理爲和碩土謝圖親王。武克善爲和碩卓理克圖親王。固倫額駙額爾克孔果爾額哲爲和碩親王。布達齊爲多羅孔薩克圖郡王。滿珠什理爲多羅巴圖魯郡王。袞楚克巴圖魯爲多羅達爾漢郡王。遜杜稜爲多羅杜稜郡王。固倫額駙班第爲多羅郡王。洪果爾爲乘圖王。棟爲多羅達爾漢岱青。鄂木布爲多羅達爾漢卓理克圖。古魯思希布爲多羅杜稜。善巴爲達爾漢。唐格爾爲多羅貝勒。各賜雕鞍甲胄金銀器皿及文綺有差。又叙都元帥孔有德、總兵官耿仲明、尚可喜功。封孔有德爲恭順王。耿仲明爲懷順王。尚可喜爲智順王。賜宴崇政殿。幷賜銀兩有差。其部下官員。以論功陞賞。又定內院官制。以剛林爲內國史院大學士。范文程、鮑承先爲內秘書院大學士。希福爲內宏文院大學士。其頂戴服飾。及隨從人役。俱視梅勒章京。羅碩、羅繡錦爲內國史院學士。占巴爲內秘書院學士。珊球、王文奎爲內宏文院學士。其頂戴服飾。及隨從人役。俱視甲喇章京。內秘書院舉人恩國泰。仍同九人內院辦事。五月丁巳。設都察院。旋以大凌河降將張存仁爲都察院承政。太宗因頒旨切諭曰。

爾等身任憲臣。職司諫諍。朕躬有過。或耽遊畋。邇聲色。信任奸佞。廢棄忠良。黜有功。陟有罪。俱當直言進諫。至於諸王貝勒大臣。如有曠廢職業。黷貨偷安。及朝會不敬。冠服違式。部臣容隱者。爾等即據實劾奏。或六部聽斷不公。及事未審結。誑奏已結者。亦惟爾等察究。凡人在部控告。該部未經審結。又赴告於爾衙門者。爾等查其虛實。應奏者奏。不應奏者懲禁之。明國陋規。爾衙門亦通行賄賂之所。爾等當互相防檢。若以私仇誣劾。經朕察出。定加以罪。其餘章奏。所言是。朕即從之。所言非。朕即不加罪。必不令被劾者與爾面質。至於無職之人。小節過犯。當加寬宥。我國初興。禮制多未嫻習。爾等教戒而釋之可也。

有清一代。最重言官。授以無限職權。事無鉅細。皆得論列。較比現在新聞記者。還要自由得多。但是後世新聞記者。僅能託之空言。而清代御史。一紙章疏。眞能發揮極大效力。並且無論事實之有無。他們有說的權利。而別人却不能向他們質對。他們的地位。超越行政、立法、司法以上。有絕對的尊嚴。雖帝王行爲。也能論列。而無可如何。清代所以能長時間政治清平。全係乎肅政機關之尊重。然推究立法之始。實自太宗此諭樹其根基。張存仁見諭後。也以疏上太宗曰。『臣自歸國以來。人之賢否。事之利弊。細心揆度。籌之已熟。今蒙皇上推誠委任。俾司言職。切思皇上創立此衙門。臣即爲創立之官。臣而忠直。後之人其忠直必有過臣者。臣而邪佞。後之人其邪佞亦必有甚於臣者。所慮用臣之心、行臣之事。他人不敢彈劾。而臣彈劾之。他人不敢更張。而臣更張之。舉國之人。必共加攻擊。使臣上無以報主恩。下無以伸己志。獲罪滋甚。臣雖至愚。豈不知隨衆然諾。其事甚易。發奸摘伏。其勢甚難。誠見夫不足以盡職業。用敢於受命之始。瀝誠奏聞。如臣假公濟私。貽誤國事。乞治臣以欺罔之罪。若臣所言爲國。衆口交誣。伏祈皇上睿斷』。太宗覽奏曰。此必知有其人。而有是言。但朕素不聽讒毀。惟親見者始信之。且志定於上。而諸臣蒙澤於下。縱有奸邪。豈能售其術哉。仍敕張存仁盡心職務。只管秉公放膽言事。同時大凌河降將中。如祖澤洪。則以爲吏部承政。韓大勛、爲戶部承政。姜新、爲禮部承政。祖澤潤、爲兵部承政。李雲、爲刑部承政。裴國珍、爲工部承政。蓋滿蒙漢回藏五族一家之大帝國。不待入關之後。於此已製成雛型焉。六月、太宗御清寧宮。都察院承政阿什達爾漢奏言。有奴訐主讞實。應使離主。太宗曰。此雖小事。爾能奏聞。殊可嘉也。以後不但此等小事應奏。卽朕有過失。及親王郡王以下各官。有怠政壞法。人民之左道惑衆者。俱當不時奏聞。若捨其大而只敷陳細事。非忠直之道也。達爾漢曰。臣等蒙上委。任不正直以修其身。何以責人。祖可法奏曰。臣等惟懼皇上耳。他無所懼。張存仁奏曰。祖可法所言非也。忠直爲國之臣。雖格君心之非。亦所不懼。何論他人。太宗曰。然。人若正直。雖天地鬼神。不能動搖。人主何得而奪之乎。

秋七月太宗諭大學士剛林、希福、范文程等曰。昔科爾沁部土謝圖額駙有名馬。曰杭愛。朕曾以甲十副往易之。彼不與。察哈爾汗强索之。止予一冑。從此科爾沁諸貝勒與之解體。察哈爾汗又以一冑遣阿魯濟農。索馬千匹。阿魯濟農曰。豈有以一冑而易馬千匹者乎。此直欲搆釁而前來侵犯耳。與之馬五百。從此阿魯諸貝勒亦解體。科爾沁卓里克圖親王。有一鷹。能橫捕飛鳥。察哈爾汗又遣人往索。卓里克圖親王欲不與。土謝圖額駙勸令與之。既取其鷹。一無所償。並送鷹之人亦不令見。如此人心何從而服。今各處蒙古。每次來朝。皆厚加恩禮。因此俱傾心相附。雖去猶戀戀。而蒙古各國。亦從此富足安閒。由此揆之。以力服人。不如令人中心悅服之爲貴也。希福等奏曰。治之以德則化。治之以刑則敗。此之謂也。太宗因見林丹汗以暴力服人。卒至衆叛親離。國亡身死。乃反其道。以恩懷之。卒有四十九貝勒齊來奉尊號。此德化之效也。故詔儒臣。俾紀於書。以貽後世。話說崇德元年五月。太宗會命武郡王阿濟格等。率師征明。親御翔鳳樓諭以行師之道。至冬十月。復命睿親王多爾袞。豫親王多鐸。率左右翼兵。征明錦州。因諭諸王大臣曰。武英郡王統師征明。今將出邊。朕是以復遣睿王豫王。向山海關進發。明國知我兵至。恐山海關有失。必來救援。武英郡王。庶得乘隙從容出邊。此所謂攻其所必救也。諸王大臣皆以爲良計。於是命睿親王率右翼兵。由中後所入。豫親王率左翼兵。由錦州入。臨行。太宗親送至演武場。授方略。先後啓行。却說武英郡王。統所部兵。仍由北道毀邊墻而入。往略明之北鄙。明廷得報。自然四出調兵。馳往宣府大同一帶防堵。等到諸路兵漸漸來集。

武英郡王。已滿載俘獲。預備班師。這時山海關方面。又飛來急報說。清兵有乘虛叩關之謀。若不急行添兵。錦州一失。關門震搖矣。當下明廷又忙着調兵去防關外。兩下牽制。武英郡王遂得安然出邊。未折一將。單說睿王豫王。分兩路進發。不日來到錦州。安下營寨。正在計議如何進攻。忽報有人前來下書。豫王命將來人傳進。那人進來與豫王叩首。呈上書信一封。豫王看罷。信疑參半。因命管待來人。隨即命人將睿王請來。一同商議應付之策。原來錦州城內。有一道士。名叫崔應時。頗曉陰陽數術。他推算結果。斷定明國當滅。清朝當興。因此集聚了同志五十餘人。爲書數千言。說明清所以興。明所以敗。勸人早作理會。固然這樣的事情。不能公然宣傳。暗地裏信他的也眞不少。如今聽說豫王睿王統兵來到。以爲有機可乘。所以遣派心腹胡有升。持書來獻豫王。書內言語。除了許多迷信的話。要緊的言語。說是願爲內應。錦州一破。即可火速進攻山海關。一個道士。忽然萌了這樣政治上的慾望。而且也不知他是何許人。豈不令人生疑。及至和睿王一商量。睿王却有決斷。反正這事有益無害。萬一成功。也未可知。遂重賞胡有升。許以二十二日進攻。

無論什麼事。若是但憑理想。沒有不酣美順適的。只是一到實行的時候。未免就有問題。不是故障重重。便是內部起鬨。因爲死黨是很難結的。再說人心不齊。爲了一個銅錢。把眼睜圓。因而扇起什麼大禍。古往今來。其例不乏。老道崔應時。不在淸心寡欲。道德五千言上用功。反倒結了徒衆。要乘時參與世事。已然是不安分了。再加上自已能爲有限。僅止會推奇門。而又明於觀人。暗於算己。他的禍已伏眼前。兀自還不覺悟。這時錦州城內。明兵四集。因爲敵兵壓境的原故。城內已然戒嚴。並布告人民。不許作不法的事。偏巧這時有個外號叫紅眼狗盧三的。也是老道崔應時的徒黨。因見胡有升下書回來。得了不少的賞賜。疑心崔應時所得的財寶。必更可觀。他的爲人。最愛小利。而嫉妬性成。看見人家得點好處。不問好歹。總想分肥。甚至爭紅了眼。因此人都管他叫紅眼狗盧老三。這樣的人。本來不能與他共事。老道因爲急於要成功。也就飢不暇擇。却不想盧老三並無幹功立業的眞心。無非投機取利。所以一見人家有了好處。他就等不得。竟向老道要求什麼眞珠人參。這不是屈人。老道實在沒有得什麼。他疑心嗇吝不給。謊說沒有什麼賞賜。當下他就起了惡意。暗中去告密。這一來。崔應時的秘密。全被他合盤托出。幸喜大家也知道不好了。除了崔應時被官中捉去。置於獄中。其餘如胡有升、張紹禎、門世文、門世科、秦永福等。都因早得消息。率衆奪門而出。逃入豫王營中。睿豫二位親王。見崔應時業已事泄被捕。錦州城內。已有準備。攻之無益。再說此次出師。原爲牽制明兵。使不得躡追武英郡王之後。俾得安然出邊。現在得報。武英郡王已然班師。二親王遂亦奉命撤還。胡有升等。自然也很被優遇的。隨同大軍歸還盛京。太宗出德勝門五里。迎勞之。凱旋諸王貝勒大臣等。覲見之後。遂把崔應時等定計內應。如何事泄被捕述說一遍。現將胡有升等携歸。乞賜任使。

太宗見說。甚爲嘉歎。遂命五大臣將胡有升等引入御幄。俾其朝見。因諭之曰。爾等雖未成事。而意在歸順。殊屬可嘉。於是各授世職。以胡有升爲三等梅勒章京。張紹禎門世文爲三等甲剌章京。秦永福門世科爲牛彔章京。並賜妻室、冠服、弓矢、鞍馬、銀帛、奴僕、房屋、及一切器物。不在話下。

十一月癸丑。太宗御翔鳳樓。集諸親王貝勒大臣及都察院官。命內宏文院大臣。讀大金世宗本紀。諭衆曰。爾等審聽之。世宗者。蒙古漢人諸國。聲名顯著之賢君也。故當時後世。咸稱爲小堯舜。朕披覽此書。悉其梗概。殊覺心往神馳。耳目倍加明快。不勝歎賞。朕思金太祖、太宗。法度詳明。可垂久遠。至熙宗合剌。及完顏亮之世。盡廢之。耽於酒色。盤樂無度。效漢人之陋習。世宗即位。奮圖法祖。勤求治理。惟恐子孫仍效漢俗。預爲禁約。屢以無忘祖宗爲訓。衣服言語。悉遵舊制。時時練習騎射。以備武功。雖垂訓如此。後世之君。漸至懈廢。忘其騎射。至於哀宗。社稷傾危。國遂滅亡。（爲蒙古所滅）乃知凡爲君者。耽於酒色。未有不亡者也。先時儒臣巴克什達海、庫爾禪等。屢勸朕改滿洲衣冠。效漢人服飾制度。朕不從。輒以爲朕不納諫。朕試設爲比喻。我等於此聚集。寬衣大袖。左佩矢。右挾弓。忽如遇碩翁科羅巴圖魯勞薩。挺身突入。我等能禦之乎。若廢騎射。寬衣大袖。待他人割肉而後食。與尚左手之人何以異耶。朕發此言。實爲子孫萬世之計也。在朕身。豈有變更之理。恐日後子孫。忘舊制。廢騎射。以效漢俗。故常切此慮耳。我國士卒。初有幾何。因嫻於騎射。所以野戰則克。攻城則取。天下人稱我兵曰。立則不動搖。進則不回顧。威名震懾。莫與爭鋒。此番征燕京出邊。我之軍威。竟爲爾大臣所累矣。故諭爾等。其謹識朕言。漢人的文化。優美而閑適。所以喜着寬大之衣。除了飲酒賦詩。凡有勞作。皆賴奴僕姬妾。所以越是上等人。他們的生活越美化。他們鄙棄粗俗。痛惡勇悍。意欲把天下化成一個美麗的詩國。天天吃一點。喝一點。很閒適的生活着就好了。因此他們極力想法子去舒適。去享受。北方民族。却與他們相反。因爲地理和氣候的關係。優美和舒適。簡直談不到。自然要編起小辮。穿上窄衣。騎在馬上。以弓矢討生活。勁悍和尙武。那是自然的結果。但是如果北人和漢人一行接觸。沾染了他們的文化。體驗了他們的享受。那就好象受了催眠。吃了麻醉劑一般。不知不覺。就以爲以前的生活太粗俗。而刻意模仿新接受的生活了。如同達海庫爾禪。在太祖時代。就浸潤了漢俗。久已夫以風流才子自命。照達海那樣青年才子。甚至與宮女言情。險被割了首級。所謂沾染於漢俗的食色生活。已然很可觀。再加上文謅謅。酸流流的修養。自然就以爲國俗粗鄙。時時諫勸太宗。改易冠服。以爲圓領濶袖。頗有詩意。殊不知才子的思想。和英雄的識見。畢竟不能相同。趙武靈五胡服騎射。和太宗不肯變易國俗。都是英雄的見解。豈是逐求食色。徒享安適的鄙夫所能與語哉。閑話不表。却說朝鮮國王。因反對太宗進稱尊號。不受太宗及諸王貝勒書。又曉諭八道。實行背盟。太宗已決意撻伐。惟時値盛夏。不利行師。故命朝鮮限於十一月二十五日以前。將王子大臣。以及倡言斥和之輩。一齊送至盛京。否則即行聲罪致討。在前面已然叙過了。朝鮮王雖自知不敵。旣惑人言。又以有天朝支援。對於太宗的要求。始終未報。現在因循又因循。太宗所限日期。已將達到。仍不見朝鮮遵辦。知道不用武力。萬難打破恃明之心。於是頒敕蒙古各部。使各出本部兵。携二旬粮。在本月三十日以前。齊集盛京。又命管兵部貝勒岳託。（是年八月岳託豪格仍降爲貝勒）集衆傳諭。每牛彔各選騎兵十五人。步兵十人。護軍七人。共甲三十二副。大臣石廷柱所統漢軍。每甲士一人。備箭十五。甲士二人。備長槍一。牛彔二人。備雲梯攩牌各一。斧、鑽、鍬、鐝、俱全。馬匹軍械。各令標記。携半月行粮。於十一月二十九日以前。齊集城中。命令一下。外而蒙疆。內而八旗。均照所調人數。同時辦理。非止一日。人馬已齊。欲知後事。且待下回分解。

第二十六回

伐朝鮮李王輸款　頌功德三田立碑

話說朝鮮王李倧。聽信洪翼漢等斥和派之言。對於太宗進稱尊號一事。不但不表贊同。並且大有違言。他們的理由是天無二日。民無二王。現在只有大明皇帝。是萬國共主。朝鮮國君臣。也就如同孝子一般。事奉明朝皇帝。如今在大明天子以外。又有一位皇帝出現。在他們以爲是不合道理。必得反對。話雖有理。只是他們不明時勢。蔑棄事實。不知道皇帝之產生。完全是由於實力。實力也就等於天心民意的結合。一個國家。不注意實力。僅僅託之空言。那是於事無補的。朝鮮的君臣。就是凡事壞在有議論而無實力。他們眞不媿明廷不二心的屬夷。什麼事都和明廷一樣。尊大極了。只是一遇實力。立刻就顯原形。這都因爲被死書和腐儒所誤。寃枉極了。就拿目前的事情而論。太宗所勒限的要求。已然迫在眉睫了。既不出質請和。又不見什麼積極的準備。總以八道之兵。山城之險。足以對付一氣。淸如出兵。明廷必然乘虛而入。殊不知他們的空想。皆難如願。若非太宗寬仁。不爲已甚。朝鮮半島。幾乎根本覆亡。可見謀事不臧。實足危及宗社。太宗見朝鮮於期限內。既不納質。又不把洪翼漢等主戰派縛送前來。知道他們願意一戰。這樣也好。爽得教他們死心塌地。因下敕調集外藩蒙古以及八旗勁旅。齊集盛京。聽候出征。在前回已然敘過。十一月己巳。頒軍令。其略曰。

今者往征朝鮮。非朕樂於興戎。特以朝鮮敗盟。納我逃人。獻之明國。孔耿二王。來降于我。彼興兵截殺。我師既至。彼仍抗拒。且遇我使臣。不以舊禮。圖謀暗害。齎去書詞。拒而不視。又遺書平安道洪觀察使云。丁卯權許講和。今已永絕。當謹備關隘。激勵勇士。其書爲英固爾代等所奪。

是彼之毀棄盟好。包藏禍心將未有已。不得已興師伐之。若嗜殺殃民。朕心有所不忍。今與爾等約。大軍所過。勿毀寺廟。逆者誅之。順者撫之。以城降者勿擾其城。以堡歸者勿掠其堡。凡陣擒官兵。彼既拒戰。當殺無赦。逃亡來歸者恩養之。所獲民人。勿離其夫婦。勿奪其衣服。卽老羸廢疾不堪携歸者。務令安居。勿棄於道路。婦女勿得淫亂。違者軍法從事。

十二月辛未朔。外藩蒙古諸王貝勒。各率兵來會。太宗命鄭親王濟爾哈朗留守盛京。武英郡王阿濟格駐牛莊備邊。饒餘貝勒阿巴泰駐噶海。收集邊民防禦。初二日壬申。親統大軍征朝鮮。命禮親王代善。睿親王多爾袞。豫親王多鐸。貝勒岳託豪格。安平貝勒杜度等隨征。管旗大臣分左右翼。率諸軍於卯刻出城。右翼兵由往東京大路至渾河岸排列。左翼兵由往撫順大路排列。巳刻太宗設鹵薄。出撫近門。謁堂子。列八纛。拜天畢。遂啓行。是日車駕次沙河堡東岡。科爾沁部巴圖魯郡王。扎薩克圖郡王。引兵迎謁。上酌納其所獻貂皮馬匹。甲戌駐軍安州之南岡。初九日己卯。大軍距鎮江（安東）三十里駐營。太宗因顧慮朝鮮王聞兵至又復逃往江華島。乃命將士三百人。扮作商旅模樣。以瑪福塔勞薩領之。星夜馳赴京城。

瑪福塔勞薩率三百人領令去後。太宗又命豫親王多鐸。率領勁卒爲先發隊。渡過鎮江。一路向京城馳去。語云。兵貴神速。這樣的處置。可謂迅速已極了。因爲朝鮮王還不曾有什麽預備。單說太宗。

既先發三百人。扮作商人。使爲別動隊。又派豫王率領騎兵勁旅。以迅雷不及掩耳手段。馳赴京城。兩起兵先後啓行。這才傳諭大軍。以初十日庚辰。渡過鴨綠江。駐蹕義州城南。十二月壬午。次郭山城。定州遊擊某。聞警來援。只是兵微將寡。平日又無訓練。一遇大軍。正如以卵擊石。幾乎全軍盡覆。遊擊老爺。知道最期已至。拔劍自刎而死。城內官員。見援兵盡潰。遊擊自殺。大家各顧性命。也都紛紛棄城而遁。只有城內軍民。無人指揮。大家商量。不如開城投降。衆皆稱善。遂開城乞降。太宗諭之曰。爾等既降。勿再逃匿。可在家中保全妻子。我軍于降民。從不妄取一物也。衆軍民見說。莫不叩頭感謝。翌日軍次定州。守城官將。知不能敵。照前一樣。又都逃潰。只剩商民。自然不外乞降一道。太宗諭如前。命其各安生業。如此通過了許多城鎮。不是投降。便是戰敗。簡直沒有一處能够抵擋太宗的大軍。二十四日庚子。太宗自統大軍渡漢江。南漢山城已然很危險的陷於被包圍的形勢了。姑且不言。折回來再叙一叙太宗所派的別動隊。瑪福塔勞薩。都是清軍著名的勇將。瑪福塔又是時常奉命出使朝鮮。關於地理民俗。無一不知。這次派他率領別動隊。扮作商旅。前赴朝鮮京城。也就因他諳熟地理。必能很迅速的到了京城。足以使朝鮮王李倧。不至乘隙逃去。他們啓程之後。於路不敢耽延。在十四日。即到了京城近郊。表面雖係商旅。實在原是軍隊。日子不是一半日。朝鮮王早已得了消息。他本想在大兵未到以前。擧家逃入江華島。却不想瑪福塔等來得這樣快。只得先教王子奉了爾主。急往江華島去避居。然後他再携了大臣宮妃。也到島裡去。可是時間已來不及。不但瑪福塔勞薩已至城外。連往江華島去的渡口。也被清軍堵截。京城又無險可守。除了南漢山城險固。其餘地方。都不能去。這時除了暫時緩兵。止住清將。別無他計。强硬主戰派的人。又不便去與淸將說話。到底還得用崔鳴吉。着他去與瑪福塔等說話。乘此機會。國王便可逃入南漢山城。到了那里。再設法調集八道兵。前來勤王。便是最後背城借一。也無不可。他們是這樣商議的。所以派了崔鳴吉。以勞軍爲名。出城與瑪福塔等接見。瑪福塔等。本打算出其不意。突入城中。把朝鮮王困住。等太宗大軍到來。擄至軍中。此功不小。萬沒想到。崔鳴吉之來。乃爲緩兵。以全其主。並不是眞的勞軍。也不是有意講和。但是瑪福等還以爲是好意。所以竟自上了大當。却說崔鳴吉奉了王命。偕了幾名從官。假作鎮靜模樣。來到瑪福塔的軍中。二人本來是很熟識的。寒暄已畢。鳴吉便問瑪福塔說。尊使何來。下官謹奉吾主之命。以羊酒犒從者。如有見教。吾主無不從命。瑪福塔見他說的很和婉。而且又是奉命來勞軍。有乞和的意思。知道李王倘無逃意。也許改變宗旨。依然主和納款也是有的。所以把入城去刼李王的事。也就停頓了。

當下謂鳴吉曰。吾等奉命。來與爾主議事。鳴吉曰。既如此。下官當啓吾主。不可不以禮接待之。因命從者。獻上羊酒。大犒宴之。宴畢。瑪福塔才知道受紿。朝鮮王李倧。已乘此機。逃入南漢山城。

瑪福塔等大怒。率兵追出四十里。遂圍南漢山城。此城依山據險而建。中央平闊之地。也有不少民居。李倧既入此城。命軍卒把守四門。據當時記載。城中將卒。共一萬二千餘人。以都監大將申景禎。守東城之望月臺。撫戎使具宏。守南將臺。御史提調李曙。守北門。守禦使李時白。守西將臺。御營大將元斗杓。守北城。水原府使具仁垕。守南門。此外扈從李倧之文武官吏二百餘人。宗室及三醫司二百餘人。僕從約三百餘人。總計不下一萬三千餘人。以一萬數千人。守此山城。並不算少。但是最困難者。有兵無糧。凡爲固守之計。以糧餉當先。李倧君臣。以倉卒避難。糧草並未預行儲集。李倧深以爲憂。因問左右曰。糧餉可支幾日。羅萬甲對曰。可支六十日。如節用之。足支七十日。馬糧一日一升。官奴可給以皮穀。蓋城中現存之糧。僅不過一萬四千三百石。醬二百二十餘甕。五十日後。即有絕糧之虞。因此李倧以蠟書下八道。召集勤王之兵。但是八道兵。素來散渙。並無統制。而且距離不等。強弱異形。多半是地方彈壓巡哨之兵。而非眞正勁旅。所以他們雖接得李倧諭旨。多屬逡巡不前。即或有一兩處勤王兵。打算殺奔山城。救出李倧。無奈皆不如願。因爲太宗大軍。一路無阻。所至皆降。又分命王貝勒大臣。將各道大城。先後佔領。因此南漢山城。孤立無援。十分危困。二十四日。太宗已渡漢江。張黃蓋巡視圍城兵。城內朝鮮軍民聽說太宗車駕已至。益發慌恐。當太宗統兵纔至臨津江渡口時。因爲天氣晴暖。江之兩岸。結氷皆泮。不但大軍難過。即單人踏氷。亦覺岌岌可危。

不想二十四日。天驟暴寒。江面結冰。依然十分堅厚。因此大軍齊渡。進圍山城。據此說法。好象迹近神話。便是自然的天候。也能爲興王效勞似的。其實這事一點也不假。朝鮮方面。也有同樣的記事說。一夕霧雨大至。守城戰士之衣。悉凍。王見之。因與世子露立中庭。禱天而祝曰。今日之事如此。無非我父子之罪戾。軍民果何罪乎。乃命撤去茵褥及山羊皮。叩地哀祈。此記事。正與驟寒氷堅之記相符。可見同爲天候之變易。在龍興之主。則爲瑞爲助。在衰亡之主。則爲災爲害。天固無私。要在修人以致天而已。朝鮮君臣。不修人事。惟知讀死書。恃天朝。而立國之大務。却始終不講。以書史而論。優於滿洲多矣。以軍旅政治而論。則弗如遠甚。此其所以終不能自立也。話說山城之內。粮少援絕。日困一日。八道之兵。慘敗重重。沒有一處捷音。只有全羅道兵使金俊龍部下一小卒。用鳥槍暗中將額駙揚古利擊傷。因而致命。除此以外。其他兵將。並無損傷。原來揚古利奉了太宗之命。往濟豫王多鐸之軍。不日佔領平壤。復由平壤進軍。進逼全羅時。兵使金俊龍。已得李王蠟書。整軍經武。預備撕殺。偏巧帶兵來取全羅的。正是揚古利。揚古利無人不知是有名上將。自太祖已來。累建大功。身經大小數百戰。永遠是身先士卒。所受箭傷。不知有多少處。現在雖然年老。威名甚盛。敵人聞之。無不喪胆。這樣的大將。論理豈能死於小卒之手。但是天下事每每出人意料以外。古時關張。是何等的威名。其終局也是死於小人之手。揚古利因爲威名太大了。金俊龍焉能是他的對手。所以一戰之下。只殺得全羅兵屍橫徧野。擦甲丟盔。金俊龍負傷。僅以身免。在這時候戰場上已無敵兵。除了橫七豎八遺棄的敵兵死屍。已然看不見一個活動的敵人。但是揚古利還不放心。他每在戰後。或是安營以先。必然率領從卒。親自到各處去檢查。第一怕有奸細隱藏。必得親自查閱。第二也怕自己部卒。有受傷的。被遺在山谷中。他都檢查完了。才立營或是前進。老將的用心。畢竟是十分周密。這次戰罷。他又循例去檢查。不想就因此而喪命了。當他把全羅兵擊潰。敵兵狠命逃亡的時候。有一朝鮮鳥槍隊的小卒。因爲逃不脫。他便假作死亡。躺在死屍群裡。動也不敢動。他想着打完仗。大家都在休息。等到夜深人靜。他再乘機逃去。不想揚古利向不辭勞。依然率領從卒。在戰場上檢東查西。這個小卒在暗中看得明白。心裡十分害怕。這若被他查出。不是依然是個死。人到危急時。當下顧不得許多。反正活不了。不如與他們對命。當下他決了心。就暗中把鳥槍整備停妥。果見揚古利率着從卒。手握腰刀。指點着向這邊查閱了來。行至臨近。那小卒便放了一槍。不幸正中揚古利腹部。當時跌倒。從卒們也嚇了一跳。定睛看時。却由死屍堆裡。逃去一人。當下追上前去。將他抓住。再看揚古利。已自昏絕了。大將受傷。這是何等不幸的事。趕忙抬入軍帳。解衣洗創。只見鉛丸已然入腹。全營將士。慌作一團。連夜派人報告豫王。轉奏太宗。太宗聞報。震悼益常。是夜揚古利卒於軍中。話說各路出征軍。聽見了揚古利的消息。益發振奮。都說殺盡了朝鮮兵。也不足以抵命。太宗怕軍士們有軌外的行動。反倒頒敕誡諭。有妄殺者治罪。但是從此以後。把南漢山城。圍困益急。又自國中調來紅夷大砲。一半助攻山城。一半交由石廷柱。命他往滅皮島的明鮮聯合軍。這一來。軍威更振。朝鮮各地。無不被兵。此時李王左右的斥和派。雖然不免照舊說大話。只是八道無功。山城愈危。自然而然。氣勢消沈。主和派的崔鳴吉。漸漸得了形勢。因爲再不言和。朝鮮全土。就要殘破了。在太宗方面呢。也不是定要把朝鮮滅亡。據爲己有。大關節目。爲是教朝鮮和明廷脫離宗屬關係。而另以一種滿意的條件。使與大淸國締結一個新的宗屬關係。如能這樣。目的就算達到了。所以雖然把山城圍得水泄不通。斷其交通道路。却依然以書予李倧。責其以往之罪。冀其有所反省。書以正月初二日。送致山城。其詞曰。

我兵先年。東征兀良哈時。爾國之兵。截戰一次。後明國來侵。爾朝鮮又率兵助之。然朕猶念隣國之好。竟置不言。及朕獲遼東。爾復招納遼東之民。獻於明國。朕始赫怒興師。丁卯年之伐爾。職是故也。豈恃强凌弱。無故加兵哉。丁卯年、陽和以誤我。今竟絕我好。使爾邊臣。聚集智謀之士。激勵勇敢之人。抑何爲乎。今朕親統大兵。陳於爾境。爾何不使智謀者效策。勇敢者效力。出而一戰。朕非無故而侵爾地。爾乃孱弱之邦。反擾我疆界。採參、捕獵何故。朕之逃民。爾輒獻於明國。孔耿二將軍。自明來歸。朕遣兵接應。爾兵以鳥槍擊戰、又何故。是兵端先自爾啓。朕之弟姪諸王。以書致爾。輒以從無致書之例。置而不視。又何故。丁卯年。征爾國時。爾遁入海島。遣使請成。朕之弟姪諸王不從、而誰從歟。朕之弟姪。何不若爾。又外藩諸王致爾書。爾亦置不視。彼等何不若爾。彼乃大元皇帝之子孫。何卑於爾。爾朝鮮國。臣服大元。非年年納貢乎。今何尊大若是。置書不視。爾心昏且驕矣。爾朝鮮國。素附遼金元諸朝。非每年奉貢稱臣以圖存乎。爾朝鮮國自古迄今。歷世以來。曾不奉貢稱臣於人國而得自存乎。朕既以弟善視爾。爾反行背逆。起釁搆戎。陷害生民。遺棄城郭宮室。離別妻子。奔逃載道。入此山城。冀以苟延。豈能得乎。爾欲湔丁卯之辱。是徒棄安樂而自起禍端於相好之國也。卽如今年。棄城郭宮室。遁入山城。實綠爾惡。禍國殃民。遺笑萬世。又何以湔乎。既欲湔丁卯之辱。何不出戰。乃效婦人遁藏耶。爾遁入此城。意圖苟免。朕豈肯舍爾而去。朕之弟侄。及在內文武諸臣。在外諸王貝勒。欲上尊號。爾何以謂爾之君臣所不忍言。夫尊號之稱否。豈任爾之私意。爾之此言。亦太僭矣。蓋天佑之則尊爲天子。天禍之則降爲庶民。爾修整城郭待朕。使臣頓失常禮何故。又使我使見爾宰執。欲設計執之。爾又父事明國。專圖害我何故。此乃罪之大者。其小罪又何勝數。朕以此大罪之故。率大軍來。爾八道。爾所父事之明。將何以援爾。朕拭目以俟。寧子受禍。父有不救之理乎。不然。是自貽禍其國與民。萬民百姓豈不懷恨於爾。爾若有詞。不妨明告。

李倧及其左右群臣。讀了太宗問罪之書。雖然歷舉以往罪狀。末後却有容許說話的餘地。若照斥和派的主張。依然硬到底。置而不答。但是眼見形勢日非。不但仰爲父母的明廷。未見有何援助。八道之兵。差不多全歸粉碎。若這樣遷延下去。不用說强兵火砲難當。粮食一絕。餓也餓死了。李倧此時萬分焦急。只得依了主和派的意見。修書一封。差人去謁太宗。大意說。請求退兵。仍照丁卯年所定約款。忠實履行。可是關於太宗進稱尊號的事。依然一字不提。太宗爲什麼御駕親征。並且還損傷大將揚古利的性命。若是只憑一紙之書。便復活了丁卯條約。興師動衆。耗費國帑。所爲何來。自然沒有這樣便宜事。所以太宗一見來使呈上這樣沒緊要的書信。怒道。爾主何無心如是。欲以此退我師耶。汝且去。聽吾後命。使者不敢再言。只得回報李王說。太宗見書。甚爲不悅。李王愈慌。乃不得不依崔鳴吉之言。使其斡旋於兩國之間。

因爲這也是勢所必至的事。所以李王不得不向崔鳴吉。詢以救亡之道。鳴吉說。臣前主和。不敢妄徇流俗之議。卽恐有今日。現在八道殘破。社稷阽危。只一山城。朝暮可下。形勢如此。若以履行丁卯和約。仍復兄弟之好。宜彼不從。凡事須謀之於始。則輕而易行。禍亦不大。今則事已至此。欲免屈辱。豈可得乎。李倧曰。予深悔不聽卿言。爲今之計。但存宗社。予一身之榮辱。不足計也。鳴吉曰。殿下若肯以宗社爲重。事有可圖。爲今之計。宜卑詞以哀之。尊之爲帝。且看如何。如得轉禍爲福。亦國家之幸也。李倧曰。但依卿言。可急修書。於是復繕一書。書曰。

曩者小邦宰臣奉書。軍民亦有所陳請。回稱。皇帝尙有後命。小邦之君臣。延領企踵。日候德音。今已浹旬。未有照鑒。勢窮情迫。能不再鳴。惟皇帝垂鑒。小邦昔蒙大國之惠。猥託兄弟。昭告天地。疆域雖分。情意未間。(恐有誤字)自以爲子孫萬姓無疆之福。豈意盤血未乾。疑釁中結。坐陷危迫之間。重爲天下笑。然一求厥由。皆緣天性柔弱。誤於群臣。昏迷不察。以致如此。亦惟自責而已。更有何詞。但念兄之於弟。有過則恕而責之理也。然責之太嚴。反失兄弟之義。豈不爲上天所怪乎。小邦僻在海隅。惟以詩書爲事。不習兵革。以弱臣强。以小事大。乃理之常。豈敢與大國相較。秖以世受明國厚恩。名分素定。曾值壬辰之難。(日本豊臣秀吉、遣師入朝鮮、得明救始不亡)小邦且夕可亡。神宗皇帝。動天下之兵。拯濟生民水火之中。小邦之人。至今銘鏤心骨。寧獲過大國。不忍負明。無他。其樹恩也厚。故感人心也深。恩之加人。非一途。苟能活其命。救其危。則發兵而救難。回兵而圖存。其事雖殊。其恩則一也。昨年小邦處事昏謬。屢蒙大國督過。猶不自悛。以致大國之兵。君臣父子。久處孤城。其窘已甚。誠於此時。得蒙大國。翻然舍其過。許以自新。使倧得守宗社。而長奉大國。則小邦君臣。矢心感戴。子孫永世不忘。天下聞之。亦無不服大國之威信。是大國一舉。結大恩於東土。施廣譽於四國也。不然惟快一朝之怒。務窮兵力。傷兄弟之義。閉自新之路。以絕諸國之望。則在大國。恐非長算。以皇帝之睿智。寧不慮及。夫秋殺春生。天地之道也。矜弱恤凶。霸王之業也。今皇帝以英武之略。撫定諸國。而新建大號。首揭寬、溫、仁、聖、四字。將以天地之道。恢霸王之業。則小邦之如愿改愆。自托洪庇者。宜不在棄絕之中。茲敢不避尊嚴。更布區區。以請命下執事。

此書和前面所記的太宗責李倧書。皆由稻葉君山博士淸朝全史譯出。大約博士亦譯自朝鮮實錄。惟有誤字。未見原本。故以意更數字。未知是否。讀者原諒。朝鮮實錄不易得。所見爲節鈔本。故無以校正。惟乞大方賜敎矣。閒話不表。話說朝鮮王李倧。依了崔鳴吉之言。修書一通。打算向太宗乞哀。藉以復結舊好。可是斥和派。雖然形勢不利。無可得意自鳴。强項不屈的精神。依然還在。他們把崔鳴吉恨瘋了。好象說他是賣國奴。甘心要把國王導於屈辱地位。不知是何居心。所以當崔鳴吉和他的同派。把書稿草就。呈給李王閱讀時。主戰派的金尙憲。早已伸手奪過。憤恨不平的把書稿裂碎。頓首長號。向李王哭訴說。君臣上下。同守一城。若蒙天鑒。或有一日可圖。如此則更無可爲。請速就死。又叱鳴吉曰。公等忍爲此事乎。鳴吉曰。不得不如此。公裂之。吾當拾之。於是把寸裂的書稿。依然拾起補綴有申翊聖者。撫劍而言曰。執主和議。吾以此劍斬之。參判鄭蘊亦劾鳴吉曰。

殿下今日稱臣。君臣之分已定。則唯命是從。彼若命出降。殿下出降乎。命北去殿下北去乎。命之易服行酒。殿下易服行酒乎。不從則彼必以君臣之義責我。而聲其罪。事若至此。殿下將何以處之。鳴吉以爲一稱臣。則城圍可解。君父可全。如此是猶婦寺之忠。與其屈膝而生。何如守正以死社稷。我國之於中朝。(明廷)父子之恩可忘乎。君臣之義可背乎。天無二日。而鳴吉欲二其日。民無二主。而鳴吉欲二其主。是可忍也。孰不可忍。這種慷慨激昂的文字。在李倧面前。不知陳說了有多少。差不多都聽得厭煩了。結局總不外是書生之論。重復背了一次歷史舊文。却始終一點實效沒有。八道完了。將兵潰了。指望什麼。指望幾頂紗帽。那無怪就得君臣一齊死社稷了。死社稷是大臣的事。勸國君死社稷。乃是胡塗的見解。大臣們食君之祿。巍巍乎而居民上。平日沒有經濟。只知飲酒賦詩。玩弄姬妾。享受優厚的生活。不用說是富國强兵。普通的福利。都不能興辦。一旦國有大難。不圖轉危爲安。却感慨激昂。勸君父死社稷。難道這就算不負讀書一場麼。平日竟作什麼來着。死國死難。匹夫匹婦優爲之。在大臣更沒有問題。所貴乎爲大臣者。不貴一朝之死。而貴有無百年之長計。高官厚祿。一無建設。尸位多年。一朝憤死。何所貴乎。閑話打住。却說李倧聽了鄭蘊這一套。連連搖頭。心說又來了。再要這樣。孤的江山。就要斷送了。仍命崔鳴吉把撕碎的書稿。依然繕就。差派大臣。奉至太宗御營。大約崔鳴吉。也許得了什麼確實消息。知道太宗此番出師。是要和朝鮮另定新約。並無當初金軍入汴之意。非把國君請走不可。因爲那是以往的史實。太宗不必再演。自要有滿足的經濟條件。和議不難成功。所以才一力主和。主戰派却老怕國王被擄。宗社滅亡。不知那已是無用的事。眞是杞憂了。他們那第二次的請和書。雖比較卑遜。也未見有何具體辦法。不過承認了太宗的尊號。顯示了願意事大之意。究竟還是空話。也許他們姑且以此試一試。果然太宗見書。仍如前次怒斥曰。今日之事。惟有二途。任爾擇之。欲生須速開城出降。欲戰則請決一勝負。佞口美言。朕厭聞之。遂叱退來使。李倧君臣益形恐懼。因爲請復兄弟之好不聽。請循君臣之禮又不聽。這怎好呢。若說決一死戰吧。而八道之兵。已然全敗。那里來得强兵猛將。正在無計可施。太宗又命他們赶快把主戰派的首謀縛送前來。

前日怎的聽信他們的話。絕使拒書。反對尊號。如今大事已去。情勢危急。忽將主戰斥和大臣。縛送敵營。李倧雖弱。也不忍爲。只是他正遲疑着。太宗已命睿親王多爾袞。統兵往攻華島。前回已經說過。朝鮮王本想避居此島。以待勤王之兵。因爲太宗的別動先驅隊。突至京城。他沒機會向島中逃脫。只得教王子們奉了廟主。先行逃去。後又派崔鳴吉用緩兵計。止住了瑪福塔。才得避入山城。只說這江華島。因有漢江天險。孤懸海中。普通軍隊。無能攻入。所以朝鮮國王。特別重視此地。裡面建有宮室。派兵駐守。遇有兵亂。不但國王一家來此避難。大臣的家眷。也得來此避居。至於一般人民。就不能來了。此時島中。除了二位王子。和許多貴嬪。還有不少命婦。他們自來此島。內外隔絕。也不知事態若何。大約形勢不好。不然的話。怎的不見山城方面有使人來。這日他們正自盼望有個消息。忽聽島口外面。一陣大亂。槍砲齊鳴。早已驚得他們魂飛天外。這是什麼事呢。不一時內侍們慌慌張張跑進幾個。連說不好。大清兵已然攻進島來了。二王子和許多貴嬪們見了這樣驚人報告。當時哀號起來。逃又逃不脫。又不知清兵之來。是何用意。幸喜有幾位老年從官。到盛京去過。又知清語。主張大家莫慌。等我們看個明白再說。單說睿親王。奉了太宗命令。統領勁旅舟師直取江華島。守島之兵。以為天塹可恃。却不想所設防禦。全被清軍擊破。僅只一夜江邊島口。要塞皆失。比及天明。大軍已攻入島中。島兵雖然奮力抵禦。怎奈清軍人人奮勇個個爭先。弓矢砲火。雨點般射來。將島兵殺散。大軍遂一擁而入。佔領了全島。這時朝鮮的武裝兵將。一個人也沒有了。他們除了戰死的已然全行逃去。只有扈從王子的幾名文官。尚有何說。只得進謁睿親王。請求保護二位王子。以及一切貴嬪命婦。睿王說。這個你們不要過慮。我兵素有紀律。你們說與二位王子知道。本爵此來。無非奉命請二位王子到軍中一敘。別無惡意。於是島中避居之二王子。以及宮嬪命婦。大臣隨從等皆請降。睿王優遇之。毫無侵擾。使役人等。仍使照常服事。不許兵士近前。但是江華島雖陷。李王坐困山城。兀自不知。據他想。江華島懸在海中。一時絕保無虞。清軍雖勇。因無舟檝。豈能飛渡。不知大軍一出。無物不備。卽軍前所無之物。亦不時可向後方調取。太宗因李倧負固不出。欲以空文請求退兵。想是以家眷尙在。因此有恃無恐。爲今之計。惟有先下江華島。得其家族。則彼不得不出矣。但是欲取江華。非用舟師不可。而當地又無處造船。遂命勞薩武拜等。率前鋒軍回盛京。諭留守鄭親王濟爾哈朗等曰。朝鮮國王。與長子及群臣。俱在南漢。其餘妻子。則在江華島。意欲造船。先攻此島。若得其妻子。則城內之人。自然歸順。若猶不順。然後攻城。計亦未晚。觀此島。似亦易取。使到之日。卽揀選謹愼能事官二員。帶領每甲喇驍騎校一員。每牛彔甲士二名。採取木植人一名。及八家各首領一名。造船工匠各五名。前來靉陽河邊。依佟克中（創意造船之人。曾以之征瓦爾喀、）式樣造十隻。依朝鮮式樣造馬船十隻。再査有從前曾與佟克中造船及知造朝鮮馬船之匠人。遣之前來。其監造官。應於靉陽河邊擇地之可達義州江者。駐彼營造。其所需鐵工。亦按數發撥。仍分派哨兵防守。勿致疏虞。限二月十五日以內竣工。布延蘇爾德。到京五日。仍令護送造船人來。右翼前鋒。到京五日。可令往噶海駐防。左翼前鋒於遼河氷解後。令往開城駐防。氷若未解。可令往牛莊駐防。俟氷解後。併將駐防牛莊之護軍調往開城。一同駐守。這就是未攻江華島以先。太宗命在本國境內。營造大船的命令。隨後又命八旗就近造小船八十隻。語云。軍隊中沒有不能二字。命令一下。大小戰船。在正月內便都造成。這才令睿親王多爾袞爲主將。統領勁卒。船上裝了紅夷大砲。一陣攻打。遂將江華島攻路。已在前面敘述過了。不必重贅。話說朝鮮王李倧。雖然屢派大臣。奉書太宗。冀復舊好。太宗只是不聽。因爲李倧不肯親自出降。打算仍令大臣出面。另與太宗訂立條約。這焉能辦得到。不同太宗沒來。他遣大臣議和。還有理由。如今太宗親征。而且又在進稱尊號以後。他不自來請罪。豈不是還有自尊自大之意。無論書詞怎樣哀切。也難怪太宗不許了。後來太宗又命他把首謀斥和之人。縛送軍前。他又遲疑不決。因此太宗復遣英固爾岱瑪福塔。持書往諭之曰。爾違天背盟。自速罪戾。是以朕統師來征。意在不赦。今爾困守孤城。見朕屢詔切責。方知悔罪。再三上書求免。朕開宏度。許爾親盟。非力不能攻取。勢不能久圍。而招汝來歸也。城攻固可得。卽因爾芻粮。駐軍秣馬。令爾自困。亦可以得。似此蕞爾小城。且不能取。將何以下幽燕哉。今命爾出城見朕者。一則見爾誠心悅服。二則欲加恩於爾。令仍主爾國。旋師以後。示仁信於天下耳。若以計誘爾。何以示信天下。朕方承天眷。撫定四方。正欲赦爾前愆。以風示南朝。若以詭計取爾。天下之大。能盡譎詐取之乎。是絕人歸順之路也。爾若猶豫不出。則地方蹂躪。芻糧罄竭。生民濱於死亡。禍變日增。誠不容刻緩者也。爾首謀敗盟之臣。朕原欲盡誅方已。今爾果出城歸命。可先縛送首謀三四臣。當正國法。以儆後人。蓋陷爾擧國阽危。誤朕西征大計。咸此人之罪也。若不縛送首謀。俟爾歸順之後。始行索取。朕不爲也。爾若不出。縱諄諄祈請。朕不聽矣。這時候因爲江華島還未攻落。李倧以爲他的愛子和妻妾們。

依然無恙。清軍既然不能奪取江華島。山城裡的兵馬。比島上還多。更不易攻下了。所以還是不緊不慢的打算教崔鳴吉去妥協。萬一交涉就緒。也許把醜媳婦去見公婆的悲喜劇免除不唱。只是他想撐了。江華島已在最近被睿王完全攻落。不但李王的全家族。已自作了階下囚。大臣們的寶眷。也未脫走一個。人們固然沒有不知愛國的。不過文化達於極點。享受食色生活的貴人們。愛家之念。有時就强於愛國。因爲在文字上。無論寫得怎的激昂。如果教他們割捨了家族。孤身去奮鬥。事實上便有些畏難。所以江華島一陷。果然就把李倧出降的一幕促成了。

甲子日。太宗又以敕諭李王曰。『朕進兵時。曾命大臣瑪福塔等。至爾國諭王。王若引罪自責。第令世子群臣。來迎請罪。大軍亦不深入。爾不聽命。逎入南漢山城。此大失也。本月十六日。又遣大臣英固爾岱等諭爾。果出城歸命。一切勿論。爾又不從。朕始有速攻江華島之命。王若早聽朕言。豈至於此。今朕之成命已明示于庚申日詔內。朕獲爾家室。諭爾前來。若再遲延。是自棄其家屬也。』敕諭以外。又命朝鮮二王子。各自親筆寫一書。述說江華島於某日失陷。現在雖在清營。頗蒙禮待。請父王早作降計等語。連同敕諭。一併送至山城。李倧初尚不信江華島已失。及見王子之書。始大哭。左右群臣見說家眷被擄。也都痛哭不止。或曰書自敵營來。安知非僞。李倧曰。王子之書。人豈能僞。事已至此。不能不降矣。這時主和派崔鳴吉等。得意已極。主戰派却都垂頭喪氣。本想仍勸李王不降。只是如今王的家族。全作俘虜。廟主落於敵營。已然慘敗到家。尚有何言來勸李王不降。大約他們已然覺悟他們的運命了。只得默默的等待李王發落。這時太宗又派大臣。來索主戰派首謀之人。李王無法。乃將斥和主魁吳達濟尹集二人。交付崔鳴吉。着他押送太宗營中。二人將行。李王召至坐前。以酒賜之曰。爾等以予爲君。事已至此。予何爲懷。因泣下。二人對曰。主辱至此。臣等以不死爲恨。今得其所。又何戚歟。王曰。汝等之父母妻子。予將終身顧恤。庶勿爲念。以夜中二更。送至淸營。太宗問二人曰。爾等何故斥兩國之和。既已斥和。何不攻我。二人曰。非斥和。斥來使而已。太宗大笑。命左右解其縛。給冠服。後吳尹二人。與掌令洪翼漢。皆斬於盛京市。此是後事。不在話下。却說李倧因見江華島已失。家族被擄。再要因循。不即出降。宗社定不能保。萬不得已。這才將主戰戎首交出。又繕降書順表。遣崔鳴吉齎至太宗營中。請求宥其既往。許其將來。但能保宗社。於願已足。太宗遂於戊辰日。復降敕諭之曰。

覽爾來奏。知爾欲保全宗社。朕詔已出。寧肯食言。將盡釋前罪。永定規則。以爲子子孫孫。君臣世守之信義。爾若悔過自新。不忘恩德。當履行下開各款。

一、執君臣之禮。新結宗屬關係。

二、去明國之年號。斷絕往來。凡明國所予之誥命冊印。均須献出。

三、王以長子及次子爲質。大臣則以子及弟爲質。

四、一切禮節。須準明國舊例。

五、如征討明國時。調爾步騎舟師。不得違誤期限。

六、目下移師往攻皮島。須出師相助。

七、捕擄渡鴨綠江後。若逃還本國。須執送本主。若欲贖還、則聽兩主之便。

八、兩國大臣人民。須實行結婚。以固和好。

九、新舊城垣。不許擅行築造。

十、一切之瓦爾喀人。須行刷還。

十一、許與日本貿易。但須導其使者來朝。

十二、每年進貢額規定如左。

黃金一百兩。　白金一千兩。　水牛角弓面百副。　豹皮一百張。　鹿皮一百張。　茶一千包。水獺皮四百張。　青鼠皮三百張。　胡椒十斗。　好腰刀二十六把。　順腰刀二十把。　蘇木二百斤。　好大紙一千卷。　好小紙一千五百卷。　五爪龍席四領。　各樣花席四十領。　白苧布二百匹。　各色綿紬二千匹。　各色紬麻布四百匹。　各色細布一萬匹。　布一千四百匹。　米一萬包。

爾以旣死之身。朕予生存。保全宗社。復還家室。當念朕再造之恩。後日子孫。無違信義。則邦國永存矣。

以上是太宗對於朝鮮王李倧所要求的條款。未列禍首一條。因爲已然履行了。這樣的戰敗以後的和平條約。若拿近代國家的實例一比較。未免過於輕微了。第一沒有軍事賠款。這是跟近代國家絕對不一樣的。就讓古時軍費沒有現在奇重。以十萬或二十萬人馬計之。每日的消耗。也正不貲。偏巧在當時就沒人會算這筆賬。若拿庚子年八國聯軍所要求的一比較。簡直不知所云。即如每年的貢項。黃金只有百兩。銀子也不過千兩。這還沒有一個土秧子一年花的多呢。以堂堂戰勝之國。要求如此低微。實在是近代人所不能解的。其實這也沒什麼難解的。因爲古昔國家。不解侵略。更不解殖民政策。何況東方的國家。無一不受王道的影響。好大喜功。都爲王道所不許。何況是侵略或殖民。因爲舊的政治思想。把夷夏二字。分得很淸。夷狄蠻貊。由他們看來。就如禽獸草木一樣。聽其自由生滅好了。即或偶有向化的。也無須怎的親近他們。給點好處。照舊打發回去就得。所以中國政治家。永遠不知道四夷的實情。只知道舞干羽於兩階。七天的工夫。苗人就由雲南駕着飛機飛來了。偶然出了好大喜功的帝王。如秦皇漢武。結果也都十分惡劣。無非博點虛榮。自己國內。却弄得民疲財盡。太祖太宗。

崛起東土。似乎已然恍然於近代國家的義意。無奈固有文化不足。自然也受了二帝三王古書說的洗禮。直到入關以後。可以接受的倒不曾接受。不可以接受而須大加斟酌的。倒接受了。所以後來和以往的國家。一點分別沒有。除了大帝國的虛榮。實際上得了什麼。不第此也。頭顱、熱血、土地、以及身家性命。幾於全被犧牲在廣大無垠的大帝國裡。而却拘束不能動轉者爲誰。而長養子孫。來去自在。任意殖民。隨便貿易。享受眞正實惠的又爲誰。一虛一實。利害自然懸殊。而世人不察。反要以實惠易虛榮。卒之求榮不得。兩受其害。此皆由於不明實際。任情妄動之所致也。俗語說。有老王恨老王。無老王想老王。以前的國家。從此不會再有。而以前的政治。也從此不能再見。如果把以前的事情說與後人聽。也許像鏡花緣一樣呢。就拿此次太宗征朝鮮說。百兩黃金。還有什麼紙布之類。這就是所得的實惠。同時呢。朝鮮王可得自已出城。履行投降禮節。這一點沒什麼實益。可是在當時兩方都認爲極其重要的事。若拿現在國際間的事項來說。就沒人肯作。莫索里尼一下子把阿比西尼亞收入版圖。作爲殖民地。黃金百兩。受降一壇。是不能打動他的。

由這一點看來。不但古今不一樣。東西洋也是不一樣的。有年出百兩黃金。就可以保全宗社的。有舉土地人民而奉之。猶以爲未足的。實在難說的很哩。話說太宗把所要求的條件。差人送至山城。教李倧君臣赶快商議。如能照此履行。便可出城投順。否則仍不願和。那末大軍就要實行攻城。城破之日。不但宗社難保。妻子也難以相見了。若論朝鮮實力。這點貢獻無異九牛一毛。太倉一粟。眞不如一個金店和一個絲房每月賣項多。所以毫無問題的把貢物全都認可了。所最難過的。是去明正朔。另與大清國締結宗屬關係。執君臣之禮。不從吧。眼見妻子被虜。社稷將傾。從了吧。萬一明廷怪罪。出師撻伐。連清兵都給打敗了。豈不落個沒趣。李倧太執迷了。直到如今他還怕明廷怪罪。明廷若有實力能保朝鮮。爲什麼不即早出師。還等得到出降以後。可見明廷也正在自顧不暇。所以崔鳴吉在旁勸道。殿下。事已至此。萬不可遲疑。恐怕事有中變。這些條款。於國家命脈。毫無傷損。可謂寬大已極。只於殿下一身。不無屈辱。然而古之國君。肉袒牽羊。面縛輿櫬者有之矣。何況殿下爲社稷人民計。出以事大之禮。亦義所不能辭者。後世必有以諒之。李倧曰。予深悔不明。誤信人言。宜有此辱。卿可往謁清帝。謂予凡事遵從。但祈寬宥。勿加深責。崔鳴吉領命而去。太宗見李倧已願出降。遂命隨征禮部官員。在松坡三田渡。築造受降壇一所。壇凡三層。前臨漢江之碧水。後倚廣州之山色。謁降之日。定爲三十日午前。是日詰旦。太宗率諸王貝勒。先至受降壇。護軍分紮壇之四周。八旗大纛。排列壇之左右。迎風招展。表示着戰勝武威。壇上高搭御幄。滿以水獺皮造成。中設朱紅寶座。太宗端坐。以待李王之來降。據朝鮮所記。是日大霧。日色無光。就好象上天垂下喪幕。爲朝鮮王弔似的。其實天象不關人間事。朝鮮文人。好弄虛文。也有許多故意烘托之處。又云朝鮮王和世

子出南漢山城。向三田渡去投降時。滿城哭送。聲動天地。這事也許有。因爲身受李王厚恩的。當然
不在少數。如今目擊國王出降。焉有不哭之理。但是同時又有一件矛盾的現象。就是被兵之地。自京
城以至地方各城鎭。亘八道之遙。多半殘破。但是所以致此殘破者。並非由於淸兵之暴虐。除了一部
分蒙古兵。大部軍隊皆能嚴守紀律。因爲此次往征朝鮮之兵。大別爲二種。一爲正規兵。卽八旗之
兵。一爲補助兵。卽外藩蒙古之兵。八旗兵士。素日教練。規律整肅。若無命令。絕不敢妄動。所以
當時朝鮮紀錄。都說淸軍中滿洲將士。紀律嚴明。對於蒙古兵。就多不滿。這也難怪。蒙古兵都是臨
時由蒙古各部招集來的。不但統制上不能劃一。各歸各部首長統轄。而軍士的訓練。也感闕。如一日
戰勝。難免要有軌外行動。滿洲八旗之兵。素講服從。限制極多。擅離本牛彔的旗纛。都有重罰。何
況是軌外的行動。他們除了依照命令去作。旁的事情。都不許爲。所以雖是朝鮮人。也不忍太說他們
的壞話。那末、朝鮮八道多有殘破。是何人所爲呢。除了一部分蒙古兵。其餘就得歸咎於朝鮮本國人
民了。

無論家與國。以及一切人事。無一樣不有程度問題。爲什麽父子離心。兄弟陌路。甚至倚賴强援。
攀附勢力。以殘害手足同胞。語云。兎死狐悲。物傷其類。可是高於物的人類。爲什麽同室操戈。爲
什麽以同類爲仇讎。恣情虐害。一點悲憫之心都沒有。講起來。雖然原因很多。用一句話來說明。也

就是程度問題。國民程度高。自然能建設。高等程度的國家。舉凡一切。無不因之而抬高。國民程度低。不但國格低落。舉凡一切。無不因之而低落。世人受了新潮的衝動。但知爭强弱。奪名利。不恤出以嫉妬之心。其實所爭者。皆末節。最重要的程度問題。反倒沒人過問。也沒人競爭。這實在是一件大可慮的事。競爭程度。公正無比。就好象喝酒一般。有喝一斗不醉的。有喝一杯就胡罵人的。無論誰作試官。也很容易的分出上下。所以程度的提高。不問古今中外。永遠也不能變更。如果不幸我們的程度不如人。那就不知要演出什麼極其無理並且極其悲慘的事。國之不幸。大概沒有再比戰敗而屈服於人更難堪的了。但是程度不高的人民。是滿不在乎的。甚至要利用這個輕易盼不到的機會。而報復。而燒殺。而淫掠。『你們也有今日嗎？』不曉得那里來得仇怨。背棄他的祖國。而反倒爲敵人作了前驅。其實這樣的人。心目中旣無祖國。何愛於敵？不過利用本國的制裁力。業行中止。而敵人又在無暇過問的當兒。他們就大得其便。搶、燒、殺、淫。或是假借敵名。肆行暴虐。據記錄。朝鮮八道之殘破。被兵災的地方。僅不過十之二。而被亂民所搶掠燒殺的。反有十之七八。這要拿常理來說。實在解不通。國家在軍事上。陷於慘敗的地位。哀悼悲痛之不暇。誰有心肝。自殘骨肉。但是事實如此。怎的爭辯呢。這就得說是程度問題。因此我們想起中國史書所記載。以及我所目擊庚子年以至現在中國的事。多屬相同。這是沒法子的事。並且也是不可怪的。一句話。還是程度問題。程度不光是技能知識方面。而內心方面的德性程度。尤爲重要。但是如何提高呢。照我這樣的腐敗作家。當然是無可爲力的。也不知從何入手。還是請教高明吧。却說朝鮮國王。和他的世子。是日都着藍色戎裝。使用的材料。是太宗命人給他們送去的。由山城以至三田渡。所經道路。皆有八旗軍隊。放列保護。三田渡御幄之前。除了護軍的儀仗兵以外。另設朝鮮國的鼓樂一班。女伎三百。分作兩行。以迎朝鮮王。這時受降壇上。肅穆已極。除了旗纛的號帶聲。別無聲響。少時樂聲已作。禮部官啓奏。朝鮮王和世子已至受降壇下。太宗命英固爾岱瑪福塔迎於壇下。導至儀仗下立處。然後報告太宗。太宗離座。於是李倧及世子和諸子文武群臣。由英固爾岱瑪福塔伴領。跪於壇下。太宗跪於壇上。先行拜天。既而太宗還座。李倧率群臣伏地請罪。曰。皇上天心。赦臣萬罪。生已死之身。存已亡之國。俾臣重立社稷。緣臣罪戾多端。故加之罰。今臣服罪。來謁皇上。自茲以後。改過自新。世世子孫。不忘厚澤。語畢。大臣爲代奏之。

太宗聞奏。命李倧升至第二級。其世子及羣臣。則在台之第三級。聽諭。諭曰。朝鮮國王。既知罪來降。朕豈有念舊惡苛責之理。今後一心盡忠。不忘恩德可也。前事勿再言及。李倧及諸陪臣復奏曰。皇上恩德。小邦不勝頂戴。於是贊禮官引李倧及其諸子羣臣。行三跪九叩禮。畢。禮部官引至儀仗下。奏請李倧班次。太宗曰。以威懾之。不如以德懷之。朝鮮雖迫於兵勢來降。亦一國之主也。命李倧近前。坐於左側。其長子李溰。坐於左班親王郡王貝勒之末。次子李淏。三子李濬。坐於右班親王郡王貝勒之末。坐定。遂大宴之。受降壇下。所設鼓樂。以及朝鮮伎生。又復樂舞了一番。於是宴罷。這時朝鮮王的諸子。雖然一同引見太宗。至於江華島失陷的王妃宮眷們。還未見面。未免有些懸念。太宗命將諸內眷引來。如前行禮畢。然後交付李倧。使其完聚。諸命婦也都各還本夫。李倧及諸大臣。見家屬無恙。十分感激。見面之後。自然免不了一場悲喜。宮眷又向李倧說了失陷以後的經過。伺候服役。仍是本國人。所居之處。異常靜肅。不見一男子。李倧見說。更爲感佩。此時太宗傳諭。賜李倧黑貂袍褂雕鞍馬匹各一副。賜王妃及王子黑貂裘各一襲。賜大臣金瑬等貂裘各一襲。李倧率衆謝恩。行禮畢。太宗命英固爾岱、瑪福塔等、送李倧和妃及其第三子李濬。並眷屬七十六人。羣臣妻子眷屬百六十六人。入王城。惟留長子李溰。次子李淏爲質。太宗於申刻還營。後來李溰和他的陪伴大臣。在盛京住了十來年。作了一部瀋陽日記。對於當時的史蹟。頗有可供參考之處。但是他們以質子之身。諸多制限。所記的事項。不必都是事實。而想象胡說的地方。也不少。採用的時候。應當要審慎。閒話不表。單說朝鮮君臣。在三田渡。行了投降之禮。頗蒙太宗恩待。無不感激。因爲是已然滅亡的國家。太宗不爲已甚。仍使君臨一國。雖湯武之師。不能過之。爲頌功德。決在三田渡受降壇原址。樹立一碑。以垂久遠。當下陟名山。採嘉石。開工建築。碑高一丈五尺。寬七尺。表面書滿蒙兩種文字。裏面書漢文字。撰文者爲藝文館大提學李景奭。資憲大夫吳竣書。吳竣書名。在當時絕高。無第二人。而李景奭之文。尤爲得體。碑額七字。曰。大淸皇帝功德碑。玆將漢字碑文。全錄之。以資談助。碑文曰。

大淸崇德元年冬十有二月。寬溫仁聖皇帝。以壞和自我始。赫然怒。以武臨之。直搗而東。莫敢有抗者。時我寡君。棲於南漢。凜凜若履春氷而待白日者殆五旬。東方諸道兵。相繼奔潰。西北師逗撓峽內。不能進一步。城中食且盡。當此之時。以大兵薄城。如霜風之卷秋籜。爐火之燎鴻毛。而皇帝不殺爲武。惟布德是先。乃降勅諭之曰。來、朕全爾。否、屠之。有英馬諸大將。承皇命相屬於道。於是我寡君集文武諸臣謂。予託和好於大邦。十年于玆矣。由予惛惑。自速天討。萬姓魚肉。罪在予一人。皇帝猶不忍屠戮。諭之如此。予何敢不欽承以上全我宗社。下以保我生靈乎。大臣協贊之。遂從數十騎。詣軍前請罪。皇帝乃優之以禮。拊之以恩。一見而推心腹。賜賚之恩。徧及從臣。禮罷。卽還我寡君於都城。立招兵之南下者。振旅而西。撫民勸農。遠近之雉擧鳥散者。咸復厥居。詎非大幸歟。小邦之獲罪上國久矣。已未之役。都元帥姜弘立。助兵明朝。兵敗被擒。太祖武皇帝。止留弘立等數人。餘悉放回。恩莫大焉。而小國迷不知悟。丁卯歲。今皇帝命將東征。本國君臣。避入海島。遣使請成。皇帝允之。視爲兄弟國。疆土復完。弘立亦還矣。自玆以往。禮遇不替。冠蓋交跡。不幸浮議煽動。構成亂梯。小國申飭邊臣。言涉不遜。而其文爲使臣所得。皇帝猶寬貸之。不卽加兵。乃先降明旨。諭以師期。丁寧反復。不翅耳提面命。而終未免焉。則小邦群臣之罪。益無所逃矣。皇帝旣以大兵圍南漢。而又命偏師陷江都。宮嬪王子。曁卿士眷屬。俱被俘獲。皇帝戒諸將。不得擾害。令從官及內侍看護。旣而大沛恩典。小邦君臣。及被獲眷屬。復歸於舊。霜雪變爲陽春。枯旱轉爲時雨。區宇旣亡而復存。宗祀已絕而還續。環東土數千里。咸囿于生成之澤。此實古昔簡策所希覯也。於戲盛哉。漢水上游。三田渡之南。卽皇帝駐蹕之所也。壇場在焉。我寡居爰命水部。就壇所增而高大。又石以碑之。垂諸永久。以彰夫皇帝之功之德。直與造化而同流也。豈特我小邦世世永賴。抑亦大朝之仁聲武誼。無遠不服者。未始不基於此也。顧摹天地之大。日月之明。不足以彷彿於萬一。謹裁其大略。銘曰。天降霜露。載肅載育。惟帝則之。并布威德。皇帝東征。十萬其師。殷殷轟轟。如虎如貔。西番窮髮。曁夫北落。執殳前驅。厥靈赫耀。皇帝孔仁。誕降恩言。十行昭回。旣嚴且溫。始迷不知。伊戚自貽。帝有明命。如寐覺之。我后祗服。相率而歸。匪惟怛威。惟德之依。皇帝嘉之。澤洽禮優。載色載笑。爰束干矛。何以錫之。駿馬輕裘。都人士女。乃歌乃謳。我后言旋。皇帝之賜。皇帝班師。活我赤子。哀我蕩析。勸我穡事。金甌依舊。翠壇維新。枯骨再肉。寒荄復春。有石巍然。大江之頭。萬載三韓。皇帝之休。

這座頌功德碑。自太宗班師後。就發議建設。連作碑文。以及鑿石鐫刻。建造碑亭等事。直費了三年多的工夫。卜吉崇德四年十二月初八日完成。工程之浩大。也可想見。但是世殊時異。人事變遷。除了史籍典冊。尚屬難磨之古蹟實事。其餘金石紀功之物。則多不可問矣。此碑壽止三百年。雖未消亡。猶病者之仆地矣。言之不勝今昔之感。閒話不表。且說朝鮮已降。和平成立。二月壬申。太宗遂自朝鮮班師。李倧率其羣臣出王城十里外恭送。太宗下馬入行幄中。李倧及其羣臣進前行禮畢。命坐于御座左側。賜茶。李倧遜謝。不敢近御座。仍退至遠坐。太宗因謂之曰。爾山城中人民。家口。已盡付還矣。李倧起謝。似欲有言。太宗曰。爾有何言。可即奏。勿有所隱。欲知李倧所言何事。且待下回。

第二十七回

克皮島諸將奏功　祭陵廟太宗言夢

話說太宗班師之日。朝鮮國王李倧。及其左右大臣。皆送至十里以外。太宗命坐賜茶。並問有無欲言之事。李倧見問。遂起坐行禮。然後奏言曰。小邦積弱以來。所在懸罄。詔諭土貢。或非地產。或力有未逮。必須量力稟承。垂爲定式。伏乞聖慈。鑑小邦事大之誠。恢天朝薄來之度。不勝幸甚。李倧此擧。雖然不免好了疤痕忘了疼之譏。其實際情形。也有不少窘迫之處。朝鮮舊國。較之新闢之滿洲。當然不能同日而語。不過他們不圖富强。因循守舊。把一切庶政。全廢弛了。心目中只有一個明廷。數十年來。助兵助餉。已把國力弄得空虛。實際上却一無所得。反與太宗結了大怨。兩次被伐。尤以此次爲最甚。八道殘破。產業凋敝。雖云自取。其情亦甚可憫。太宗所責之貢。本來不苛。若在常時。實在不成問題。惟在目前。好象有些難辦。這並不是得命思財。大約出降以後。和左右一研究。纔發見許多難處。因此纔向太宗請求寬恩。太宗覽奏。便敎范文程。額爾克圖傳諭李倧曰。爾被圍山城時。已有成議。至於爾國窮苦。朕已知之。丁丑戊寅兩年。准免貢物。己卯年秋季爲始。照例入貢。此後朕自有裁奪。今非爾言時也。這是多麼明決而有恩典的事。現在的國際間。以條約爲神聖。除了實力。或局面改變。無人能更改條約。條約上所規定的事項。無論如何困難。也得履行。現在墨水未乾。師未出境。一句話就免除了條約上兩年的義務。並且說後來自有裁奪。意思是你現在不必開口。過後也許全行豁免。也許比現在更輕微。你又何必過慮呢。由此一點。我們也可以知道昔之政治。和昔日國際關係。跟現在絕對不一樣了。古人所作的事。今人絕不屑爲。如俘獲人民以充實國力。而今人所作的事。古人也夢想不到。如條約束縛。以及植民政策等等。假使明人早知植民政策。明必不亡。

而清人早知植民政策。步入國際之林。淸亦必不亡。因爲只知是天朝。應當行王道。而自己却不注意駕馭王道的實力。所以年久而敝。不知近代國家老是新的。怎能不出毛病呢。話說太宗一句話就免除了朝鮮兩年的貢物。李倧自是感激。並且後來還有減免的可能。當下謝恩。太宗遂命英固爾岱、瑪福塔伴送李王。仍回京城不提。這里太宗依然騎上所愛的白馬。統率親軍護衛人等。向本國凱旋。後方大部軍隊。以及投附之瓦爾喀人。並一應軍資戰利品。則由睿親王多爾袞統帶。在後徐行。同時又命孔有德、耿仲明、尙可喜、三王。大臣石廷柱。分統八旗。滿蒙漢軍。以及朝鮮協助之兵。往伐皮島。只因睿王軍中。有朝鮮王子。以及大臣之質子。恐諸將領懈怠。萬一有失。殊損軍聲。再說新附之人。以及俘獲之衆。均宜謹加防護。不可大意。太宗雖在前行。亦甚關心後方之事。因遣蘇爾德齎敕諭睿王。及左翼諸大臣。遣理藩院承政達雅齊諭蒙古王貝勒等曰。朕觀統兵諸將。皆有懈心。今朝鮮雖平。軍行宜照常嚴加約束。所有國王二子。恐其脫逃。須加防守。携帶以行。沿途經過之城邑村堡。官民有迎送者。均應禁止。若城邑村堡之人。有立於道旁與我軍俘護之人接談欵敍者。亦當禁止。勿令近前。恐其引誘潛逃也。望我軍經過有民人之城邑村堡。須遴派官員兵丁護行。俟我隊過畢。一幷齊集還京。毋違朕命。十幾萬軍隊。再加上軍裝糧秣。以及所俘人民。自然不能一齊行走。必須分隊撤還。最注意的是。軍中所俘人民。用現在的眼光來看。簡直不能明白。其實在古時這是不免的事。原因是人口歉乏。軍事上的需要。自己的勞力不足。必得設法增加勞力。於是俘獲敵國人民。使其加担勞力生產。也是勢所必至。何況在朝鮮境內。滿洲民族棲住者甚多。尤以北境咸鏡一帶爲最。太宗久已注意此項人民。故乘此次出征。將其移歸。亦人口政策上所必爭之一事也。時留守盛京的鄭親王濟爾哈朗。駐守西邊牛莊武英郡王阿濟格。駐守北邊噶海饒餘貝勒阿巴泰等。俱因太宗遣使齎敕。宣布捷音。乃遣恩國泰阿布達禮奏言。皇上親統六師。南討朝鮮。德威遠布。所向無敵。中外臣庶。懽忭無已。太宗見奏。隨遣英固爾岱偕恩國泰等還盛京。令諸王大臣。不必遠迎。只迎於二十里外。這時太宗統領親軍。通過朝鮮境內。經由涑州、安州、寧邊、泰州、德州、嘉山、宣州、龍川、義州等處。統軍凱旋。好不威武。凡所經過城邑。朝鮮總兵副將遊擊各官。咸率軍民跪送道傍。或獻牛羊米糧以供軍食。太宗嘉納之。命分給士卒。當出征時。曾在義州向當地商民借馬三百匹。仍命照數。悉還原主。既而又諭義州官員曰。方春時和。不可廢棄農業。現在大軍凱旋。可收集爾人民妻子。暫令迴避。止留丁男。於路哨探。兼勤耕種。如大軍至。并耕種人等。亦令迴避。今朕先歸。而漢軍蒙古兵馬紛集。恐軍士等執爾耕種之人。冒稱俘獲。亦未可知。可俟大軍過後。依舊勤習農業。其宣示爾所屬百姓知之。戊子太宗還入邊界。庚寅渡太子河。鄭親王濟爾哈朗。遣禮部參政各員。在盛京城南二十里塔北石橋後。除道設帷幄。武英郡王阿濟格。郡王阿達禮。率貝子文武羣臣。及土默特、鄂爾多斯、呼爾哈等部貢使頭目。出城二十里祗候。辛卯卯刻。太宗駕至。下馬入行幄。陞御座。武英郡王阿濟格。捧賀表跪進。內國史院大學士剛林。接表宣讀訖。阿濟格率衆行三跪九叩禮。次土默特、鄂爾多斯、呼爾哈等部貢使頭目行三跪九叩禮。設大宴以慶凱旋。宴畢啓行。至盛京謁堂子。遂自懷遠門入。未刻還宮。不在話下。却說皮島乃鴨綠江口內一島。朝鮮語謂之椵島。大約以椵木得名。朝鮮讀椵近皮。以訛傳訛。後來遂謂之爲皮島。由鴨綠江海口。以至旅順大連近海。島嶼棊布。以皮島最大。而且附近朝鮮。明廷遂駐兵其地。與旅順舟師。皆受登州都司節制。朝鮮因受日本攻擊。得明援。因免傾覆。由此德明。皮島明軍。朝鮮實與聲氣相通。太宗時。明政不綱。主島事者爲總兵毛文龍。他利用時機。向三方面取利。那三面？第一是明方。他知道明廷怕太祖打進關去。必得設法由後方牽制。這時毛文龍已然有了聲勢。夤緣內官。自告奮勇。說他一個人就能解決關外的事。但是得多給錢粮。許他自由招練兵馬。那時明廷。也不明白東方眞情。海外之事。更自不懂。所以就信了毛文龍誇大之言。每年增餉數十萬。他却不眞正練兵。完全飽了私囊。反倒利用皮島的形勢。孤懸海外。廣招亡命之徒。大作私商。數年之間。聚集了五六萬人。任意命官。全使姓毛。這些人也就忘了自己的父母。甘心把毛文龍叫父親。喚爺爺。他們出兵打仗時候很少。刼奪商旅。販賣私貨的事情反多。

因此皮島以內。貨物如山。珍寶不計其數。毛文龍因見無人奈何他。也就以海外天子自居。建造宮室。廣畜姬妾。晚年尤爲昏暴。竟想取了朝鮮。自立爲王。第二方面的利源。就是滿洲。因爲那時太祖方才統一本族。始建國家。明廷仍算勁敵。沒有餘力去平海疆。因此就給了毛文龍不少的機會。每逢太祖對明或是對蒙古用兵。毛文龍就乘虛而入。掠擄沿邊一帶。或是採取人參。及至太祖回兵。他又乘舟遠遁了。有時又與太祖書信。接洽投降合作的事。其實這都是他緩兵之計。第三方面的利源。自然得數朝鮮了。朝鮮是個積弱的國家。歷來以事大存活。一點自强的能力也沒有。因爲感德明廷。而毛文龍又是明廷所命的官。自然百般服從。不僅朝鮮境內。他可以任意出入。朝鮮的產米。以及諸品物。他都予取予求。毫不在乎。儼然他就是朝鮮的第二主人翁。他如此覇佔皮島。由三方面巧取豪奪。以塡慾壑。當時沒人敢說他的壞話。因爲手眼通天。先用黃金珠寶。把魏忠賢伺候舒服了。後來袁崇煥在寧遠。屢立奇功。而聲名和實益。却沒有毛文龍那樣大。人家賣死命。守孤城。他却利用時機。暗中作買賣。妄費國帑。究有何益呢。袁崇煥氣恨不過。假巡閱爲名。把毛文龍來個先斬後奏。還是前面已然說過的事。從此皮島局面一變。又爲袁崇煥署人駐守。袁崇煥誅後。皮島雖存。氣派和闊綽。已然不如老毛時遠矣。但是由清國方面看來。無論强弱。還是敵國一個重鎭。若不掃滅。海疆不能劃一。所以太宗乘此次征服朝鮮之便。分師命將。往取皮島。最初在朝鮮班師時所命的大將。有貝勒碩託、孔有德、耿仲明、尚可喜。大臣石廷柱等。旣而又諭睿親王。添派管旗大臣葉臣、阿山。令其率兵往助攻皮島之兵。大家須會同一處。商議圍攻日期。如船隻不足。可預行建造。不可大意。總期萬全。諸路兵馬。到了皮島以後。務要相度形勢。如易攻再行進攻。否則須奏明。俟朕諭到之日。再行攻取。這是太宗對於攻皮島兵。所頒的諭旨。生恐諸將輕進。所以才教他們會商之後。再行進軍。三月丁未。太宗復命武英郡王阿濟格。率兵千人。自盛京出發。往助征皮島軍。且向諸將指示方略。太宗對於皮島志在必得。於此也可以想見了。話說現在皮島主將。是總兵沈世奎。自他到任以後。皮島聲勢。雖然還不如毛文龍時代。但是以頗得地利的原故。並未受過一次外敵的攻擊。何況暗中又有朝鮮援助。一切不感缺乏。還不失是海外一個安樂窩。自從去年十二月朝鮮與清國決裂。太宗御駕親征。沈世奎就覺得很發慌。他准知道朝鮮武備廢弛。不是清軍的對手。自己又沒有力量去救援朝鮮。再說沒有明廷命令。他也不敢妄動。惟有每日擔驚。料定朝鮮一敗。清軍必定在回軍時。來取皮島。以一國之衆。尚且不足以當清軍。何況是一座海島。當下他曉諭部下。皮島的運命。眼見要衰亡了。大家務要齊心努力。以守此島。島中的兵士。共有一萬七千多人。身家性命。久託此島。自然無話。全願固守。沈世奎還不放心。又向明廷告急。請求速發援兵。殊不知日來的明廷。政治益行腐敗。流寇蠭起。關於軍事動作。又不能統一。區區皮島。已在放棄之列。因爲朝鮮多年與國。他們已自坐視不救。皮島的存亡。更不介意了。沈世奎等了兩月之久。始終不見明廷有何動作。朝鮮王李倧。已然出降。竟與太宗結了新的從屬關係。從此去了明廷年號。改爲大清屬邦。沈世奎見了這個消息。吃驚非小。他當初倚仗是天朝大將。對於朝鮮軍士。以及農民等等。素來無甚恩義。以大壓小。以强凌弱的事。時時不免。以至朝鮮人。對於島上明兵。積有仇怨。不過那時國王。信賴明廷。命令軍民。小心服事。如今形勢一變。萬一朝鮮兵也加入清軍。來攻皮島。却是大患。果不出他所料。清軍中已有朝鮮兵船五十隻。攻克該島時。明兵多半死於朝鮮兵之手。這是當時一件事實。此刻不言。容待後叙。却說武英郡王阿濟格。奉了太宗諭旨。領兵去助攻皮島。當下督兵前往。水陸兼行。非止一日。已至皮島附近鴨綠江岸上。先前所派去的貝勒碩託。恭順王孔有德、懷順王耿仲明、智順王尚可喜。以及八旗各將領。聽說武英郡王駕到。都到江岸去迎接。見面之後。先問了聖安。然後彼此行禮。略事寒暄。遂一同上馬。入了大營。武英郡王。遂即聚集衆將。問了問皮島情形。我軍可曾偵察過麼。貝勒碩託道。也曾派人偵察過了。附近的朝鮮人民。也問過了。島中兵士。不過一萬餘人。而且食粮不足。自毛文龍在此割據時。人馬錢粮很厚。現在已不如從前。而且風紀很壞。所以朝鮮軍民。非常含恨。如果進攻。必易得手。即不進攻。但圍守之。待彼粮盡。無處掠奪。亦必歸降矣。武英郡王曰。諒此小醜。何必待其自降。宜速攻之。四月初八日。武英郡王已與諸將領把進攻方法佈置停妥。第一路、大臣薩木什喀爲主將。督率八旗甲喇章京。各領所管護軍。爲前部突擊軍。攻圍皮島之北面。第二路、以大臣阿山葉臣爲主將。督率步軍章京。各領步兵。分乘本國所造小船。與第一路連結。合攻皮島西北隅。第三路。以孔有德爲主將。督率本部兵。及朝鮮兵。益以八旗騎兵四百。分乘巨艦。載紅夷砲。攻擊皮島之東南隅。第四路、以大臣石廷柱爲主將。督同兵部承政徹爾格。戶部承政瑪福塔。各領本部兵前進。從皮島之北隅。監視全軍。指揮督戰。務期一鼓卽下該島。分派已定。各路兵將。領令而去。却說皮島總兵沈世奎。雖自兩月前。就籌畫皮島的防務。但是外援已絕。只有孤懸一島。已受包圍。形勢十分不利。再說外面的情形。他全不知。島內的情形。却早已洩露於外。

初八日的拂曉。海面上薄霧如烟。靜悄悄除了波濤衝擊岩石的聲音。什麼也聽不見。便是防守的兵士。也都不敢大聲說話。所有的眼睛。都集注在海面上。好象他們都有一種感覺。在這樣的天候裏。以爲敵人必定來攻擊似的。所以他們十分緊張。不敢有些大意。沈世奎是一島之主。自聞大軍開到。知道不免一戰。所以每日不敢偷閒。時時到要塞去督飭防務。今天他也覺得海上這層薄霧。很容易使敵人來偷襲。所以命令軍士。要特別防範。砲位和彈藥等項。都要預備齊全。這時霧氣依然下垂着。瞧不見海上有何影象。可是岩石下面的海波。却益發激蕩起來。好象有一種大力。由遠處壓迫了來。

久在海上的人。感覺非常敏銳。他們覺得海波激蕩。不是由於有風。必是敵人兵船攻擊上來。當下他們益形緊張了。正自喊了一聲注意。只見海面上忽然現出幾點黑影。黑影越來越大。也越來越多。不一時檣上的旗。船上的帆。全都發見了。並且不是由一處來的。島之四周。同時揚起警號。沈世奎到了此時。已然覺悟他的運命了。雖然明知敵不過。只是不能不戰。他下命令了。把島上所有的紅夷砲。全行實彈。意欲擊毀敵船。只是島的面積很大。巨砲只在海口要塞。武英郡王所派的攻擊軍。却由四面八方同時攻來。尤其是第一路的突擊軍。分乘小船。其疾如飛。專一避實擊虛。動作十分靈敏。遇有可以攀登去處。便架設浮梯。安上鈎索。攀援上陸的。已有數百人。東南面要塞較多。防禦亦固。所以只用巨砲堅船。由正面攻擊。這樣奇正兼施。同時並作。皮島兵將。自然沒法防禦。果然大軍先由西北隅攻入。島中已如鼎沸一般。大亂起來。同時東南隅也不能固守。孔有德等三王之兵。以及朝鮮助攻之衆。也都攻上岸來。可憐島兵無處可逃。若在先時。朝鮮境內。是他們唯一避難之所。現在朝鮮已歸大清。不但不能逃去。而朝鮮兵的殺戮。反倒有甚清兵。這不知道是何心理。所以明兵把朝鮮兵痛罵不止。說他們忘恩負義。下此毒手。可見從前關係。並不是眞有恩義。事明如父。只有李王和其一二大臣。至於一般兵民。但懷小惠。不知何爲義理。若再心中小有怨望。一旦得手。姓什麼都能忘。倚勢欺人。那不是照吃蜜一般甜麼。語云寧得罪君子。勿得罪小人。就是這個道理。聞言不表。話說皮島已陷在亂軍之中。總兵沈世奎死之。其餘守島兵將。共一萬七千餘人。除戰歿及被朝鮮兵乘亂殺死者。餘皆投降。又有水手三百五十六人。亦被俘獲。當即出榜安民。由武英郡王領銜。向盛京馳報捷音。並查點島中所有。計婦女幼稚三千一百十六口。駝馬牛騾等六百四十有奇。大船七十二隻。紅夷洋砲十位。蟒素緞匹、銀兩、布匹、器皿、軍裝等項。皆造清冊。既而又在島中查獲存米六百餘石。太宗命運至東京。(遼陽)賑濟當地饑民。皮島既平。武英郡王派人料理善後。遂率全軍凱旋。太宗命睿親王饒餘貝勒率諸大臣出城十里迎勞。太宗御崇政殿。召見凱旋諸將。各賜溫慰。優勞有加。不在話下。

單說朝鮮賓服之後。復移師取得皮島。聲威大震。遠人之歸屬朝貢者。接踵而至。尤可注意的就是明廷勢力。除關外之錦州寧遠。在朝鮮以及東邊海上。已不留一兵一卒。其殘餘勢力。已被完全掃除。太宗恐諸王貝勒大臣。恃勝而驕。怠忽國政。乃於四月甲寅日。特頒諭旨曰。

昔太公云。『天生四時。地生萬物。天下有民。聖人牧之。故春道生、萬物榮。夏道長、萬物成。秋道斂、萬物盈。冬道藏、萬物靜。盈則藏。藏則復起。莫知所終。莫知所始。莫進而爭。莫退而遜。守國如此。則與天地同光。』朕承皇考創業垂統。嗣位以來。統一蒙古。收服朝鮮。自今以後。宜思所以宣布法紀。修明典常。當國運茂隆之時。若不立綱陳紀。次第振興。後人將何所法守。嘗觀前代。勤修國政。法制精詳者。其祚必永。怠棄國政。苟且偷安者。其勢必危。蓋治國之道。如築室然。基址堅而庀材固。世世子孫可以久居。其或旦夕成功。不久卽壞。此必然之勢也。國家若果勤修政事。何由致敗。否則傾危立至矣。嗣後爾等皆宜殫竭忠誠。勗襄左右。朕惟欲整飭庶務。使子孫永守勿替耳。

丙辰以平朝鮮功。告祭太廟。先二日。太宗夜夢至興京。見太祖乘飛騎行。禮親王代善。從後追之。欲挽太祖之騎。而不能及。太宗又自追之。却不見太祖。不知何時。竟至北京明國宮中。明皇帝將太宗肅入宮室中。從一錦袱內。取出絲緞一條。繐上繫以珊瑚爲飾。意欲相授。太宗默思。明主欲贈珍寶何所不有。授此絲緞奚爲。正自尋思。而執緞欲授之明帝。忽失所在。前立者。乃金代一神像。其神出書一冊曰。是爾先代金國史書。太宗受而讀之。文字不能盡解。欲持以示文臣。夢忽覺。次日淸晨。召諸王貝勒。及內院諸臣。將夢中之事。宣示一遍。諸臣奏曰。當未征朝鮮之先。皇上也曾夢入朝鮮王宮。將朝鮮王舉之而起。未幾、果臣服朝鮮。今將告捷於太廟。故夢見太祖。至入明宮見明主。及金人授以金史。是天意將以明國圖籙授皇上也。記者曰。儒臣解太宗之夢。不甚澈底。故語極恍惚。太宗之夢。決不假。必實有此夢。惟解者不得其實際而已。語云。夢爲心想。凡往日所經。以及心有所介。皆能形之夢寐。惟所未經以及心所未念者。則難入夢。夢中之事或夢中之景。亦有類似所未經見者。

而未可以未經未見解之也。本來人之精神作用。有分析之力。亦有總合之能。分析者。如夢一巨花。既又變爲無數小花是也。總合者。如夢一怪人。俱備諸形諸色是也。無論如何怪奇之夢。皆不外精神的分析總合作用。由合而言。實類未經未見。由分而觀。則無一而非已經已見之事物也。此就怪夢而言。若在正常之夢。則全爲心神之所結想。感神而暗示之幾。即以太宗之夢言之。亦正常之夢也。自太祖起兵以來。父子兄弟。所以出萬死而奮鬪者。無非欲統一四分五裂之滿族。規復先民金代之盛業。以脫離明廷之壓迫羈絆而已。初未有顚覆明廷。統一寰宇。別建一大帝國之意也。於何見之。於太宗此夢。可以爲確證矣。

我們試看太宗每次對明出師。無不以要請和議爲言。即如此次征服朝鮮。掃除極東明廷勢力。亦未見得使有吞明之意。蓋太宗第一願望。即與明廷分疆而理。關以外太宗主之。關以內明帝主之。兩國互以誠意締結和平條約。彼此通共有無。共享長治久安之幸福。繫念已久。故遂形之夢寐。入明宮。見明帝。欲以絲縧授之。縧乃能繫之物。得藉此以結兩國之好也。不幸爲群臣所撓。遂未實現。故縧未授成。而明帝忽不見矣。此徵之後來事實。現不能謂此夢無預兆也。太宗尚有第二之願望。即以金世宗爲法。而恢復故金帝國之舊業而已。此事亦爲所念念不忘。故見明主以後。繼之金之神人。授以金史。使承金業。凡此皆心所企念。而形諸正夢者。修書者。不以當時之情事爲解。由清代明以後之見解而卜此夢。故謂應受明之圖籙。當時必無此說也。且絲縧亦不能謂之爲圖籙也。雖然。事有始念所不及者。未幾松杏破而洪疇降矣。未幾北京陷而李闖來矣。又未幾關門闢而吳三桂東出請師矣。景命遂集於世祖章皇帝。亘古未有之大清帝國。于焉以建。此眞所謂天與人歸?非僅憑單純之武力也。最可哀者。明崇禎帝。始既不能以其絲縧繫兩國之好。中又不能以其絲縧維繫其民志。猶疑不決。拒外和而養內寇。左右又多宵小。甘賣其君。故終之竟自以其絲縧而繫其頸。嗚呼。自古君爲臣誤。亦多矣。未有如明莊烈帝者矣。故太宗之夢。由當時言之不奇。由後世而徵之。乃無處不見其奇也。不表閒言。却說崇德三年春正月甲午。世祖章皇帝生。帝爲太宗第九子。母孝莊文皇后。時爲永福宮莊妃。娠十有一月始娩。爲大清帝國入關後第一代皇帝。以順治元年九月甲辰。遷都燕京。卽今之北京也。此是後話不提。崇德三年八月。太宗以朝鮮旣服。又曾親征外蒙喀爾喀。蒙疆一帶。率多來附。凡所以與明爲援者。皆根斷株絕。形勢如此。明宜知警。及早言和才是。但是明人不但不知警惕。依然惡和喜戰。邊境之上。時有衝突。彼此殺傷之事。不一而足。是以太宗在八月癸丑日。命睿親王多爾袞爲奉命大將軍。統左翼軍。貝勒豪格、饒餘貝勒阿巴泰副之。以貝勒岳託爲揚武大將軍。統右翼軍。安平貝勒杜度副之。分兩路起兵征明。啓行之先。太宗因召集出征諸王貝勒大臣等。宣示軍律曰。爾等臨陣。若七旗敗走。一旗拒戰者。七旗所屬人員。俱給拒戰之一旗。一旗敗走。而七旗拒戰者。以敗走一旗所屬人員。分給七旗。如一旗內拒戰者半。敗走者半。卽以敗走者所屬人員。給本旗拒戰者。屯駐他所者免罪。若七旗未及整伍。而一旗拒戰得功者。按其功次大小。俘獲多寡賞之。野戰時。本旗大臣。率兵下馬立。王貝勒等率護軍騎馬立於後。當進止以時。如有越隊輕敵。妄自衝突者。奪所乘馬。及俘獲人口。兩軍相對。必整齊隊伍。各按汎地。從容進戰。若擅離本隊。隨別隊而行。擅離本汎。由他汎而入。及衆軍已進。而獨卻立觀望者。或處死。或籍沒。或鞭責。或黜革。或罰銀。分別治罪。如敵人不戰而遁。我軍追之。當用驍騎。合力馳擊。

護軍將領。止宜領纛整伍。分隊以躡其後。勿得前進。倘追兵遇伏。或另有敵兵旁出。護軍將領。乃親擊之。凡大軍起營時。務須整肅戎行。若有離隊往來。尋索遺物。及酗酒者。俱貫耳。喧嘩者責懲。下營時凡採薪汲水。務集衆同行。失律者斬。軍裝器械。俱書姓名。馬匹繫牌印烙。隱匿他人之箭者罰之。盜鞍轡者罰之。馬上行裝。應整理者。本旗人俱立以待之。整飭乃行。兵入敵境。若有一二人私掠被殺者。妻子入官。仍治本管章京之罪。其以妄取糧草被殺者。罪與私掠同。大軍所至。勿毀寺廟祠宇。勿殺平人。抗者戮之。順者養之。俘獲之人。勿褫其衣服。勿離其夫婦。有不遵者。依律治罪。軍律至此。宣示已畢。太宗又向出征諸王貝勒大臣訓諭曰。征伐非朕所樂聞也。朕常欲和。而明不從。是以興師耳。其不抗拒我兵者。愼勿殺之。不便攜歸者。勿加擾害。前武英郡王。於丙子歲克明昌平州時。所領官兵。如漁人入水捕魚。擒之以手。挾之以脇。又復銜之以口。其時以貪取獲罪者甚多。朕豈欲爾等犯法。樂於加罪耶。懲其既往。正欲警其將來耳。常閱古史云。夏禹道遇罪人而泣。侍臣曰。此犯法有罪之人。王何爲而泣耶。禹曰。堯舜時。政教德澤。宣布於民。故人無犯法。今我之泣。非爲囚也。我之政教德澤。不如堯舜。致有罪人故泣耳。朕見爾等有罪。亦甚爲憫然。爾等宜互相勉勵。恪遵軍令以行。勿或怠玩從事。今蒙古漢人朝鮮諸國。俱已歸附。軍容壯盛。爾等勿徒自逞勇力。以威懾人。蓋爾等爲衆所觀瞻。若能自處以禮。濟之以和。則歸附各國。見我國强而有德。勇而有禮。益加悅服矣。凡爲主帥者。臨陣時當念國家付託之重。使徒爲一己立功。而不念兵士之死傷。軍之敗衄。及國之聲名有損。非主帥也。至軍中議事。遇有意見乖謬者。即宜面爲勸諭。毋得緘默不言。亦不得於當時故出微辭。而事後託辭自解。果明言於衆不從。始可於還時申理其說也。訓諭已畢。諸王貝勒大臣皆祗領而退。各集所屬。分派隊伍。越四日。揚武大將軍貝勒岳託。率右翼軍啓行。太宗親送之。辰刻出撫近門。謁堂子拜纛禮畢。至演武場。賜岳託敕印。岳託受大將軍印。率衆行禮畢。復召至御前。親授方略。既又賜茶。岳託乃辭駕率衆行。太宗送出里許。由懷遠門還宮。九月癸亥。奉命大將軍睿親王多爾袞。率右翼軍征明啓行。太宗送之。一如送岳託之禮。不在話下。單說揚武大將軍岳託。奉命率右翼先行。九月二十二日。至密雲東北之墻子嶺口。口上雖有明兵把守。怎抵大軍人多勢猛。一聲令下。沿着邊墻。拆毀了十餘處。大軍遂分道而入。直嚇得口上明兵。望影而逃。那敢抵禦。明總督吳阿衡聞報。忙調各路兵來援。自率馬步六千。欲保邊上各口。不知左翼軍也先後攻入。所向無敵。與吳阿衡遇於青山口。當即展開野戰。明兵六千。不啻以卵投石。總督吳阿衡死之。於是軍威大振。右翼軍直迫燕京近郊。明廷震恐。因怕北京有失。急召宣大山西三總兵楊國柱、王樸、虎大威等入衛。時相楊嗣昌丁憂。詔奪情主中樞。兵部左侍郎盧象昇。亦丁外艱。詔不許奔喪。總督軍務。欲知後事。且待下回。

第二十八回

戰鉅鹿象昇捐軀　遺明書太宗議款

話說盧象昇字建斗。乃江蘇宜興人也。爲人白皙而清瘦。但是他有一樣異稟。臂膊爲獨骨。是以膂力過人。中天啓二年進士。可惜生不逢時。一腔熱血。點染了明史最後一頁。與史可法齊名。爲古今有數之忠臣烈士。崇德三年即明崇禎九年。揚武大將軍貝勒岳託。統大軍入墻子嶺。睿親王入青山口。誅總督吳阿衡。又毀正陽關至營城石匣。駐軍於牛蘭。於是燕京震恐。召宣府、大同、山西三總兵。楊國杜、王樸、虎大威、入衛京師。時盧象昇以剿流賊有功。明廷殊倚重之。只是這時他正接家報。死了父親。照規矩大臣丁艱。理應開去差使。回籍服喪三年。不過明末的時候。內憂外患。相逼而來。有職責的大臣。雖遇父母之喪。也就不許回籍守孝。專用的名詞。謂之奪情。所謂奪情者。奪其孝子之情。移而作忠。以從權擔當國事之謂也。這個奪情之典。不是任人都可以的。非國家在用兵之際。負着重大責任的文武大臣是不能有的。至於平時。或普通官吏。一樣都得丁艱守制。無論你有多好的差缺。也得開去。因此就有一班巧宦。以及奸猾慣於作弊的人。不肯犧牲美缺。竟有匿喪不報的。也有沒有奪情的必要。而運動奪情的。這一類都是熱中功名。連父母都不要了的人。他還懂得什麼忠君愛國。不過是爲了阿堵物。甘作不忠不孝之人罷了。國家原不希圖要有這樣沒良心的官吏。因爲舊時代。關着門過日子。所以帝王以孝治天下、三年之喪。自天子以達於庶民。守以嚴格。不敢少有更變。現在的國家。事務太煩。以勤勉爲第一要義。再說現在的政務。和昔時不能同日而語。多半屬於專門技術。一遇丁憂。就歇三年。一切便都停頓了。而且也不易物色代理的。所以現在的國家。通權達變。不再履行帝王專制時代的制度。雖遇父母之喪。完了事。立刻就能回衙理事。這是極其進化的制度了。而人子之孝。仍存於個人。布衣蔬食。不爲私人娛樂。亦可謂良風美俗也。閒話不表。却說盧象昇。既已沒了父親。理應回籍治喪。偏遇軍事吃緊。連樞臣楊嗣昌。皆予奪情辦理軍務。並賜象昇尚方劍。使督天下援兵。象昇只得奉詔。把父親的喪事。安在心裡。把國家大任。擔在肩頭。麻衣草履。到軍營裡去誓師。遂率宣大山西入衛之兵。馳至燕京北郊。因上疏明帝曰『臣非軍旅才。愚心任事。誼不避難。但自臣父奄逝。長途慘傷潰亂。五官非復昔時。兼以草土之身。踞三軍上。豈惟觀瞻不聳。尤虞金鼓不靈。已聞總監中官高起潛。亦衰經臨戎。象昇謂所親曰。吾三人皆不祥之身也。人臣無親。安有君。樞輔奪情。亦欲予變禮。以分謗耶。處心若此。安可與事君。他日必面責之』。明朝重用宦官。雖然軍旅之事。也以太監為監軍。勝了一樣有功。敗了卻不坐罪。因為明太祖起身微賤。老怕將帥有欺冒貪功的事。所以重用太監。委以心膂。教他們監視各大將。為是耳目靈通。人不敢欺。但是太監的人格。就能高於文武大臣麼。疑心大臣而信賴宦官。這不知由那里來得論理。非草莽英雄。不能有此見識。後來祖法相沿。明代的軍國大務。全操太監之手。夤緣為奸的事。也就不可勝數。大概太監用事。除了東漢。就以明代為最了。這眞是亘古以來。一個畸形怪狀的時代。這時太監高起潛。也正在丁憂。穿着重孝。一位樞臣。兩位大將。都是苦塊昏迷。語無倫次的人。同時肩荷大任。制禦強敵。三人又都是一身白。這是何等不祥之事。所以象昇甚以為憂。但是如果三人意氣相投。目的一致。就讓墨經從戎。也未必不有相當成效。無奈明末的士大夫。議論多。而成功少。尤其在主張上。不能一致。甚或猜疑嫉妬。互為牽制。彼此掣肘。即如楊嗣昌和高起潛。因見強敵壓境。時事日非。有意主和。可惜太晚。而又存心不正。盧象昇乃忠義之士。自然惡聞和議。三個主角。旣然意見不一樣。開誠布公的商議。自然不會有的。什麼事都在暗地裡嘖咕。後來盧象昇聽說楊高二人正在醞釀和議。他便頓足大叫起來說。予受國恩。恨不得死所。有如萬分一不幸。寧捐軀斷脰耳。此時象昇已然被召來到北京。明帝特別召見他。問以方略。象昇對曰。臣不知他。但有主戰而已。明帝聞之色變。良久乃謂象昇曰。撫。(當時諱言和故以撫字代之)乃外廷議耳。其實此時之明帝。已覺悟和爲有利了。不過不肯由中主之。謂爲外廷之議。並且教象昇到外邊去與嗣昌起潛公同商議。這樣看來。明帝不是有意言和了麼。但是象昇滿腔忠憤。正在求得死所。那能附和和議。自然與楊高二人。大形鑿枘。無結果而終。他說時至今日。惟有奮死。旁的話。都不必說。次日他辭了明帝。就到軍中去了。明帝發帑萬金。以犒其軍。臨行時。嗣昌送之。屛去左右。戒象昇曰。毋得浪戰。象昇不語。遂別去。師次昌平。明帝復遣中官齎帑金三萬犒軍。明日又賜御馬百匹。太僕馬千匹。銀鐵鞭五百柄。象昇見明帝屢行賜帑犒軍。知道和議不出於帝意。果爲外廷之議。因此赴戰之意益決。在那時候。明廷沒有外交。更無所謂國策。楊嗣昌高起潛的和議。明帝聽了以爲不爲無理。不但沒有顯然的斥責、反倒教盧象昇和他們一同商議。及見象昇斥和主戰。亦以爲有理。並且希望他快勝。把强敵赶快逐去。萬一直搗黃龍。也未可知。所以賜銀賜馬。百般寵奬。以示意和議非自中出。這種舉動。是不是皇帝所應爲。實在大有可議。若以和爲是。便應斥逐主戰之人。若以戰爲是。也應當罷斥主和之輩。怎麼猶疑兩可。亦和亦戰。是什麼道理。一個政府。用兩種主張的大臣。同時去對外。其結果不問可知。因爲主和的必不願主戰的去啓釁。主戰的也必防着主和的去勾通外敵。彼此防範攻訐。國事遂不可爲。這時中樞議分兵。以宣府大同山西之兵屬象昇。以關上寧遠之兵屬起潛。象昇名雖爲督天下兵。實則所屬不過二萬餘人。他在保衛燕京時。揚武大將軍岳託。統右翼軍。自牛蘭進擊。已至通州。可是這時揚武大將軍已在患病。諸將領甚以爲憂。有主張旋師者。揚武大將軍曰。大丈夫奉命出師。馬革裹屍而還幸也。一病何足爲憂。有言旋師。致士氣不振者斬。我死卽以杜度爲帥。非如預期。不得旋師。軍中有以我爲念者。亦不得爲勇將也。傳令進迫燕京。

時燕京四郊。兵馬雲屯。揚武大將軍病篤。諸將議不如捨燕京。分略諸郡縣。以分其兵。且此次出師。在細明勢。固不必得其京城也。遂分大軍爲三路。自京通南下。一由淶水攻易州。一由新城攻雄縣。一由定興攻安肅。象昇見大清兵南下。遂由涿州進據保定。命諸將分道出擊。大戰於慶都。編修楊廷麟上疏言。南仲在內。李綱無功。潛善秉成。宗澤殞恨。國有若人。非封疆福。大約暗指楊嗣昌等而言。所以嗣昌大怒。改廷麟兵部主事。贊畫行營。奪象昇尚書侍郎視事。命大學士劉宇亮。輔臣督師。巡撫張其平。閉闉絕餉。俄又以雲晉警。促調總兵王樸出關。王樸遂引本部西去。象昇提殘卒。徬徨於三宮野外。士氣大為消沈矣。畿南三郡父老。聞而叩軍門獻計。不聽。謂食盡力窮。旦夕死。無徒累父老。時奉命大將軍睿親王多爾袞。率左翼軍過青山關。其先鋒部隊已至畿南。與右翼軍會。十二月十一日。象昇至鉅鹿。屯師賈莊。高起潛擁關寧兵在雞澤。距賈莊五十里而近。象昇遣楊廷麟往乞援。不應。象昇不能留。率師行。至蒿水橋。與大清兵相值。遂整列。象昇自將中軍。虎大威帥左。楊國柱帥右。至夜。命吹蠡篳進戰。時揚武大將軍已於數日前卒於軍中。右翼軍由杜度主之。左翼兵又已馳至。遂揮鐵騎。圍象昇軍三匝。至曉。圍益急。殺聲動天地。自辰至未。戰數時。象昇軍矢盡。火砲彈藥亦用竭。其軍盡覆。象昇猶奮戰不已。手殺十數人。身中四矢三刃。遂仆。掌牧楊陸凱。恐其屍身被殘。伏其上。背受二十四矢亦死。其僕顧顯隨殉。僅大威國柱。潰圍逃得免。後求象昇屍。一卒指曰。麻衣白網巾者。吾盧公也。話說盧象昇戰死。其軍全沒。高起潛聞之。棄軍宵遁。這時奉命大將軍睿親王多爾袞。已然接得貝勒杜度軍報。並言揚武大將軍已於數日前卒於軍中。有遺命照常進軍。不可少餒。睿王見說。不勝傷痛。遂不發喪。命將左右翼兩軍。分為六道。左翼沿河。右翼沿山。分道並進。自眞定、廣平、順德、大名、至山東臨清州。渡運河。破濟南。執德王。凡克城五十。降城八。俘獲人口二十四萬有奇。白銀百餘萬兩。先是明之山東重兵。扼德州。楊嗣昌用員外張若麒議。檄巡撫顏繼祖。毋得離德州一步。皆謂大清兵無越德州而南之理。不知大軍已自東昌渡運河。很迅速的直趨濟南。而濟南無備。遂被攻陷。督師大學士劉宇亮。與陳新甲。率各鎮勤王兵。不敢進戰。但隨大軍後尾行而已。明年二月。大軍自山東還。至天津衛。時值運河水漲。輜重綿亙數十里。一時不得渡。乃分隊按汛而渡。後以砲兵鐵騎爲護。好整以暇。從容而渡。凡數日始渡畢。當時明人有獻計者謂。半渡而擊。可獲大勝。明將王樸、曹變蛟、劉光祚等。相顧怛然不敢動。大軍遂還。不在話下。話說奉命大將軍暨揚武大將軍。奉命出征之後。太宗旋諭諸王大臣等曰。明人聞我二路進兵。則山海關以東寧遠錦州兵。必往西援。朕將率鄭親王濟爾哈朗。及貝子大臣。親統大軍。前往山海關一帶。牽制其援兵。豫親王多鐸。亦令同行。其前罪姑俟班師時議之。

原來豫親王多鐸。當奉命大將軍睿親王出師之日。太宗率諸王貝勒大臣送之。獨豫親王不至。太宗怒。禁其不得出府門。至是親征。始召之同行。後於四年五月。降爲貝勒。又降敕徵恭順王孔有德。懷順王耿仲明。智順王尙可喜之兵。令各携紅衣砲。及一切火器戰車。齎兩月粮。至盛京隨征。丁亥、太宗出懷遠門。至演武場。閱視漢軍大臣石廷柱馬光遠兩旗兵。令試砲、較射、角觝。演畢。賜宴。冬十月丁酉。命石廷柱馬光遠運砲位火器等具先行。己亥、太宗率鄭王豫王等。統大軍向山海關進發。辛丑、次彰武臺口。諭從征王貝子及諸大臣等曰。凡我大軍全師征討。駐營時。每旗一營。立五門。若兵半出。則立三門。其往來牧馬運取薪水之人。俱由營門出入。不許擅入軍帳。任意穿走。恐有逃亡盜竊不軌之人。難以稽察。又領旗王貝勒以下。及一切人等。或係奉召而來。或至御營奏事。進外營則從南門入。進內營則從東西門入。如從他門及無門處擅入者。從重治罪。甲辰、大軍至渾河。科爾沁部土謝圖親王巴達理。卓理克圖親王武克善。扎薩克圖郡王布塔齊。巴圖魯郡王滿珠什理等。率十旗兵來會。喀喇沁部落古魯思希布杜稜。率四旗兵來會。各獻駝馬。酌納之。丙午、駐軍哈喇蘇。遣前鋒將領沙爾琥達等。率前鋒五十人。往明義州一帶捉生。擒八人還。己酉、車駕至托賽博倫行獵。命鄭親王濟爾哈朗。貝勒碩託。各率本旗護軍。及喀喇沁兵。從前屯衛甯遠中間進發。豫親王多鐸貝子博洛。率本旗護軍。及土默特兵。從寧遠錦州進發。太宗則親統大軍。自義州一路進發。辛亥、次敖穆倫。命索海率每旗甲喇章京一員。兵十名。及前鋒全軍。往圍大凌河兩岸十四屯堡。癸丑、渡大凌河。至戚家堡。命孔有德。耿仲明。尚可喜。及石廷柱馬光遠等。以神威將軍砲攻克五堡。遂進軍至錦州南方。此處有一臺堡。明軍火藥。多存儲其中。太宗命孔有德等。以砲擊之。方欲進攻。而臺內火藥自炸。煙焰衝天。守臺兵大半震死。遂克之。此時鄭親王濟爾哈朗。業已督兵進至中後所。太宗以其兵力寡。命豫親王多鐸。率本部兵往助之。十一月癸未朔。多鐸軍將過中所後。適明總兵祖大壽。將往援北京。忽見大清兵來攻。乃傳密令。命援軍偷襲多鐸軍後路。祖大壽自大凌河之役。率衆投降後。又遁還錦州。仍爲明守。但是他的子姪舊部。現在都作了太宗羽翼。身居顯職。太宗既不猜忌。大壽也豪不顧慮。遇了機會。依然與清軍戰。當時人情之厚。可以想見。若在後世。不有猜疑。亦必有讒言矣。正不知要掀起多大風波呢。話說豫親王多鐸。正在統軍往中後所去助鄭王。忽報馬飛來說。後方有敵人偷襲。土默特部鄂木布楚琥爾。及甲喇章京翁克等。遭敵橫擊。業已率衆退却。豫王見報。忙命前鋒管領哈寗阿等。前往抵禦。敵勢橫來。後退之兵。已形慌亂。一時難以得手。哈寗阿等。且戰且走。亦不能敵。正在危急。貝子博洛率衆至。奮力迎擊。敵始退。豫王收軍不戰。大壽竟退入中後所城。此夜。豫王率衆至鄭王營。鄭王聞受襲。大怒。次日與多鐸率兵至中後所。呼大壽出戰。大壽懼。不敢出戰。鄭王豫王遂還營。是日、石廷柱、馬光遠等。攻克李雲屯、柏士屯、郭家屯、開州、井家堡。俘獲人口七百有三。馬騾四十有六。牛二百有十。驢百三十有七。羊百十有六。孔有德等。招降大福堡。又攻克一臺。獲蒙古漢人男婦三百七十有九。牲畜稱是。太宗即以賜孔有德等。使收編教養之。丁卯、太宗統兵至中後所。祖大壽已收兵入城。因遣人齎敕諭之曰。自大凌河別後。今已數載。朕不憚辛苦而來。甚思將軍出城一見。至於去留。終不相强。若襲日釋之。今乃誘而殺之。何以示信於天下乎。將軍與我角勝。爲將之道應爾。朕決不以此介意。將軍亦勿以此自疑也。大壽得敕不答。旋豫親王遣阿爾津、穆福、扎塔奏報曰。距中後所四十里山岡上。祖大壽設有伏兵。欲誘我兵中計。我軍已窺其隱。將計就計。殺其伏兵三十名。想附近山中。必多伏兵。刻已分遣將兵剿捕矣。太宗乃復遣人。還大壽書曰。朕來非與將軍爲敵。胡竟靳不出見。以話離情耶。大壽仍不答。在當時大壽亦有苦衷。故不肯出見。但是後來到底降了太宗。因爲清與明。雖爲敵國。若拋去政治。但由文化和民族溝通上來言。這時正是一個清新的民族。向一個衰老國家輸血救亡時代。別看兩下裡在遼河東西戰爭了二三十年。由戰爭而交了朋友的。不僅是一二有名上將。雙方的人民兵士。也因此交換感情。溝通文化。差不多彼此都有了關聯。打成一片。北方諸民族。爲什麼很容易的聯合到一起。就皆因他們彼此接觸。已有二千多年的歷史。不過到了清明之際。益見其溶化溝通。業已無法分離。所以就完成了古所未有的大清帝國。我們但看太宗和祖氏一家這樣情義殷殷。便可推知一切了。己巳、鄭親王濟爾哈朗奏克模龍關。及五里堡屯臺。俘其人口牲畜。明兵無敢戰者。太宗遂自中後所班師。遣歸蒙古各藩屬。率滿漢軍。由平路行獵而還。丙午車駕自撫近門還宮。十二月己丑朔。宴蒙古各部朝貢使。崇德四年春正月壬寅。太宗復出師親征明之松山。蒙古奈曼部。達爾漢郡王袞楚克巴圖魯。以及其他各部首長。率十三旗來會。庚戌、大軍至松山。命恭順王孔有德等。以紅衣砲攻松山城東隅山臺。臺受擊。火藥爆發。守臺明兵。多被焚死。山路兩旁。尚有二臺。招降之。於是近迫松山城。太宗登松山南岡。相度形勢。其城甚堅。且踞高臨下。非用砲攻不可。乃歸營傳令曰。此城頗據形勢。必須四面同時猛攻。孔有德可攻城之南門中間。右面耿仲明。左面尚可喜。俱用神威將軍砲攻之。東西兩面則以馬光遠石廷柱用紅衣砲攻之。再以兩漢旗之兵。各移紅衣砲二位。攻取城西南隅臺。破臺後。仍移回各汎地。期以二十五日四鼓移砲前進。五鼓攻擊。俟城堞已壞。則滿洲兵疾樹雲梯。以奪其城。分派已定。大家便去調動砲位。運搬藥彈不提。却說松山守將。乃明副將金國鳳。所部僅有四千餘衆。因外衛各台失守。連降帶死。已損失了一千多人。現在城中只有三千人。金國鳳便向大家說。這樣堅城。若不能守。我們就沒有打仗的資格了。無論如何危急。大家須聽我的。自要我不走。大家有敢妄動。或是怕死逃命者。皆以軍法。大家見說。都願意與城共存亡。癸丑、就是二十五日。孔有德等。督兵進攻。金國鳳打算迎頭痛擊。先行挫其銳氣。當下開城迎戰。不想明兵不長野戰。照樣被大清兵逼入城中。堅守不敢再出。這時孔有德等。已將大小砲位。照準距離。同時向城頭射去。只聽轟然響處。磚土翻飛。一直攻擊了數小時。砲不住聲。城上雉堞盡毀。城壁也洞穿了好幾處。城上明兵。毫無餒志。此仆彼興。就在砲火之下。担土運石。堵補缺處。眼見日已西沉。天色入暝。城壁被砲火所毀更甚。滿洲攻城兵。以爲時機已到。摩拳擦掌。方欲樹梯往攻。禮親王代善謂太宗曰。天已晚。城已毀。俟明日再攻。不難下也。何必於昏黑中多傷士卒。太宗從之。命罷攻。孔有德等衆將。皆謂宜急攻。緩恐予敵以修補之隙。太宗曰。朕不願兵將過勞也。是夜。金國鳳督同兵將。潛以木石。塞其缺處。又覆以沙土。依然堅守。次日樹梯攻之。不能入。親軍眞特先登。竟陷於陣。太宗集諸將議攻城策。皆曰。必能攻克。但火藥砲彈已用去大半。宜遣人運取。以便足用。於是遣官八員兵四百。回京調領火藥。孔有德又献穴地攻城之策。皆未能克。時明太監高起潛。總兵祖大壽。自寧遠遣兵來援。水陸並進。駐兵杏山。太宗曰。松山一孤城。出以全力搏之。非計也。不如捨之。分兵以略諸地。敗其援兵。所獲必多。乃命納海、瑚密、色索琿等。馳略杏山。獲牛羊四百。石廷柱馬光遠等。以砲攻覲氏山臺。降其男婦。鰲拜、丹岱等。率護軍沿錦州城、馳略。殺敵二十。獲牲畜百八十有奇。分兵與布延塔布囊。阿爾薩蘭等。使率護軍滿洲蒙古兵。共二百餘人。以守錦州西北界邊外烏欣口。這時高起潛祖大壽。揀選蒙古漢兵各三百名。令松山副將楊震、祖克勇。錦州副將徐昌永、杏山遊擊李德維等領之。從邊外趨錦州。不想行經烏欣口。被阿爾薩蘭等所偵知。乘其不意。突起擊之。明兵驚慌敗走。生擒楊震及二裨將。殺八十四人。獲馬一百五十匹。遣人奏捷。太宗親率四旗護軍。馳往錦州。縱兵攻其山寨。敗之。沿山搜剿。復分兵剿殺兩夜。其逃入臺者。以紅衣砲攻之。陣斬徐昌永。生擒祖克勇。及守備一。共殲明兵三百餘。獲馬四百有奇。遂釋松山之圍。令孔有德石廷柱等還盛京。太宗自松山還至錦州西北駐營。仍遣四旗騎兵。往助武英郡王阿濟格駐守塔山。時太宗御營。已自錦州還至義州。武英郡王也由塔山還。於路往略連山一帶。獲人口馬匹千許。遂在義州南山岡。會於御營。先是三月丙寅。奉命大將軍睿親王多爾袞。右翼安平貝勒杜度等。自軍中遣兵部啓心郎占巴、鄂謨克圖、巴圖魯碩爾兌等。齎書至松山軍營。太宗覽右翼疏。無揚武大將軍貝勒岳託名。大驚。問占巴等曰、疏上爲何不列揚武大將軍名。占巴等奏曰。臣等不勝惶恐。揚武大將軍岳託。及輔國公瑪瞻。皆不幸卒於軍中。太宗見奏。慟哭久之。命且勿使禮親王知。岳託禮親王第一子。瑪瞻則第六子也。丙子、命官還盛京諭留守鄭親王濟爾哈朗曰。

『征明兩翼軍。約三月盡。四月初。可還盛京。令每旗一章京。每牛彔一撥什庫。齎餉往迎大軍及俘獲人口。不論甲士厮卒。每人約携十人口粮。仍選識路之人。令其前導。從藩城渾河一路往迎。』乙酉左翼軍回盛京。夏四月己亥。右翼軍及岳託瑪瞻喪還。殯岳託於城外西南隅。岳託之福晉。聞岳託喪至。哭奠已畢。遂從死。蓋岳託無子。福晉極賢。時人哀之。是時太宗車駕已至沙嶺舊邊外。留守鄭王濟爾哈朗。同凱旋王貝勒等。乃出城四十迎候。並遣都察院承政阿什達爾漢。兵部承政伊遜。吏部參政覺羅薩璧翰等。先往沙嶺。跪迎車駕於道左。因奏曰。左右翼兩軍。先後凱旋。惟揚武大將軍岳託。暨輔國公瑪瞻。卒於軍中。餘皆仰託洪福平安無恙。太宗聞奏。下馬席地而哭。禮親王代善。常在御前。岳託消息。已不能復隱。遂亦痛哭。竟仆於地。禮親王雖有多子。以岳託爲長。且極有才略。忽聞其喪。如何不痛。太宗哭良久。復上馬謂代善曰。此非可久駐之所也。姑且還家哭之。因命左右。將禮親王扶上馬鞍。太宗哭且行。禮親王因年老心痛。復仆於馬下。太宗立馬待之。連那匹白馬。也好象知道人意。俯首貼耳的不敢揚足奔馳了。此時左右復將禮王扶上馬去。不敢離開。左右扶掖而行。緩緩行至沙嶺堡。留守及凱旋諸王貝勒。已於道傍跪迎。太宗下馬入行幄。坐而痛哭。以茶酒遙奠岳託之靈。畢。諸王貝勒等始進前行三跪九叩禮。睿親王多爾袞跪奏曰。臣等往征明國。仰荷皇上威福。毀其邊墻。破其城堡。所至之地。縱橫無敵。今已奏凱還朝。遂以次至御前。行抱見禮。見畢。啓駕至盛京。不入宮。御崇政殿。遣王以下諸大臣。皆詣岳託喪次奠酒。日暮諸王大臣復命。乃回宮。輟朝三日。追封岳託爲克勤郡王。賜駝五。馬二。銀萬兩。並遣貝子以下及大臣等。往奠瑪瞻喪次。賜駝馬各一。銀二千兩。又賜禮親王以下。及諸大臣駝馬銀兩。其出征將士。分別賞賚有差。先是太宗親征松山。石廷柱馬光遠。所鑄砲彈不堅。及攻臺。又詭稱彈已用盡。後被査出。遂下刑部議罪。因知石廷柱馬光遠。並非不用心。乃由事務太煩。無人代爲負責所致。遂命大學士剛林、范文程、希福等。赦廷柱光遠罪。並分廷柱光遠所管漢軍二旗爲四旗。每旗設領旗大臣一員。梅勒章京二員。甲喇章京四員。牛彔十八員。正黃旗以馬光遠領之。馬光輝、張大猷、爲梅勒章京。戴都、崔應泰、楊名遠。張成德、爲甲喇章京。正白旗以石廷柱領之。達爾漢、金維城、爲梅勒章京。金玉和、佟國蔭、佟岱、爲甲喇章京。正紅旗以王世選領之。吳守進、孟喬芳、爲梅勒章京。金礪、郎紹貞、王國光、臧國祿、爲甲喇章京。正藍旗以巴延領之。李國翰、佟圖賴、爲梅勒章京。張良弼、劉仲錦、李明時、曹光、爲甲喇章京。初漢軍兩旗。主將之纛。皆爲元靑色。既分爲四旗。乃改馬光遠之纛。元靑鑲黃。石廷柱之纛。元靑鑲白。王世選之纛。元靑鑲紅。巴延之纛。則爲純元靑色。這一段也是考旗制者。不可欲的一件掌故。漢軍旗。由二旗而四旗。又由四旗而八旗。依國家之進展。漢軍之數。時有增益。

在這里還有一個應行注意之點。此時漢軍四旗之長官。漢人多而滿人少。且有一旗全爲漢人者。又如石廷柱、佟國蔭等。雖爲滿人。以其先世。卽入明邊。與漢人雜居。深通漢人之風俗習慣。故自太祖時。卽使之辦理漢旗之事。至太宗時。疆土日擴。歸附日衆。太宗不願傷害漢人之感情。故漢旗長官。多用漢人。卽有少數滿人。其語文習慣。亦皆夙通。不至扞格。但是後來相處日久。滿漢鎔化。也就沒有什麼分別。漢旗之人。也都使用滿文行公事。子孫命名。也都用滿洲名字。我們看淸史稿。這樣實例很多。再說當時漢旗將領中。如孟喬芳、李國翰等。淸史皆有列傳。入關後。若至方面。文武兼轄。實皆一代之名臣。可與閎夭散宜生同列者也。然而使太宗始而不識個中消息。圖急功以期强同。亦安有後來之收獲哉。蓋人之相與。情與利害而已。不傷其情。使同其利害。無人不可爲用者。迨其情通而利害共。雖欲分之而不可能。於淸初之漢大臣見之矣。六月辛亥。太宗詔令全國。凡臧有明國敕書者。限期繳出。命大學士希福、范文程、學士羅碩、瑚球。額色赫等。督理其事。繳齊後。皆焚於篤恭殿前。明廷的敕書。在本書的開頭。已略述過了。它是一種什麼性質的東西呢。在明初洪武年間。統一了中原。把元順帝逐到老家漠北。一時明兵勢力。雖曾達於東北。可是對於滿蒙民族。並沒有實力上的眞正統治。僅不過以敷衍手段羈縻諸族。所以敕書的制度。就肇於此時了。因爲滿洲地方。有二千多年的歷史。以高勾麗、渤海時代。最有光榮。在這兩大時期。純爲滿洲民族。自建的國家。不幸渤海爲遼所滅。滿洲入了遼的勢力圈。遼民族。與滿族相近。古之鮮卑。今之錫伯是也。但是滿洲的正統民族。不願受遼人的壓迫。於是金太祖阿骨打。打敗了遼人。自建大金帝國。發揮光大了渤海國的舊業。不幸百餘年。被突起漠北的元太祖成吉斯汗所征服。全亞大陸。以至歐洲一部分。盡歸元之版圖。僅僅八十年。其國分裂。不能統一。不能互助。於是中原之地。遂歸朱明所有。明人眼光低淺。不勤遠略。以十七省爲滿足。自然對於滿蒙。以及其他邊疆。不願過問。可是又怕他們結成勢力。反抗中原。這才以羈縻之法。籠絡而分離之。使各自爲政。不相統屬。中原得藉以高枕無憂。法非不善。但是後來就不免弊害叢生了。我們要知道滿洲並不是化外的野蠻地方。遠自殷商。肅愼氏。卽與中原交通。故書經上有賄肅愼之命。中世以後。高勾麗、渤海、遼、金、迭建國家。不但文物有自。其部族君長。在明初雖已分裂。不相統屬。究之國家思想。民族意識。依然存在。所以明廷不敢輕視。打算用一種懷柔政策。分散其勢力。墮落其文化。使其變爲野蠻。不文之地。以期不能再起。故不設一官。不置一兵。劃出一定界限。分爲二百四十多衛。衛官皆以滿人爲之。有都督。有千百戶。由明廷賜以敕書。衛印。滿洲人得虛榮。明人得實利。誘其朝貢。頒以衣服靴襪之賞。時不常的還教他們爭虛榮。起而互相殺傷。至於文化和民族調和的大計。可不一講。簡直是致滿洲人。一天比一天退化。其計可謂至毒。

不過那時機運未到。民族英雄。尚未產生。肇祖雖有大志。不幸生非其時。正當朱明代元之初。以一俄朵里城。與朝鮮爲鄰。自然得西通於明。南睦於鮮。委曲求全。以長養本族勢力。後於晚年。又突遭七姓野人之難。所志未遂。以後在各部間無英雄。所以明之敕書政策。得行二百餘年之久。葉赫、烏拉、哈達、輝發、等大部君長。皆劃疆自理。爲明所羈縻。早已數典忘祖。不復有國家觀念。但是肇祖子孫。世有統一獨立運動。如董山等。不幸皆未成功。至太祖挺生。同時豪傑輩出。奮鬭二十餘年完成統一建國大業。明所封衛官。二百四十餘。無復存者。但滿洲世家大族。舊時敕書。或未盡燬。所以太宗特頒諭旨。令其繳出。加以銷燬。以示與明絕決。齊一思想。蓋亦獨立之國。所必執之手段也。秋七月丁巳。命人將俘虜中之把總徐文師。太監王朝進、張福祿等。由特定之賓館中取出。教他們去到十三站。給明崇禎帝去下講和國書。這些將官太監。都是此次奉命大將軍睿親王多爾袞。由山東濟南和明德王等一齊俘虜來的。他們自親王以下。有好幾十人。隨着大軍來到盛京。太宗並不照一般俘虜待遇他們。即如德王。名叫由檢。乃是崇禎帝的兄弟行。皇帝的兄弟。親枝近派。一旦被敵國俘去。無論如何。也得設法取回。再說太宗所持的國策。根本願與明廷議和。並不願時時開仗。一遇機會。總想提出和議。如今忽有德王以下。許多親貴被俘至此。難道明廷能恝置不理麼。由此或能尋出議和頭緒。所以太宗對於德王以下。十分優遇。撥給府第。教他們居住。大家都忘了是俘虜。反倒成了上賓。只是最奇怪的。數月以來。明廷並未遣一人來慰問德王。也無辦理贖還的交涉。這未免太令人不解了。所以才把兩名太監一名把總取出來。着他們前往十三站。把太宗所致明帝書。交付明將。轉達明廷。是日太宗遣派前鋒將領。努山、瑚密色、布丹、巴蘭、鄂謨克圖、鄂碩蘇爾德、錫特庫。率每旗前鋒五人。章京四人。甲士百人。護送徐文師、王朝進、張福祿等至十三站、以太宗書及德王親筆書。交付當地明官。送達北京。太宗與明帝書曰。

朕見爾國軍民塗炭 實惕於心。屢欲通好。以享太平之福。曾與袁崇煥及宣大邊臣言之。不啻再三。奈爾國不從。輕視民命。樂於搆兵。以致失地喪師。死亡百萬。此非朕殺之。實爾君臣自殺之也。倘兩國通好。此禍何從而來。若謂朕之言和。乃愚誘之計。前此曾見朕既與人和。復有背盟之事耶。且朕又何所迫而以計相誘也。爾縱自謂防朕之計則得矣。能保城池不失陷。軍民不殺沒耶。雖然、朕今猶願與爾國通好也。若果以禮交懽。則朕為大清。爾為大明。各君其國。又何崇卑上下之可爭。

自古天下非一姓所常有。天運循環。帝王代嬗。有未成而中廢者。有既成而復敗者。皇天無親。善則培之。否則傾之。如和事果成。則俘獲之親王郡奉國將軍等。一切釋還。否則爾既骨肉之罔念。朕養仇敵以何爲。朕從民命起見。天地自能鑒之。若疑朕既常言修好。何又興兵不已。試思和議未成。何所據而罷兵。必彼此議定。誓告天地。然後可以罷兵息民矣。

以上是太宗致明帝書。如今把明德王朱由樞的親筆書。也寫在下面。以備參攷。

臣等世受國恩。經今七世。奈臣罪惡滔天。失守封疆。百姓塗炭。臣罪何逭。自被擒以來。蒙大清聖上。未嘗加害。皆推主上之情面也。臣等日夜翹首。專望施仁慈之恩、念宗派之誼。或兩國通和。或贖臣等得歸故土。臣六世祖塋。再得奉祀。萬世頂戴。不勝惶恐待命之至。

又隨着德王一同被俘來的大太監馮允昇。同時也有一書。致明當道諸官曰『允昇於十月十五日。陣前被擒。現在瀋陽。今欲議和。常人尚惜生靈。允昇可不念民命。如兩國通好。親王回國。昇等還朝。干戈平定。生靈幸甚。先有幾次去議和之人。及文書。俱不能至御前。此番萬不可隱蔽。有誤國事。允昇不得面君。祈將此書抄謄轉奏』。明末的國事。實在令人難解。國裏頭飢民飢兵。全都變成流寇。蔓延於西北西南各地。國外頭又有這樣强敵。雖說山海關天險。以重兵固守。一時無恙。但是大清兵每每由北邊破墻而入。除了山海關。長城各口。已同虛設。並且大兵入邊之後。指顧即達燕京。耀兵以後。卽沿山河。分兵略地。宣府大同一帶無論矣。直隸山東各省。連年被兵。人口牲畜財貨諸物。接二連三的驅而東去。明兵不能奈何。清兵如入無人之地。雖說冬來春去。土地城池。不能携行。而連年如此。是明日窮困。而清日富庶也。有民不能保。有財不能守。而日以資敵。長此以往。雖有山海關。於國何益。且患之最大者。不在清兵之頻入。實在流寇之日滋。寇滋。官兵不能剿。敵强。官兵不能禦。最善之法。無過於止敵而剿寇。使內無流寇。而外始能禦敵。而止敵之計。無急於和之一字矣。所不解者。明之君臣。不知和之利國。反恐有傷顏面。始終遲疑不決。又不預籌和之範圍。因循復因循。敵勢益强。寇禍日烈。而明遂自亡矣。卽如此次太宗復向崇禎帝提出和議。並且親王被擄。天之示警。已旣深矣。明之君臣。怎就不會乘此機會。澈底研究一下。不必秘密。也無須顧忌。開誠布公的商量一下。必能得到一個眞理。惟眞理始能救亡。作君主的。旣無須疑慮。當大臣的也不必徒發激論。死節拚命。是最後五分鐘之事。大臣謀國。須在猶可爲時設大策。下決心。樹功於百世。不必見諒於當時。果如此。明事猶可爲。特其大臣短謀。非夤緣爲奸。卽好爲慷慨激昂之論。眞有裨於國計者。則豪無所聞。他們見了太宗的國書。以及德王允昇等所來之信。沒有一個認作是應當理會的事。說這裡頭不知又有什麼奸計。卽或有一二人。認作是言和機會。無奈懲於以前言和者之失敗。也都多了心眼不敢進言。因爲明崇禎帝。也不是執意不和。不過他不肯犧牲面子。始終不以太宗爲對等。打算使一二大臣。就地暗中撮商。不可顯露於外。豈非掩耳盜鈴。自欺之舉。不但太宗斥回不許。而暗受明帝密旨的。反爲大臣所劾。說他意欲通敵。明帝也不敢說是自己的主意。因而被罪的。以前不乏其例。明帝如此行事。誰敢力言和議。如今問題又來了還不是照以前一樣沒結果。

因爲明帝既不願贖回德王一群人。又不願和太宗提出正式交涉。好歹還得一拚。所以對於太宗書信。依然不理。德王一家。及其從官。也只可置之度外。因爲有藩王也是一樣。沒藩王也是一樣。誰教他把濟南失守了。不自己死了。反倒被俘貪生。還想贖回。眞眞豈有此理。原來明末政治。黑暗重重。沒有眞正是非。見敵就走。却在暗中假報戰功的。倒有升賞。眞正交鋒打仗。力盡被擒的。反都坐罪。甚至妻子爲戮。我們看明方的名將。歸降太宗的不一而足。怎麼明廷一個也不想贖回。反教他們死心塌地。爲太宗盡力。這就皆因明廷不問是非。把他們都認作反叛。先把他們的妻孥給殺了的原故。如今不贖德王。大約也把他當罪人了。在後來洪承疇投降的時候。太宗也曾問他說。『朕觀爾明主。宗室被俘。置若罔聞。將帥力戰見獲。或力屈而降。必誅其妻子。否亦沒爲奴。此舊制乎。抑新制乎』。承疇對曰。『舊無此制。邇日諸朝臣。各陳所見。以聞於上。始若此耳』。承疇雖說舊無此制。亦未必然。明祖對於功臣寡恩。世有定評。宜其子孫。不知御將之道。而以殺戮爲能。至崇禎時。刑賞已失。妄殺更甚耳。閑話不表。却說太宗誠心誠意。與明帝去書。欲利用德王。希冀回國的機會。與明帝講求罷兵。以結和好。不想明帝又置不答。太宗數道。明主不恤干戈之苦。以爲和議自朕倡。必有不得不和之勢。所以抗戰不已。夫我之有今日。皆由善戰所致。彼乃誤解。謂急於求和。必有不能戰者。朕但體上天好生之德。適可而止。明人仍不畏天命。不顧危亡。是自棄其民也。必有以重罰之。九月癸酉。命武英郡王阿濟格．饒餘貝勒阿巴泰、安平貝勒杜度。率將士往略錦州寗遠。武英郡王等行後。復命肅親王豪格。率師繼後。會師於寧遠。豪格先已降爲貝勒。至是復爵。遂率師至寗遠。與武英郡王之兵。合軍於寗遠東方十里。分爲左右兩營。明總兵金國鳳。統勁旅軍於寧遠北山岡。與城內兵。互爲犄角。金國鳳前在松山。以三千之衆。保守孤城。太宗親攻不能下。頗著能名。薊遼總督洪承疇。嘉其功。陞爲總兵。命守寧遠。國鳳自恃前功。未免有些驕矜。部下諸將。除舊部外。多遭其輕視。以故人多不滿其爲人。及武英郡王等率兵至。國鳳自率舊部。及其二子。陣於寧遠北山岡上。命其餘部將守城。謂敵來攻城。我自率兵來救。若敵攻我陣地。城兵亦須出戰。彼此犄角。可操勝算。衆不敢言。聽其自去。話說肅親王等。駐營以後。命人哨探。回報說。寗遠城中。共有兵將一萬餘人。總兵金國鳳。自率一半。陣於北山岡上。其意蓋欲監視我兵攻城。從後擾亂。肅親王見報。因謂武英郡王等曰。國鳳不守城垣。而出軍北山。是自驅死地也。彼以前守松山。少著微名。遂自驕滿。以爲內外犄角。可操勝算。今宜以左翼堵截城兵。使不得出。右翼出全力以撲國鳳營。使兩不相救。國鳳不死必擒。衆皆以爲然。是夜。寗遠城中蒙古兵。有來降者。謂衆皆惡國鳳爲人。言論紛然。十一月甲寅朔。肅王等傳令。以左翼僞作攻城。伏右翼於北山下。待國鳳陣動而攻之。欲知兩軍勝敗。且待下回。

第二十九回

征索倫諸將立功　圍錦州二王降爵

話說肅親王。及武英郡王等。分大軍爲左右翼。陣於寧遠東門外。明總兵金國鳳。不知深溝高壘。以固守城池。無故自作聰明。分兵自營於寧遠北山岡上。這實在是個失計。因爲以前袁崇煥在寧遠防守時。未嘗不於城外立營。但從無好果。因爲明兵不長野戰。守城倒有一日之長。所以後來袁崇煥捨短用長。只有專心守城。絕不出戰。所有火器巨砲。全部集中守衛上。是以由太祖以至太宗。在遼西用兵。不知有多少次。始終不能攻下寧遠。這就由於袁崇煥善守的緣故。金國鳳現在的責任。和袁崇煥一樣。城內又有袁崇煥所留火器。使他不出城。照守松山城一樣的死守。也萬不會有失。偏巧這回他要出城。與守城兵互爲犄角。未免就有徒讀兵書之譏。是日天將拂曉。金國鳳在軍營中。向寧遠這邊展望。只見塵頭蕩起。地上寒烟被車輪人馬踐踏的四面亂飛。他知道這是大清兵已然移動。必定是要去攻城。不一時城上也有了動作。喊殺的聲音。業已隨風送到。大砲的巨響。也衝破他的營壘。覺得震撼欲搖。在這時。他不能坐觀了。守城是他的責任。如果被攻陷。那還了得。不是松山的前功。也盡棄了麼。想到這里。便傳令拔營。意欲去刧大清兵後路。殊不知清兵攻城。乃是調虎離山之計。並不是眞欲得城。目的在解決金國鳳。他率領三千舊部。方才下得北山岡。忽聽砲聲響處。大清兵已由四下圍攻上來。矢石似雨。鐵騎如風。其勢疾驟已極。明兵不能抵擋。早已被殺得四零五落。逃竄不迭。大清兵並不追殺。只將國鳳圍在垓心。欲報松山之役。國鳳已知中計。只得率其二子及諸部將。左右衝突。始終不能出圍。寧遠城中之兵。又被左翼困住。明知主將被圍。也不敢出來救援。只得以保城爲要。國鳳殺了許久。不見城兵來援。以爲城池已失。不覺驚慌失措。肅親王等主將。本想令其投降。或是生擒。怎奈雙方鬬得性起。已如瘋狂一般。再說矢石無眼。刀槍最凶。在性命相拚之際。誰也不能假借。那就看你的力與命了。力盡則亡。命窮則死。最後金國鳳及其二子。還有一二部將。皆死在陣中。餘衆潰逃。肅王命收兵還營。左翼也罷攻寧遠。一同還營。檢點受傷將士。分別奬賞醫療。不在話下。却說國鳳陣歿消息。傳入關內。薊遼總督洪承疇。聞而歎曰。昔國鳳以三千部卒。守松山孤城。敵大軍百方攻之不克。今身任大將。統師萬衆。反遭挫敗。身死陣上。乃專權不統一之故也。

於是疏請統一軍權。不許諸將妄動。但是明末之事。不但軍事不統一。內廷和前方。也不一致。內裡文臣一句話。就能壞邊疆很大的事。這是不可掩的事實。肅親王等既陣斬總兵金國鳳。大獲全勝。當即遣人齎疏報捷。太宗嘉之。命旋師。改命前鋒將領沙爾琥達等四人。率土默特部兵二百人。往略寧遠。蓋以明帝拒和。戰爭在所難免。但兵戰之先。須行物戰。即今日所謂經濟戰是也。經濟戰者。一方要充裕本國人力物資。他方則削滅敵國之物資人力。故略地捉生。出師擾亂耕牧。殆日日有之。凡此皆所以破壞敵方之經濟力。乃兵戰之前。必要之手段。故肅親王等才旋師。又派他將往。

如此接連不斷。輪轉出師。無非為削滅明人之經濟力。惟非正式戰爭。故不詳述。十二月癸卯。蘇尼特部長騰機思。率衆來歸。蘇尼特也是蒙古一個部落。因為遙遠的關係。向化稍遲。本年正月。蘇尼特部台吉超察海。率十戶來歸。是月右翼台吉噶布楚唐、古特卓特、巴什達拉等。又率百二十戶來歸。夏四月、台吉莽古思。率三十戶來歸。同時鄂爾齋。率四十戶及同部之巴圖賴額思赫爾脅格等。亦先後來歸。太宗俱酌納其所獻馬匹。各賜朝服、帽鞾、鞓帶、甲冑、弓矢等物。這些台吉。都是蘇尼特秉政之人。也有取得部長同意而來的。也有自己有權而可以自行其志的。如同右翼台吉噶布楚唐等。其勢力皆足以左右該部視聽。現在他們都紛紛歸附太宗。並且結果都堪羡慕。騰機思也就不得不來。十二月他便率了左翼族屬一百十四人。約會了右翼部長素賽。亦率族屬六十七人。還有阿巴噶部長多爾濟。也加入他們的團體。由外蒙噶爾噶來歸。行至烏珠穆沁地方。遣頭目携了貢物。先至盛京朝貢。過了十二天。騰機思等也到了盛京。命親王以下。大臣以上。迎宴於演武場。次日。太宗御崇政殿。騰機思等率衆朝見。奏言。我等聞寬溫仁聖皇帝。功德隆盛。傾心嚮慕。今謹各率所屬歸附。貢献方物。奏訖。率衆行禮。各献所貢駝馬。太宗酌納之。並賜優詔奬諭。旋召安清寧宮。賜騰機思等甲胄、弓矢、貂桂朝衣、帽鞾、蟒衣、鞓帶、皮張、銀幣等物有差。又因騰機思部下阿布圖。自朝見以來。往來效力可嘉。賜名達爾漢。給世職不在話下。是月朝鮮王李倧。因三田渡所建之大淸皇帝紀功碑落成。請派大臣往觀。並行落成禮。太宗遣內院官察布海、李棲鳳、弼里克圖。戶部承政瑪福塔等前往。遂脫其碑文以歸。(碑文見前茲不復錄)崇德五年春正月甲子。太宗遣翁阿岱、多濟里等。率官兵戍防錦州。命貝勒多鐸。授以軍律曰。爾等此行。凡我國逃亡。及敵人寇邊。須善防之。若接戰。即選前鋒將士之精銳者。以一隊居前。二隊居後。使與交鋒。彼軍敗遁。我軍不得遽還。當收軍截其歸路。乘其不備盡殲之。至追捕逃亡。必量其衆寡。當親往者。以身先之。倘人衆勢强。勿得輕戰。惟與相持。傳知附近城堡。待衆軍會集。相機剿伐。所領士卒。宜時時練習騎射。繕修器械。勿令偷安縱酒。翁阿岱等。領令而去。錦州一帶的明方官兵。見一枝兵才去。一枝兵復來。明知是一種擾亂耕牧之計。也是無可如何。欲待疏懈不理。萬一城池有失。罪責非淺。欲待積極出戰。而野戰多傷。又非所長。

再說淸兵來去無常。時而錦州。時而寧遠。地面遼闊。任意縱橫。那裏堵截得住。沒法子惟有嚴重保守城池。晝夜不得閒暇。因此明兵甚勞。不得不多添兵將。以備萬一。兵數既多。糧秣自然消費日大。論理宜講屯田之法。俾就地能有大量生產。方爲得計。但是屯田生聚。須在平時。倉卒之間。萬難奏效。再說明既拒和、喜戰。太宗決不許其有從容生聚的餘暇。輪轉派兵來戍寧錦。完全爲使明人不得喘息。沒有工夫從事生產。田地是有。只是住民不得安心耕種。前方越形吃緊。國內益形荒亂。眼見流寇勢力。蔓延不已。却是無法鎭壓。先得把强兵勇將。送到關外去。日日在交戰狀態中。耗費之大。可以想見。反觀太宗的國家。適與明方大相反。明廷所有舉動。皆得由國庫支出。官吏的俸給。軍隊的糧餉。無一不仰賴國庫。但是司農仰屋。國庫早已一貧如洗。不得已只得橫征暴斂。不知節行一法。官紳上下其手。國庫所得無幾。大數全飽私囊。因此民困日甚。國庫日窮。無形之中。爲流寇添勢力。增羽翼。太宗之國。不設俸給制度。以生產勞力。分配於全國之中。國家得若干。管理者得若干。生產者得若干。上下齊盡其力。多盡一分力量。則多得一分收益。故開闢日廣。人爭效力。國家有收入而無支出。凡所支出。皆額外之賞賜也。以視明廷之全由國庫支辦者。迥不侔矣。軍裝馬匹。刀仗弓矢之屬。明兵皆由官發。故良馬絕少。軍裝器械。亦多朽敗不堪。太宗之兵。則軍裝馬匹。多屬自備。弓矢器械。時時練習。亦不去身。少有故障。即時修繕。故其器精。其技熟。明兵多無賴游民。老弱居其大半。且大戰之後。無法補充。必資招募。太宗之兵。則皆八旗子弟。無事則務農講務武。有事則披甲出征。護軍前鋒之正式額兵以外。別選壯兵。加以訓練。以備補充。漢軍蒙古。凡編入旗制者。大率相同。絕無老弱雜糅之弊。明兵數十萬。僅守關門內外。且餉銀消耗極鉅。太宗之兵。則進退自如。大部隊則自直北而入。時時耀兵燕京。遠略山西直隸山東各省。小部隊則錦寧一帶。時出游擊。明兵不能入清境一步。清兵則來去明之腹地。殊屬自由。且每一出師。所獲人畜財貨。不可勝計。雖不足以言秋毫無犯。然而彼時不在得明天下。僅不過欲兩國定約。結成和好。而明不從。故不得已而重創之。以促其反省。而明終不悟。殆天奪其魄矣。閏正月太宗諭各管旗大臣曰。朕恐民間有何冤抑。不得上達。今令爾等。親至所屬各屯堡。巡行視察。如有冤抑之事。立即上問。勿得徇情。這一事也值得注意。大抵方興之國。其君臣皆視國事如己事。絕無偷安自尊之舉。若以明事喻清事。兩方不同之點甚多。明以天朝自居。天子只能深居宮中。除了上天。再沒有比他尊貴的了。因爲天子尊。其大臣也皆自尊。身分越尊。越不能親身辦事。所以什麼事皆非親歷。但憑左右愚弄蒙蔽。即如太宗欲與明人講和。而明不許。也無非出於自尊之念。以爲自己太尊貴了。何物滿洲夷狄之邦。也敢與天朝平等。講什麼和約。不定那天。就把你們收服了。這是妄自尊大者之妄想。少微明白一點歷史的。又怕步金宋之後塵。也有所戒而不爲。總之他們都尊貴慣了。才不肯親自辦事。既不肯親自辦事。自然就貪戀富貴。而不肯盡心職務。所以當時敵國强到如何程度。抱有何種目的。他們一概不知。無非妄測。國內的流寇。鬧到如何程度。是不是心腹之患。他們也不知道。一味放任。無怪李自成一入北京。好多皇親國戚。以及朝中文武大臣。都叩首迎降。上表稱頌了。滿洲自太祖以來。成功統一運動。雖建大號。却不自尊。凡事無不應天順人。皇帝親王貝勒。以及諸大臣。無一尸位素餐之人。雖三院文臣。或各部承政。遇有出征之舉。莫不被堅執銳。親莅戎行。才兼文武。出將入相者。不可勝數。以視明人之但能坐談。而不能起行者。何啻霄壤。至若民間之事。亦有關心不關心之別。一則以治。一則以亂。亦可想見矣。甲申、諭禮部定迎送朝鮮國王諸子例。因爲朝鮮國王李倧以其長子李溰。及另一王子在盛京作質。已有半年之久。不免想念。又因有病。遂於崇德二年冬。上疏太宗。求遣其子歸省。疏云。臣之二子。入侍半年有餘。過蒙恩恤。有愈骨肉。感激銘佩。復何敢言。第臣向有犬馬賤疾。父子久離。寸情難禁。亡妃再期。迫在冬季。變除之節。禮俗所重。人子情理。誠可矜念。倘蒙陛下俯察微忱。俾得釋終天之慟。則區區情願。於是畢矣。謹奏。太宗不許。因爲朝鮮世子入質。僅不過半年有奇。設詞取回。難免翻覆。一直到了本年。卽崇德五年正月甲子。朝鮮陪臣。以國王病篤。具文申達禮部。求部臣轉奏。太宗因降敕。諭朝鮮國王李倧曰。

朕原以爾國反覆無常。質王二子。爾果忠誠實著。不特世子可以往來無閒。卽諸子在彼在此。又何計哉。然則二子之不歸。非朕不使之歸。因爾自疑以致朕疑耳。今依所請。遣世子歸省。爾可將現留本國之子。及世子李溰之子。送至鳳凰城。更換而還。朕待爾毫無他意。欲令諸子互相往來。勿替朕命爾。

遂諭禮部定迎送朝鮮國王諸子例。凡國王子來朝。一宴於鳳凰城。再宴於東京。又宴於盛京。送歸時亦如之。若世子往來盛京。則貝勒迎送。其諸子則禮部承政以下迎送。若其子往來東京。則禮部參政迎送。往來鳳凰城。則禮部理事官迎送。二月丙寅、朝鮮世子李溰歸省。賜李溰及尚書沈大淵以下官屬。貂裘雕鞍馬匹貂皮白金有差。仍命管禮部貝勒杜度。承政滿達爾漢。參政超哈爾等。於五里亭宴餞之。由是李王諸子。往來如例。不在話下。二月丙辰。太宗遣多濟里喀珠等。率八旗甲士八人。嚮道四人。往寧古塔。會同章京鍾果兌。達敏等。命酌派駐兵三四百名。協同往伐烏扎拉部。這烏扎拉部遠在北邊。先已歸屬朝貢。惟以路遠之故。人多荒野。不以朝典爲重。所貢之物。不是遲誤過期。便是謊語支吾。雖時加告誡。始終不悛。遂不得不臨之以兵。多濟里等來到寧古塔。會同鍾果兌等。點齊三百騎兵。一路向烏扎拉馳去。非止一日。已到該部境界。烏扎拉既無城郭。惟用天然之物。以作障蔽。其人多以田獵爲生。驍健有餘。智略不足。他們忽見大兵到來。也想抵抗。但是既無衣甲。又無紀律。一戰之後。便殺得大敗虧輸。四處逃散。遂入其部落。執其首長。責以爲何遲貢。好說謊語。

部長說。不是自己主意。實爲左右所誤。因出首謀之人。多濟里等以部民愚魯可憐。非使接近上國。加以訓練。不能改變氣質。遂擇其優秀壯丁百數十人。俘之以歸。以後該部也知以事務爲重。不再漫不經心矣。多濟里等。往返四個月。以六月癸酉凱旋盛京。太宗命大臣迎於五里外宴勞之。以烏扎拉壯丁四十三人。補各旗披甲之缺。並賜出征將領兵士等。皮張布匹等物有差。先是索倫部自歸附以後。朝貢不怠。後其部長有博木博果爾者。爲人狡黠。雖然如前朝貢。終以索倫遙遠。以爲太宗不能奈何。常思叛去。索倫部也是滿洲部族中最强有力者。惟以地處北方。文化落伍。但其部民强悍。精於騎射。識者目爲東方之日耳曼。清代武功邁於前古。所謂黑龍江馬隊。所至風靡。即索倫人也。名將出於該部者。亦不少矣。博木博果爾。也就因爲自已有些智勇。又利用地理和部民的勇敢。打算於中取事。自爲一地之長。所以就暗中煽惑。聯成不少的羽翼。但是索倫自歸屬以來。很爲太平。內部既無爭執。外部也不受强鄰侵擾。部民安於耕獵。誰也不願反叛。只是博木博果爾。利誘威脅。聽其指揮者。自然也不乏人。只不過限於北半部。南部住民。依然服屬太宗。照舊納貢。並且把博木博果爾不穩的消息。也暗中漏出。由邊方駐防將領。報告太宗。太宗以其反形未露。暫不加兵。崇德三年十月。博木博果爾。還朝貢一次。但未親來。以後便不朝貢。公然背叛。率領他的党羽。四出騷擾。太宗得報大怒。即以崇德四年十一月辛酉。命將出師。以索海、薩木什喀、穆成額、葉克舒、永順、拜伊蓀、羅奇等爲將領。率精騎三千人。往征索倫。出師之日。命貝勒多鐸。額駙英固爾岱。傳諭曰。爾等所經屯內。有已歸納貢之屯。又有博木博果爾取米之屯。毋誤行侵擾。行軍之際。務哨前殿後。勿忘紀律。新附之人。令該管大臣以下各官查核。其有兄弟及殷實者。勿令從征。爾等亦應詳驗之。左翼軍。薩木什喀領之。副以伊遜。右翼軍。索海領之。葉克舒副之。兩翼軍分行。則聽該翼將令。同行。則聽兩翼將令。凡事俱公議行之。索海等領令。點齊人馬。辭了太宗。遂向北方一路行軍而去。太宗每向北方以及東海一帶用軍。向來皆用滿洲將領。而不用漢軍大將。因爲在氷天雪地中用兵。不但地理要熟悉。而將兵的體格。也甚關緊要。那里既無城郭。也無市街。有時軍行三數日。不見人烟。除了密林。便是草地。官兵若非銅筋鐵骨般强壯。焉能露宿荒野。與嚴威抗。所以這種苦事。太宗不願漢軍將領嘗受。自然要以習慣的滿洲兵去擔任。再說他們也不以爲苦。就如行圍射獵一般。很快樂的就走到了。但是屈指計之。在路上已行了一個多月。崇德五年三月。他們平服了索倫。才有捷音到了盛京。最初他們的前鋒部隊。已至呼馬爾河。這里已是索倫的邊境。當下將大軍扎住。索海等因聚衆將。商議進攻地點。遂議定由鑲藍旗所住之烏蘭海倫屯進攻。另派承政伊遜。率每旗官一員。每牛彔兵二人。往攻拉里蘭地方。大軍遂入索倫部。投降者收撫之。其不降者攻取之。一路進行。毫無阻擋。索倫部長博木博果爾。聽說大兵業已攻入。忙聚左右商議拒敵之策。衆以鐸陳、阿薩津、雅克薩、多金、四地。皆爲要衝。必須添兵防守。博木從之。原來索倫之地。林木最多。磚石却少。其家屋城塞。皆爲木造。堅固異常。但是能禦矢石。而不能避火。索海等將領。分路進攻。右翼已至雅克薩。見其城爲巨木所造。城上密排樹枝。索倫兵登城固守。如自下攻。矢不能傷。且箭着木上。索倫兵反取以還射。索海等大將見狀。忙止衆勿攻。遂與衆將議曰。敵以巨木造城。又以樹枝爲蔽。方以爲得計。殊不知若用火攻。其城可以立燬。衆皆稱善。當下分派兵將。以葉克舒領之。用火箭以及柴草引火之物。由上風頭推至城下。此時火箭已有數支着於城頭木枝之上。還未及大燃。索倫兵已然大號逃去。遂克其城。救滅餘火。只將南門燒去。衆見索倫兵最畏火攻。便常用此法。連克數屯。進至烏庫爾城。索倫兵也不能守。見火卽行竄去。一直到了鐸陳地方。此處距博木博果爾老巢已自不遠。他見各地城屯。連被大淸兵攻下。不覺暴怒如狂。當下發出嚴厲命令說。如果把鐸陳城再行失守。兵將一律嚴懲。把守鐸陳城的索倫人。忽見博木博果爾發出這樣嚴命。不敢照先前那樣疏忽。一面向博木博果爾請求援兵。一面商量拒敵之策。他們說。以前數座木城。所以容易失陷。皆因大家只在城上防禦。所以敵人一行縱火。全城之人。無不驚懼逃散。爲今之計。我們應當分兵一半守城。一半在城外抵禦。待等援兵到來。裡外夾擊。敵可大敗。衆皆稱是。當卽照計而行。却說葉克舒等。攻克雅克薩。又進兵至烏庫爾。命薩木什喀、伊遜、穆成額、等將領。圍其城。由早朝攻了一日。索倫兵有七屯之衆。大半傷亡。到了日暮以後。狂風忽起。他們怕縱火焚城。不敢再行抵抗。乘昏暮潰逃。遂克其城。本想連夜進攻鐸陳。忽有偵騎來報說。鐸陳城外。敵人設有伏兵。據歸附土人說。博木博果爾。以連失城壁。甚形暴怒。現在已然把黑龍江沿岸各屯之兵。召集一處。又有大小兩烏拉之兵。助之爲虐。約有衆六千人。由博木博果爾自行統帥。來救鐸陳。我兵若不探聽虛實。恐遭其害。索海等主將見報。遂止攻鐸陳。並與衆將協議曰。博木博果爾。見我軍連勝。是以集各屯之衆。親自來救鐸陳。意欲乘我軍攻城時。從後夾擊。我若故作還軍。以誘其來追。然後出奇兵擊之。可獲全勝。當下傳令各營。授以密計。全都向後方退却。索海自領伏兵。藏於密林之中。此處一百。彼處數十。使彼此皆有聯絡。大軍則故作急遽退歸之狀。以薩木什喀保護輜重。徐行殿後。單說博木博果爾。自率六千餘衆。來援鐸陳。設伏於城之左近。專等清兵攻城時。突出擊之。只是等了一夜。不見動靜。天已大亮。忽有土人來報說。大清兵不知爲了何事。拔營退去了。博木見說不信。自己又派出幾名心腹去偵察。果然當眞退去了。連輜重都運去了。不是國內出了什麼事故。奉命撤還了。博木博果爾說。不是有了意外。定是畏我人多。退到安全地方去了。但是他們殺傷許多部民。燒毀數座木城。此恨難消。宜乘其退軍之際。從後追殺。不但可獲全勝。其軍裝輜重。必爲我所有矣。說罷。傳令馬步一齊追殺。博木博果爾。一馬當先。就如風馳電掣一般。疾追了來。堪堪已看見薩木什喀的大纛。輜重車輛。以及馱馬等項。兀自豪無防備似的徐行着。博木一見大喜。忙催衆疾追。正在奮勇進前。將要追及的當兒。忽聽砲響連天。山後林邊。伏兵盡起。喊說務要拿住博木博果爾。不可放他逃走。博木雖然勇敢。到了此際。也甚驚心。並且他的部衆。馬隊在前。步隊在後。已自失了聯絡。又被索海伏兵截爲數段。彼此不能照顧。欲前不能。退後不可。此時薩木什喀。已將輜重。停放野地中。率領所部。反向博木殺來。前行部隊。本非眞退。專待號砲響處。分爲左右翼。抄手式。由兩邊捲地殺回。博木雖然人衆。怎奈突遇伏兵。節節隔斷。大部隊又是有計畫的翻身殺回。當時叫苦不迭。只顧逃走。被殺死者。不計其數。生擒四百餘人。博木意外遭此慘敗。胆落魂飛。那敢戀戰。只得先顧性命。百忙中。換了一匹馬。混入殘卒之中。落荒而走。不敢再到鐸陳。打算逃回老巢。計畫再起。索海等將領。那能許他從容招聚。一面遣將圍攻鐸陳。阿薩津二城。一面分兵追捕博木。此時附近各屯堡。聽說博木慘敗。無不喪胆。有乞降者。也有畏罪依然頑抗者。但是由此博木威望掃地。呼應不靈。益形散渙。是以大兵所至克捷。博木博果爾。勢窮力孤。難於立足。遂率殘衆二百餘人。並其家小。向北方逃去。但其心不死。猶思大軍凱旋以後。潛回故地。死灰復然。索海等因掃蕩殘敵。撫綏各地。也遂不再赶追。三月十八日。太宗遣額駙巴爾達齊來索倫。與諸將領會同辦理善後。巴爾達齊也是索倫人。自歸屬後。頗著忠勤。妻以宗女。故稱額駙。據巴爾達齊說。惟有他的本鄉多科屯。未曾附逆。此外如小烏拉各處兵。皆已往助博木。

但是如今大軍所向克捷。博木遠颺。所有各屯堡。已皆反正。雖有畏罪逃竄者。不久亦必自歸。惟博木已逃。若不擒拿。後仍爲患。語畢。因傳太宗密諭曰。聖上已有擒博木之計。命我軍於凱旋時。揚言大軍奉命久駐黑龍江上。務將博木博果爾拿獲。始行撤還。如此。博木畏拿。必遠遁北邊。不敢再回。聖上使有捉彼之計矣。索海等聞言大喜。遂與巴爾達齊料理善後。曉諭居民。勿再受人蠱惑。務要各安職業。以作國家忠僕。至若博木博果爾。雖然遁去。不久亦必成擒。因爲已命大軍久駐黑龍江上。博木必不免矣。安民已畢。遂整隊凱旋。所俘人口牲畜。以及皮張等物。皆造清冊。計人口男婦大小共六千九百五十有奇。馬四百二十四。牛七百零四。又先後所獲貂皮猞猁狐狼青鼠水獺等皮五千四百張。另有裘二十領。這些人畜皮張。皆爲博木及附逆之家所有。只因他們貪心不足。又不度德量力。妄行背叛。所以既自誤而又誤人。可憐極了。癸巳太宗命每旗官一員。率兵往迎出征索倫大軍。且傳諭曰。爾等此行。如能過錫伯（錫伯爲鮮卑之譯音、古今語之不同也）地方。至克勒朱爾根處相會。可謂神速矣。會後。由哈爾必雅勒回軍。沿途宜加意防護。入境時。須從法庫門入。不可由葉赫行。以伊等（指俘虜而言）習知路徑。恐再至逃亡也。兵丁早晚放馬。務令解鞍休息。尤須官爲察看。勿用外藩蒙古驛馬供應云云。迎接凱旋官兵。果然不辱太宗使命。一直過了錫伯地方。纔與凱旋兵相遇。傳達了諭旨。迤邐由法庫門還軍。命禮部承政滿達爾漢。及安平貝勒杜度。儀餘貝勒阿巴泰等。先後迎宴。將至盛京。太宗復率親王以下諸大臣。迎至實勝寺（卽今之皇寺）北舘。祭纛行禮。復宴勞之。敘功分別加授世職。賜領翼主將索海及葉克舒、穆成額等。貂皮等賞。其餘將士。亦皆分別獎以人丁財物等。以所俘索倫人。男婦五千六百七十三人。分隷八旗。編爲牛彔。賞給衣服布匹。又令較射。凡工步騎射者。分別等第。一等視甲喇章京。二等視牛彔章京。三等視半個牛彔。各照等第賜以朝服袍褂等物。前日尙爲索倫山林中馳逐射獵之人。經營着原始生活。今則衣冠齊楚。列於朝班。且其兵士素質旣佳。又授以淸初最良之軍事敎育。克爲國家干城。槪可想見。大抵淸初俘虜。有兩種作用。一爲增加勞力。一爲補充兵額。名雖俘虜。實則不外以强制方法。膨脹國勢。不可與後世俘虜一概而論也。閒言不表。單說博木博果爾。自大敗後。各處木城。相繼陷落。和他一同叛變者。也都失地喪師。慘遭覆敗的不一而足。因此他在索倫境內。不敢立足。攜其家口。以及親信人等。逃往黑龍江岸上。還想收拾餘燼。再舉反抗之兵。只是各地部民。已成驚弓之鳥。皆怨博木無故興風作浪。才有王師前來征討。以故他再行勾結。已不能如前此順利。此時忽聽各地紛傳。大淸兵雖然得勝。並不撤回。將永久在黑龍江上駐防。非將博木博果爾捕拏處治。不能旋師。博木得此消息。大驚道。若果如此。我命休矣。不如乘大軍未到。三十六着。走爲上計。當下他把再舉的雄圖打消。匆匆忙忙的。向北方逃去了。他打算由黑龍江的北邊。大迂迴逃到蒙古去。淸兵也就不能再行追趕。殊不知正中太宗之計。他只防備後面有人追。却不想前面已然有人等着他。無異自投羅網。在索海等由索倫凱旋相前後。太宗把驍將錫特庫、濟什哈二人。召到御前說。博木博果爾。十分狡猾。若不除去。索倫民庶。終必爲其所愚。朕已投計索海等。將其驅到北邊。必不以爲蒙古有與他爲難的。你二人可率護軍四五十人。往蒙古徵各部兵。迤邐東北行。可與博木相遇。就地捉來。不得有誤。二人領命去後。太宗因命內大臣巴圖魯詹。理藩院參政尼堪等。諭外藩蒙古曰。敖漢、奈曼、烏拉特、阿魯科爾沁。四子等部從征將士。俱彙集扎魯特部。悉令較射。選壯勇者二百四十名。令錫特庫將之以行。以伊爾韡固圖、哈納綽隆爲嚮導。其從役駝馬甲胄器械糗糧等。俱細加檢閱勿忽。却說錫特度等。率領護軍。先至蒙古扎魯特部。調齊預行選定的二百四十名勇壯兵士。連人役一共三百餘人。各騎長征駿馬。又用蒙古特產的捷足走駝。載了軍用品。行起路來。疾迅異常。雖不及近代的科學器械。然在蒙古大陸中。有此天生利器。也足以運重致遠了。博木博果爾。竄餘之寇。然而太宗命大將選精兵。遠出一萬餘里而追捕之。可見博木亦非常人也。雖然若非滿蒙健兒。視萬里如庭戶。亦不能有此壯舉也。吾人試思之。乘馬背疾馳數千里。以與今日輪船火車飛機比。迥不侔矣。使其人非銅筋鐵骨。蓋不能任矣。

却說博木博果爾。自從戰敗以後。只落得國破家亡。他不悔恨投誠。反要逃向外蒙。勾結不法之徒。

窺隙作亂。殊不知太宗已窺其隱。一方揚言駐軍黑龍江上。以促博木遠遁。一方却暗派錫特庫等驍將。率領護軍輕騎。及蒙古勇壯兵士。自蒙古扎魯特部。作一行軍大旅行。繞到黑龍江西北邊上。以堵截博木。同時博木也由索倫越過黑龍江。向這一方面逃來。兩方共趨一個地點。自然有一日必定相遇。博木逃亡勢窮。人數也有好幾百。禁不起錫特庫等一路搜索。果然在十一月隆冬時分。就在滿蒙交界的北邊。把博木博果爾給拿獲了。連家屬帶隨從以及沿途所招聚的敗逃部衆。一共男婦幼穉九百五十六人。牛馬八百四十有四。他們全都失了抵抗力。很容易的盡數遭俘。以十二月庚申。捷報到了盛京。太宗大喜。時鄭親王濟爾哈朗。正在出征錦州。因遣人諭知之。衆皆稱賀。崇德六年春正月壬辰。錫特庫等。執博木博果爾凱旋。遣官迎宴於北驛館。次日召見錫特庫等。溫諭慰勞。凡從征將士。皆賜宴。並擢錫特庫世職一等。其餘將士也都按等賞賜。博木居心造反。破壞民族大計。可謂不識時務。罪有應得。至其家屬。以及被俘人衆。自然照例編入八旗。一體相待。不在話下。先是、五年三月己亥。太宗命鄭親王濟爾哈朗爲右翼主帥。貝勒多鐸爲左翼主帥。率官兵往修義州城。駐軍屯田。爲的是使明國山海關外。以及寧遠錦州地方。不得耕種。這件事。在當時是個最重要的戰略。也是後人讀史。不可忽略的地方。因爲明人拒和。自然要修關外的戰備。而戰事以軍儲爲先。屯田積穀。在兩國都很需要。可是在戰略上。眼看人家屯田。從事積聚。而不能奈何。一定是不能甘心。這就看雙方孰爲强弱了。力强的足以擾害力弱的耕種。力弱的不能擾害力强的。在此時清軍足以擾害明地。而明軍却不能侵入清地。明人處處受制。自不待言。還有一節。就是太宗屢屢遣軍深入明國腹地。却不能得尺寸土。即使得城。亦不易守。這就皆因山海關未破。大軍自不得不冬入春歸。根本辦法。仍得向山海關正面攻擊。但是欲攻山海。須先略取關外四城。未得四城之先。尤須擾其耕牧。使其人馬乏食。軍儲不備。而後可乘其敝。但是此計實行之後。明廷所受的刺戟太大了。所以才命薊遼總督洪承疇。督師出戰。結果却落個全軍盡沒。承疇投降。揆其前因後果。皆由於明之君臣。妄自尊大。不明時勢。而又諱和喜戰之過也。國號雖明。曷其暗哉。鄭親王濟爾哈朗。領兵之後。夏四月己未。太宗命內國史院學士羅碩。禮部啓心郎沃赫。往諭濟爾哈朗多鐸等曰。朕本欲於四月十三日啓行。前往義州。親臨相度。今暫後行。爾等務宜盡心經畫。越八日。羅碩等自義州還奏云。我軍修城築室。俱已完備。義州東西。各四十里間之田地。皆已開墾。蒙古人之投降明國者。聞我軍在此屯田。前來投誠者甚多。明人有時派偵卒來窺探。今已捕獲一人矣。於此可見屯田義州。明人甚受衝動。因爲屯田兵不僅從事耕種。最大任務。在於出擾明方使其疲於防衛。却無暇督率兵民從事田工。不但此也。即或明兵防守區內。有幾處村堡。播了種子。種了禾穀。一到秋收時節。自己却不能收。也許反被清軍收穫了去。因爲這種情事。是兩國所共有的。並且是自古以來。所必有的一種戰略。春秋時鄭莊公夏取溫之麥。秋又取成周之禾。可見攪亂耕種。割取敵穀。在戰爭上。實行此法。由來已久。庚辰命睿親王多爾袞。肅親王豪格。安平貝勒杜度。饒餘貝勒阿巴泰等。留守盛京。太宗率群臣出舊邊。巡行邊界。檢閱牧馬場。只見阡陌連綿。牧馬蕃庶。在這初夏時期。大有田畯至善。饒彼南畝之概。尤其在牧草繁茂的山坡丘隴上。成群累萬的軍馬。有吃草的。有在溪邊飲水的。有龍一般歡躍的。有迎風長嘶的。也有泱漠馳走的。態度不一。神情可愛。還有許多出生不久的小馬駒。隨着母馬。跑來跑去。至極活潑。如果郎世寧生在清初。關於太祖太宗的事蹟。由他揮毫來描寫。不知要怎的出色呢。原來關於帝王及大英雄大豪傑的事蹟。由文人用筆墨來記述。那是很容易的事。所以二十四史傳到現在。不會消失。惟獨把這些事蹟。以及英雄帝王的面影。以藝術的彩筆。傳留給後世。使人有所觀感。振興民族的氣魄。那非有傑出的大藝術家不能成功。藝術家具有超人之才。超人之力。他不光能執筆會畫綫條。組成一個物形便了。藝術家要有史學家那樣博學。考據家那樣精審。文章家那樣才華。哲學家那等思想。宗教家那等深沈。然後把這些必要的條件。溶洽在他那獨具的藝術天才之中。於是乎他纔能繪出一幅國寶的歷史畫。我們概來沒有歷史畫。這就皆因沒有傑出的藝術家。在東方本來沒有歷史畫。凡是以成爲國寶者。大抵皆爲佛教美術。惟有乾隆時代的郎世寧。繪了幾篇歷史畫。在東方的藝術界。頗放異彩。然而他不是中國人。這眞是一件未來的大問題。我們只得遙遙無期的期待着了。普通的小人書。

以及各種小說中的插畫。未嘗不畫車馬人物。大抵都和封神榜西遊記一樣。決不能認作是有根據的東西。最可笑的是。我在一個煙牌子上看見他們所畫的三國故事。武將騎在馬上。永遠不踏鐙。而且也永遠不畫馬鐙。挺長的兩條腿。直垂在馬腹下。簡直和騎潺馬一樣。我不能妄測執筆人他有多大知識。但是一件極普通的事。他都失於觀察。較比高深一點的事物。教他到那里去考察呢。或曰。三國之事遠矣。怎樣能考察呢。這話也對。中國人不愛古物。又無相當保存機關。除了皇帝萬幾之暇。蒐求一二。民間無論南北。大半有破壞而無保存。所以歷史古物。遺留絕少。書上的記載。又不能人人皆懂。考求古制度。實在太難。所以小說插畫。多以意爲。少有考據。馬不加鐙。雖說不是。也未必非。這乃妄辨。不足爲訓。因爲馬上戰爭。兩手執械。馬上盤旋馳驟。全憑兩鐙支人而馭馬。無論古今一也。現在的人。畏難苟安。這麼一點婦孺皆知的事。全顧不到。遑問其他。說者謂武俠神怪等小人書。有害無益。不知其插畫之阻碍藝術。減低思想。爲害尤烈也。因爲很容易使人誤解說『這就是我們的藝術』。

却說太宗在牧馬場上巡閱了一周。見馬匹蕃息。所種的田土。也都井井有條。對於負責管理人們。十分嘉奬。遂由牧馬場。率領侍從諸官。向開城一帶。行圍射獵。五月乙未。到了義州。鄭親王濟爾哈朗等。聽說聖駕已至。忙率駐防各官出城迎接。陪着太宗。把修築的城垣。巡視了一回。既而又去檢閱新建的房屋兵舍。工堅料實。尚屬合法。是日太宗駐驛威家堡。忽由盛京來官報說。索倫部三百三十七戶。前曾被博木博果爾利誘威脅。附從叛逆。現在該等悔悟前非。共有壯丁四百八十一人。前來投降。請敕定奪。太宗見報。命理藩院參政尼堪。率八旗護軍將士。攜蟒緞素緞梭布往迎來降之衆。且諭之曰。爾等可令索倫來歸之衆。同郭爾羅斯部衆。在烏庫瑪勒、格稜額埒、蘇昂、阿爾喀、地方駐劄耕種。任其擇便遷移。視其中有能約束衆人。堪爲首領者。授爲牛彔章京。分編牛彔。爾等將攜去緞布。以次給賞之。尼堪等遵諭。將來歸之衆。領至指定地方。考其才能。記其年貌。照牛彔定制編派已定。一一頒給賞物。衆人稱謝。不在話下。卻說太宗在威家堡。命令尼堪率兵及賞物往迎索倫來歸之衆以後。遂啓駕進至威家堡。次日有蒙古多羅特部人蘇班岱、阿巴爾岱等由杏山秘密遣其同人托克托內來言。我等三十家六十餘人。情願歸降。乞發兵來迎。原來自遼東巡撫王化貞主款蒙古。以抵制太祖的西進。蒙古人大爲明廷所信賴。不但察哈爾的林丹汗。每年坐得四百萬的助餉。蒙古人入居遼西一帶的。也是日有所加。雖然王化貞的政策。以後被太祖一擊而碎。明軍中依然使用着不少的蒙古人。現在呢。蒙古人大部。已然全屬太宗。而且待遇優厚。所以在明軍中的蒙古人。多半思歸太宗。蘇班岱等之來降。已足證明當時蒙人的心理了。當下太宗便與鄭親王等商議道。蘇班岱等來降。不可拒之。宜率兵迎來。且藉此可以誘兵出戰。但是兵數若多。明人必不敢出矣。一千五百人可以足用。遂命鄭親王爲統帥。率護軍千五百名。命分爲前、中、後、三隊。明兵若出。以一隊拒戰。其他二隊。陸續應援。濟爾哈朗遂領命而去。夜過錦州城南。昧爽至杏山。令托內潛入臺堡中。報知蘇班岱等說。大軍已至。我等速行。蘇班岱見說大喜。只是他們所居的臺堡內。如果都是蒙古兵。自然毫無問題。立刻就可以脫去。但是明人那能使他們自由分居呢。一定要把明兵加雜其中。領導之中又寓以監視之意。此時蘇班岱等所居臺堡。有六名明兵。爲之頭目。蘇班岱也有計較。其實以六十多人。對付六人。那是很容易的了。不過平日感情尚好。不忍遽下毒手。又恐走了風聲。逃不脫。好在天還未亮。六名明兵。依然很放心的睡在木榻上。蘇班岱等。早已密議妥了。乘其不意。把六個人。用預備的麻繩。全給捆在床榻上。可憐這六個人。由夢中驚醒。四肢已不能動彈。驚問道。你們這是作什麼。開玩笑嗎。蘇班岱說。屈尊你們六位。多睡一會兒吧。我們要告辭了。但是我們相處一場。不忍加害。如果要喊嚷。我們可就不客氣了。六名明兵見說。保命要緊。連連答應說。你們走你們的。我們不喊就是。當下蘇班岱等。携了家口。以及財物細軟。乘着天未大明。一同逃入鄭親王的大營中。黎明以後。守臺的明兵。纔發見有這樣叛逃的事。連忙報知長官。早有杏山總兵劉周智。率馬步前來追赶。行未數里。只見大清兵面城列陣。曉風中。只見鄭親王的大纛。在空中亂擺。倒把劉周智嚇了一跳。不敢再追逃亡的蒙古人。先得保護城池要緊。當下把兵馬沿城布列。錦州總兵祖大壽。在這時也得到報告。忙派人出城偵察。清兵一總來了多少。回報說。只有一千五六百人。大壽方才放心。遂命遊擊戴明。率馬兵七百人。會合松山總兵吳三桂馬兵三千人。杏山總兵劉周智馬步三千人。並加杏山原駐馬兵三百人。共兵七千之衆。協力來敵鄭王之兵。當下松山、錦州、杏山三城之兵。合爲一營。分作左右翼。節節進逼。他們以爲人多勢衆。鄭親王必不敢戰。逼其退卻以後。再縱騎兵追擊之。鄭親王見彼等合營。已知其意。且其步兵在前。如在此時進擊。護軍人馬。必遭其迎射。不如暫退。待其來追。然後還擊之。遂傳令三隊相隔一里。徐徐而退。約至距杏山九里之地。明兵以爲眞退。早有百餘騎。越衆大呼。驟馬追來。鄭親王見果有明兵追來。遂令前隊之兵。盡數還擊。馬壯人强。勢如排山倒海。明兵抵敵不住。被衝落馬者。已有十餘人。大家見勢不佳。撥馬便走。清兵也遂口尾相銜的隨後追來。其餘二隊。也自左右。齊向明陣衝去。相距八九里。又皆騎兵。展眼之際。全行殺入明陣之中。鄭親王及多鐸、阿達禮、羅洛宏、博洛等。亦皆揮刀衝入。親行督戰。明陣當時大亂。無法抵敵。齊向杏山城內逃去。鄭親王等督兵。一直殺至城下。方纔停止。是役也。明兵死傷甚多。副將楊倫。參將李得位。皆沒於陣。所獲軍裝馬匹甲冑等物。不計其數。遂收兵還營。通過錦州時。祖大壽閉門不出一兵。鄭親王遂遣啓心郎額爾克圖、古巴、先行。向太宗報捷。太宗得報大喜。是日太宗已離御營十五里。意欲來閱錦州城。適與額爾克圖等相値於道。遂命駐軍。以待鄭親王。不一時。濟爾哈朗等率兵至。遂列纛祭天。然後一同還至臧家堡御營。原來明兵本不長於野戰。如派大部隊前往。明兵必不敢出。爲迎少數降人。派出許多人馬。殊爲不値。但是人數太少。深入敵境。也是危道。必得旣能迎回降人。而又足以戰勝明兵方爲長算。所以纔以鄭親王爲主將。只率護軍精騎一千五百人。果然明側將領以爲人少。足以一戰。意謂七千人之衆。還不足以制千五百人的死命麼。不想他們預先毫無計畫。見人一退。便先有一百餘騎追來。後面的大部隊。反觀望不前。由少數人的敗歸。連累了整個的陣營。全行大敗虧輸。可見用兵之道。必須先有成算。尤應決之幾微之間。不可不愼也。戊戌。鄭親王濟爾哈朗等。以陣獲旗纛馬匹甲胄等進獻。賜鄭親王濟爾哈朗、貝勒多鐸、郡王阿達禮、貝勒羅洛宏、貝子博洛、內廐良馬各一匹。以所獲賜有功將士。降人則各賜布緞衣服。以蘇班岱爲三等甲喇章京。

同時在寧遠及錦州居住之蒙古人。亦多來投降。太宗皆厚賞之。庚子以大軍克捷。召諸王貝勒大臣等至臧家堡御營大宴之。次日。移營葉家堡。以捷音宣示留守盛京諸王貝勒等。壬寅、親統八旗護軍騎兵。向錦州進發。明總兵祖大壽。聞太宗親至。益不敢出戰。命令部下。惟務嚴守。太宗以錦州兵不出戰。城外又多臺堡。乃命漢軍携紅夷砲。先攻錦州東南之臺。城兵旣不出戰。臺已孤立。遂克之。繫其俘虜。故意沿城而過。以誘明兵出戰。却暗藏伏兵於後。城內見明兵被俘而過果怒。由一參將統兵二百人。私自出城。大呼將俘人留下。正在追逐。伏兵盡起。明兵知已中計。欲待退歸時。伏兵已自殺至。只得一邊抵禦。一邊後退。及至退至城下。已然損傷大半。自有此失。明兵益不敢出城。太宗遂又命砲兵往攻錦州城北之晾馬臺。大砲響處。守臺兵被擊殺六人。餘衆不敢再抗。下臺投降。臺堡之用。一來防禦敵人。二則保護農民耕作。現在臺堡多失。農民大半逃入城中。城外禾稼。遂不能保。盡被清軍從容刈去。成了一片白地。擾耕刈禾之目的已達。太宗因諭令駐軍。小心防護本國屯田。遂率文武官。及親軍人等。回盛京。不在話下。却說太宗命索海等征討索倫時。有一支兵馬。也在這時派出了。原因是東方的瓦爾喀部。有一部分人。叛入熊島。四出掠刼。鬧得地方不安。人人惴恐。瓦爾喀本在朝鮮咸鏡北邊。自昔以來。即與朝鮮發生關係。民族也是女眞族。並且有好多歸屬朝鮮。化爲朝鮮人。自太祖以來。撥亂反正。統一民族。瓦爾喀人。先後來歸者。已有數起。太宗征朝鮮時。又移歸數百戶。但是瓦爾喀人。生在東北邊上。又有諸種富源。安土重遷。亦不能免。太宗爲體恤他們。也不勉強。仍使他們聚族而居。但是瓦爾喀人。雖然風俗樸厚。却極驍勇好鬪。尤以報仇爲無上美德。父母之仇。不共戴天。在他們人人都能實行。因此爲了私憤。某一屯和某一村。就能興動干戈。數世不解。現在他們又起內亂。不服官中約束。原因雖然不明。大約不外起因於私憤。雖然事體不大。尚未聲言反抗官兵。但是好幾百人。自由行動起來。也是國家所不能許的。尤其在政治清明的國家。萬不許地方上有什麼不法的情事。也不問地方遠近。事體大小。自是權力所及。立刻就能解決。我們但看太宗征索倫。捕博木博果爾。若在後世。必以爲疥癩之疾。無足輕重。殊不知患未及成。去之極易。一日養癰成患。指不定要用多少時日。損失多少錢粮兵馬。才能敉平。而國家元氣。也因之而傷。甚至慘遭滅亡。也未可知呢。太宗的家法。在康熙已後。尚能保存。西北用兵。康熙大帝。不避艱難。無非爲國家萬世計。替中國四萬萬人闢富源。樹保障。後人不知感戴。反自抉去。眞不知是何心理。大抵國無英雄。什麼事都在苟且偷安。尤其是地方官吏。誤國害民。不必容心。大半出於蒙蔽和不在意。譬如關於一件亂民作耗的事。知縣報上去了。而長官不理。或是長官想知所屬之事。而縣官爲避責任。百般塗飾。以期免罪。這都是養癰成患的根本原因。地方再偏僻一點。反了天。中央也不知道。但是在蒸蒸日上的時候。却絕對沒有這樣的事呵！

瓦爾喀的亂民。擧事以後。便公推嘉哈禪爲首領。不但瓦爾喀本部人民。多遭其蹂躪。便是朝鮮邊界。也大受糟擾。若在早年。瓦爾喀無所屬時。朝鮮便可直接征討。但在現在。瓦爾喀已爲太宗之民。朝鮮王不敢擅伐。只得和當地駐官一同申報。太宗遂命朝鮮王李倧。先行出兵。用舟師將亂民攻入熊島。首領嘉哈禪。本來無心造反。因爲素有人望。大家就把他挾去了。他知道這是很危險的事。所以朝鮮兵一到。剛見仗。便很容易的被擒去了。他說本人無心造反。乃是被大衆脅從。於是把嘉哈禪縛送盛京。審訊時。他說愚民無知。受人煽惑。如能恩威並用。遣將說諭。其亂可弭。太宗因遣薩爾糾。英古等率兵百人。往收其餘黨。諭曰。爾等可於拉發地方牧馬前進。兵少。宜合為一隊以行。勿貪得輕殺。勿妄取為俘。抗拒者諭降之。殺傷我兵者誅戮之。歸附之人。編為戶口。令貢海豹皮。諭以棄惡從善勉為良民。軍行往返。勿侵擾朝鮮境地。凡事善處。薩爾糾英古等。領命率兵前往。既而太宗又命戶部行文朝鮮國王。令所在官員。計口授給糧米。俟我軍回時。報明數目。於額貢鳳凰城米內。開除奏報。又令薩爾糾英古等曰。爾等所率兵士。以及收獲人口。並嘉哈禪等所需口糧。已諭令朝鮮。計口給予。勿令多索。至所獲人口內。有强暴不可信者。約束前來。餘俱仍留彼處。擇其中可任使者一人統之。如無任使之人。即付與先降之嘉哈禪。賴達庫分管之。話說瓦爾喀亂民。自嘉哈禪被擒後。雖然益形激昂。只是沒了統率之人。未免就失了團結的能力。並且好幾百人。被驅入熊島。糧食行將告絕。未免大起恐慌。此時薩爾糾英古。已然率兵來到。便向熊島亂民發出嚴厲命令。限期投降。如若不然。攻破之後。盡殺不赦。大家一見。益發慌張。只得聚衆商議。有的說。要我們出降。卻也不難。但是我們的首領嘉哈禪。是大家把他請出來帮我們的。如今他已被擒。死生不保。如果國家把他釋放。教我們知道他還在。那我們就解甲歸降。情願領罪。大家見說。齊道此話是極。我們就這樣和他們要求。派去一名使者。傳達衆人之意。殊不知太宗所以教嘉哈禪隨軍至此。也就皆因他不是居心作亂的人。

反足以利用他。收拾亂民。所以只命出兵一百人。其命意所在。固可想見。若眞以武力鎮壓。一百人是不濟事的。薩爾糾英古見亂民要求釋放嘉哈禪。便來投降。正中下懷。當下便和他們的使人說。你們想要你們的嘉哈禪麽。好！他一會兒就來了。說着命從人把嘉哈禪引到大帳來。不一時。果見嘉哈禪衣冠齊楚的進來了。先給薩爾糾英古請了一個安。然後向當地一站。此時薩爾糾英古因向來人說。看看。他是不是嘉哈禪。那人呆望了一回。忽的跑到嘉哈禪的面前。執了嘉哈禪的手。很意外的問說。嘉哈禪！你還在人間麽。大家都以爲你不保了。嘉哈禪見說。先嘆了一口氣。遂向那人道。兄弟們！覺悟了吧。不要再受旁人的愚弄了。我們不過是一個部落。作不起什麽事。必得有一個大家共同的國家。然後才有保障。寬溫仁聖皇帝。替我們建設這樣富强的國家。已然不再受人欺負。當初明國人殺我們。朝鮮人也可以殺我們。簡直沒人保護。同時我們自己又不免以强凌弱。以衆暴寡。這都因爲我們沒有國家的原故。我們的祖先。當初不是這樣愚蠢。有國家。有歷史。自從受了人家的欺負。才分裂的。才這樣愚蠢的。現在上天把英雄豪傑。又生在我們的當中了。恢復國家。光大以前的歷史。兄弟們。還不覺悟而忍於同室操戈麽。我們的資格。只能替寬溫仁聖皇帝作前驅。或是耕種射獵。供給他的冠服和食粮。這就算我們報答他了。非分的搗亂。不是自促滅亡麽。一席話。不但那個使人感動的要哭。便是同時在坐的。也都肅然入感。半晌、忽聽那個使人說。我們錯了。如今是如夢初覺。我回去說與他們大家。必然一齊到軍門來請罪。當下薩爾糾英古。把那使人溫諭一番。即着他開說衆人。及早來降。不可辜負國家恩典。那使者回到熊島。一五一十。把所見所聞的。說與大家。衆見嘉哈禪無事同來。已自歡喜。又聽見這樣眞實的道理。即時覺悟。決意出降。雖有少數桀傲不馴之徒。也拗不過多數的意志。當下拋了武器。齊到軍門請降。薩爾糾英古又照太宗所命令的話。向大衆宣示一回。衆皆感泣。於是不費一矢。騷亂弭平。遵旨將捕海豹及捕貂鼠之壯丁四百四十一人。使仍居彼地。從事獵捕。並還其家口。給予食糧。願移居他地。以及必須携歸訓練者。尙有三百餘人。亦皆造冊。辦理完竣。遂奏凱而還。不在話下。却說太宗在錦州時。曾命朝鮮總兵林慶業等。率兵卒五千。海船一百十五隻。載米一萬包。偕同戶部承政洪尼雅、喀庫禮等。由錦州南方。小凌河大凌河口進發。運至三山島。該船等分作數隊。循海而來。行至半途。有船十六隻。遭風。三隻破壞。溺死五人。其運至奇爾山橋者。又有十一隻遭風。沈沒四隻。溺死七人。漂至明境者三隻。俱爲明國所獲。其自旅順口運至北信口者。二十五隻。復觸礁不能進。明人因獲漂流三船。知有朝鮮兵船在途即發。兵船三十八隻。追至熊島北新臺。截殺朝鮮兵八人。傷十二人。被火燒傷者十二人。內有二人躍入水中。明人用鉤獲之。又有船二十九隻。亦爲礁石所壞。僅存五十二隻。駛入蓋州海岸。林慶業不能前進。遂同洪尼雅、喀庫禮遣人奏報太宗。太宗命大學士希福、范文程、剛林、前往査驗。慶業謂。海路危險。乞改由陸路負運。如再由海路前往。恐士卒皆無生理矣。云云。按朝鮮地多濱海。其人民素擅操舟之術。何況所使用者。皆爲兵船。又有士卒五千人。爲之護衛。遭風之後。忽卽如此狼狽。未免可疑。希福等査驗後。也不明所以。只得把林慶業所希望的事。代爲轉奏。太宗復遣學士瑚球。額色赫、齎敕往諭慶業曰。爾主李倧。在南漢山見朕時。曾奏云。本國舟楫堅固。利於對敵。明人船隻甚脆。不足當也。今爾在途。遷延歲月。託言三舟漂沒。暗通明國消息。及見明國船隻。不卽迎敵。復詭稱不利。不能前進。豈非與明國通謀耶。朕視爾國爲一家。本欲同心協力。以征明國。故調爾兵船。爾國素善鳥槍。若用以力戰。明人將奈爾何。今以如許兵船。僅遇明國三十八船。尙不能敵。縱復前行。豈肯力戰耶。且朕原不因糗糧虧少。令爾齎送。特因兵船之便。故命順帶。爾既不遵諭運至所約之地。朕亦何須此米。爾等或棄之道路。或載歸本國。水陸聽爾自便。』究竟林慶業等是不是有通敵嫌疑。當時無由査明。也不能坐罪。不過以一百餘隻兵船。五千多兵將。竟不能將米粮送至所約地點。既遭風觸礁。又遇敵敗去。操堅船善航海者。果能有此失態乎。實在令人難解。所以太宗甚爲震怒。而又不便施以軍法。是以命林慶業將餘米或棄擲載歸。聽其自便。慶業得了這樣敕諭。早已嚇得罔知所措。旣而很悽惶的向敕使瑚球。額色赫二人道。聖諭如此。我等雖死。必從水路前往。瑚球說。你等此番失事。本多可疑。難怪聖上震怒。但是你等以五千之衆。百餘艘兵船。尙不能平安通過。如今失事之後。明船又在海上巡視。豈不是白白送死。大約你國武備廢弛。人習偷安。不但不能遠航。而且也無臨敵之勇。勉强從事。技術既已生疎。人心又復頹痿。自然難期圓滿。你等暫且在此等候。容某等覆命後。也許聖上不再呵責。慶業甚喜。忙向瑚球等懇求緩頰。瑚球等回到盛京。把慶業之言奏明太宗。又把自己所見。陳奏一番。太宗怒息。改命國史院學士羅碩等傳諭慶業。准其由陸前運。止許率副將五員。遊擊三員。備禦五員。兵一千。厮卒五百同來。其餘俱付該管官帶回本國。其米用我軍運至蓋州、耀州。其陸路兵令於海州駐扎。以俟馬匹。慶業得諭。大放寬心。遵照辦理。不在話下。六月乙丑。太宗命睿親王多爾袞。肅親王豪格。安平貝勒杜度。饒餘貝勒阿巴泰等。率其屬下將士之半。往義州代鄭親王濟爾哈朗等還。鄭親王和貝勒多鐸。於崇德五年。奉命往修義州城垣。並督理屯田事。前面業已叙過了。至是命睿親王等往代。義州毗連錦西。太宗在此屯田。明人所受威脅。未免太大。總兵祖大壽。懲於前此杏山之敗。禾稼又被割取了許多。長此以往。農民不能耕作。秋後的糧食。必感匱乏。萬一錦州有失。關外的防備。必然益感困難。爲今之計。未雨綢繆。必得把此情形。報告薊遼總督。或添兵駐守。或作速積儲糧秣。有備無患。始足以保城池。若專恃關外四城之力。那無殊坐以待亡。當下把近來危急情形。作了一個詳細報告。差人進關。齎至薊遼總督衙門。總督洪承疇見了此項軍報。不覺大驚道。敵在義州屯田。不時出擾寧錦耕牧。人不得解甲。馬不得捲鞍。必至疲於奔命。且守城則不能護田。護田又不能守城。一旦兵飢粮匱。關外諸軍。不戰而自潰矣。爲今之計。必須調諸鎮兵。屯於四城。水陸運粮。以實關外之粟。尤須本督親行駐守。方保無虞。當下奏聞明帝。偕同巡撫邱民仰。率領王樸、唐通、曹變蛟、吳三桂、白廣恩、馬科、王廷臣、楊國柱等八總兵。起馬步軍二十萬。預携一年芻粮。齊集寧遠。欲與太宗決勝負。姑且不言。容待後叙。却說睿親王等。來到義州。聚衆商議道。錦州禾稼。雖已被我軍刈取。但錦州城西。仍有不少禾稼。現在我們既然前來駐守。也應按照預定計畫。或攻其臺堡。或取其禾稼。不過欲攻臺堡城池。明兵懲於前失。不敢出戰。勢必堅守。我軍於炎暑之下。徒攻無益。現在城西一帶。禾稼業已長成。既可飼馬。又可爲薪。不如先取其禾。明兵要出護田。出奇兵截殺。可以一舉兩得。當下議定。先派厮卒三百。各執鐮刀。由護軍騎兵十人率領之。逕往錦州城西禾田中。從事刈取。同時撥派護軍兩隊。左翼騎兵一隊。潛行刈禾兵之後。令擇相當地方埋伏。如明兵不出。不可擅動。若見明兵已出。則由側面突出截殺。俟明兵敗退入城。然後協助刈禾兵卒。運禾歸營。分派已畢。各隊啓行。睿親王等也遂乘夜進至錦州城外。擇地安營。拂曉。刈禾兵以及護軍各隊。已至目的地。分頭工作。不在話下。却說明兵之守錦州者。因見禾稼已成。秋收可望。準知淸兵指不定何時必來刈取。如再被刈去。未免損失太鉅。若派大部隊出城護田。不但軍裝等項。需用太多。並且滿地禾稼。也不適宜。仍以守城爲要。護田看靑之事。最大限度。只能派出千餘人。令在錦州西北隅。高埠之地。掘下營壘。監視田禾。這日淸晨。他們遠遠望見淸兵迤邐鑽入禾稼之中。揮動鎌刀。割取禾稼。不覺大驚。好在只有三百餘人。並無軍器。只有鎌刀。如用槍砲追逐。不難取勝。當下通知附近臺堡。教他們小心防守。然後全營齊出。好遠的就放槍砲。如果只有三百刈禾兵。又無武器。見人來攻。還有不急急逃去的麼。這三百人却也怪。見槍砲一響。反倒不慌不忙。全都倒入禾稼中。臥在地壠內。歇起凉來。明兵不知就裡。自西北方槍砲齊施的向這邊赶了來。正在進行中。就如起了一陣狂風似的。由斜刺裡殺出一隊人馬。其勢如飛。橫衝了來。明兵大驚。方欲退保營壘。後面同時又有一隊人馬殺到。明兵因爲後方側面。皆受突擊。不敢怠慢。連忙棄了笨重火器。齊向錦州城那邊逃去。明總兵祖大壽。忽聽砲響。忙命人登城杳看。不一時見本部兵。狼狽逃回。急命開城。又由城上施放一陣火砲。抵住淸兵。放入本部兵。急忙又把城門關閉了。在明兵敗退時。刈禾兵又早工作起來。展眼之際。割倒了無數禾稼。每人一捆。悠然扛入了大營。城上明將見了。無不大怒。本想出城追赶。見對面大營中。高高懸起睿親王的大纛。恐怕又有前次杏山之失。只得堅壁防守。一面修書。遣人齎至寧遠。報告總督洪承疇。速定大計。不想下書人。行至松山大路。猛聽一聲吶喊。伏兵已起。可憐兩名下書人。無計脫逃。只得束手被擒。原來睿親王移駐錦州之後。知道總兵祖大壽。必與寧遠通達消息。早已派兵伏於松山要路。要劫來往通信之人。果然就把祖大壽下書人給拿獲了。睿王得書。因知錦州虛實。遂派兵攻克錦州城西九臺。小凌河西岸二臺。生擒四十人。同時錦州城內之蒙古兵。亦有潛出來降者。於是以左右翼兵分駐於近城地點。斷明人往來之路。並監視已熟之禾田。預備擇地收貯。因遣筆帖式碩佁。將以上情形。報告太宗。旋得諭云。王貝勒等。酌將兩翼兵暫行分駐。其已收糧草。擇錦州西山堅固之地兩處存儲。睿王等得諭。遂照駐營。並擇儲粮之所。初八日。突有錦州明兵。馬步五百餘人。夜襲鑲藍旗營。爲放哨偵卒所杳覺。忙報知營部。貝子洛託等得報。急率本部兵。埋伏營左。及至明兵來襲。營已無人。忙撤退時。伏兵大呼殺至。明兵敗逃。殺其八人。以昏夜未窮追。十一日。明總督洪承疇。率四總兵。及馬步兵四萬。至杏山城外近壕下營。睿親王得報。率護軍全軍。並分騎兵一半。進至杏山。明兵列陣而待。兩陣相距七八里。明人以馬兵先出誘戰。睿王令騎兵暫止。反以護軍將士。擊明騎兵。弩硬弓强。一陣射擊。明兵敗退。一直追至城壕。獲馬七十四而返。次日遣人奏報。太宗遂遣前鋒將領武拜。率前鋒官兵一半往助。蓋以明人添兵。而總督洪承疇又自來。故遣前鋒兵爲助。前鋒兵乃勁旅也。武拜等瀕行。太宗諭之曰。爾等此行。分兵二隊。後隊令納海、蘇爾德統之。爾等所統前隊。尤宜速往。擇險要處屯駐。若遇敵。便視敵將突出之地。以列陣。並傳諭睿親王等。敵兵來時。但宜堅守壁壘。俟其相近。乃可擊之。前次迎戰。非計也。前此明兵雖屢敗。蓋以守城護田。不能兼顧。又因遭挫氣餒。幾於不振。

現在洪承疇提新銳之兵。前來助戰。未明虛實。即率兵親往迎戰。幸先敗其馬兵。遂即收軍。此蓋由於睿王等青年氣盛。故敢輕近。若在太宗。必不出此也。睿王等得諭。遂遣額色赫還奏近日軍事情形。其略曰。臣等公議。令管旗大臣圖爾格、葉克舒、護軍將領。伊爾德、蘇拜等。率每旗護軍章京一員。以兵三百。伏於錦州西南烏忻河口。意欲收獲牲畜。敵人覺之。以兵千餘襲我後隊。圖格爾收兵還擊。斬百餘人。獲馬十三匹。時有錦州兵馬步千餘出城要截。被睿親王率兵殺至。擊斬甚多。獲馬百餘匹。右翼安平貝勒杜度等。復從寧遠路遇明人自關內運米千石至錦州。遂劫其糧。斬步卒三百九十人。獲駝馬牛騾三百九十七。謹此奏聞云云。太宗得報。傳諭嘉獎。不在話下。却說明總督洪承疇。雖然自提大軍來援錦州。並無積極作戰之意。他的根本計畫。仍不外以守爲戰。所謂不求有功。但求無過。但是松杏一帶。突添數萬兵馬。而錦州日夜仍在扭鬭。清兵不但不退。反倒四出略地。牲畜田禾。無一能保。運輸糧秣。也時被刼奪。雖無大敗。而日日遭小挫折。自己亦甚煩悶。忽然靈機一動。暗道。清兵在義州屯田。現在彼等出略錦州。義州屯田之所。必然空虛。彼既擾我耕牧。我亦使彼屯田。不亦可乎。遂暗施密令。派副將一員。統兵三千。由間道暗襲義州。果不出承疇所料。屯田之所。並無多兵防守。只有邏卒巡迴監視。其精銳部隊。則在城內駐防。加以前方屢屢告捷。義州迄無警報。因此未免托大。明兵來到近郊。天將拂曉。不敢去攻城。只得在屯田區內。縱兵侵入。屯田兵民。意外遭襲。當時大亂。好在人人皆有武器。倉卒應敵。自然難以得手。連男帶女。一齊向義州城逃去。此時城內已得警報。連忙齊隊出城追擊。明兵得手後。已自退去了。當下急遣飛騎。報知睿親王大營。一面查點死傷兵民。計兵卒死者三人。屯田農民之家屬。傷八十九人。此時大營中。已得了報告。遂派輕騎。從後赶去。次日追及明兵後隊。一陣突擊。幾於盡殲。餘衆狼狽竄去。睿王等見屯營被襲。殺傷婦孺。不禁大怒。遂起兵往攻松山。只留每牛彔下騎兵二人。看守大營。睿王以下諸王貝勒。悉衆進至杏山。在城北山嶺上劄駐人馬。俯視杏山城中。見兵馬無多。共在城外駐營者。亦爲少數。方欲派兵前往誘戰。忽諜報馳來、說。松山騎兵已出。意欲來援杏山。王貝勒等見報。不容其合勢。早已率兵前往邀擊。遣護軍章京率本部迎頭擊之。明兵敗退。恐山中有伏兵。不追而還。明人復以騎步來襲。相距僅五里許。王貝勒等復縱騎兵及護軍步兵翻轉迎擊。人人奮勇。個個爭先。刀落處人亡。矢及處馬倒。明兵抵敵不過。向後敗逃。一直追至松山城下。方纔收兵。獲馬匹甲冑等物而還。總督洪承疇。潛襲屯營之計。遂小告成功。不圖因此迭遭敗衂。當下大怒。遂自出城。督兵追來。睿王等見明兵。屢敗屢來。亦怒。遂號令三軍。明總督自來督戰。務須人人力戰。以殲其軍。將士有不用命者。軍法從事。當下諸王貝勒。親身指揮。擐甲冠冑。復向明陣殺來。只聽人喊馬嘶。山岳震動。兩軍就在松山以下。展開了白兵血戰。到底明方氣力不佳。難以取勝。節節向後退却。洪承疇的大纛。不向前移。反倒向城壕那邊潰走。明兵的勇氣。更不似先時。不約而同的。向松山城中遁去。睿王揮衆掩殺。遂獲大勝。獲馬一百二十。甲五百七十副。是役也。總督洪承疇以外。尙有王樸等七總兵。督馬步士卒五萬。未能取勝。於是惟務防守。不敢再言戰矣。冬十月壬申。太宗萬壽節。頒詔肆赦。先是秋七月戊戌。曾頒旨大赦。凡死罪以下覊禁者。皆集於大清門釋之。至是復諭諸王貝勒貝子大臣等曰。今日乃朕誕辰。朕普賜恩澤。自諸王大臣以下。及庶民罔不沾被。卽有罪之人。亦欲推恩及之。除十惡外。凡罪概行肆赦。因命內院大臣。宣讀赦詔。然後太宗御殿。受百官朝賀。是日萬民稱慶。尤其是那些被罪下獄之人。一個個很意外得了恩赦。回到家中。和妻子團聚。正不知爲國煽動多少喜氣祥和呢。原來治國之道。法與恩不可偏廢。有法無恩。勢必和秦始皇二世時代一樣。逼得人民走頭無路。反正也免不了一死。與其被嚴峻的苛法來虐殺。還不如及早覓條生路。所以照陳涉吳廣那樣的南畝農夫。也都鋌而走險。揭竿而起。隨後項羽、劉邦、以及沛郡英豪。全都殺官起事。搗亂了四五年。秦祚遂亡。劉邦以一泗上亭長。居然成了帝業。難道以秦國那樣的雄邦。已歷東周戰國好幾百年。至始皇滅六國。改郡縣爲大一統之主。怎麼才四十來年。到了自己的兒子。國就亡了呢。難道以秦國那樣多的世代。反倒沒有一二布衣德行大、恩澤長。應當把天下讓給他麼。恐怕沒有這種道理。天下乃是有感情會說話的人類所居之社會。致他們死心塌地的去生活。不起波動。就是我們所常說的太平景象。

不過這事也很難說。忌刻寡恩。只知以嚴刑峻法。殺戮無辜。偶語棄市。照始皇和二世那等辦法。由那里能致太平。自然就把陳涉、吳廣、項羽、劉邦、那一羣人給逼出來了。所以說秦之天下。非劉項諸人亡之。乃秦自樂其亡也。然而法果足以致亂乎。法乃人民保障。國家的長城。沒有法令。怎能有國。惟不可以有暴法耳。於是以秦爲戒者。就鄙棄法制。惟務恩給。至其末流。法制蕩然。而人民反倒侮法而忘恩。用什麼法子也驅策不動。就如同三國之際。蜀主劉璋。對於蜀民。只知慈愛。一點振作也沒有。其結果弄得一榻餬塗。和秦一樣。二世而亡。及至武侯治蜀。一反劉璋故轍。法令頗嚴。人有問之者。孔明說。蜀主仁柔。一味放任。人民反不知感恩戴德。外敵一入。紛紛投降。這就皆因平日有恩無法之故。吾今威之以法。法行則知恩。限之以爵。爵加則知榮。所以武侯治蜀四十年。人死不怨。及武侯卒。全國如喪考妣。威之以法者。自然以法令章則督責一切。譬如有功者賞。你眞建了功。就立刻賞你。那沒功的。自然不能嫉妬。而受賞者知道感恩。但是如果沒有一定辦法。只有放任。賞與罰。在人民看來。都不成問題。你的恩不是已然用窮了麼。誰還能感激呢。爵位也是如此。平日胡亂授官。爵位自然等於濫羊頭。也就不以爲榮了。必得剛柔互用。以法來施恩。爵位也貴了。人民才知道感恩。前清末年。恩已用窮。法制未立。舉國鬨鬧。無復理紀。汪精衛炸攝政王而不殺。武漢起義。不知戒嚴。也不知檢查新聞。統制思想。依然照平日一樣。惟務寬大。焉能有絲豪效力。原來無論什麼事。都有因果。享受了好幾百年的自由幸福的生活。嬾惰到了極點。也就再不能作那樣的夢。於是反過來。要受程度相等的罪。這不光是佛理。也是天地間自然循環之大道也。閑話不表。話說太宗在萬壽節日。宣詔大赦。囚犯們回到家中。剃頭洗澡。就好象重生了一回。想一想當初犯罪。止不過爲了一時的無謂衝動。執刀殺人。或是由於自己敗德。貪贓枉法。所以才墜身囹圄。失了人格。如果束身自愛。守法奉公。作國家良善有用臣民。焉能受法律裁制。自分此生無望。忽遇大赦。誰不感戴。這就所謂法行而知恩。人人皆呼萬歲。十一月戊寅。又詔諭朝鮮國王李倧曰『十月二十五日。乃朕誕辰。實中外希恩之日也。想爾國歲貢米萬包。皆取給於民。今減去九千包。止貢千包。俾爾臣民。同心懽戴』。此一舉。也不可輕易讀過。朝鮮是戰敗國家。處處受着條約束縛。若照近代國家的精神。條約義務。不是輕易所能更改的。但是在當時無所謂近代國家思想。太宗的作爲。依然一本王道。對於朝鮮。視同一體。既對本國人民。賜以特典。對於屬國一樣沛恩。所以就把歲貢之米一萬包。一下子就減去十分之九。這在近代國家。不知要費多大事。才能辦到。同時由此一點。也可以看出太宗的國家。如何富庶了。不然的話。正在用兵之際。誰肯犧牲九千包白米呢。崇德六年三月丁酉。睿親王多爾袞。肅親王豪格。並降爲郡王。欲知爲何。且待下回。

第三十回

困錦州蒙軍投降　戰松山明師敗績

話說睿親王多爾袞。肅親王豪格。安平貝勒杜度。饒餘貝勒阿巴泰等。于五年十二月。奉命率將士之半。往代鄭親王濟爾哈朗等圍困錦州。擊敗明錦州松山各處援兵。大小十餘戰。克台堡。獲人畜甚多。及敗洪承疇及七總兵之兵。承疇知野戰爲非計。乃改戰爲守。總兵祖大壽。與清軍接觸最久。深知利害。亦不主浪戰。於是松錦之兵。皆不出。睿親王對於圍困錦州的軍事行動。也就漸漸疏懈了。因爲沒有戰事的原故。睿王等又體恤將士。不經奏明。私遣每牛彔甲士三人。輪流回家一次。既又遣每旗官一員。每牛彔甲士五人回家一次。不但此也。把駐營地點。也移過了國王碑。距錦州約三十里安下營壘。雖說不是釋錦州之圍。可是因此之故。錦州明軍。大放寬心。不必晝夜防備。三十里之遠。緩急可備。所以有時竟將城門開放。縱兵民出城樵採。圍困錦州。本意是教他們力窮屈服。如今遠去三十里外。使敵人從容出入。本國將士。又可輪流還家。這不是來打仗。簡直是以行軍作游戲了。但是睿親王在當時最有才略。萬不至如此疏虞。或者別有用意。不過未經奏聞。凡違節度。所以太宗聞之。震怒曰。原令我軍由遠漸近。圍困錦州。今離城遠駐。敵人必多運糧草入城。以此相持。致延日月。何時能速成大功耶。於是仍命鄭親王等更番往代。又命甲喇章京徹爾布等。齎敕往切責之。令將倡議之人。指名擬罪具奏。並傳諭睿王等至遼河。先遣人來奏。伊等則俱駐舍利塔候旨。隨後又遣內大臣圖爾格等。往問睿親王等遣兵歸家及離城遠駐之故。多爾袞奏曰。臣集衆議。每旗先遣官一員。率每牛彔兵五人。還家修治軍械。牧養馬匹。以錦州敵人馬匹。皆在他處牧養。內援之兵。皆退回養馬。我等兵力有餘。何畏錦州松杏三城之兵。衆以爲然。亦無一人勸阻者。是倡議者臣也。遣歸者亦臣也。至離城遠駐。因舊駐之處。青草已盡。特遠移以就芻牧耳。但臣識庸慮短背違上命。尚復何言。及問肅王與二貝勒。對亦如之。又遍詢貝子王公大臣等各官。皆如多爾袞所對。比還奏。太宗曰。爾等若臨城駐營。使糧草不得入錦州。而遣兵歸家猶可也。今乃云移營就草。豈專令爾等往彼牧馬耶。如不能圍城。亦當以不能之故奏明。今乃飾詞自解。是貽諸衆人。罪在爾等。著令自行議罪。圖爾格等以所議奏聞。得旨。睿親王多爾袞。肅親王豪格。俱降爲郡王。貝勒阿巴泰以下。各別罰銀有差。阿山初到營時。即以駐兵太遠。向多爾袞言之。免其罰銀之半。話說鄭親王濟爾哈朗。武英郡王阿濟格等。奉命往代睿親王等圍困錦州。不日到了錦州駐營之地。遂集衆將議曰。錦州恃有松杏之援。故堅守不出。今宜分兵斷其松杏援兵之路。復將錦州四面包圍。使不得出入。則必為我所屈矣。衆皆稱善。於是把錦州團團包圍。每一面分立八營。環城掘一長壕。深丈餘。壕上版築土城。各安垜口。每兩旗中間。復濬長壕。近城處。則設邏卒。嚴行哨探。俗語所說水洩不通近之矣。

錦州既被重圍。退入寧遠的明兵。不免又感受威脅。連忙派兵進至松山杏山。但是交通要路。已被橫截。錦州仍在孤立。不能赴援。當時錦州的防備。分為內城外郛兩層。內層為明兵。外層則為蒙古兵。總兵祖大壽。又為名將。故防衛極嚴。是以鄭親王等。不即攻打。但行圍困。以待城內有變。然後攻之。所以每日只派巡邏之兵。繞城而行。以監視明兵出入。有一天守城的蒙古兵。自城上呼巡邏兵而告之曰。你們圍城。實在是愚計。因為城內積粟。足支二三年。不畏圍困。恐怕難得此城。巡邏兵見說。好象嗤之以鼻似的謂之曰。你們愚蠢極了。二三年的粮草。就算多嗎。就讓你們好端端的把二三年的粮食吃光了。以後還吃什麼。現在王爺們早有主張了。大家輪流更番。預備在此圍困五年。二三年的粮食。又何足恃耶。這本是一半笑談。不想蒙古兵聽了這樣驚人消息。人人面面想覷。異常驚恐。當時情形大變。愈想愈可怕。齊說一旦沒了粮食。豈不要活活餓死。他們的主將。是蒙古貝勒諸木齊、武巴什、琿津清善、山津古英、塔布囊楚青、博博克泰鼐、阿岱蘇、巴達爾漢、滿濟額森、托濟布達習等。都是原先受巡撫王化貞的款約。投附明國。所以一直就在遼西一帶。替明廷效力。如今明國形勢日非。蒙古人對於明廷的信仰。也就一落千丈。現在眼見錦州被圍。總督洪承疇。近在咫尺。不能奈何。若照昨天清兵所言。他們一定是不得此城不休。不然的話。也不能掘長塹。築圍城。圍困得這樣嚴密。但是我們蒙古是客兵。一旦城破。我們一樣被誅。家口作了俘虜。殊爲不值。不如及早尋條出路。可憐這就是王化貞主款蒙古的成效。本來沒有誠心。不過出於一時利用。萬不會有好結果的。當下他們幾個首腦。就開了一個秘密的會議。獻城、當然是作不到。最妙不如投降。但是在他們會議時。有一人已把他們的話。私聽了去。正欲奔告祖大壽。反被他們的巡風人捉住。這一來。他們出降之計。益不能緩。一面幽殺竊聽之人。一面修書一封。遣人縋城而下。潛入清營。其書曰。

我等知王貝勒等至。早有歸順之心。今貝勒諸木齊。台吉武巴什等。約誓已定。倡率衆蒙古人請降。至二十七日黎明時。可遣兵四面來攻。諸木齊守東門。武巴什守南門。若不信我等。有上天在。有如天之聖主在。我等願爲編氓。納職貢。若蒙鑒納。幸賜回書。可舉信砲三聲爲信。

鄭親王覽書畢。又把來人細訊一番。所言誠實。並無可疑之點。遂命善待來人。又與諸王貝勒大臣等協議了一回。皆以爲機不可失。遂約定二十七日。兵必前進。如書中所言。舉信砲爲驗。並遣啓心郎額爾克圖。持其降書。馳奏太宗。却說蒙古約降之事。雖極祕密。但是他們已幽殺一人。並且舉動很大。決其不能終守秘密。果然他們約降之事。竟被祖大壽所偵知。本想乘其不備。逕向蒙古營攻去。又恐事機不密。激成巨變。只得暗中布置。擬以計擒之。誰想雙方各有耳目。祖大壽的計謀。也被武巴什所偵知了。到了日暮時分。祖大壽先遣副將遊擊各一人。率兵潛至外城埋伏城門左右。如見蒙古兵。有不穩情形。可用計擒之。不想蒙古之計。雖爲祖大壽所覺。而大壽之計。同時亦爲武巴什等所覺。當下暗中通知約降之衆。說我等計謀。已被大壽窺破。不如先行下手。殺其伏兵。如能相持數時。大兵聞聲赶至。內外夾擊。錦州兵必敗入內城。外郭可得矣。當下暗中配備軍器。家眷男婦幼稚。也都裝束停安。然後東南兩城之蒙古兵。一齊大喊。向明兵埋伏之處殺來。明兵一見大驚。忙起應敵。兩軍就在外郭之中。鏖戰起來。喊殺之聲。震於城關以外。此時鄭親王濟爾哈朗得報。忙同阿濟格多鐸等。先使兩白旗兵進至外郭城下。既又傳知各營齊進。此時城內業已交戰多時。蒙古兵大有不敵之勢。急令軍士燃砲三聲。城內蒙古兵。聞聽砲響。知道援兵已至。益發奮戰。其家口人等。早已一擁上城。用繩索等物。紛紛縋城而下。城內依然殺聲不絕。鄭親王遂令軍士東南兩面。樹起雲梯。以及鈎索登城之具。攀登上城。角聲一起。大軍奮威齊上。明兵忽見清兵殺入。知道外郭已破。不敢再戰。

紛紛退保本城。鄭親王下令勿追。先將外郭城門開放。使後來之兵。全行入城。時已天明。錦州兵只顧保守內城。無出戰者。鄭王等。遂將外城所居蒙古人。及一切軍裝器物。盡行送至義州。又將錦州外郭圍城拆除。使與八旗各汛地聯成一氣。於是圍綫愈近。錦州更形孤危矣。原來錦州城內兵將。雖然不少。而驍勇者。只有祖大壽之弟大弼一人。他有萬夫不擋之勇。從前屢與太宗交鋒。幾次突至御馬之前。所以太宗呼之爲祖二瘋子。現在大弼正在患病。偃臥榻上。不能動轉。雖然耳聞金鼓之聲。知有戰事。部下也不敢告知。反倒處處隱諱。後來外城已失。喊殺之聲越逼越近。大弼大喊一聲說。大丈夫不能騎烈馬。馳騁疆場。而乃困臥病榻。生不如死矣。一怒之下。就昏絕過去。從人大慌。這才報知大壽。急來看視。並傳令嚴守城池。錦州兵所以不能出戰。就是爲此。單說鄭親王等。既然得了錦州外郭。又收降許多蒙古人。遂於壬寅日。遣護衛佟袞等。赴盛京奏捷云。臣等於三月廿四日薄暮。聞錦州關內蒙古兵。與明兵接戰。兩白旗相去甚近。聞聲報知。先行率兵赶至。登城應援。既而左右翼之兵。亦繼至城下。諾木齊等。盡率其官屬兵丁以降。計都司守備把總等官八十六員。男婦幼穉共六千二百一十有一人。現已安置義州。謹此奏聞。這時喀拉沁部古魯思希布。正在具筵進獻。而捷音適至。太宗大悅。命八門擊鼓。召衆於篤恭殿。宣示捷報。旋命召見諾木齊、武巴什等。未至之先。命多爾濟、達爾漢、諸顏揚善等。至廣城迎宴之。甲辰、親率諸王貝勒。及文武各官。出懷遠門。迎至演武亭。太宗率衆拜天。行禮畢。乃陞御座。諸木齊、武巴什等。率部衆朝見。太宗溫語慰勞。遂在演武亭下。安置筵桌。命諸木齊、武巴什等、較射。既而又令大臣侍衛等較射。陞降揖讓。儼有大射之儀。較射既畢。又選力士十六人。使爲角觝。虎攫龍拏。又是一番氣象。

演技既畢。遂張大宴。以慶諸木齊等之來降。諸木齊等出雕鞍、馬匹、琥珀、念珠、金銀器皿、蟒衣等物爲獻。太宗不受。諭之曰。爾等進獻。具見悃忱。但歸誠伊始。朕當加恩賞賚。可俟朕命。於是宴畢。仍由懷遠門還宮。乙巳。以諸木齊、武巴什携來蒙古一千五百七十有三名。漢人一百三十有九名。婦女幼稚二千六百五十五口。編爲九牛彔。每三丁一人披甲。諸木齊部下蒙古二百有四人。分隷正黃旗。武巴什部下蒙古七百有二人。分隷鑲藍旗。阿邦、伊木圖、文都爾瑚、滿韜部下蒙古五百五十三人。分補各旗之缺額。令諸木齊、武巴什秩視梅勒章京。阿桑喜、滿韜、額布根、海塞、巴布岱、額布格爾德、琿津、秩視甲喇章京、巴布岱之弟鄂爾洪、安達哈山津、多爾津、伊木圖、文都爾瑚、阿邦等、秩視牛彔章京。並達爾馬古什等以下。各賜頂帶、朝衣、鞍馬、弓矢、甲冑、綵緞、布疋、銀兩、莊田、牲畜等物。有差。七月己亥、復賜諸木齊、武巴什部下分得撥什庫、(分得撥什庫、滿語官名、如今司務軍需之類、）鍾化、額森博、波克托、席柱等。莊田、奴僕、朝衣、冠帶、鞍馬、甲冑、弓矢、莊緞、布疋、銀兩等物。有差。太宗朝。優待降人。無所不至。孔耿尚三王無論矣。此外漢人蒙古。（凡有來歸。官職以外。復予莊田什具。資生之物。無不備俱。此其所以能有天下。而天下亦望之如雲雨也。以上是收降錦州蒙人一段史話。姑且不言。折回來再表一表睿親王等。因疎虞軍務。遠離錦州三十里駐營。致錦州明兵。出入無忌。因此太宗震怒。降多爾袞、豪格爲郡王。不許理事。夏四月。太宗召內院諸臣。入清寧宮。命讀元史。至『世祖遣丞相巴延。往征宋國。時值炎天。恐行軍不利。敕俟入秋再舉。巴延奏曰。宋之據江海。如窮獸之負嵎。今已受困。旋復縱之。則逸而逝矣。遂起兵南征。統一天下。』乃遣大學士范文程、剛林等。至篤恭殿。傳諭睿郡王多爾袞等曰。元世祖恐炎熱。勅巴延俟入秋伐宋。巴延論奏必舉。遂興師滅之。今汝等不圍困錦州。屯兵遠處。任意畋獵。急圖歸家。視彼爲何如也。朕非窮究爾等。特以巴延勤國之心。令爾等知之耳。多爾袞等皆慚謝而退。吾人讀此。可知太宗不僅勤於軍國大計。雖在平日造次之間。其督勵臣工。訓戒子弟。亦無微不至矣。

却說錦州外郛既失。益形危殆。總督洪承疇。乃自寧遠發兵。進至松山。欲解錦州之圍。同時太宗亦命朝鮮總兵柳林。副將刁和良、丁天機、米塔尼、任大尼等。率兵千人。廝卒五百人。馬千五百五十匹。往助鄭親王圍錦州。四月復遣阿哈尼堪、索爾果東、果羅車克等。率每牛彔兵五人。赴錦州助之。

是時明兵已自杏山。進至松山欲窺隙襲清營。鄭親王等議先敗松山兵。於是鄭親王乃與阿達禮、羅洛宏等、自將右翼兵。伏於錦州南山西岡。使阿濟格、多鐸等、率左翼兵。伏山之北嶺。令前鋒兵往松山誘敵。直至城下。明兵盡出。前鋒兵突前擊之。明陣不動。前鋒兵遂不戰而退。明兵追之。前鋒兵復回戰。既而又匆忙退去。明兵以爲怯。遂悉衆往追。前鋒兵拋甲而逃。明兵追益急。

堪堪追過錦州南山。忽聽一聲砲響。阿濟格、多鐸率左翼兵自南山北嶺前殺出。明兵大驚。即捨了逃走的前鋒兵。來戰阿濟格等之兵。正在相持。敗去的前鋒兵。又復抄回。轉由明軍側面。橫衝了來。明兵始知清兵之敗。並非眞敗。乃是前來誘敵。大約旁處還有伏兵。不如早退。當下一齊向松山潰退。不圖鄭親王又率右翼伏兵。自後面殺來。三路衝擊。明軍慘敗。斬馘一百七十人。獲馬一百六十四。甲七十六副。被俘者四千三百七十有奇。餘衆逃入松山城。明總督洪承疇。聞敗大驚。自率六總兵。督兵六萬。復自寧遠進至松山。軍於北山岡上。屢襲大清營。皆不得志。庚戌、太宗命恭順王孔有德。智順王尙可喜。各率本部將士。往助鄭親王軍。旋命內院大學士。希福、剛林等。往錦州閱視濟爾哈朗等所濬壕塹。兼閱屯營形勢。時明清兩軍。積極備戰。內蒙一帶。關係重要。不可不加防備。乃遣牛彔章京萬塔什、筆帖式塞稜等。齎敕諭駐防歸化城土默特章京祿格等曰。爾等所居。城小壕狹。倘敵人來侵。難容屯駐人口。牲畜有一被掠。實損軍威。爾等可於城外築墻。酌量足容爾部人衆。其墻高三丈五尺。寬可駐營。墻上遍築垛口。四面留門。每門俱置甕城。爾地產木甚多。每門及四角。各建樓於其上。墻外俱濬深壕。修理完備。爾等各率將士登之。分立汛地。敵人若來。可立於墻上迎戰。遣去章京。即令督工。事竣方還。毋違朕命。此處所當注意者。即爾地產木甚多一語。明以前。蒙古仍是蒙古。漢人農民。爲長城所限。到蒙古地去開墾的。實在很不容易。所以雖係蒙古。處女林亦當然很多。現在熱察一帶。在當時猶有綠森森的大林木。可是淸朝一統之後。長城成了遊覽的骨董。已然失了內外之限。中國的農民。亦遂大被恩光。官許和私自移去的。逐年增加。蒙地的原樣。早已不復存在。因爲中國農民。惟知喜愛黃土。不知森林可貴。好象痛恨林木。佔了他們的地皮。一定要伐去。而後甘心。再說架屋燃燒。也就毫無限制的去砍伐。一直濫伐了二三百年。因此蒙地森林。一掃而光。不復噍類。如果問到熱河去過的人。都說是窮山惡水。殊不知這窮山惡水。乃是人造的。不然的話。避暑山莊。何以獨有那樣林木風景呢。大約世界以上。慣於破壞風景的。無有再比中國農民那樣特甚的了。他們除了寶貴黃土。利用播種以外。大地上足以使他們係念而發生讚歎的東西。那是很少了。古建築、古碑碣、古的林木。在他們都以爲是無用的長物。遇了機會。一定要破壞。森林、墓地、陵廟等等。必得有强力的保護。嚴重的科罰。他們才悻悻然而去。不敢下手。如果保護力失墜了。法令也不問的時候。便是金鑾殿。也一樣給你拆了。化爲耕地。除以外他們以爲再沒有可愛的東西。更犯不上為公衆保護。這就是他們老農夫的習性。如果你說種地是科學。不是光有黃土就算了的。人類是創造文化的。大家須要保存文化。那再有一萬年。也不得明白。他們自己把土地化為沙漠。失了養分。水旱不時。他們說老天爺不養活人。以往確是這樣。今後要由沙漠之鄉。返於文明之域。就看道德和智力。有無增加了。到了夏六月。朝鮮國王。忽上表獻瑞金。太宗卻之。原來朝鮮人民有掘地得藏金者。朝鮮王李倧。以為瑞。乃遣陪臣李俔。齎咨禮部。乞代轉奏。其略曰。

咸陽郡新溪書院下民人袁年。夜見室中有光。即其地掘之。得瓦甕。上書『一千年』三字。發視有黃金二十四片。上刻『宜春大吉』四字。考新溪書院。係新羅古寺遺址。想前有神人瘞留吉兆。以為異代休徵。非天地所秘。鬼神所護。豈有至今始出之理。竊稽前史。玉杯銀甕。瑞應休明。伏惟皇上。光膺天命。肇創大業。威烈震於寰宇。仁恩洽於遐荒。神人交贊。嘉祥懋集。今千年吉金。忽發於大邦所庇之藩境。其為盛世嘉瑞。昭昭無疑。謹將原金進獻。以表尊事之誠。

這不過偶然掘地。得了古代藏金。說是瑞應亦無不可。不認作是瑞應。亦無不可。因為得物而喜。乃人情之常。況在古金。又有吉語。自然以為是非常之瑞。在屬國則獻於中朝。在臣民則進呈天子。以希榮寵。殊不知國家之瑞。不在難得之物。而在平常之政法如何。政治不良。法紀頹敗。雖有樂石吉金出現。不但無補於一國之休瑞。反倒使人主益形昏謬。如秦皇漢武。未始不有雄才大略。惟不達生死之理。欲致長生。而享無窮富貴。是以倖臣方士乘之。造作邪說。講神仙術。而郡國偶得古物。亦卽張皇進獻。使國家元氣。敝於神仙。史記所言。可爲殷鑒。乃後世人主。猶有未悟。皆由妄想。未解眞理所致。太宗乃開國有爲之主。見理極明。人不能愚。四方有献珍物者。無不卻之。這次李倧献金。也許出於一片誠心。但是如受其金。加以褒獎。以後正不知要開來多少弊端。所以太宗覽畢禮部奏疏。卽降旨云。

新羅藏金。爲朝鮮所得。王卽進獻。足見誠敬。其所刻字樣。允屬休徵。朕當與王共荷嘉祥。王其自受。卽與朕受無異。著將原金付李倧齎回。

這道諭旨。極爲得體。旣不傷李王誠敬之心。而卻金亦和受金一樣。言外之意。好象說。四方以爲嘉祥瑞應者。卽朕之嘉祥瑞應。何必進獻。爲朕獨有。始爲嘉祥瑞應哉。一切皆與天下共之。這眞所謂大哉王言了。丁未遣李倧歸國。賜貂皮銀兩等物。仍賜宴於禮部。不在話下。却說睿親王多爾袞等。自降辟後。太宗不令入署辦事。使其自怨自艾。他們本來是國家的柱石。絕無久久賦閒之理。不過因爲他們年青自專。違了節度。雖然一爲愛弟。一爲愛子。也不能不加以懲處。近日錦州蒙古兵投降。鄭親王等、屢建奇功。多爾袞豪格等。不覺技癢。叔姪兩個。閒得也太够受了。若在平日。還可以騎騎馬。射獵。現在閉在家裡。過已悔悟了。怎麼還不許出征。連衙門都不許上。這不是白把人彆拗死。自己又不敢自向太宗去告奮勇。沒法子。只得派人把大學士、范文程請到府裡來。

范文程老先生。歷事兩朝。在文臣中。位望最隆。且居內院。朝夕備太宗顧問。容易進言。所以多爾袞等。特意把他請了來。請他在太宗面前代爲緩頰。文程見說。滿口應承。但是有效與否。却不敢保。當下閒談一會。便辭去了。次早文程果代二王等進言說。現在睿郡王等。頗知自怨自艾。深悔從前之非。目下用軍之際。王貝勒等。不可久閒。宜令軍前效力。以贖前罪。太宗曰。彼等年輕。若不少受折磨。難於成就。仍責之曰。離城遠駐。任意畋獵行樂。今欲乘人之功。掩爲己有耶。後來范文程又和同僚合詞代請。始令入署辦事。禁足許多日的睿郡王等。至是才象復了自由的囚人一般。好不快活。但是他們想到前敵去建功。並不是准許入署辦事。就算滿足的。所以沒多日。都察院參政祖可法等。復爲奏請。太宗乃許朝見。並命率將士之半。往代鄭親王濟爾哈朗軍。睿郡王等得命大喜。忙至校場。檢閱兵馬。次日遂率諸將佐。統兵啓行。不日來到錦州大營。鄭親王等率衆迎接。入了大營。問完聖安。然後敘談。正欲辦理交代之事。忽有諜報說。明關內援兵。現出松山城。沿海進發。意欲襲我後路。乞作準備。諸王貝勒見報。遂合更代與駐守之兵爲一營。命左翼向松山之東。右翼向松山之西。以追敵軍。左翼先行追及。遂縱兵掩殺。明軍大敗。追至城壕始止。獲馬五十匹。於是收兵。始辦交代。鄭親王等本部兵凱旋盛京。不在話下。六月丙寅。遣學士羅碩詣錦州睿郡王多爾袞營。幷附大凌河歸附官員祖澤潤、曹恭誠、裴國禎、祖澤洪、孫定遼、陳邦選、蕭永祥等、與祖大壽書。其書曰。

自大凌河分袂。十餘年矣。兩不能相見。皆將軍自誤之也。昔日隨將軍棄暗投明。同赴皇帝行營。傾心投順。彼時將軍向職等云。是吾輩仁聖之眞主也。及今十年。職等蒙聖上豢養。厚恩始終如一。豈料將軍入錦州。過聽妻孥之言。背盟負恩。跋扈自衛。致今日困守錦州。無顏相見。是今日之錦州。卽昔日之凌河。昔日之負盟。直今日之報應。料闔城生靈。已爲釜中之魚。在將軍孽由自作。而職等家眷之在錦州者。尙有五十九人。皆非負義忘恩之輩。何辜爲殘黎充飢之食。爲此哀懇我皇上。俯允職等列名。致書將軍。請發各家大小人數。送出死地。揆將軍之意。仍慮南朝法令。不肯發出耳。不知旣在圍中。南朝法亦難加。將軍妄想外兵救援。據我國捉回之兵民。投降之蒙古言。大小將士。無不痛恨將軍。昔日斷送凌河。今日斷送錦州。皆云不知將軍有何主見。致我等困守受戮。則將軍之無可望也明矣。敢以明告。勿執迷不悟。自誤以誤職等之妻子也。

大凌河之降。祖大壽主之。殺何可剛以示必降。率子姪舊部。齊謁太宗行營。告天盟誓。皆大壽也。使大壽抵死不降。寧以身殉。子姪部將。皆傑士。有不從殉而生心者乎。惟大壽降心不堅。不捨錦州妻孥財產。甘心陷子姪部將於降官之列。已則乘機逃去。雖子姪舊部。豈能無怨言乎。君子以爲其不再失足。而不知其未也。

睿郡王以諸將書。差人齎入錦州。交付祖大壽。意其必自愧。仍履凌河之盟言。而大壽不答。時關內援兵屢出屢敗。明兵部陳新甲。以師久餉匱。遣職方郎中張若麒赴軍。若麒爲人狂躁誕妄。乃明末官場中之敗類。他本不知軍。以仗是部員。又爲尙書陳新甲所信任。到軍之後。一力趣戰。方洪承疇率八鎭兵來援錦州。總兵祖大壽。卽遣人自圍城中通信。主張勿浪戰。宜以軍營。徐徐進逼。張若麒與陳新甲一鼻孔出氣。只爲籌餉困難。所以逼令承疇。作速進戰。又日日發虛僞不實的捷報。以欺明廷。明帝見屢有捷報。便問兵部。旣然屢勝。爲何不一舉而解錦州之圍。新甲諉過於承疇。明帝乃立卽降勅催戰。殊不知正中新甲等下懷。因爲這樣時。戰事也就容易速結。他們的籌餉責任。也就可以擺脫了。那里知道。敕旨一下。就如催命符來了。數十萬大軍。全犧牲在張若麒一人手裡了。果然軍前和朝裡狼狽爲奸。十分利害。誰也不敢違抗聖旨。承疇也就不敢堅持前議。當下召集諸將。令卽進軍。留芻粮於寧遠杏山及塔山外之筆架岡。而以步兵六萬先進。諸軍繼之。使騎兵環松山三面爲營。步兵則據城北之乳峯岡。兩山間列七營。衛以長壕。先是初六日已酉。睿郡王多爾袞等。遣瞻岱、安泰奏報。明國會集各省兵來拒戰。我兵擊敗其三營。獲馬五百五十四。但敵軍甚衆云云。太宗得報。卽遣學士額色赫。往諭睿郡王等曰。敵人若來侵。王等可相機擊之。不來各固守汛地。切勿輕動。但是此時明兵之會師松山者。有加無已。約愈十萬。且總督洪承疇。及各路總兵。皆來會師。意在決戰。乃急遣額色赫回報。並乞遣鄭親王率兵一半速來協助。太宗聞報。卽檄各路兵馬。星夜進京。命鄭親王爲留守。八月丁巳辰刻。親統大軍出撫近門。謁堂子行禮畢。遂啓程赴錦州。所乘白馬。脚力極迅。從將亦皆騎駿足。及渡遼河。睿郡王等報云。明總督洪承疇。曾以兵犯我右翼。肅郡王豪格。率兩紅旗、正黃旗、鑲藍旗、及外藩土謝圖親王兵。已擊敗之。敵退去。太宗聞奏。行益急。時太宗患鼻衄。因行急。衄血益甚。凡三日始止。諸王貝勒大臣。奏請聖駕徐行。臣等先往。太宗曰。行軍制勝。利在神速。朕恐敵人聞朕親至。將潛遁耳。如不逃。破之如縱犬逐獸。易於拾取。朕此時如有翼可飛。卽當飛去。何可徐行。於是晝夜趱程。自盛京疾馳而進。凡六日而達松山之戚家堡。遂駐蹕於此。遣大學士剛林、學士羅碩。往諭睿郡王多爾袞等曰。朕當卽至矣。可令前遣之宗室拜音圖、額駙英固爾岱兵。及科爾沁部土謝圖親王兵。察哈爾索諾木偉宰桑等兵。先在高橋駐營。俟朕至高橋。合圍松山杏山。睿郡王等得諭。忙聚衆將商議道。聖駕已至。三軍勇氣倍增。自有進攻。絕無畏怯之理。但明兵甚多。我軍在錦州。幾乎無日不有戰鬪。微有損傷。如再速戰。進駐高橋。如明兵被迫。約錦州、松山、兵。內外夾攻。協力死戰。萬一有失。爲之奈何。今宜請皇上暫駐松山杏山之間。少緩須臾。庶保萬全。衆以爲然。卽請剛林羅碩代爲轉奏。太宗允之。命先陳師於松山。

旣而又命在松杏兩山之間。北自烏忻河南山。向南直至海岸。橫截大路。綿亘駐營。這一來不但松山杏山斷了聯絡。而錦州又在包圍之中。明兵所在地。已自截斷爲三。形勢已陷於不利。如明兵在野戰上能操勝券。或能保持兩山之聯絡。進而還可解錦州之圍。不然的話。進不能戰。退不能守。粮道一絕。勢必向寧遠潰退。那更危險了。果然洪承疇的計畫。皆落下乘。而太宗的審算。無不奏效。此明兵所以慘敗。而承疇終爲太宗所擒也。但是後話。此處不言。却說太宗旣以大軍橫截松杏大道。因諭衆曰。如敵來犯。近則迎擊之。倘敵兵尙遠。而先往迎戰。致累於衆。卽與敗陣無異。是時明領兵總督洪承疇、巡撫邱民仰、兵備道張斗、姚恭、王之楨、兵部郎中張若麒、大同總兵王樸、宣府總兵李輔明、密雲總兵唐通、薊州總兵白廣恩、玉田總兵曹變蛟、山海總兵馬科、前屯衛總兵王廷臣、寧遠總兵吳三桂、及副將遊擊、二百餘員。率馬步十三萬。在松山北乳峯山岡結營。令其步兵在乳峯山和松山城之間。掘壕立營七處。毗連固守。其騎兵則環松山城外東西北三面結營。遙見太宗橫截松杏大路。又向松山環立營寨。無不大懼。一時文武多官。急議應付之策。欲戰則力不能支。欲守則糧已不繼。遂合謀欲遁。癸亥黎明。明總兵八員。率兵突犯前鋒營所駐汛地。太宗曰。是非來戰。殆欲遁矣。命出擊之。於是前鋒兵及鑲藍旗獲軍。合力搏戰。明兵果遁。欲奔塔山。太宗因命武英郡王阿濟格。貝子博洛。內大臣圖爾格等追之。且諭曰。敵奔塔山。其筆架山積粟。必不能保。必須取之。武英郡王等領命而去。從後追擊。直至塔山。遂還軍圍筆架山。（在錦州城西南六十里。）該山守粮兵。見明兵大隊俱逃入塔山。遂不敢戰。亦潰入塔山城。筆架山粮台竟爲武英郡王所得。於是添兵防守。歸報太宗。明兵餉道既失。又不敢野戰。形勢益非。太宗命掘壕斷松山杏山路。欲乘其潰走而掩擊之。是夜明諸將皆欲遁。乃撤其步兵七營。近松山城而營。次日明兵來犯鑲紅旗汛地。太宗自率親軍迎擊。明兵敗去。及還軍。明兵又自後襲來。相距百餘步。太宗令軍士轉戰。且命張黃蓋。率數人往來指揮。明兵見了黃蓋。知是太宗親自臨敵。遂倉皇遁去。及還營。遂諭諸將曰。明撤其七營。又來襲擊我軍。乃故意示勇。實則今夜必遁。護軍統領鰲拜、阿濟格、尼堪、漢岱、哈寧阿等。可率左翼四旗護軍。至右翼汛地排列。右翼四旗護軍。及騎兵、前鋒、蒙古兵等。俱比翼排列直抵海邊。見敵兵遁者。有百人則以百人追之。千人則以千人追之。如敵兵衆多。則躡後追擊。以追至塔山爲止。却說明軍所齎行粮。僅供五六日之需。自筆架山粮儲失陷。三軍恐慌。勢在必走。所以屢行突營。俱未得手。不得不講宵遁之法。殊不知其情早爲太宗窺破。各處要隘。皆設伏兵。邀其歸路。又親督大軍。横列以待。明軍眞難倖免矣。是夜初更。吳三桂、王樸、唐通、馬科、白廣恩、李輔明、等六總兵果更番殿後。嚴陣迭退。甫至前鋒營汛地。而王樸所部兵忽大驚先遁。

諸軍無復行列。爭奔杏山。此時追兵躡其後。伏兵邀其前。明兵彌山亘野。且戰且走。所經之地。

皆有伏兵。又在昏夜。死者不可勝記。幸喜將至塔山。不圖睿郡王等。已奉命在此等候截殺。明兵無暇息喘。又向杏山路上逃去。也有欲遁歸寧遠者。正行間。武英郡王阿濟格。以及巴布海、圖賴等、各將領所率伏兵。同時盡起。一陣截殺。明兵不敢越塔山。死命向杏山奔去。眼見已至山下。杏山城中。仍自高懸明軍旗幟。逃軍一見大喜。不顧死生。齊向杏山城內亂奔。忽聽一聲砲響。清軍早由山谷中殺出。原來蒙古管旗大臣伊拜。梅勒章京譚拜等。在明兵未遁之先。已奉太宗命令。教他們率兵在杏山四面埋伏。如明潰兵至此。圍擊之。使入杏山城。不可遠追。如無諭旨。亦不可擅還。果然明兵因塔山被截。不能逃向寧遠。惟一去處。只有杏山。所以六鎮之兵。皆向杏山潰退。誰想已至自家駐守之地。又遇伏兵四起。明兵那有招架之力。舍死忘生。突過死綫。始行逃入杏山城。伊拜等揮兵圍之。是役也。明兵死者無算。吳三桂等六總兵。皆遁入杏山。總督洪承疇。巡撫邱民仰。總兵王廷臣。曹變蛟等。仍受困松山。突圍不能出。僅有兵部郎中張若麒。當潰兵奔逃時。他忽生奇智。暗道。吾乃文人。既不會騎馬。山路中奔波逃命。九死一生。萬一被清軍執去。我乃主戰之人。一定當禍首辦。不免要吃一刀。哎呀好不怕殺人哉。為今之計。只好暗溜了吧。於是他不隨着大軍走。一個人溜到小凌河口。幸喜那里橫着一隻漁舟。他便跳上小舟。解纜順流而下。到了海上。纔遇了本國船隻。將他救走。乃至太宗得到張若麒逃走的信。派人追趕。他已逃遠了。但是他從前慣作虛僞捷報。這次喪師。單身逃回北京。已自無話可說。當下被了嚴重的懲罰。將他投在刑部獄裡。後來流寇李自成。打破北京。有多少明臣。頌聖納降。張若麒作了李自成的謀士。爲自成出了不少的高招兒。但是李賊運已終。未幾。我世祖章皇帝遷都北京。張若麒又投降本朝。他眞可謂三朝元老了。不過明崇禎朝。竟用這一類的人。担當大事。國焉得不亡。閑話不表。却說明兵六鎭。遭了幾次截殺。一夜之中。亂竄狂奔。僅得逃入杏山城。黎明已後。太宗又命衆將在各處搜索殘敵。除了彌山遍野。都是明兵死體。已不見活的明兵。這才命令各歸汛地駐守。乙丑、命睿郡王多爾袞。武郡王阿濟格圍攻塔山四臺。復命漢軍管旗大臣劉之源、吳守進、侍衛李國翰。携紅夷砲十位。前往助攻。臺內雖有許多明兵防守。怎抵得大將軍砲的威力。十數發後。四臺皆毀。攻城兵奮力攻入。又在臺堡內混戰了一番。明兵卒向杏山逃去。副將王希賢參將崔定國。都司楊重鎭等。皆被生擒。斬都司一員。守備二員。是日太宗移營松山。欲四面濬壕圍之。總兵曹變蛟。急撤其乳峯山馬步兵。試行棄寨宵遁。是夜變蛟自率精兵。命部下分督馬步。突至鑲藍旗汛地。欲由此潰圍突出。陣堅不能入。改至正黃旗汛地。闌突數四。俱被射回。變蛟無法突出。自率部兵半數。往犯太宗御營。留一半仍突他營。

此時變蛟揮衆。拚死力突。已入御營。侍衛親軍。忙起應戰。兩軍就在御營內。大呼血戰起來。一方急欲潰圍而出。一方死力保衛營壘。當眞敵人由此突出。諸王大臣。不但吃罪不起。滿營將士。亦必受嚴重處罰。當下人人奮勇。個個當先。弓矢刀矛。齊前搏戰。明軍被傷者不一而足。變蛟也身中數矢。血流不止。知難突出。這才率衆逃去。仍奔松山駐營。惟乳峯山所遺軍裝。以及大小砲位。不及遷出。俱被清軍所獲。先是王樸等六總兵。遁入杏山。太宗命管旗大臣伊拜。梅勒章京譚拜等。率兵圍守之。後又命阿什達爾漢。及多爾達爾漢。諾顏等。往視譚拜等所安營寨。如地勢未善。可擇善地移營。並察其斬敵多寡。丁卯、太宗召衆將而諭之曰。明兵本欲遁還寧遠。如縱其遁歸。難得擊破。朕是以多設伏兵。將其驅入杏山。目下松山被圍。杏山孤立。而且失了餉道。萬難堅守。朕料其必然仍遁寧遠。以寧遠城堅。又可通關內粟。如乘其遁歸。於路邀擊。可以一網而盡。當下命內大臣錫翰等。及四子部都爾拜。各率精兵二百五十。一伏高橋大路。一伏桑噶爾齋堡。以杏山逃兵。必由此路出也。又命甲喇章京綏遜、格爾泰。率三旗護軍。一百五十。往助錫翰等。是日果有敵兵千餘人。自杏山遁出。遇錫翰等伏兵。急起截殺。追至塔山。斬獲殆盡。還報太宗。蓋明所以使小部隊先出者。示無逃意。且試伏兵多寡。太宗見明兵已出。料其大部隊。必從後繼出。急率親軍進至高橋東方。命貝勒羅洛宏。貝子博洛。內大臣圖爾格等。選每旗精兵二十名。及正白旗護軍。翁牛特部兵。還有錫翰所領兵。俱付貝勒多鐸。令設伏以待。己巳、明總兵吳三桂、王樸等。率兵自杏山欲奔還寧遠。甫出城。沿山西行。早被前鋒軍。哨探明白。橫出擊之。截入大路。明兵只有逃心。並無戰意。狠命向高橋路上奔潰。正慌走間。多鐸等所率伏兵。大呼四起。阻截前路。明兵一見。膽裂魂飛。此時後面追兵。又已殺至。前邀後擊。明兵無路可走。痛被夾擊。一時全滅。吳三桂王樸僅以身免。比及天明。沿山搜剿。獲甲冑、軍械、馬匹、等物無算。太宗又命內大臣塔瞻等。率每旗精兵五十。往高橋設伏。以剿殘敵。甫出營。即遇明步兵千人。自杏山潰出者。悉斬之。比及高橋。又殲騎兵八十餘。先後通計斬殺敵衆五萬三千七百八十餘。獲馬七千四百四十有四。駝六十有六。甲冑九千三百四十有六。明兵自杏山南至塔山。因無路可逃。赴海死者甚衆。所棄馬匹器械。以數萬計。山野之中積屍枕藉。而海中浮屍則漂蕩如雁鶩。一望無際焉。於此可見太宗之神謀勇略。制勝出奇。破明兵十三萬。實不啻摧枯拉朽。指顧而定。時在昏夜。明兵之滅。不必盡爲清軍擊殺。而互相誤斫。自投死路者。實爲多數。至於清軍方面。戰後點驗。只傷兵士八人。厮卒二人而已。杏山明兵。既遭全滅。被圍於松山者。惟有總督洪承疇。巡撫邱民仰。兵道張斗。姚恭。王之禎。同知張爲民。嚴繼賢。通判袁國樹。朱廷榭。總兵王廷臣。曹變蛟。與祖大樂。兵不過萬餘。城內粮草復絕。萬分困難。欲知洪承疇作何區處。且待下回。

第三十一回

失地喪師承疇屈節　盜鈴掩耳明帝議和

話說太宗以驅羊入牢之法。將明兵六鎭。驅入杏山。然後分地設伏。前邀後追。六鎭之兵。掃數而滅。僅吳三桂等各總兵。以身倖免。此外各地臺堡。雖仍有明兵駐守。但不過少數殘敵。已不成軍。惟松山城中。尙有總督洪承疇以下。督兵固守。太宗度其糧秣不給。終必出降。即或不降。待其極敝。一鼓可以攻下。所以只令大軍掘壕圍困之。暫不攻打。遣學士羅碩、筆帖式扎布海等。至盛京宣布捷音。壬申、太宗以敕書招諭松山明官曰。『朕率師至此。知爾援兵必潰。預遣兵圍守松山。使不得入。自塔山、南至於海。北至於山。及寧遠迤東之連山一切去路。俱截斷之。又分兵各路。截斷陸路。斬殺者積屍遍野。投海死者更不可勝數。今爾援兵已絕。此乃天佑我也。爾等以爲只圍松山錦州。其餘六城未必受困。不知時勢至此。不惟六城難保。即南北兩京。亦豈能復有耶。朕非虛言。昔征朝鮮時。圍彼國王於南漢山。諭之曰。爾降必生全爾。後國王果降。朕踐前言。仍令主其國。後圍大凌河時。總兵祖大壽來降。亦不復殺。仍恩養之。諒爾等所素聞也。爾等可自思之』。太宗每次用兵。對於圍城中將領軍民。必先勸降。如果投降。自然待遇極優。前例俱在。但是勸降之後。仍然抗拒。一旦城破。那就不堪設想了。洪承疇等。未始不知太宗勸降。乃是眞意。不過深受重託。地位又非泛常。降之一字。萬難作到。再說他們不信六鎭之兵。已被完全解決。心目中還想有援兵來解圍。因此堅守念頭。未至完全斷絕。還有一件、使他們苟延數月。未至瓦解的。就是在他們正鬧米慌的當兒。忽有明侍郎沈廷揚。由天津海運糧餉。潛至松山。乘太宗業已駕還盛京。自海岸僻處。偷把糧食運入松山城。始得挨延下去。但是此乃後話。此處不表。崇德六年秋九月。太宗以松杏戰事告一段落。須還盛京。甲戌朔。太宗於大軍中。率內外諸王貝勒貝子大臣拜天行禮。是夜宿於御帳。夢太祖令四人捧一玉璽授太宗。太宗受璽而覺。以語大學士范文程、希福、剛林等。諸臣奏曰。太祖授皇上以玉璽。乃上帝以大統授皇上也。次日乙亥、命滿洲、蒙古、八旗俱出馬步兵各百人。運紅夷砲往攻松山。又命睿郡王多爾袞。肅郡王豪格。率每牛彔兵十名。還守盛京。先時太宗駐營松山西南。至是移營西北。距城十里駐營。壬午命鄭親王濟爾哈朗。率兵濬壕圍錦州。復命安平貝勒杜度、饒餘貝勒阿巴泰、管旗大臣譚泰、阿山、葉克舒 準塔、和洛會、瑪爾錫、巴特瑪等。圍守錦州。貝勒多鐸、郡王阿達禮、貝勒羅洛宏、宗室拜音圖、宗室艾度禮、額駙英固爾岱、庫魯克達爾漢、阿賴、恩格圖、伊拜等。圍守松山。外藩科爾沁部卓里克圖親王武克善、巴圖魯郡王滿珠什里等。圍守杏山、高橋。分派既定。車駕於丙戊日啓行。還幸盛京。明兵既被困於松山。屢盼救援。而消息隔絕。度日如歲。自洪承疇以下。莫不焦急。長此以往。萬一糧匱。如之奈何。乃聚衆商議。打算試行突圍。冬十月壬子。洪承疇命諸將督城內外馬步。合力突圍。

先犯鑲黃旗及漢軍汎地。但是營外壕塹甚深。壁壘又極堅固。明軍衝突良久。俱被清軍射回。及收兵回松山。清軍反由後面殺來。明軍大敗。損失千餘人。從此斷了突圍念頭。依然固守。幸喜這時得了一批意外的接濟。就是前面所說的明侍郎沈廷揚。忽由海上運來一批軍米。偷偷搬入松山。明軍這才免了饑饉。遷延了半年之久。十月甲辰。太宗命鎮國將軍阿拜。率滿洲蒙古每旗撥什庫一員。每牛彔下兵二名。俱衣棉甲。往錦州南乳峯山駐營。丁未。命恭順王孔有德智順王尚可喜等。率本部將士及懷德王耿仲明等所屬將士。往錦州駐營。於是松山錦州。益受圍困。斷絕往來。逃去的吳三桂王樸諸總兵。差不多皆以身免。再想整頓軍旅。卷土重來。實非短時日所能企及。十一月乙亥。仍命睿郡王多爾袞。貝子洛託。公屯齊等。駐防錦州。肅郡王豪格。公滿達海等。駐守松山。臨行俱授以戰守方略。二王等既至松錦。當與鄭親王等叙談松錦之事。鄭親王曰。錦州兵多遼人。及蒙古人。深知我軍利害。不敢輕出。惟松山兵。乃各省調來者。每欲突營遁去。不可不加防備。却說明總督洪承疇。自上月突營不利。仍命固守城池。不可輕動。又加得了沈廷揚的接濟。一時人心暫安。但是圍城之中。多關內人。思家之念。和困苦之情。使得他們每思做倖逃去。這日忽有總兵王廷臣的部下。向廷臣獻計說。孤城久困。何日是了。也應當去請求救援。打聽打聽各位總兵的下落。我們通了消息。然後才能固守。這樣內外隔絕的呆守。恐怕不是長算。王廷臣說。誰不願立卽突出呢。但是淸軍掘壕築墻。層層圍困。衝突幾次。妄傷士卒。也是無法呵。部將說。話雖如此。現在已有一個多月。未行衝突了。淸將必以爲我們得了粮食。不再出戰。一定未免疏於防範。大帥何不向總督去說。今夜如往突圍。必可殺出重圍。王廷臣一想。也有道理。當下便向洪承疇商議此事。承疇雖然以爲未必成功。但是不免也動了僥倖之心。遂命王廷臣先派馬步二千。試行突圍。大軍在後。如得手。大軍繼進。否則速閉城門。如前固守。王廷臣得令。命自告奮勇者。率馬步二千。乘夜突至正黃旗騎兵護軍汛地。而正黃旗庫魯克達爾漢、阿賴營。適與接近。聞警後。兩營軍士。各依汛地。沿壕迎射。明兵冒矢直進。守壕軍士大怒。各出馬刀。越壕迎戰。展眼之際。斬殺明兵四百餘人。敵大駭卻走。欲入松山城時。城門已閉。不得已繞城逃向杏山。淸兵從後追擊。明兵散入山谷。天明後。派兵搜察。凡二日間。盡行搜得。其由杏山宵遁者。亦多被伏兵截殺。洪承疇見突營之計又敗。不勝煩悶。時太宗在盛京。聞明兵復行突營。乃遣人以敕諭諸王貝勒曰。明軍受困。久久不降。乃屢行突營。冀徼倖逃去。嗣後如有錦州、松山、杏山、三城人逃出者。十五歲以下留養之。十六歲以上者。勿赦。此敕一下。松山城內。益形恐慌。

果然就逼出願爲內應約降之人了。崇德七年（明崇禎十五年）二月。松山副將夏承德。知城難保。乃自松山密遣人入肅郡王豪格營。約爲內應。並密告夏承德所守汛地。

國家到了將興時候。八面湊合。國家到了將亡的時候。八面不湊合。杏山六鎮之兵。一共十數萬。纔被解決之後。緊接又有夏承德約降之舉。固然松錦已被重圍。消息隔絕。糧草行匱。或投降。或被攻下。已爲時間問題。雖無夏承德之起內應。當然亦不能久守。但是正在相機圍攻之際。忽有夏承德之約降。在軍事進展上。未免就迅速多了。這就是所謂湊合。而明祚之亡。清祚之興。亦遂由此而決。尤令人尋味不盡者。明之亡國大夫。多爲清之佐命勳臣。此則由於際會不同。而任使之道彼此懸殊故也。

却說肅郡王等。忽見夏承德差人來約降。且告以所守汛地。如派兵來攻。卽爲內應。心內甚爲驚喜。只是不敢輙信。因爲松山城已然被圍六月之久。其間屢試突營。未有寸效。大約糧草將竭。故不得已行使詐降之計。其意仍在逃出重圍。不可深信。因問來人說。夏副將洞識天命。遣人前來約降。本爵自無不信之理。但是此事關係極大。但憑一句空言。本爵萬不能輕率進兵。脫有差池。無顏以對三軍。夏副將如眞心共襄王業。必有以堅三軍之信者。得城之後。不但夏副將功勳不朽。卽其部下及所有軍士。亦必受格外待遇。並非本爵多疑。用兵之際。不得不爾。來人見說。忙啓道。誠如王爺尊諭。夏副將亦慮及此層。曾云、如蒙收錄。願以愛子夏舒爲質。肅郡王見說。大喜。忙向來使道。若得如此。

足堅三軍之信。遂遣來使回城。約定次日黎明。前往攻城。是夜夏承德送其愛子舒於清營。屆期。肅郡王等傳令。以左右翼雲梯兵各一隊在前。八旗雲梯兵各一隊在後。以十八日夜中啓行。此外搶城各營軍士。亦皆分派妥定。專待角聲起處。務要奮力攻城。單說雲梯兵。未到黎明。已至所約城之南面。主將阿山。指揮軍士。樹起雲梯。城墻上黑越越。似有軍士把守。知是夏承德部下。雖然說妥約爲內應。不到水落石出。難分眞假。所以攻城軍士。不敢大意。一個個紮束嚴緊。腰挿利刃。專待命令一下。卽行攀梯而上。此時主將阿山。又不便向城上問話。好歹就在今夜。就讓有變。也得奮戰一場。當下把手中刀一揮說。登城！早有阿山本旗下戰士班布里。和洛會旗下戰士羅洛科。奮勇先登。衆兵繼之。當時城頭角聲大起。以示業已登城。可見夏承德之降。是眞的了。不然的話。登城時那能沒有抵抗。既已登城。便卽吹起海螺。其他部隊。知已得手。遂由四面環攻而入。可憐總督洪承疇等。猶在夢中。怎的清軍突然之間。竟能殺入。正在慌遽之間。只見總兵王廷臣、曹變蛟等。氣急敗壞的跑來說督帥。大事不好了。我軍已起內變。所以才被清軍殺入。聽說是夏承德部下作了內應。城已不守。速作逃計吧。說雖容易。只是四門已破。城之內外。俱是清軍。除了束手被擒。要想脫出。除了肋生雙翼。洪承疇本是文臣。年紀又老。如何衝得重圍。聞言之後。浩歎一聲說。大事去矣。吾屬不可辜負國恩。只有盡節一死了。倉卒之間。大家卻忘了如何死法。

這時清兵已有一隊殺至承疇官署面前。各位總兵官。未免指揮手下親兵。及總督的衛隊。又在衙前抵禦了一番。但是人心已去。戰意全失。沒有幾分鐘的工夫。明兵死走一空。只剩幾位大員。徒手搏戰。焉能勝得過清軍方面的强兵勇將。可憐總督洪承疇。還未及覓得死所。正在張惶失措之間。已被清軍拏獲。巡撫邱民仰。總兵王廷臣。曹變蛟。祖大樂。遊擊祖大名。祖大成。還有總兵白廣恩之子白良弼等。皆被生擒。其戰歿之官。有兵道一員。副將十員。遊擊、都司、守備、千總、把總等。共百餘員。兵士戰死者總三千六十餘名。此時城內秩序已漸安寧。肅郡王發令。命夏承德所部。保護居民。並搜剿城內殘敵。到了天光大亮。除了所俘兵民人衆。已不見敵兵隻影。於是分兵把守四門。將洪承疇以下各官仍安置總督行署中。復命從軍戶兵兩部人員。查點戶籍。驗收虜獲物品。計夏承德部下共有男婦幼稚一千八百六十三人。因隨其長官投降。別造一冊。此外城內舊有居民共男婦幼稚一千二百四十九口。甲冑、弓刀、撒袋、共一萬五千有奇、大小紅夷砲及鳥槍等。共三千二百七十三件。此外如金銀、珠玉、緞布、衣服、皮張等物。細大不蠲。全行清數造冊。辦理完竣後。遂差人馳赴盛京。將上項之事。奏聞太宗。太宗得奏大喜。諭將所俘諸物。酌賞有功將士。一應軍器。即於松山城內收貯。又命夏承德急速來京陛見。壬戌、副將夏承德至京。命禮部承政滿達爾漢。郊迎十五里宴之。癸亥、以松山既下。凡大凌河各官。有兄弟妻子在彼者。俱令察出完聚。其擒獲明官。只命將洪承疇祖大樂二人解送來京。祖大成等祖氏宗族。則令縱入錦州。降不降由他。因爲太宗在大凌河既與祖大壽結有一段因緣。對於祖氏一家。去留任便。決無勉强。此番縱祖大成歸錦州。也無非藉此以感動祖大壽之心而已。至於其他明官。如巡撫邱民仰。及王廷臣曹變蛟二總兵。既不願意投降。亦無勸降必要。命就地誅之。至是松山之事。完全解決。時有十三站把總夏某。大約也與夏承德是同族。聽說松山已下。承德投降。他也率領兵民二百餘人來降。這都不在話下。乘此機會。我們把洪承疇投降的事情談一談。據小說野史。以及妄人所編造的讕言。那都絕對是靠不住的。妄人心存僻見。他們本來沒有眞正歷史知識。也不知歷史爲何物。所以就被種族僻見所驅使。喪失天賦的良心。毀棄高貴的人格。不知不覺。心汚筆穢。以汚蔑侮謾爲能。無中生有。任意編排。其事爲古今人類所不能有。其文爲天神地祇所不能容。除了死後作爲打入十八層地獄之證據以外。在人間世。則有萬害而無一利。所當一火而焚。歷史是各民族間活動的實錄。其用人、行政、軍事、法紀諸大節。必有眞實顛撲不破處。而後始能肇建王業。放大光輝。豈是一群野蠻無教之民族。而遂能統一中原。樹立數百年大帝國者。蓋清之興。有清人必興之道。明之亡。亦有明人必亡之道。吾人究明其所以興亡之故。很忠實的講給大家聽。這就是說書的應盡之義務。又何必蔑棄良心。不顧人格。而妄肆侮辱呢。就讓你不怕下地獄。你的能力也翻不了歷史的成案。倒不如老老實實。本之正史。給一般民衆。灌輸一些眞的歷史知識。我想那正是我們的天職呢。因爲一般人的歷史知識太貧乏了。不但不知道人家的。並且也不知道自家的。再要妄自尊大。任意編造。前途仍是沒有希望呵。關於洪承疇的事。妄人所編造的話。簡直沒有一顧之價值。他們除了種族地域上的卑污心理。和污蔑取快的下等情操。凡足以使吾人服其直言。領其教訓者絕少。所以說書的一概不取。惟憑正史以判是非。承疇辜負明帝委託大任。不能即時引決。又不能慨然決斷以事太宗。婉轉作態。遲疑多時。而卒屈節於大清。在其本身人格上。自屬卑下一乘。無可辯護。但其才略亦一時之儁。加以位高望隆。天下屬目。使其加入清軍。爲開國輔佐。實無異已得明之半壁江山。此太宗所以委曲優容。而待其自致也。又有謂清之政令。以及八旗制度。皆承疇所擬。世人多信此說。雖八旗人士。亦附和不察。按太祖建元天命。在萬曆四十四年。在位十一年。而太宗繼承大位。太宗在位十七年。父子前後共二十八年。若再加太祖創業之年。已歷三十餘年。關外之滿洲國家。久已夫根本鞏固。法制大備矣。承疇降於崇德七年。且終太宗之世。但有優禮。未加職任。八旗制度。創於二十年前。與承疇有何關係乎。原來滿洲之勃興。始則由於肇祖以上之涵養潛勢。中由太祖聯合同志。奮死力鬭。繼由太宗發揮光大。而大清帝國之基成矣。吾人嘗論清帝國之勃興。其初期全爲滿洲民族自身之力。說現在的話。所謂自力更生。脫去明廷枷鎖而已。一個民族。不受極大壓迫。其反動力亦不能太大。明以野人夷狄目滿洲。而加以侮辱欺凌。此恨不可不申。故太祖一呼。而額亦都、何和禮、費英東、扈爾漢、費揚古諸豪。皆攘臂而起。統一民族大業既告成功。而新陳代謝。繼起人材。視前尤盛。於是有志於關內。太宗始禮重漢人。蓋以欲成大業。不能分畛域也。由是觀之。清帝國前期。乃滿洲自身之力創。入關以後。則爲滿漢共同之舞台。話雖如此。乾隆以前。諸王貝勒。猶能專征。乾隆以後。漸不專征。而形勢亦一變矣。閒話姑且不言。話說承疇被執後。監視很嚴。覓死機會。更難遇到了。最初他也和監軍道張春一樣。自己死不了。總盼太宗把他殺死。如果太宗思想平凡。當眞把他和邱民仰一律誅死。那眞是他的千古大幸了。無奈太宗又發動了憐才感情。一個人。讀書一場。舉人進士。都不易作到。何況是方面大員。又何況是有才略的方面大員。一刀就給殺了。未免大可惜了。所以太宗不忍殺他了。倒不如將他收爲已用。即或自己不用。也可貽留子孫。因爲國家以人材爲寶。楚材晉用有何不可乎。想到這裡。才命前敵諸王貝勒。將承疇護送來京。暫時安置在一所清淨古廟裡。此時他雖然失了自由。口裡却是不乾不淨。謾罵不止。他的紗帽和朝靴。早已脫去了。光着頭跣着足。坐在一把交椅上。時而哦吟。時而謾罵。有時又啼泣一回。有時又冷笑不止。旁邊伺候他的人。受了太宗諭旨。無論如何。務要盡心服事。飲食衣服。不可有缺。切不可把他當作普通俘虜。須知他是明國大臣。俟其回心轉意。我們還要任用他呢。看管的人員。自然不敢慢待。更怕他乘機自盡。

所以晝夜留神。那敢有半點疏忽。不過洪承疇特別古怪。哭一陣。笑一陣。就如狂人一般。初來時見人就罵。說你們爲何不把我殺了。我願意死。我願意死。因此伺候他的人。都說明國文官。脾氣差不多是一樣。原先張春乍來時。如此。老是希望有人殺他。須知人不吃飯。也可以死的。何必一定等待刀殺。張老爺一直活了十餘年。然後纔病死了。不知這位洪老爺如何。如果吃飯。大約也不能死了。承疇被擒以後。果眞和張春一樣。拒絕了好幾次的飲食。也因爲餓的難過。纔進了飲食。乍到盛京時。伺候人役。有一次給他備茶點。誤把牛奶酪乾給他端上來。曾遭他一陣好罵。什麼腥臊難聞咧。胡奴的食物咧。老夫寧可餓死。決不食此醃臢之物。也難怪。那時滿蒙。不及現在歐美人開明。牛乳等類。也許不大衛生。大中華的貴官。自然觸鼻生厭。但是由那里給他尋燕窩粥呢。好在人參哈斯蟆之類。雖爲夷地所產。却爲閩海人所歡迎。以後便用人參哈斯蟆給他作羹。他却格外歡欣。連誇好好。但是這宗提神益氣的東西。吃下肚去。益發使他精神壯健。哭笑本事。也就更利害了。滿洲地寒。室內皆有火炕。洪氏是閩人。頗不習慣。因此又把火炕辱罵一番。所以每日只在一條横榻上卧起。現在他已來了好幾天了。太宗已知其狀。聞其喜吃人參哈斯蟆。暗中命人精製。以供其食。只是吃飽以後。啼笑靡常。絕無降順之意。太宗也曾命人說喻幾次。皆被承疇罵出。希望一死。太宗甚以爲憂。一日又命大學士范文程前往說降。承疇漫不接待。依然光着頭脚。踞坐謾罵。文程毫不計較。自拾一椅。與之對坐而語。泛及今古事。承疇意似鄙夷。不作一語。時梁間灰塵偶落。沾着承疇前襟。承疇以袖。自拂去之。文程一見。暗暗點頭。急與辭而去。歸告太宗曰。臣料承疇必不肯死。不日當自請降。太宗問故。文程以所見奏。且曰。士大夫操守。恒見於造次顛沛之間。今承疇愛惜其衣服。焉能不愛惜其身命。必降無疑矣。太宗大喜。又自往視之。解所御貂裘衣之曰。先生得無寒乎。承疇瞠視久之。歎曰。眞命世之主也。乃叩頭請降。太宗大悅。卽日賞賚無算。置酒陳百戲以優寵之。諸將或不悅曰。上何待承疇之重也。太宗進諸將而諭之曰。吾曹櫛風沐雨數十年。將欲何爲。諸將曰。欲得中原耳。太宗笑曰。譬諸行道。吾等皆瞽。今獲一導者。吾安得不樂。從此賜承疇邸宅婢僕姬妾。但不召見。亦不任以職事。其衣冠一如明制。承疇感激。甚以爲幸。前日狂態。已丢於九霄雲外。又過月餘。都察院參政張存仁上言曰。承疇歡然倖生。宜令薙髮備任使。五月。太宗御崇政殿。召承疇及諸降將入見。(此時錦州亦降。、故祖大壽亦一同入覲。)承疇跪大淸門外奏云。

臣爲明將兵十三萬援錦州。上至而兵敗。臣入松山。城破被擒。自分當死。上不殺而恩育焉。今令臣朝見。臣知罪。不敢遽入。上使諭曰。承疇言誠是。爾時與我交戰。各爲其主。朕豈介意。且朕所以戰勝明兵。遂克松山錦州諸城皆天也。天道好生。故朕亦恩爾。爾知朕恩。當盡力以事朕。朕昔獲張春。亦嘗恩遇。彼不能死明。又不能事朕。卒無所成而死。爾勿彼若也。承疇乃入朝見。命上殿坐賜茶。上語承疇曰。朕觀爾明主。宗室被俘。置若罔聞。將帥力戰見獲。或力屈而降。必誅其妻子。否亦沒爲奴。此舊制乎。抑新制乎。承疇對曰。舊無此制。邇日諸朝臣各陳所見。以聞於上。始若此耳。太宗因歎曰。君闇臣蔽。遂多妄殺。將帥以力戰沒敵。斥府庫財贖而還之可也。奈何罪其孥。其虐無辜亦甚矣。承疇叩首垂涕曰。上此諭眞至仁之言也。時太宗有敏惠元妃之喪。命王大臣宴承疇等於殿上。太宗還宮。使大學士希福諭以不得躬親賜宴之故。承疇等宴畢。叩謝還邸。從此遂居於盛京。不在話下。折回來再表表松山陷後。明帝親祭承疇一事。只因那時消息遲緩。眞實報告。每每落後。所以明帝誤信風傳。以爲承疇已死。予祭十六壇。並詔建祠於都城。祭奠之日。明崇禎帝御製祭文。親往臨祭。自洪承疇以下。凡戰歿文武大官。皆列神位。此時太常司的音樂班。奏動哀樂。贊禮官引導崇禎帝。方至承疇祭壇前面。止了音樂。正欲宣讀祭文。忽有報馬飛來。乃是禮兵兩部差來急使。請求明帝。勿再致祭承疇。目下已得確報。承疇實未死。業已降順清國矣。明帝見報。大出意料以外。從駕多官。也都慌張起來。當時演出一場極其滑稽的大失態。由此一點。就可證明崇禎皇帝。不能鑒別人倫。尤不能知人善任。文武大臣。無不出於夤緣倖進。藉有傑出之士。亦不能和皇帝一德一心。所以誤聽誤信。在所不免。再說明帝左右。除了奸佞。便是宦官。他們把皇帝包圍。惟務私利。皇帝就是他們的飯碗。吃一天算一天。等到此碗不中用。或是被人打碎的時候。他們再覓新的飯碗。我們但看崇禎帝駕崩煤山的時候。許多文武大臣。絕無關心。反倒很熱心的。去歌頌闖賊功德。就足以說明這羣敗類。平日對於皇帝是怎樣用心了。閑話不表。却說明帝誤信人言。再加以自己理想。以爲承疇那末大的名位。萬無降理。一定城亡與亡。殊不知理想每與事實分道而馳。承疇當眞降了大清。於是明之君臣。由禮場上悄然而退。承疇呢。也就在大清國中。作了鑲黃旗漢軍旗人。太宗十分厚遇。不過終太宗之世。未嘗命以官職。順治元年四月。睿親王多爾袞。率師伐明。承疇從定京師。以太子太保兵部尚書。佐理機務。後來直作到大經略。淸史有傳。本書但述創業開國之事。後來情節煩多。宜爲別書。此處也就不便多敘了。折囘來仍然接續敘述前敵之事。話說自松山被淸軍所得。明官自總督洪承疇以下。多被擒斬。逃往寧遠整理殘兵希圖再起的總兵吳三桂等。聞信大驚。他們事先既不能解松山之圍。事後更難以復已失之城。不過他們不得不心存徼倖。以爲錦州尚未陷落。如能東西夾擊。也許恢復松山城。所以在三月裡。（崇德七年）。總兵吳三桂、白廣恩、王樸等。不時來犯大淸營。但是他們的人馬。自寧遠而來。僅能及於連山。至遠也不能過塔山。時在杏山駐防者。又爲武英郡王阿濟格之勁旅。屢屢擊敗三桂等援兵。而錦州呢。不但未得援救。反倒被圍得益發緊迫了。加以援絕糧盡。城內餓民相食。總兵祖大壽。戰守計窮。狼狽萬分。如果松山不下。總督洪承疇猶在圍城中。

也許使他希望不絕。多挨些日。現在明知松山不守。承疇被擒。久困失援的錦州。如再不降。城內兵民。必至全行餓死。好在祖大成出松山被太宗釋遻錦州。足見太宗對於祖氏一家。恩義有加。眷顧未已。出降之後。萬不至有何危險。本來他在大凌河業已降過一次了。明之國恩。雖不可負。太宗的恩情。尤爲可懷。想到這里。爲救闔城生靈。乃率部下官佐。出城詣鄭親王濟爾哈朗營乞降。鄭親王等見大壽已降。一面派兵進城駐守。一面專摺入奏。其略曰。大壽降後。即日率兵入城。駐於城上。守獲城門。諸王議取寧遠之策。皆謂當乘大壽妻子尙未撤回。總兵吳三桂尙未更替之時。亟行前往。議遂定。至錦州城內。兵約七千人。與祖大壽同心歸順之官屬兵丁。悉留養之。其餘或誅與否。謹候上裁。是夜太宗遣內院學士額色赫等。往諭曰。祖大壽部下之人。悉與留養。其他悉誅之。凡在錦州蒙古人。察出處斬。杏山塔山兩處。可令祖大壽遣人往說之降。幷令祖大壽所屬有父母兄弟之人極誠實者。前往寧遠。俟有回信。可即奏明。其武英郡王之軍。可於塔山西連山大路。嚴行堵截。一至海邊。一至山下立營。松山所獲祖大樂。祖大成等。可帶往錦州與伊妻子完聚。令與祖大壽同處。惟祖大名先曾有旨誅之。若未正法。從寬宥釋。亦令依於大壽處。爾等可速往宣諭。恐大壽屬下之人。有誤被誅戮者。此諭於夜中發出。齎往之人。當然也是星夜馳往。於此也可見太宗對於祖氏。是怎的恩待了。原先太宗已降明令。關於松杏錦州三城明兵。屢行突圍。久久不降。故定十六歲以上。擒獲即誅。現在錦州旣降。

若概行嚴法。未免刻酷。所以令諸王大臣。分別留養。或誅除之。大別可分三等。最先宜行留養者。自不外大壽部屬。次則舊屬關外之遼東兵。亦須留養改編。因爲兩方雖爲敵人。而接觸年久。彼此皆有好感。情性習慣。亦甚相投。自不能一概誅却。惟獨蒙古人。寄跡明軍中。不早降附。視利益爲轉移。力屈而降。非出誠心。在太宗至爲厭惡。故在誅殺之列。還有各鎭赴援之兵。乃是由明方各省調來者。言語殊異。性情不同。與淸兵絕無因緣。而仇抗之心。亦最濃厚。雖勸令投降。久必生變。難於留養。亦不得不誅。所以太宗復於壬午日遣筆帖式甯古禮等往諭祖大壽及諸王曰。因爾相持日久不下。欲盡加誅。不留一人。朕深加憫念。如將錦州兵民盡行誅戮。將何以招携懷遠。俾大軍一至。各來歸順乎。因悉將爾部留養。其在錦州之蒙古兵。及山海關之兵。縱使生全。彼亦不肯爲我有也。且恐不利於爾。故悉誅之。至關外甯遠等處官員。其妻子雖不在錦州者。亦留養之。又諭曰。原在錦州人民並商賈人等。可悉予保全。歸順官兵。盡令薙髮。其應誅之人。可詰祖大壽。顯正其抗逆之罪。然後加誅。仍將應誅應留。及所俘獲。速行開明具奏。至巡城守壕將士。不可謂錦州已降。遂爾怠忽。恐僞降官員。變貌易服而逃也。甯遠之人。有言欲見大壽便歸順者。不可輕聽。其更番回家兵丁。可令暫停。俟所獲人口牲畜。檢收既畢。卽令携來。又武英郡王。原令駐札甯遠連山之間。朕聞諸王貝勒云。在彼處無益。宜過甯遠遮截大路屯駐。如欲前往時。須防敵埋有地砲。當避路傍山而行。若遇敵步兵營。不可遽擊。必俟彼行動。伺便擊之。寗遠之人。若欲歸順。令我軍入城。必索城中大員爲質。命我軍嚴守城門。然後可入。不然。恐墮其計。再令圍杏山之官員。每旗章京一員。每牛彔兵二名。往助武英郡王軍。丙戌日。鄭親王濟爾哈朗等。遣圖賴、賽木布、博貝、光泰等。自錦州齎冊籍至盛京。奏稱。所留官員。總兵祖大壽。革職總兵祖大弼。（大弼久病不愈精神失常故革職）副將高勳、祖澤遠。參將祖澤沛、祖澤盛、劉志友、鄧雲、李勝、郭朝宗、遊擊吳汝玠、王江、張成梁、祖雲龍。都司金應第、劉献忠、張交元、唐珍、塗世科、高應奇。守備王文貴、潘永德、蘭一元、崔允升。幷男婦幼稚共三千四百三十八人。刺麻二十六名。僧人六十八名。又俘獲人四千八百九十四名。馬牛金銀等物俱載冊內。太宗得報。諭大學士希福剛林等曰。汝等可帶領大凌河官員。往錦州令察認伊等妻子奴僕。即給予之。將祖大壽官屬兵丁戶口。及各家妻子奴僕開明具奏。其留下人民。編入戶籍。仍令在彼居住。凡圍錦州章京。俱照職加賞。陣亡被傷之人。亦分別賞恤。其餘均分與軍士。一切賞賚之事。必與鄭親王睿郡王商酌而行。丁亥、希福等至錦州。禀明鄭王以後。先令大凌河舊降官員。往察其妻子奴僕。多年骨肉。懸隔兩地。今日纔得重逢完聚。相見之下。大家莫不悲喜交加。好在人數有限。即令各官親自携回盛京。最難處理者。是原有居民。以及大壽所部。關於安挿布置。皆有困難。所以希福等遣寗古禮等還奏曰。錦州人民。家財什具。在兵戈後。散棄一空。難以居住。至祖大壽妻子奴僕、及部下官屬兵丁戶口。共四千五百八十名。所有家貲。本欲令夫役護送。但輜重甚多。未易運轉。恭乞聖裁。太宗復遣筆帖式琿達鄂謨克圖等傳喩曰。編爲民戶者。既不能在錦州居住。當令一的當官員。率領牛莊所屬兵丁。從牛莊大路。送至蓋州安插。若遇運米前來接濟之兵。其護送官員。不可中道輕離。俟渡遼河後。始可隨意行走。朝鮮兵丁回時。亦令從此路行。其至東京日期。當先來報。以便遣人迎犒。朝鮮運到餘米。仍令彼國人看守。待庫禮至。交收後。方可遣回。祖大壽等歸順兵丁戶口。若我國撤回之兵。不能携帶。則令彼處種地之滿洲、蒙古、漢人、及喀剌沁人。每牛彔出堅固牛車一輛。令本牛彔下無馬之兵護之以來。如不足。則令義州駐防兵。量馬多寡運送之。如再不足。則令撤回之兵。馬上均分帶來。祖總兵輜重。難運之物。仍留其家。乘暇再取可也。伊家口來時。遣的當官員護送。其至廣寧城日期。亦當先報。以便遣人往迎。各官來時。武英郡王阿濟格、貝勒多鐸。謹愼防護。不可疏忽。以上是錦州降後。對於官員兵民的善後處治。故備錄官文書。以見當時辦事之條理。斯時祖大壽尚有一子。困處寧遠城中。己丑、鄭親王濟爾哈朗。遣學士額色赫等。往招諭之。守城明官知大壽已降。不令入城。但將大壽之子。請至城上。使與額色赫等相見。額色赫語之曰。爾父已降。汝等困守孤城。不久必爲松山之續。不如及早投誠。以救闔城生靈。語未終。明官已將祖氏子引去。於是不得要領而還。武英郡王謂鄭親王曰。寧遠所以不降。敢於固守。以恃海道轉餉故也。今宜絕其餉道。以困守之。於是自率本旗護軍。同前鋒兵。及外藩蒙古兵。西過寧遠城十里。截斷大路下營。果遇水路運糧之兵。截殺之。城內兵出戰。亦被擊退。殺九十餘人。獲馬十三匹。自是寧遠遂困。話說自松山錦州相繼失陷。總督洪承疇以下文武多官。或降或殺。或遭敗遁走。十數萬大軍。殄滅無遺。明廷得了確報以後。眞不亞舉國震驚。罔知所措。尤以崇禎皇帝。駭怪萬分。怎麼乍一出兵時。捷報重叠。紛至沓來。結尾依然落得一場慘敗。可見朕甚不明。屢爲左右所誤。大約朕所聽說的前方情形。必不盡然。從前見彼屢有求和之意。以爲必有不支之勢。如今看來。形勢適得其反。再要繼續戰爭。豈不是白費兵馬錢糧。究竟情事如何。須要兵部當局盡情直言。始不一誤再誤。想到這里。遂把兵部尚書陳新甲宣入宮中。問以和戰之計。新甲奏道。今日之事。捉襟見肘。情事已不可掩。現在國家。內有流寇。外有强敵。臣部調兵籌餉。幾於搜羅俱窮。但是仍不見效。可見敵强我弱。非朝夕所能奏功。臣愚先時見不及此。以爲東海小夷。一鼓可滅。故趣承疇進戰。不圖師喪將擒。如再整軍經武。臣部難爲無米之炊。不如少緩須臾。暫定和議。一俟籌有餉械。再行撻伐。亦無不可。明帝曰。卿言固是。但既和之後。兩方信守。如何由我背之。新甲曰。對於夷狄。不必言信。而且也不必爲對等之盟。陛下但諭臣部。差官往議卽可矣。明帝見說大悅。也不問新甲所言是否合於事理。反正他們君臣。

沒有一個眞識時務者。不過以敷衍手段。混過一時。誠心的和好。依然談不到。所以就這樣掩耳盜鈴的去作。對方如何。却是不管。當下崇禎帝依了陳新甲的建議。乃下敕諭一道。諭新甲曰。

諭兵部尚書陳新甲。據卿部奏。遼瀋有休兵息民之意。中朝未輕信者。以前督撫各官。未嘗從實奏明。今卿部屢次陳奏。我國開誠懷遠。似亦不難聽從。以仰體上天好生之仁。以復還我祖宗恩義聯絡之舊。今特諭卿。便宜行事。遣官宣布。取有確信回奏。

好笑的很。不計對方實情。但以自尊之心。說自己一方面的話。行之國際。焉能有絲毫效力。

却說陳新甲。和明帝暗中議妥。以爲一道諭旨。命令部臣。便可把息戰議和的事。從容辦理。毫不費難。當下差遣總兵一員。錦衣衛官一員。職方司官一員。來至錦州。請求謁見諸王貝勒。時鄭親王等正在料理軍務。忽見有明官多人來自燕京。忙令人請入。叩以來意。明官曰。吾等乃兵部尚書陳新甲所差。欲與貴國商洽和議。現有我國皇帝敕諭爲憑。不知能代爲轉奏否。鄭親王等見說。甚覺奇怪。和議雖所樂聞。但須出之以鄭重。如今只派來無聞之官多人。就地來議和好之事。已屬不誠之甚。本待拒而不納。又不知明帝敕諭所言何事。當下公議。皆以轉奏爲是。無論事體如何。總宜出自上裁。遂命將來官驛館安置。一面差遣啓心郎占巴。將上項之事。及明帝敕諭。齎至盛京。奏明太宗。太宗覽畢。敕諭諸王貝勒曰。

閱爾等所奏明之筆札。多有不實。若謂與我國書。何云諭兵部尚書陳新甲。既謂諭陳新甲。又何用皇帝之實。況札內竟無實欲講和之意。乃云。我國家開誠懷遠。似亦不難聽從。以復還我祖宗恩義聯絡之舊等語。此皆藐視我國。實無講和之眞心。然彼雖巧詐。朕以實情言之。向來啓此兵端。原非我國之願。因明國不辨是非。凌辱我國。情實難堪。故不得已出兵耳。朕從前屢欲講和。而明國不從。今明國口稱欲和。其眞僞不得而知。然和好固朕之夙願。朕豈有所迫而願和歟。朕蒙皇天眷顧。昔時金朝所屬。盡爲我有。元裔朝鮮。悉入版圖。所獲明國官民。不啻數百萬。恩威遠播。所向無敵。如此而猶欲和好者。蓋爲百萬生靈惜耳。若和事果成。何必爭內外大小之名。但各君其國。互相贈遺。通商貿易。悉安生業。則兩國之君臣百姓。共享太平之福矣。惟是我朝兵强國富。倘且諄諄願和。奈明國執滯不通。自以爲天之子。鄙視他人。口出大言。不願和好。不知皇天無親。有德者受命。無德者廢棄。從來帝王。有一姓相傳。永不易位者乎。明之君臣。慮不及此。不願修好。致億萬生民。死於塗炭者。皆明之君臣自殺之耳。罪在彼。朕無與焉。朕以實意諭爾等。其傳示於彼。使明知朕意。

明帝和兵部尚書陳新甲。使了一套把戲。想着這道敕諭。必能發揮十足效力。淸主一定入彀。但能敷衍一時。休息兵馬。將來國力恢復。依然撻伐。殊不知太宗的才略識見。豈是一二庸人所能窺測的。第一他們不使用國書。不派全權大臣。只差幾名無聞官吏。齎來敕諭陳新甲的公文。便想由此進行和議。無論今古。自是獨立國家。就不能接受。何況太宗以戰勝之國。欲與和好。而明帝始終回護自大。不認戰敗。言外之意。仍是敕令部臣。允許對方乞和。好象深體上天好生之德。不爲已甚似的。這簡直不是交涉。完全是命令了。第二敕諭內。依然舊話重提。意思說在我祖宗時代。你們無非是我大明的屬夷。封爲建州都督。因爲有此舊好。所以仍願恢復以前的舊狀。說出這樣的話來。不但顯露着無謂的自尊。益發刺激對方。永無息兵之望了。清之祖先。並不是始受明封。才作都督的。自金元以來。早已爲萬戶都督。爲一地君長。而滿洲民族。心目中皆有以前光榮的歷史觀念。有英雄出。爲之領袖。自然很容易的團結一致。建設國家。光大舊業。豈是明廷下等馭邊政策。所能終於抑壓阻止的。但是事到如今。他們依然莫明其妙。毫無醒悟呢。有此二端。宜爲太宗所斥。原樣把那道敕諭給璧回了。並諭令前方鄭親王等。曉諭明方來人。如眞欲息戰休民。共享太平。必須相互之間。出以誠心。不可再臨以自大凌侮的態度。因爲以前種種。無不出於欺辱愚弄。纔有今日。現在元裔朝鮮。盡入版圖。明之臣民。歸附樂業。儼然已成不可侮之帝國。所希望者。我疆我理。與明分地而治。共享太平之福而已。時勢如此。明宜如何促成和議。以免根本覆滅。非以誠意處理。萬無成功之理。顧明人依然妄自尊大。蔑却流寇膏肓腹心之痼疾。玩忽有爲勃興之强鄰。以流寇爲疥癬。因循養癰。以强敵爲小夷。激其奮志。盖明祚之亡。實自取也。話說鄭親王等得了太宗諭旨。遂將明方來人。以禮遣回。派人護送出境。那些明官。也不敢多言。只得匆匆回到北京。將太宗所以拒絕之故。說了一遍。陳新甲無可如何。只得仍和明帝暗中計較。打算另換形式。再度進行。姑且不在話下。卻說松山錦州既降之後。兵民商賈。以及投降各官。或調赴盛京。另行任使。或移往他處。妥善安插。一切善後之事。已如前述。辦理完竣。至於前方將領。以及駐防軍士。以戰事告一段落。除了塔山杏山。以至寗遠。尚有少數殘敵。此外已無明兵隻影。故關於駐防軍隊。無須多數。乙未。太宗遣內院學士額色赫前赴錦州杏山。諭王貝勒等曰。睿郡王多爾袞。肅郡王豪格。饒餘貝勒阿巴泰。輔國公博和託。管旗大臣宗室拜音圖。和洛會。武賴。伊拜。駐守杏山。鄭親王濟爾哈朗。貝子洛託。尼堪。輔國公屯齊。滿達海。特爾祜。管旗大臣公艾度禮。葉臣。庫魯克。達爾漢。阿賴。恩格圖。石廷柱。巴延。劉之源。金礪。駐守塔山。武英郡王阿濟格。郡王阿達禮。貝勒多鐸。羅洛宏。貝子博洛。輔國公芬古。札喀納。杜爾祜。和託。穆爾祜。屯齊喀。管旗大臣阿山。譚泰。葉克舒。準塔。巴特瑪。馬爾希。鄂謨克圖。俱着回京。仍將滿洲蒙古。各旗護軍騎兵。前鋒兵。分爲兩班。一令來京。一令駐防。於留駐之軍。分爲左右翼。左翼駐杏山。右翼駐塔山。其餘孔耿尚三王之兵。亦留駐於前方。以備攻擊塔山時。令其以砲兵助攻。錦州城內房舍。兵後多毀。太宗令修建之。以爲兵舍。其王貝勒以下之居舍。則令自行建築。松山城明人曾用爲要塞。屯駐軍馬。今則命毀其城。只留倉庫房舍。以貯軍械火藥。及官兵居住之用。其房屋有不足者。令增築之。到了夏四月。太宗遣刑部啓心郎額爾克圖。齎敕詣王貝勒軍營。出諭明將吳三桂書。及張存仁、祖可法等致三桂手札。令王貝勒等。差人送至寧遠。吳三桂爲明末清初一大惑星。其人格不足取。惟其地位與祖大壽不相上下。雖兵敗困守寧遠。儼然爲一重鎮。故太宗不能漫然置之。乘其城困餉絕。欲以書招之來降。其書曰。

朕以大兵圍困松山錦州。松山副將夏承德。首先納款。故其眷屬及部衆。俱加恩留養。總督洪承疇。亦留養之矣。其餘抗命者盡誅。惟祖大樂等。因係將軍之戚。姑留之錦州。祖大壽歸命。其眷屬部衆。俱獲保全。此正大將軍趨吉避凶。建功立業之秋也。將軍果能乘時度勢。決意來歸。則宏功偉名。與迫而後歸之松錦諸臣。大相懸絕。親屬可以完聚。功名可以長保矣。否則將軍之全軍已爲我所取。印信已爲所得。松錦陷沒。坐視而不能救。種種罪愆。爾主豈肯輕恕耶。曩者祖大壽之在錦州也。爾主疑之。而欲加以罪。然終不能者。以其族黨勢張。且據錦州故耳。今將軍以孤立之身。負危疑之迹。豈能自保無虞。況爾國流寇轉熾。土宇凋殘。傾亡之象。將軍已目擊之。時勢若此。將軍雖勇。一人之力。其奈之何哉。將軍不於此時翻然悔悟。決計歸順。勞我士馬。遲我時日。彼時雖降。亦不足重矣。其詳慮而熟思之。

時寧遠城中。尚有總兵白廣恩等。太宗亦與書。令其開導三桂。白廣恩之子白良弼。前在松山投誠。亦以書與其父。述太宗恩德。其張存仁諸人書。亦勸三桂宜早決大計。不可遲疑。良禽擇木而棲。良臣擇主而事。今古豪傑。莫不皆然。云云。三桂得書。心中自忖。好不難決。他並不是有節氣的寧死不貳人物。也不是風雲際會。欲有大作爲的豪傑。古今人物。各有其志。蘇子卿、文天祥、張斌、王猛。皆足令人師法。其格不一。難分上下。所最足鄙棄者。無志概可言。其活動對象。不爲國。不爲民。不爲世界。更不爲道理致義。僅不過爲了眼前一時的子女玉帛。瞬間享受的豪華富貴。換言之。其活動範圍。不出財色二字。斯乃人類之最下品。無論其地位高低。亦不值一顧也。吳三桂在清初明末之大舞台。可以說是大紅而特紅之角色。但吾人檢討其一生。可以說是毫無目的。若勉强而言其目的。簡直可以說是爲財爲色而奮鬥。使其不好色不貪財。斯人或庸碌一生。絕無聞焉。故三桂雖爲財色所誤。也可以說是爲財色所成全了。他什麼也沒有。吾人只可以此點論之。或曰。現在他並沒有降順太宗呵。足見尚有良心。一到明亡。闖賊入了北京。他才乞師投降。乃是出於不得已。曰。不然。他所以不即降者。乃是他的愛妾陳圓圓不在身邊。仍在北京住居之故。他怕投降以後。家族被罪。圓圓不保。而一時又不便携至前敵危險區域。所以遲疑不降耳。不幸李闖打破北京。陳圓圓爲賊所獲。他還才一怒乞師。降於睿親王營前。吳梅村詩所謂將軍一怒爲紅顏是也。但是後話。此處不提。却說太宗既以書招三桂等降。而三桂不允。仍命武英郡王阿濟格圍困之。又降敕招諭杏山塔山被困明兵。如不勞士馬。作速歸降。則援夏承德祖大壽之例。加恩留養。如不聽招。諭出以頑抗。城破之日。盡誅不赦。並命鄭親王等。相機而行。諭到後。明兵依然不降。鄭親王遂集衆議攻塔山之策。衆將曰。去歲明總督洪承疇。提十三萬衆。來援錦州。上駕至。從容布置。不旋踵而破其八鎮之兵。今洪承疇已降。杏山塔山。尚有明兵盤據。而吾等圍守經年。不能下。豈不以其爲殘敵而不足顧慮乎。如今皇上既降敕諭。謂如不降。必攻克之。以殲其衆。則再不可寬假。理宜加以痛擊。使前鋒兵在前。護軍爲接應。砲兵在後。毀其城垣。可一鼓而下矣。鄭親王稱善。以四月初八日。率右翼將士。及兩翼護軍。漢軍砲兵。進至塔山城西。相度地形。布置攻城軍士。然後令砲兵舁紅夷砲十餘尊。面城而列。城內明兵見清兵來攻。忙即登陴固守。斯時大清兵踞高臨下。紅夷巨砲。業已整備停安。只見紅旗一招。便如山崩地裂一般。十餘尊巨口大砲。一齊射出。烟塵起處。震得塔山全城。搖搖欲撼。明兵雖有火器。無非是野砲。僅足以防步兵。焉抵得過紅夷砲的威力。眼見堞口翻飛。城垣龜裂。如此雙方攻守了一晝夜。次日初九正午。塔山城垣已崩壞二十餘丈。明兵正自忙於堵塞。鄭親王已命前鋒將領。率領精銳攻城兵。突至城下。一陣斫殺。遂自城牆欹處。攻上城頭。當下吹動海螺。招展大旗。不一時攻城兵盡行登城。而護軍騎兵。已把塔山城團團圍住。以防敵兵外逸。城內共有明兵三營。約有七千餘衆。因無逃路。連官帶兵。聚在城內。盡死於砲火弓矢之下。其農民商戶。則全數被俘。鄭親王令人査點清楚。按人畜金銀物件。造具清册。差人晉京奏聞。太宗得報。命人往諭曰。俘獲之物。照品級賞給陣亡及被傷者。效力攻城之章京等官。從優加賞。其餘分給攻城之兵。隨從諸王之兵及守營者。逸而未勞。不必加賞。再令運米於錦州。俟人口牲畜米穀等物料理既畢。可將塔山城夷平之。大軍撤回高橋。一面傍海。一面依山。橫截大路駐營。相時而進。話說塔山既已攻下。與相隣接者。只剩杏山一城。杏山原非大城。只因松山不守。明兵以其較近。故逃入者有相當多數。時太宗及諸王貝勒。正在經畫松錦善後。一向只令兵將圍守。未加攻擊。目下塔山業已攻克。杏山萬無倖存之理。不過他們總以爲寗遠方面。不久會有援兵。救其出險。却不知寗遠一樣被圍。正在自顧不暇呢。太宗不欲多勞士卒。希望他們自悟乞降。所以復以敕旨招諭之。略謂。十三萬援兵已敗。松山錦州塔山三城已克。獨此蕞爾孤城。焉有委而棄之之理。若朕命速降而不降。後或攻或困。城下之日。悔無及矣。不想杏山明兵。以爲雖在降後。亦無生理。所以依然遲疑不決。二十一日黎明。鄭親王等。命將以攻塔山之法往攻杏山。先取其近城之臺。二十二日。列紅夷砲。猛攻其城。數時間後。城壁轟開二十五丈有餘。方欲命兵將奪取之。城中明方官兵。已覺悟此城難保。不如投降。還可徼倖不死。當下樹起降旗。開城迎降。多官跪於鄭親王馬前。叩頭請罪。

鄭親王問曰。先前何以不降。見城垂破而乃乞降耶。明官曰。我等先本欲歸順。只因畏懼軍威。恐不容納。所以未降。今已覺悟。或殺或宥。惟命是聽。鄭王頷之。命隨大軍入城。於是派定軍士。城上及城門。皆行嚴守。所有投降官兵、民戶、軍裝、物品、等項。皆造冊籍。令人馳奏。

太宗得報。命額色赫瞻岱等。往諭鄭親王等。命將杏山歸順官屬兵丁。俱送至盛京。其餘士民。則發赴蓋州安置。杏山城仍命平毀之。於是鄭親王等遵諭把杏山之事。辦理完竣後。遂同睿郡王率護軍還京。利用此機。把太宗禁止善友邪教之事。略爲叙述。太宗對於宗教。具有相當認識。尤能利用宗教之勢力。以補政治軍事之不足。即如優待喇嘛。敕建喇嘛寺院。有清一代之宗教政策。實肇於此。其他如一般釋氏道家。亦皆公許信仰。至本國固有之薩曼教。更無論矣。惟對於民衆。飾詞蠱惑。藉端斂財。陰行不法之邪教異端。則斷不姑容。立即鏟除。時有民人康養民、李國梁等。倡設善友邪教。在大小村莊。散布傳單。所編言詞。粗惡不堪。非佛非道。妄說天象。預言凶災。如能尊信其教。捨財布施。什麽一人之災可免。一家之災可免。連篇皆是。又云。如吝財不捨。或見單不傳。不信祖師法語。小而一家。大而一國。必遭奇災大難等語。愚民無知。最懼凶年禍患。彼此勾引。信者日衆。康養民等。既闢財源。又得信徒。於是建設公所。私刊印章。委派執事。居然到處宣傳。事爲地方官員所聞。不敢隱匿。當即據情奏聞。太宗因敕諭禮部曰。自古僧以供佛爲事。道以祀神爲事。近有善友邪教。非僧非道。一無所歸。實左道也。且人生而爲善。則死亦無罪。苟無罪戾。何用立善友之名。既有罪矣。雖爲善友何益。與其積惡而爲善友。何若行善之爲愈乎。語云。行善者天降以福。善原在心。非不食肉之謂也。今康養民李國梁等。倡善友邪教。合群結黨。私造印劄。惑世誣民。紊亂綱常。凡列名於籍者三百餘人。法司俱擬死罪。朕加寬宥。止誅爲首十六人。自今以後。除僧道外。凡從善友邪教者。爾部永行禁止。如有不遵禁約。或被人首發。或經各衙門察獲者。殺無赦。該管各官。及本主不行察究者。一例治罪。嚴旨一下。邪教立刻鏟除。不在話下。單說明尙書陳新甲。因前次派官前赴錦州。接洽和議。因非國書。只不過是探聽性質。自然被太宗拒絕而去。陳新甲見太宗態度强硬。如再兵連禍結。兵部首受其禍。所以仍與崇禎暗中商量。必欲得有眉目。以紓一時之難。崇禎帝也以爲然。着他便宜行事。但不可使外廷與聞。總以秘密進行爲宜。即此一點。足見崇禎皇帝。不能乾綱獨運。既是兩國議和。未嘗不可出自宸衷。簡派謀國大臣。公然行之。豈有畏首畏尾。暗中撮商之理。固然和議不成。還可諉爲原無此事。一旦和議告成。豈能終秘。如外廷大臣。一致論劾。極力反對。難道把約章又行廢棄不成。所以但看崇禎如此行事。便可斷定他絕無救亡的才力了。却說陳新甲二次得了崇禎帝的同意。回到衙中。和自己心腹。密議一回。遂遣職方司員外馬紹愉。主事朱濟之。副將周維墉、魯宗孔、遊擊王應宗、都司朱龍、守備喬國棟、張祚、趙榮祖、李國登、王有功、黃有方、還有天寧寺僧人性容等。及從役九十餘人。以檢閱前方爲名。先行前往寧遠。因爲他們的使命。是秘密的。不敢宣揚是辦理和平交涉。到了寧遠以後。才把中朝的意思。暗中通知了吳三桂。

三桂於大敗之後。希望休養。恢復實力。所以對於議和的事。殊表贊同。馬紹愉等大喜。於是遣人先至錦州。請求鄭親王等代爲轉奏。如蒙貴國皇帝俞允。當即進見。恭聆諭旨。鄭親王等見明國二次遣官前來。忙爲轉奏。太宗以爲這次不比前回。或有相當成效。也未可知。遂遣兵部啓心郎占巴。內院官葉成額、實圖等往迎。五月初三日。遇明使於塔山。遂伴之入國。預奏十四日當至盛京。屆期。太宗命大臣迎於二十里外。設宴款禮之。及入城。宿於館驛。次日復命禮部承政滿達爾漢。參政阿哈尼堪。內院大學士范文程、剛林。學士羅碩、至館驛宴之如初。但太宗迄未召見。只命內院官館伴之。一連十日之久。馬紹愉嘗問范文程曰。貴國有和意否。吾主頗願得有休息。然後另派親信大臣。妥善辦理。但吾等被召至此。已十餘日。雖每日渥蒙優遇。而始終未蒙召問。若不得要領而回。恐被罪責。文程曰。先生幸勿多慮。吾主必有書札以答爾主也。六月初旬。太宗遣明使馬紹愉還國。賞賜甚厚。另以書札一道。以致明帝。仍命官送之十五里外。以祖餞之。馬紹愉等回到北京。把太宗御札。很嚴密的送至兵部尚書陳新甲邸中。其書曰。

向來所以構兵者。盡因爾明國無故害我二祖。我皇考太祖皇帝。猶固守邊疆。和好如舊。乃爾明國反肆憑陵。干預境外之事。哈達國汗萬。竊踞之地。我已征服。爾逼令復還。又遣人於葉赫錦台什布揚古處。設兵防守。以我國已聘之女。嫁於蒙古。乙卯年。爾明國奪我土地。擾我耕穫。逐我居民。燒毀廬舍。仍驅令出境。所在勒石。是以我皇考太祖皇帝。收服附近諸國。烏拉布占泰。輝發拜音達里。哈達萬之子蒙格布祿。所有之地。漸次削平。於是昭告天地。親征爾國。又平定葉赫錦台什布揚古之地。其後每欲致書修好。而爾國不從。事漸滋蔓。遂至於今。此皆貴國先朝君臣事也。事屬既往。於皇帝何與。然、從前曲直。亦宜辨之。今予仍欲修好者。非有所迫而然也。予纘承皇考太祖皇帝之業。嗣位以來。蒙天眷佑。自東北海濱。迄西北海濱。其間使犬使鹿之邦。及産黑孤黑貂之地。不事耕種。漁獵爲生之俗。厄魯特部落。以至鄂諾河源。遠邇諸國。在在臣服。蒙古元裔。及朝鮮國。悉入版圖。於是擧朝諸王大臣。及外藩諸王等。合辭勸進。乃昭告天地。受號稱尊。國號大清。改元崇德。邇來我軍每入爾境。輒克城破陣。乘勝長驅。若圖進取。亦復何難。然予仍願和好者。特爲億兆生靈計耳。蓋嗜殺者殃。好生者祥。感應之理。昭然不爽。若兩國各能審度禍福。矜全億兆。而誠心和好。則自茲以後。宿怨盡釋。尊卑之分。又何必較哉。古云。情通則明。情蔽則暗。若爾國使來。予令面見。予國使往。爾亦令面見。如此。則情不壅蔽。而和事可久。若自視尊大。俾使臣不得面見。情詞無由通達。則和事終敗。徒貽國家之憂矣。夫豈拒絕使臣進見。遂足以示尊耶。

如兩國眞欲結成和好。須互守下開各條。

(一)兩國之吉凶大事。須彼此遣使。交相慶弔。

(二)每歲明以黃金萬兩、白金百萬兩、餽我。我以人蔘千斤、貂皮千張、餽明、

(三)我國滿洲、蒙古、漢人、以及朝鮮人等。若有逃叛至明境者。當遣還我國。而貴國之逃入我國者。亦遣還之。

(四)貴國以寧遠雙樹堡中間土嶺爲界。我國以塔山爲界。連山則爲中立地。兩國互市於此。

(五)自寧遠雙樹堡土嶺界。北至寧遠北臺。直抵山海關長城一帶。若我國人有越入。及貴國人有越出者。俱加稽察。按律處死。或兩國人有乘船捕魚。海中往來者。爾國自寧遠雙樹堡中間土嶺。沿海至黃城島以西爲界。我國於黃城島以東爲界。若兩國有越界妄行者。亦俱察出處死。

倘願如書中所言。以成和好。則我兩國人或親誓天地。或各遣大臣代誓。爾速遣使齎和書及誓書以來。予亦遣使齎和書及誓書以往。若不願和好。再弗遣使致書。則億兆死亡之學。於予無與矣。

若說這樣的條件。明再不依。眞所謂過了此村。更無此店了。以屢屢戰敗之國。並無割地之辱。山海關天險。依然在明國掌握。太宗並未要求撤廢。可謂寬大已極。其餘個條。皆爲相互的。無此輕彼重不平之點。明所失者。僅關外有名無實之宗主權而已。至於固有領土。則依然完整如故。使明之君

臣。稍具常識。粗明事理。對於太宗之意見書。自當歡迎。萬無拒絕之理。因爲這是於明側大有裨益的。反面於淸之前途。却有不利。所以太宗當發動和議。製作條款時。也曾向各大臣徵求意見。多數不以議和爲然。如祖可法之論。可爲代表。其言曰。明國盗起餉乏。大勢已去。若擧兵再圖。則河北不難爲我有。且和議一成。則明得陰修戰備。而八旗勁旅。反習逸忘勞。非計之得者。但太宗不願塗炭生靈。謂得天下不必全恃武力。和如不成。其責在彼。故排衆議。仍以書致明帝。不想兵部尙書陳新甲漫不經心。他把太宗御札。看完之後。隨便置於書案之上。依然去理別的事。按規矩。各路如有塘報。必付鈔傳。就好象現在的公報。也無非是些例事具文。凡鈔錄此項塘報。概由家僮辦理。大臣也就不再過問。也是活該有事。明祚當亡。這是何等重要文件。豈可隨便放置。僮僕們也就誤爲普通塘報。不管三七二十一。一樣付了鈔傳。這一來。外面可就吵嚷動了。言路大譁。交章論劾新甲。說他私通外國。密行和議。不置重典。國法何申。崇禎帝爲人。既忌刻。又褊窄。論理新甲議和。也是秉承帝旨。現在既然無意中揭穿。理宜將以往各情。付之公議。才是正理。不想崇禎帝羞惱成怒。把陳新甲大加呵責。新甲也不引咎。以爲得有這樣成果。乃國家之幸。隱然有居功之意。因此明帝益怒。遂下詔獄。究其私交之罪。可憐新甲。雖有百口。也難分辨。因爲內而皇帝。外而廷臣。都把大罪加在他一人身上。他還想活嗎。沒有幾天。就被棄市了。欲知新甲死後若何。且看下回。

第三十二回

破和議命將伐明　嗣大位章皇御宇

話說明崇禎帝。惱恨陳新甲。不合將機密大事。落於家僮之手。以至外廷交相論劾。皆說新甲賣國。其實遣使東行。探聽和議之事。前後兩回。無一不是奉了崇禎的敕諭。僅不過事屬秘密。外廷無由而知。如今既已騰於衆口。崇禎帝若果眞心欲和。以救國難。萬不可遷怒新甲。自居於不知不聞之地。以護已短。何況爲國紓尊。降志和好。不但不算短處。或爲明之列祖列宗所見諒。也未可知。無奈他的性質。猛於責人。吝於罪己。又以天朝大君。耻於與夷言和。止以形見勢絀。又有萬難抵禦的苦衷。所以對於新甲主張。不但不罪。反賜敕諭。亟欲觀成。但是他所希望者。只許在袖中犧牲權利。切不可形諸筆墨。宣之中外。好象是願意辦到近世密約的樣子。自要不傷顏面。不爲人知。無論如何。不難許可。這就是崇禎皇帝個人的志願。但是在太宗一方面。則不願訂立密約。無論如何。兩國須出於對等之形式。並且還昭告天地。互誓不渝。乃是國際間正正堂堂之辦法。這樣一明一暗。一公一私。已自相去太遠。不用說新甲家僮誤將機事泄出。遂致和議破裂。便是外人不知。崇禎見了太宗所開條件。

以及結約辦法。也一定立即反對。難於贊同。因爲他根本不爲國家宗社設想。只爲天朝大皇帝設想。不但對等之約。在彼難作。便是和之一字。如出自彼口。就好象貶損尊嚴。恥辱莫大。不然的話。他爲什麼囑咐新甲。務要謹密呢。可見他是把和議的事。是認作極其羞恥的。可憐那倒了霉的陳新甲。不諳崇禎之心理。兀自在他面前伐功爭辯。眞可謂自速其死了。同時朝中大臣。也沒有一個通外情的。更無一個負責謀國的。人人都會唱高調。說風涼話。以逢君惡。即或有一二以和議爲是的。以爲功不自我。反被新甲獨佔了去。因妬生嫉。也都一致排斥新甲。因此新甲遂處極刑。自是以後。明事愈壞。更無人敢言和議了。不一二年。明祚遂亡。論者每苛責明臣。而不知崇禎帝之舉措。須負亡國一大半責任也。閑話不表。却說太宗既以誠意與明議和。冀享太平幸福。不想馬紹愉去後。明帝絕無復書。未幾反見陳新甲爲此事被了物議。卒至問斬。太宗不覺慨歎。知道與明議和。無殊與虎謀皮。明既不以億兆爲念。樂動干戈。今後惟有一以實力與之周旋了。崇德七年六月甲辰。勅編漢軍爲八旗。先是漢軍只有二旗。旣於四年改編爲四旗。至是關於軍政諸大節。益加整飭。遂增編漢軍爲八旗。以祖澤潤、劉之源、吳守進、金礪、佟圖賴、石廷柱、巴延、侍衛李國翰、八人。爲管旗大臣。祖可法、張大猷、馬光輝、祖澤洪、王國光、郭朝忠、孟喬芳、郎紹貞、裴國珍、佟岱、何濟格爾、金維城、祖澤遠、劉仲金、張存仁、曹光弼、爲梅勒章京。其牛彔章京。則命該部王大臣。同漢軍管旗大臣、梅勒章京等遴選用之。於是漢軍八旗制度。至是遂完。秋七月。復以松山錦州杏山之降衆。分補各旗缺額。其男婦丁口。除安置蓋州爲民者。餘皆分隸孔耿尚諸王領下。庚午太宗召諸王貝勒貝子公管旗大臣議政大臣等、入淸寧宮。諭之曰。

朕觀爾等於國家政事。皆不肯身任。因循推託。專委之朕。似此不勤政治之人。上天豈佑之乎。朕訓戒爾等者。正恐爾等失爲臣之道。而召天譴也。從前有怠於政事。而失臣道。上天降罰。爾等皆曾見之矣。其勤於政事。而盡臣道。上天垂佑。政舉身榮者。獨未之聞乎。今征戰之事。朕不具論。但思爾等每率所屬將士出兵於外。其人之賢否。必已熟悉。何以不據實奏聞。若不奏聞。朕何由知之。皇考太祖時。蘇完扎爾固齊費英東。見人之不善。必先斥責而後劾之。見人之善。必先獎勵而後舉之。故被劾者無怨言。被舉者亦無驕色。朕今並未見爾等以善惡實奏似斯人之公直也。

諸王大臣等聞諭。無不惶媿。叩首謝罪曰。皇上所責誠是。臣等嗣後當仰遵訓諭。盡心國事。無敢怠忽。是月召宴松山錦州降官。自洪承疇以下。皆入見。其語已如前述。茲不復贅。既而太宗幸牧馬場巡閱。王大臣及降官等。多陪駕隨行。因命祖大壽以下各官。與內大臣等較射。賜祖大壽駝三。祖大樂駝一。翌日賜祖大壽御服朝衣。嵌東珠紅寶石頂朝帽。並賜祖大弼高勛朝服、孔雀翎、鞾韈等物。

按大弼在錦州降前。病幾死。及大壽降。大弼亦隨降。大弼於太宗。可謂勁敵。仗其萬夫不擋之勇。屢迫太宗於危。至戲呼爲風子。然桓公不念射鈎。況以太宗之洪度。自引大弼爲國士矣。丙子叙諸王克捷功。太宗是日御篤恭殿。諸王貝勒大臣。率百官朝見。遂賜大宴。按功晋睿郡王多爾袞。肅郡王豪格。仍爲親王。貝勒多鐸仍爲郡王。賜鄭親王濟爾哈朗。及王貝勒大臣等鞍馬蟒緞有差。尋命輔國公博和託、屯齊、喀扎喀納、及大臣葉臣、和洛會、準塔、巴特瑪等將士。往代貝勒阿巴泰等駐防錦州。秋八月。太宗復命梅勒章京馬光輝、孟喬芳、率劉之源旗下楊名高、祖澤潤旗下李茂。佟圖賴旗下佟圖蔭。石廷柱旗下金玉和。吳守進旗下孫德盛。金礪旗下柯永盛。巴延旗下高拱極。侍衛李國翰旗下楊文魁。及鑄砲牛彔章京金世昌、王天相等。前往錦州。採買鋼鐵。選擇地點。起工鑄造洋式神威大將軍砲多尊。以備征明之用。旋又命諸王貝勒。善養新附人民。不問滿漢蒙古。均宜一體加恩。以教以養。不可使其生活匱乏。須知恩養人民。即爲勤勞國政之一端。朕必嘉慰焉。以上所記。皆爲對明出師前之預備工作。不可忽視也。到了冬十月。馬壯人强。河氷堅凍。道路之上。絕無阻害。正是出征之期。大臣佟圖賴、祖可法、祖澤潤、張存仁等。皆奏請因天時順人事。宜興動人馬。直取北京。控斷山海關。以完大業。太宗曰。取北京如伐大樹。先從兩旁斫。則大樹自仆。朕不取關外四城。豈能克山海關。今明國精兵已盡。我軍四圍縱略。彼國勢日衰。我兵力日强。嗣後北京可得矣。遂命貝勒阿巴泰爲奉命大將軍。與內大臣圖爾格。統將士征明。諭之曰。朕非好窮兵黷武也。因不忍生靈罹害。屢欲與明修好。而彼君臣執迷不悟。是以命爾等往征。等爾入明境。勿任意妄殺。勿奪人衣服。勿離人妻子。勿焚燬財物。勿糜殄米穀。曩者兵臨山東。有因索財物而嚴刑拷逼者。非我國仁義之師也。爾等宜傳諭各旗。引以爲戒。至於錦州新附蒙古索倫等。令其從軍。役使伊等。如有俘獲。勿得搜取。令其攜歸。其力不能攜者。仍助之。倘爾等令其空返。或以貧苦來訴。朕必將爾等所有與之。壬子、大將軍阿巴泰等。統軍啓行。太宗送至郊外。復諭曰。爾等勿以我軍强盛。自弛防範。古云、驕敵者敗。其敬愼戒備以行。我國領兵大臣。於行間勇士。多不肯以其所長上聞。如此則勇戰之士。何以激勸。我軍至明。彼或遣使求和。爾等即應之曰。我等奉命來征。惟君命是聽。他無可言。爾如有言。其向我君言之。必吾君諭令班師。方可退兵。如遇流寇。宜云。爾等見明政紊亂。激而成變。我國來征。亦正在此。以善言撫諭之。中戒士卒。勿誤殺彼一二人。致與交惡。諭畢。以奉命大將軍印。授阿巴泰。阿巴泰跪受。行九叩禮。然後鳴砲三聲。遂別了太宗。大軍西行。將至明邊。分大軍爲左右兩翼。左翼進兵之路。尙稱寬濶。兩旗可以並行。沿途雖有明兵。出而哨探。但無能逃去。遇輒擒之。十一月辛未。左翼已至界嶺。遂毀邊墻而入。時有大同兵二千五百人。奉令往守山海關。不想行至界口嶺內。正與大軍相遇。遂在長城嶺下。展開一大野戰。明兵不敵。大敗而去。獲馬四百三十三匹。這是左翼一路進邊情形。再說右翼。自近明邊。路卽險隘。並無寬濶大道。只在山路中單騎而行。幸於邊外獲有明兵偵卒。問以明兵駐處。偵卒云。距黃崖口四十里。有石城關。甚隘。圍以木柵三層。其一二兩層中。更以大石圍砌。內有大砲四位。步兵五十人。三處埋藏地雷。又距此二十里。有雁門關。用石築砌。內有大砲四位。步兵一百人。兩處藏設地雷。此兩關口。均極難破。軍將們、將敵人守備詢問明白。差人報告大營。大將軍阿巴泰遂諭諸將曰。險隘難攻之處。須乘其不意而取之 因命前鋒兵及漢軍兵。每旗派出軍士五人。偕護軍四十人。乘夜取其關口。毀其地雷。明兵聞之。必驚潰矣。衆人得令。遂於暗夜中。分至石城雁門兩口。明兵以未得警報。兀自高枕而睡。却不知關外已有敵兵潛至。先令所擒明卒、指示地雷所在。全行起出。然後一聲吶喊。奮力攻入關內。明兵於夢中驚覺。方欲起而抵禦。淸兵已自殺入。可憐守口明兵。無一得脫。盡被擒斬。兩關旣下。只有黃崖口。已成孤立。甲戌、大軍進至黃崖口。輔國公芬古。管旗大臣譚泰。葉克舒等。定議兩路夾攻邊口。遂遣滿洲蒙古每旗護軍二十名。每牛彔騎兵二名。外藩科爾沁、敖漢、奈曼、烏拉特、阿魯科爾沁。巴林喀喇沁等部兵。三百五十名。令蒙古管旗大臣瑪爾希、及梅勒章京卦喇、率領之。從右山路而登。奪其邊口。追擊山城敵兵。至山下。進克其城。左翼令梅勒章京和託、率護軍四十名。先往登城。分派已定。各路照令而行。時有署章京阿爾海。棄梯不用。只率本旗數人。在護軍未至以前。先至城下。各挿短刀。攀援城壁而上。兩路見之。大呼而進。明兵慌遽之間。失於應付。竟被阿爾海等攻上城去。

當時城內大亂。紛紛潰走。斬守備一員。時薊州一帶鄉民。聞大軍入口。皆竄居山中。總兵白騰蛟。已率馬步兵共千餘人。移駐桃林關。薊州城內。止有參將三員。臨時招募新兵二千。俱係游民。決不堪戰。因此居民益慌。並怨總兵不往黃崖口迎敵。而反移住桃林無敵之處。其實白騰蛟自知不敵。已往馬蘭峪乞援兵。丙子、大軍自黃崖口向薊州進發。並選精銳。令前鋒兵居前。護軍次之。騎兵又次之。三隊之兵。前後相銜。進至薊州東郊。大將軍因發令曰。薊州無異空城。圍之必得。但逃往桃林之白騰蛟。不可不防。恐其聞我軍由此路入。而仍回薊州也。若與相遇。即迎擊之。是日大軍圍薊州。明總兵白騰蛟。率本部馬兵在前。復有馬蘭峪總兵白廣恩。率馬兵三千。步兵三千在後。果來薊州救援。大將軍命前鋒及護軍往擊之。明兵潰去。生擒參將一員。陣斬遊擊三員。獲馬六百三十六匹。時左右翼兩軍。俱會於薊州。遂自燕京郊外。一路進行。直抵山東兗州而還。計克府三。州十八。縣六十七。走魯王。俘人民三十六萬九千口。牲畜五十五萬有奇。金銀珠緞稱是。大軍自去冬入邊。現已數月之久。兵不解甲。馬不釋鞍。乃以崇德八年三月初旬。入莒州休息士馬。時春草被山。解鞍縱牧。無殊家山。至爲暇整。時南北驛路。無見清軍一兵一卒者。故有妄傳。謂大軍已出塞。及至夏四月。

大軍反自南來。起天津至涿鹿。車駝亙三百餘里。渡蘆溝橋。兼旬未畢。時明方勤王四鎭。劉澤淸、唐通、周遇吉、黃得功、勁兵猛將。皆集通州。督師大學士周延儒。反置酒高會。無敢一議邀遏。惟終日閉城報捷。及大軍已度險將出邊。唐通白廣恩等。始合兵邀拒於密雲螺山。反爲大軍所敗。潰散而還。明廷於時在山海關內外。並建二總督。又設昌平。保定、二總督。千里之內。有督臣四。又有寧遠、永平、順天、密雲、天津、保定、六巡撫。寧遠、山海、中協、西協、昌平、通州、天津、保定、八總兵。星羅碁布。事權不一。又有監督太監。握重兵牽制之。至是薊遼總督趙光忭。關外督師范志完。大學士督師周延儒。皆先後誅死。自萬曆後。明歲徵遼餉六百六十萬。崇禎中復加剿餉二百八十萬。練餉七百二十萬。先後共增賦千有六百七十萬。竭天下兵餉之半。以事關東。而中原盜賊蠭起。或百萬。或數十萬。所至破城陷藩。東西交鬪。明之諸臣。於流寇或多議撫。而於淸國。反諱議和。又不圖所以戰守。盈廷築室。蜩螗羹沸。曾無一策。以利君利國。明事眞不可問矣。崇德八年六月。奉命大將軍貝勒阿巴泰等凱旋。太宗遣大臣庫魯克、達爾漢、阿賴、鄂謨克圖等。率將士往迎。至圖爾根地方。與大將軍所遣之額色赫等相遇。遂以所載行粮。留於索諾木杜稜城中。止用每牛彔騎兵各一名往迎。己酉。復遣梅勒章京阿哈尼堪、覺善等。率將士迎之。遂偕阿巴泰、圖爾格一同還盛京。太宗命鄭親王濟爾哈朗、睿親王多爾袞、武英郡王阿濟格、郊迎三十里。既至、命設鹵簿。太宗躬率親王以下各官。謁堂子行禮畢。還御篤恭殿。凱旋諸官朝見。禮畢。命賜茶。於是諸官叩謝而退。

甲戌、命賜出征貝勒阿巴泰以下銀兩緞疋。惟右翼十二旗大臣。於凱旋時不候衆軍。先行出邊口。命停其賞賚。既而又鬪於出征俘獲。多寡不勻。以及養人偏私之事。復有所訓諭。略謂。前諭爾等。將各屬新舊人等。加意恩養。乃聞爾等。於近侍護衛。頻賜以食。至旗下官員。守門護軍。及新附之人。竟不得沾恩養。此甚非是。試思養官而不養民。養賢而不養不肖。官雖賢。豈能獨立乎。以上下相維之理言之。必爲在下之人所託命。而後可爲在上之人。如無在下之人。則統轄者誰。役使者誰也。朕幸承天眷。以我兵之半。往征明國。遂能破其關隘。克其城池。皆因撫綏各國。俾傾心歸順。勢大力强之所致。若止恃舊日之兵。豈能致此乎。嗣後爾諸王貝勒貝子公。於新舊人等。孰愛養有方。孰慢不撫恤。朕必加詳察。其管旗大臣。護軍統領。近侍護衛等。各宜啓迪其主。如新舊人有因不沾恩養。自行陳訴者。所告果實。該管王貝勒。皆坐罪。若原告係騎兵。將管旗大臣一例治罪。若係護軍。將護軍統領一例治罪。前面已曾叙過。太宗朝。對於所有官兵。尚未制定俸餉則例。所施行者。依然是封建制度。僅不過沒有封建之名。以八家爲首長。而統轄於八旗之下。凡土地之所出。行軍圍獵之所獲。除歸國庫。以備公用。餘則概由八家自行分配。以養屬下。惟人口日多。事務日繁。偏私不公之弊。遂不能免。語云。近水樓台先得月。自然八家近侍。以及護衛家將等。處處佔着優先。無論在國內。或出征。利益皆不可勝言。而被堅執銳。效命疆場者。甚或豪無所得。亦不敢任意私掠。因此大形偏枯。以致煩言嘖嘖。惟太宗深知治國之要。無新舊遠近厚薄之分。不但賢者。宜加優養。便是不肖之小人。亦須使其豐衣足食。而後始能奉公守法。共期於治。太宗所以屢諭八家恩養新附者。蓋以此。是月太宗不豫。原來太宗有二后三妃。一曰孝端文皇后。一曰孝莊文皇后。一曰敏惠恭和元妃。一曰懿靖大貴妃。一曰康惠淑妃。其中最有寵於太宗者。實爲敏惠恭和元妃。姓博爾濟吉特氏。乃孝莊文皇后之姊。以天聰八年來歸。崇德元年。封爲關雎宮宸妃。六年九月。太宗方在松山。與洪承疇對壘。及敗明八鎮兵。忽聞妃有疾。遂將疆場之事。託之鄭親王等。太宗急率侍從。疾馳而還。在氷天雪地中。冒風衝雪。晝夜遄行。六日而返盛京。時元妃已薨。太宗大慟。昏惘迷離。幾不自持。群臣惶恐。百方勸慰。而太宗悲痛絕不少殺。諸王大臣。惟有私自憂慮而已。一日太宗忽自悔曰。天生朕躬。爲撫世安民。奠定區宇。豈爲一婦人而生哉。朕不能自持。天地祖宗。特示譴也。自是雖勉强能理政事。而仍悲痛不已。諸王大臣請出圍獵。以遣悲懷。遂獵於蒲河。還過妃墓。復大慟。時妃母和碩賢妃來弔。太宗命內大臣掖興臨妃墓。郡王阿達禮、輔國公扎哈納。當妃喪作樂。皆坐奪爵。(關於太宗之崩及敏惠之喪事、友人園田一龜先生有詳細之考證、可作參考、) 自是太宗精力日減。然國務猶親理。經大臣諫勸。始將常事委之諸王貝勒。

自古英雄未有無情者。太宗在一方面爲叱咤風雲之英雄。一方又爲手腕機敏之政治家。同時又爲多情多感之情種。此其所以爲開國令主。千載下猶有生氣。非拘於一格。偏於一長者。所能共語也。崇德八年八月。太宗終以思念敏惠恭和元妃。內傷甚劇。雖屢赴各地遊獵。無由挽回健康。卒以是月八日坐於清寧宮南榻而崩。享年五十有二。葬於昭陵。謚曰文皇帝。實錄曰『上幼聰睿。秉性寬宏、仁慈、和惠、而寡嗜慾。信法令。不殺而有威。善養人。凡於國家有勤勞者。必賜衣物。略無吝色。各國新附之人入見。必詢問其譜系。一如其舊相識。天語藹然。雖桀驁暴戾者無不馴。』又曰『上自纘承太祖大業以來。勵精圖治。不耽佚豫。總攬國家之機務。從無倦容。夙興夜寐。勤求政務。』皆紀實也。決非溢美。若以太宗與太祖相比校。則太祖如秋霜烈日。凜然不可犯。太宗則如春風冬日。令人愛而可親。爲政不尙嚴酷。不分畛域。一以寬仁待之。後來大清帝國。能採滿漢蒙回藏五大民族爲一家。而共享承平幸福。打破往昔之界限。雖至今日。而猶蒙其餘惠者。皆太宗爲之基礎也。崇德八年八月丁亥。世祖章皇帝嗣位。帝太宗文皇帝第九子也。母孝莊文皇后。崇德三年生。太宗既崩。誠爲清帝國中一大不幸事。關於繼承問題。諸王貝勒不免要有一番協議。因爲這樣的事。在歷史上是數見不鮮的。不過國與國不同。時與時互異。在內憂外患相逼而來的國家。自然以立長君爲宜。若是皇室不振。權移外姓。如操莽之時。未免要立幼君。以便篡取。但是我們看關外時代的大淸帝國。正在勃興。如旭日之昇東天。合君臣父子主僕。戮力協心。以造新興之邦。其勢絕壯。非衰朝弱宗所能比也。皇室方張。股肱俱在。大權未旁落也。而八旗勁旅。皆屬世僕。孰敢生心。立成齏粉。形勢如此。長君幼君。皆不成問題。無論如何協議。乃不過形式所應有。其結局必然一歸於正軌。正軌者何。有嫡則立長。無嫡則立賢。肅親王豪格。雖不失爲賢。然太宗之長庶子也。世祖雖幼。太宗之長嫡子也。無論何人謀國。則不能舍嫡而立庶。況以禮王。鄭王、睿王、諸賢。而敢不徇正軌乎。惟論世者。忽於嫡庶之大經。每每好從別枝以立奇論。冀聳人聽。而炫其有識。殊不知已爲識者所齒冷也。太宗是太祖長嫡子。太祖崩御。太宗繼承大位。乃屬天之經。地之義。而論者不察。以爲太祖子多矣。何以長者如代善莽古爾泰等。反不得繼承。遂謂太宗以智術自取之。又有謂太祖本來屬意多爾袞者。而太宗秘其遺詔。果眞如此。太宗何有於多爾袞。而反格外愛任其幼弟乎。恐怕多爾袞。早不能自存矣。凡此皆讕言妄測。不足信也。世祖雖幼。實爲太宗嫡子。諸伯叔兄弟。夾輔左右。亦猶周召之夾輔成王。有何不可乎。況太宗遺愛遺德。二十年來。中人已深。不但一般民衆。希望吾君之子。繼承大位。便是八旗將卒。孰非太宗之股肱心膂。今有取而代之者。其人眞不欲生矣。所以吾謂爭位之說。在勢則不能。在情則不忍。然而論世者。何以有此說。曰。不外出於幸災樂禍之下等心理。

但有一節。當時諸王貝勒。雖多賢明。而昧於時勢。思想不能通達者。亦不能免。卽如太宗宴駕後。

有主張以肅親王豪格承繼大位者。豪格固辭。且以德薄不堪大任爲言。諸王也就不再勉强。自然也就容納他的意見。何況主張由豪格繼位者。乃少數之少壯貝勒。禮親王代善。在諸王中最長。而且德行淵沈。性情端厚。決不爲軌外之行。這時睿親王多爾袞。不恤人言。因八旗將士之請。一力以擁護太宗嫡子爲志。先向禮親王表明此意。禮親王亦甚贊成。因爲除了世祖。若立他人。皆非國家之福。並且危險徼倖。不知要惹起何等不祥之事。所以這才召集諸王貝勒。文武大臣。告以此意。大家一致通過。不過多爾袞既徇八旗諸將之請。擁立幼君。遂有誤解其意者。以爲他有自立之心。於是阿達禮和碩託。便暗中替多爾袞奔走。不想多爾袞聞知。大怒之下。竟將二人處死。自是遂無敢有異謀者。本來成大事的英雄豪傑。其初或委曲求全。或毅然獨斷。原不必見諒於當時。而其是非。必有大白之一日。若謂睿親王當時不無野心。豈退縮不前。冀免物議嫌疑者。反爲忠臣良士乎。大臣王公。無論其出處如何。一以是否利國福民爲斷。不負責任。濫充好人。乃奸污竊祿之輩。豈能謂之爲忠。於以見睿親王之不避嫌怨。以周公自居。實有大造於國家也。其忠勳洵不可沒。閒話休提。却說諸王大臣。既擁戴世祖。纘承大位。遂共立誓書。祭告天地、太廟。並議以鄭親王濟爾哈朗、睿親王多爾袞輔理國政。丁亥。世祖章皇帝卽皇帝位。以明年爲順治元年。頒詔大赦。九月命鄭親王濟爾哈朗。武英郡王阿濟格。統率大軍。載紅夷砲。及諸火器。往征明寧遠。因爲攻取關外四城。取消山海關之外衛。冀一鼓而破關門。乃太宗之遺策。現在世祖繼位。爲宣揚武威。秉承前志。伐明之舉。不容停頓。從可知也。鄭親王等既奉命出師。遂與諸王貝勒及八旗大臣。共詣堂子行禮。復列八纛拜天畢。然後鳴砲西發。一路無事。甲寅日。大軍抵中後所。明將見淸兵來伐。遂令軍士固守。次日鄭親王等移軍城北。俟至薄暮時。遂下攻城令。塡壕兵在前。雲梯兵在後。更以紅衣大砲爲掩護。向城猛擊。明兵防上不能防下。防遠不能防近。不一時城外壕塹已被塡平數處。雲梯兵推動挨牌。一齊突至城根。在砲火連天之下。雲梯已自樹起。於是大砲止攻。雲梯兵大顯身手。展眼之際。八旗大纛。已移上城頭。當下全軍吶喊。震動天地。僅不過攻戰了一夜。其城全破。次日丙辰。大軍進城。計陣斬遊擊吳良弼。都司王國安等二十餘員。殲馬步卒四千五百人。俘四千餘人。獲駝牛馬羊金銀等物無算。中後所既得。復分兵往略前屯衛。探視敵人防守情形。於路又俘明兵四百餘人。庚申。大軍至前屯衛。環城立營。明總兵李輔明。聽說中後所已失。大恐。知此城亦必不守。遂與同官袁尙仁等督兵防守。冬十月辛酉朔。大軍復以巨砲毀梯。攻克其城。李輔明。袁尙仁。及副將三十餘員。皆歿於陣。欲知後事。且待下回。

第三十三回

李自成燕京踐阼　吳三桂關外乞師

話說鄭親王等。奉命出征關外四城。先打破了中後所。殲其兵將。遂自中後所進至寧遠。寧遠城堅。一時不易卒拔。遂用斫枝搜根之法。先取其友軍。斷其聯絡。所以復自寧遠進軍前屯衛。用大砲雲梯。只半日之間。遂克其城。斬首四千餘級。俘獲二千餘人。駝馬軍器。不計其數。總兵李輔明。以下三十餘員皆戰死。於是鄭親王復遣護軍將領。阿爾格、尼堪布善。率軍士往略中前所。明守將總兵黃色見前屯衛已失。官兵死者不計其數。早已嚇得胆裂魂飛。因與左右商議道。清軍驍勇。又有大砲火器。助其攻戰。因此所至克捷。我們若不量力。妄行抵抗。必至白送性命。現在時候不對了。死了也沒人知道。不如三十六着。走爲上計。當下便命打點細軟。也不管城中兵民。便於夜中率領從人家將。棄城而遁。次日城中才發見主將已逃。大家慌作一團。此時淸兵已到。一戰卽拔其城。明兵約有千人。全數被俘。詢知總兵黃色已逃。遂派兵追趕。但是黃總兵已然去遠。追之不及。乃命人報告大營。鄭親王見一連得了三城。好生歡喜。遂令將所得三城。盡行夷毀。撥兵圍困寧遠。因率大軍凱旋。世祖命貝勒阿巴泰文武官出迎。詣堂子行禮。復謁陵奠茶酒。告以出師克捷。然後入城陛見。世祖慰勞。命將所獲分賜有功將士。十一月命管旗大臣劉之源、吳守進、金維城、曹光弼。率將士復往錦州鑄紅夷砲。是月明把總劉自强。自石城島來歸。令戶部安插。蒙古納哈楚賴。自寧遠來歸。令理藩院安插。明守備孫友白。亦自寧遠來降。令給與房屋奴僕器物。順治元年春正月庚寅朔。世祖章皇帝御殿受朝賀。先至堂子行禮。然後還御正殿。受百官朝賀。因在太宗喪中。命停止筵宴。免上賀表。其年例進獻。一併停之。禮親王代善。年高位隆。令勿拜。當百官朝見時。有喀爾喀部使臣。跪拜參差。似不諳儀節。世祖見之。因向侍臣曰。此何國人。乃行禮若是。侍臣奏曰。此北方投誠喀爾喀使臣也。歲貢駝馬。未嘗有缺。因尚未入我版圖。是以未嫻禮節耳。於是諸王大臣。皆服上之睿照。(世祖時方六歲。五歲時。隨太宗遊獵。便能射中一獐。武力文才。實皆天縱)。時朝鮮國王李倧。亦遣使朝賀。並貢方物。往例。朝鮮於貢品外。別有物事附餽睿親王。現在睿王攝政。朝鮮國王。依然如前餽遺。攝政睿親王、因謂攝政親王、及諸大臣曰。朝鮮國王。因予取江華島時。全其妻子。不忍負恩。故常以禮物來餽。較諸王獨厚。向嘗以此奏聞先帝。先帝命受則受之。今我等輔理國事。義無私交。且於外國有餽者受則滋擾。不止一朝鮮也。此等餽遺。永行禁止如何。諸王貝勒及議政大臣。咸以爲然。遂定議嗣後凡外國餽送諸王貝勒禮物。永行禁止。著爲令。睿親王仍致書朝鮮國王。曉以不受之故。凡良法美意。必由在上者躬行實踐。率屬以正。犯則必究。而後國受其福。民沾其利。若在上者塌茸。或嗜利黷貨。屬下效尤。久之虎狼生於通衢。密網張於閭閻。而民不聊生矣。睿親王於新君踐阼之際。以身作則。禁絕餽送。潔已奉公。以率屬下。中外聞之。有不糜然風向者乎。

夏四月。明政益壞。流寇猖獗。關外明兵駐屯地。只有寧遠、沙河二城。因爲中後所前屯衛諸城。已爲攝政鄭親王所下。明兵益發日夜驚憂。完全喪失戰意。皆謀遁去。及聞流寇勢張。將迫燕京。各地明兵。全行入衛。吳三桂等。諸將領。家口多在北京。遂亦棄了所守城池。匆匆率隊入關。去攩流寇。形勢實在變易得快。前日明清兩軍。尚是仇敵。彼此對壘。今則關外各城。不見明兵隻影。舉土地城池。盡以委之清軍。早有當地駐軍。把此情形。報入盛京。攝政睿親王等見報。以爲時不可失。戡流賊。奠區宇。即在此時。遂與諸王大臣計議出兵之事。衆謀僉同。乃奏明世祖。遂命攝政睿親王爲大將軍。另鑄印信。時軍儲糧秣。早已備辦齊楚。馬步全軍。待機而發。大學士范文程。參與戎幄。因上攝政王啓曰。

廼者、有明流氛。煽於西土。水陸諸寇。環於南服。兵民搆亂於北陲。我師燮伐其東鄙。四面受敵。其君若臣。安能相保耶。顧雖天數使然。良由我先皇帝。憂勤肇造。諸王大臣。祗承先帝成業。夾輔沖主。忠孝格于蒼穹。上帝潛爲啓佑。此正欲攝政諸王。建功立業之會也。竊惟成丕業以垂休萬禩者此時。失機會而貽悔將來者亦此時。何以言之。中原百姓。蹇罹喪亂。荼苦已極。黔首無依。思擇令主。以圖樂業。雖尙有一二要城負固者。不過爲身家計。非爲君效死也。是則明之受病。已不可治。河北一帶。定屬他人。其土地人民。不患不得。患得而不爲我有耳。蓋明之勁敵。惟在我國。而流寇復蹂躪中原。正如秦失其鹿。楚漢逐之。我國雖與明爭天下。實掃除流寇也。爲今日計。我當任賢以撫衆。使近悅遠來。蠢茲流孽。亦將進而臣屬於我。彼明之君。知我規模非復往昔。言歸於好。亦未可知。倘不之務。是徒勞我國之力。反爲流寇驅民也。夫擧已成之局。而置之後。乃與流寇爭。非長策矣。曩者棄遵化。屠永平。兩經深入而返。彼地官民。必以我無大志。縱來歸附。未必撫恤。故懷携貳。今當申嚴紀律。秋毫無犯。宣諭以昔日不守內地之由。及今進取中原之意。而官仍其職。民復其業。錄其賢能。恤其無告。自翕然向順矣。夫如是。則大河以北。可傳檄而定也。河北一定。可令各城官吏。移其妻子。避患於我軍。因以爲質。又拔其德譽素著者。置之班行。俾各朝夕獻納。以資輔翼。王於衆論中。擇善酌行。則聞見可廣。而政事有時措之宜矣。此行或直趨燕京。或相時攻取。要當於入邊之後。山海長城以西。擇一堅城。頓兵而守。以爲門戶。我師往來。斯爲甚便。惟攝政諸王察之。

啓上。睿王大喜。因與諸王大臣議曰。往者我軍爲削明勢。而致其困。故每次入邊。必俘其財物人畜。此次出師。不僅伐明。將爲四海除禍。戡定大局。以副先帝之志。在事諸臣。務須約束所部。以明民爲我民。軍行所至。一以仁義。則天下可定。大勳克集矣。諸王貝勒皆稱是。夏四月甲子。以出師祭告太祖高皇帝。乙丑、世祖章皇帝御篤恭殿。賜攝政睿親王多爾袞大將軍印。命統師伐明。敕曰。

我皇祖肇造丕基。皇考底定宏業。重大之任。付予藐躬。今蒙古朝鮮。俱已歸附。漢人城郭土地。雖漸隸屬。猶多抗拒。當此創業垂統之時。征討之舉。所關甚重。朕年沖幼。未能親履戎行。命爾攝政睿親王多爾袞。代統大軍。往定中原。用加殊禮。賜以御用纛蓋等物。特授奉命大將軍印。一切賞罰。便宜從事。至攻取方略。爾王欽承皇考聖訓。諒已素諳。其諸王貝勒、貝子、公、大臣等。當同心協力。以圖進取。庶祖考英靈。爲之欣慰。欽哉。

睿親王遂受敕印。行三跪九叩首禮。既而又賜睿親王黃蓋一。纛二。黑狐帽、貂袍、貂褂、貂坐褥、涼帽、蟒袍、蟒褂、蟒坐褥等。仍賜從征諸王貝勒貝子公等衣服鞍馬有差。次日。睿親王同豫郡王多鐸。武英郡王阿濟格。貝勒羅洛宏。貝子尼堪博洛。輔國公滿達海、屯齊喀、博和託、和託、恭順王孔有德、懷順王耿仲明、智順王尚可喜、續順公沈志祥、朝鮮世子李溰。暨八旗大臣。詣堂子祭告。奏樂行禮。又陳列八纛。向天行禮畢。遂至校場。點齊滿洲蒙古兵三分之二。其漢軍及孔王等兵。則全數隨征。砲響處人馬分隊啓行。只見旌旗蔽日。鎧甲耀光。好不威武也。乘睿王統軍西行之際。我們把流寇李自成的事略叙一叙。自成陝西米旨縣人。他的父親名叫李守忠。一生好善。只是年過半百。膝下猶虛。乃禱於華山。夜夢神語之曰。當以破軍星爲汝子。未幾果生自成。但是他父親所命給他的名字。乃是鴻基。並不叫自成。自成是他後來自改的。幼時膂力異於常人。騎射技擊。一學便會。十三歲時。與里中群兒戲於關帝廟中。殿前有一鐵香爐。重約七十餘斤。鴻基意欲與群兒角力。遂單手舉爐。繞殿一匝。仍置故處。次一兒亦欲隻手拿起。爐不動。雙手舉之。僅行五步。已然面紅氣喘。又次一兒。雖雙手亦不能舉。衆仍使鴻基舉之。如前單手舉起。繞殿一周。適爲廟中道士所見。因驚歎曰。汝父積善德。故生汝。須善守父業。鴻基曰。大丈夫當橫行天下。自成自立。株守父業。豈男子乎。這一段記事。也好象張憲忠生時一般。皆爲神授。因爲運命之說。深中人心。不但聖賢豪傑。要替他們造出許多神話。便是凶賊大盜。一樣也有神話。以附會之。好象說天下大亂。不關人事。乃天意使然。李自成張憲忠。都是天神下界。奉了玉帝敕旨。來攪亂天下。以待眞人之生。殊不知這神話。太偏重運命。而不管人事了。假使明有賢君。紀綱不亂。未必就能亡國。藉使偶有昏君。後繼者知道整頓。也許轉禍爲福。不過明廷元氣傷的太重了。同時內憂外患。相逼而來。再加上人民素信神話。所以黠者倡之。愚者從之。一下子就能弄得天翻地覆。禍害更烈。所以說運命和神話。若不根本鏟鋤。草莽倡亂之夫。遇了機會。就要發動。成了事。就是禹湯文武。失敗了就是赤眉黃巾。一個國家。常常這樣搗亂。永遠也不能入常軌。

李自成等諸流賊首領。就是由這種運命和神話的社會中。孕育長養出來的草莽英雄。根本沒有國家思想。只有粗淺的小說神話教育。偏又遇到明末民不聊生的時候。他們的智和力。又較一般老百姓高出不啻百倍。於是利用神話。以愚亂民。他們就都作了首領了。自成嘗向人說。在夜裡夢見一位金甲天神。對他說。你不叫鴻基。宜名自成。從此他就以李自成三字。馳名鄉里間。不務正業。結交匪人。崇禎四年。賊首闖王高迎祥和張憲忠等。已然聚衆二十餘萬。李自成也就加入賊黨中。因係新進。尚無重名。當時明督臣之辦賊者。不能嚴剿。惟以收撫爲事。因此賊益張。民益怨。明廷乃改命洪承疇爲三邊總督。率諸將痛剿之。所向克捷。陝西略定。賊避其鋒。忽自山西南部。越太行山欲向黃河平原進出。明軍遂疲於防衛。崇禎七年。李自成高迎祥等。果渡河掠奪河南。及明將陳奇率兵追及。賊衆復欲侵入陝西。乃西逃。誤入車廂峽。奇瑜乃傳檄諸將。扼賊退路。車廂峽四山巍立。綿亘十餘里。中有平地。如車廂然。但是易入難出。如將出入路口堵塞。千軍萬馬。無異自投死地。自成等既入峽中。知入絕地。無不大慌。這時明兵和山上居民協力。以巨石自上滾下。或燒柴下投。前後通路。全被堵截。賊兵惟有束手待斃。如此堵困二十餘日。又遇大雨滂沱。弓矢盡壞。馬死過半。糧食已無餘粒。賊首無可爲計。自成乃獻計曰。官軍無不愛財。若以所得財實。賄奇瑜左右。使其允我等投降。單等出峽之後。再作理會。衆以爲然。遂遣使執白旗。懷金珠寶物。詣奇瑜營。自守備以上。皆贈厚賂。並謂吾等皆良民。如許投降。情願歸農。得了賄賂的。自然要替他們美言幾句。遂在陳奇瑜面前極力慫慂。奇瑜素無大計。以爲必是眞降。遂從之。先後被困於峽中者。共三萬六千餘人。奇瑜皆令放出。一一加以撫慰。勉以歸農後。務作良民。賊衆叩頭謝恩。奇瑜遂將賊衆。分作數起。每百人附安撫官一員。護送歸鄉。並檄所過州縣。供給食粮。這些賊人。都是最初發難的凶徒。無一良民在內。他們把賊味嘗透了。殺燒淫掠。任意橫行。那里還肯作那受人欺負。忍苦耐勞的好百姓。乍一起行。所過地方。皆有官兵。他們耐着性兒。還服約束。等到入了棧道。將要向西安進發。他們把賊性又使出來了。不約而同的。一齊動起手來。三萬多人。就讓沒有合手兵刃。也不是少數安撫官所能鎭服的。何況他們根本就是欺哄陳奇瑜。每人皆暗藏利刃。預定在棧道中起事。昏瞶的陳奇瑜。和他的部將。那里想得到。賊人犧牲一部金珠。竟買脫了三萬多虎狼凶人的性命。當下他們把安撫官全行殺死。依然不慌不忙。殺奔關中。搶州奪縣。聲勢大振。賊帥中知有李自成自此始。不到一年賊的地盤。蔓延益大。他們依照李自成的計劃。以陝西華山地帶爲老巢。把勢力擴到河南、湖北、以及四川境上。利用地形。巧爲隱蔽。所以官兵難以撲滅。崇禎八年正月。衆賊首大會於熒陽。與會者。有老狪狪、曹操、革裏眼、左金王、改世王、射塌天、橫天王、混十萬、過天星、九條龍、順天王、及高迎祥、張憲忠等。共十三家七十二營。

他們所以會師在此。不外對於三邊總督洪承疇。商議戰守之計。人言紛紛。議久不決。自成進而言曰。匹夫猶有所奮。況以十萬之衆乎。官兵無能。宜定部署。成敗利鈍。聽之天命而已。乃分賊衆爲五路。進掠四川、湖北、河南、以及陝西之東部。所得子女玉帛。五路均分。蓋皆自成之計也。翌年。高迎祥被捕殺。衆乃推自成爲領袖。繼爲第二世之闖王。自成爲人。高顴深頤。鴟目狺聲。性極猜忍。每殺人。必剖心斮足。以爲戲。後來張憲忠之好爲婦人小脚山。實襲自成之故智。以此之故。民畏之不啻虎狼。所在築壘自保。自成每不能下。崇禎十三年。杞縣舉人李信。盧氏縣舉人牛金星。相偕來投自成。這二人大約也是深受小說神話的薰淘。土秀才到了無聊時。每每以鄧禹劉伯溫自居。（小說神話中的鄧禹劉基）。想過軍師癮。而李信又長於星命之學。算就了李自成應有九五之尊。正好給他作一開國元勳。所以就毛遂自薦的來投自成。自成雖然不尊讀書人。在豆棚瓜架底下。却聽人說過演義。也知道軍師一角。不可欲少。及見二人來投。十分信任。李牛二人。從此便作了李闖的左右軍師。言聽計從。李信在鄉里中。也是一個不大安分的人。後見明政紊亂。宦官當權。便有心造反。窺竊神器。曾秘作一竹簡。藏於地中。上書『十八子主神器』等字樣。預備自家舉事時。出以愚人。但是俗語說得好。秀才造反。三年不成。造反爭天下的事。懦弱書生。到底不能成功。十餘年來。他只在鄉里中。得了一個善人之名。因爲他肯出家財救荒濟貧。所以鄉里中都說『李公子活我』。及至李自成作了流寇大頭目。承襲闖王之位。李信一想我所秘製的讖緯之言。也許應在此人頭上。他作皇帝。我作丞相。也能朱紫萬世。再說便宜不過當家。他也姓李。又有數十萬兵馬。一定會成功的。所以他才仗劍去投自成。同時牛金星也不外是這種心理。從前自成賊衆所至。殺燒淫掠。無所不用其極。自李信作了軍師。先勸自成不可妄殺。對於飢民。宜行振濟。如此則民不反抗。天下可得。現在你不要自輕自賤。還以賊首自居。那殺人放火。搶刼子女玉帛。並不是大丈夫所應爲的。如今我們得到證據了。你乃是上天眞命之主。不日代明而有天下。你那好不自愛呢。自成見說。驚道。有是哉。證據在那里。李信見說。遂把自已當年僞作竹簡讖書。取了出來。獻與闖王觀看。只見土花斑剝的竹簡上。朱書六字篆文。自成却不認識。忙問李信說。軍師這竹板上彎彎曲曲的行子。咱老子一字也不曉。還是由你念給咱老子聽吧。李信見說。暗笑了笑。因道這上面所寫的是天書。乃是『十八子主神器』六個字。十八子三字。合在一起不是一個『李』字。正和大王之姓。主神器者。就是爲天下主的意思。因爲皇帝的印璽。以及所有祭器。都由上天所賜。非眞命之主。不能守之。所以謂之『神器』。現在上天明明告訴我們。大王是主有神器了。豈不以皇帝爲心。萬不可無故殺人了。自成見說。哈哈大笑說。你眞是孤的好先生。

若果如此。將來你就是護國軍師。兼大丞相了。

以後李信又替李闖造作了許多謠言。就好象現代標語似的。什麼『迎闖王、不納粮。』使鄉村小兒歌之。以愚弄百姓。須知天下有不納粮的百姓麼。便是堯舜爲君。禹稷爲臣。天下四方。全得貢賦納糧。何況後世國家。事務日繁。無一文不出自商民。那里有不納糧的老百姓。再說流賊的殺掠。比起依法納糧。孰輕孰重。不過愚昧無知的老百姓。一遇國家多事之秋。少微增點租稅。就以爲是虐政。立刻就起反感。這時賊黨再一煽惑。用語言文字。大肆宣傳。於是老百姓就受其催眠。墜其術中。無異飛蛾投火。須知正式的政府。無論怎樣搜羅軍餉。多少還有法規可依。新成立的反抗團體。一無所有。要錢的法子。那就毫無根據了。因爲他們也有好幾十萬或好幾百萬人。人吃馬喂。處處需錢。需米。如今便說迎闖王不納粮。這不是瞎着眼睛兇人麼。但是無團體、不愛國、有時愚昧得不可以理喻的老百姓。偏愛吃這一套。有人用甜言蜜語一愚弄他們。就甘心上鈎。等到吃盡苦頭。家敗人亡。後悔也來不及了。我們拏近事來比方。前清末葉。因爲迭受外侮。德宗景皇帝。銳意維新。打算在極短時間。把國家措於强國地位。不再受外侮。所以詔開會議。派遣大臣。考察憲政。一方面勃興教育。一方面又創練陸軍。但是國家歲入。除了厘金。只有萬曆時代的地丁。至今未變。以此小數歲入。辦理新政。自然不够用。不幸那時后黨袁世凱諸人。把持政權。德宗維新事業。不克成功。齎志崩駕。宜統時代。后黨失勢。雖然親貴當權。而銳意維新。決不後於德宗。斯時如舉國一致。共濟時艱。則五年之後。憲法告成。國勢增進。不言可喻。以如此大國。合五族四萬萬之衆。一德一心。以擁護金甌不缺之大帝國。其有造於東洋萬世之和平者。不難想象。無如天棄中國。幸福難享。武昌事起。方面措置失宜。奸凶乘之。養癰貽患。一般人民。也不能以常識來檢討。辨別是非。一倡百和。附會改革。冀享不納粮之幸福。那里知道。國家根基。不是一年半年所能建造成功的。積德累仁。百年後始見大效。一旦之間。你把幸福享膩了。硬說現有的不好。一錘擊破。不用說新的幸福自由。無處覓取。舊的幸福自由。更無法恢復。眼見軍閥割據。暴斂横征。國土不完。人民外附。蒙古被佔於强俄。西藏併入於帝英。新疆青海。脫韁而去。東北滿洲。岌岌而欲亡。而中原糜爛。南北禍結。二十餘年。迄無寧日。直至今日。地覆天翻。禍患愈酷。回想光宣之際。恍猶唐虞盛世。今後但有夢想。實現何年。可見國家之禍。雖由一二人倡之。及其成爲巨害。如毒發而不可醫。則不能歸咎一二人。全人類皆有責任焉。明末之事。也是如此。使其官吏。知愛民之道。而人民亦知國家性命之所託。各輸其財。以赴國難。不信亂黨之言。不冀非常之幸。豈僅流寇。容易撲滅。即清軍亦不能入關也。人惟妄想。受福不知福。所以李信的謠言。及他所僞造的讖書。就能麻醉了天下的老百姓。等到他大軍所至。一樣要錢要粮。並且還上腦箍。以非刑勒逼財物。如果你問他『你不是說迎闖王不納粮嗎。』他一定嗤之以鼻。奚落你道。『傻小子。天下如有不納粮的國家。咱老子還想到那里去為民呢』。唉。愚昧的老百姓們。醒醒吧。天下只有父母愛你們。再說就是恩澤繼世的聖君賢相眞愛你們。奸雄匪首。說什麼話也不可信呵。崇禎十四年正月。自成南下黃河。圍河南府。城破之後。官民被害者不知其數。明福王乃萬曆帝之愛子。同時被李闖所俘。命手下將福王殺死。取其鮮血。和於酒中。賜衆飲之。名曰『福祿酒』王世子由崧。裸身逃去。（即後來踐位南京之福王。桃花扇所謂不愛江山愛美人者也。）河南既破。福王被害。天下人心洶洶。中朝輿論沸然。自成自是勢益猖獗。四方飢民。無法維生者。皆投自成。人數日衆。乃制定行軍規律。自號奉天倡義大元帥。大纛之上。繫以白纓。建銀浮屠以爲頂。左營白幟。右營紅幟。前營黑幟。後營黃幟。自居中營。凡五營。晝夜分直。次第休息。巡察嚴密。無能遁逃。有逃者謂之落草。必磔殺之。男子自十五歲以上。四十歲以下。皆使當兵。凡兵士不許私藏金銀。所過城邑。不許室處。妻子以外。不得携婦人。寢具悉用單布。一兵士飼馬四匹。或剖生人腹以爲馬槽。馬性皆變。見人輒噬。凶如虎豹。軍止則較騎射。謂之站隊。夜四鼓蓐食聽令。所過崇岡峻坂。皆無所懼。最怕渡黃河。雖淮水、泗水、涇水、渭水。馬皆一躍入河。至塹水絕流。每戰先出騎兵三萬。若戰久不勝。則佯敗以誘官兵。復以執槍之步兵三萬當之。擊刺如飛。騎兵則復馳回。以劫官兵之後。攻城時降則不殺。若守城一日。殺十分之三。二日殺十分之九。三日屠之。擄掠之物。以馬爲上。弓矢槍砲次之。幣帛玉珠爲下。崇禎十六年。自成據襄陽。命之曰襄京。修造明襄王宮殿而居之。當時所謂十三家七十二營之賊目。降死殆盡。與彼抗行者。惟有張憲忠一國而已。河南、湖廣、江北一帶之諸賊。無不歸彼統制。於是自號新順王。左輔牛金星。因獻進取之策曰。請先取河北。直逼京師。侍郎楊永裕曰。不如先下金陵。以絕北京粮道。從事顧君恩曰。不然。金陵居下流。事雖濟。失之於緩。直逼京師。若不勝。安所退師。失之於急。關中、大王桑梓之邦。百二山河。得天下三分之二。宜先取之。建立基業。然後旁略三邊。資其兵力。攻取山西。後向京師。庶進戰退守。萬全而無失策。自成從之。崇禎十六年。明總督孫傳庭。扼自成之師於潼關。反爲所敗。自成遂入陝西。一路無阻。連破州縣。十月、攻西安。守將王根子開門迎降。自成乃入明秦王之宮。執秦王存樞。授以官爵。官紳殉難者雖不少。而布政使等大官多降。自成因改西安爲長安。稱曰西京。翌年正月。改名晟。建國號曰順。改元永昌。同時賊首張憲忠。亦攻破武昌。執明楚王。裝入籠中。沈之於江。沿江各省。多被屠戮。死人以數百萬計。湖沼河流。死屍累累。皆成肉糜。魚鼈至不能食。其慘殺橫虐。視李自成尤酷。於是以武昌爲天授府。自號西王。置官職。開科舉。儼然與李自成有對立之勢。

是年秋。明將左良玉率師來攻。憲忠遂棄武昌。渡洞庭。陷長沙。連破湖南諸州縣。別遣先鋒。東擾廣東。

憲忠則轉入四川。虐殺之慘。前古未聞。限於篇幅。略而不敘。單說李自成既在西安自立。明廷大驚。崇禎十七年（順治元年）二月。自成渡黃河。陷太原。破代州。明之宗室。多被俘殺。三月初。賊兵至居庸。守將不戰而降。十二日。遂破昌平。京師震搖。斯時自成之便衣別動隊。已自扮作商人模樣。混入北京。或以重賄。買收明之官吏太監。刺探消息。因此明廷一舉一動。自成雖遠在數百里外。亦如親自聞見。所有朝廷機密。全行洩露。及昌平已陷。明廷派騎兵往偵敵情。誰知一隊騎兵。一去不返。全都降了自成。同時自成的斥候。反倒先至北京。一般士民。尚在夢裡。無知賊人實情者。十七日明帝召群臣會議。大家只有流涕對泣。無獻一謀一計者。忽傳賊兵已掩至城下。現已環攻九門。衆大臣驚作一團。益發不知所措。一個一個奔回家去。尚謀所以自全之計。國君安否。反倒無人顧及。此時兵疲財盡。城守之計。自感十分困難。明帝不得已。乃使太監專司守城之事。十八日。賊攻益急。自成駐營彰義門外。命已降之太監杜勳。縋城而入。使往見明帝。要求禪位。帝不許。日暮。把守彰義門之太監曹化淳。開門迎降。賊兵盡入。明帝這時眞成了孤家寡人。因爲小官之懷忠義者。沒法子接近皇帝。雖然同在一城。勢隔萬里。那班王公大臣。平時天天在帝左右。今日却都料理家事。偏偏無一人在旁。甚至有不知賊兵已入。仍自弦管繁鳴。恣情享受。明帝乃仗劍出宮。來到萬歲山（今之景山）上。瞭望賊勢。只見烽火燭天。平則門上紅燈畢舉。因歎息曰。苦我民矣。徘徊久之。乃還宮。以朱書諭內閣。使成國公朱純臣督內外諸軍事。輔佐東宮。既而命進酒。連飲數觥。語皇后曰。大事去矣。宮人環泣。帝乃使人把太子永王定王。分送於外戚周田二家。（二家不受。落於賊手。）使宮人各自爲計。皇后頓首曰。妾事陛下十有八年。遂不聽一語。至有今日。因自縊而薨。帝又召公主。時年十五。歎曰。汝何生我家。以左袖掩面。右手揮劍。斬斷公主左臂。不死。帝手慄而止。（倚晴樓戲曲。有帝女花一劇。卽寫此事。順治時。命尋得駙馬。使公主與之合巹）。又命袁貴妃自縊。遂仍登煤山。自縊於壽皇亭中。太監王承恩。與帝對縊而死。帝披髮。着藍衣。左足跣。右朱履。衣前有書曰。

朕登極十七年。逆賊直逼京師。朕薄德匪躬。雖上干天咎。亦皆諸臣誤朕。朕死。無面見祖宗於地下。其去朕冠冕。以髮覆面。任賊分裂朕屍。勿傷百姓一人。

當北京告急。賊兵大至之際。帝曾自鳴鐘。召集百官。這時王公大臣中。果有仗義爲國之士。挾帝出走。遷都南京。然後下詔罪已。集天下勤王之兵。明事猶有可爲。因爲天子以四海爲家。不必牢守都城。天子殉社稷。其說大有斟酌。豈有天下未至全亡。天子先行殉國者。然而明帝竟乃不得不死者。誠如遺詔。實爲諸臣所誤。而自已又不識人。雖然撞了一氣鐘。重臣大官。一個人也沒有來。就讓帝有心。暫避賊鋒。脫出北京。另於他處建都。也得有扈從。有文武大臣。爲之劃策。再說事先也得有個預備。不想明之君臣。事先對於賊的行動。一概不知。大多數的官吏太監。反倒歸心李闖。爲賊所買收。明帝到了此時。那里來的忠臣義士。所以他又悔又恨。又氣又惱。實在無面目再以天子的資格。立於天地之間。還不如慷慨殉國。以謝天下。自古不少亡國之君。照明莊烈帝這樣激昂壯烈的。實在僅有。十七日朝。天陰而雨。既又微雪。須臾、全城皆陷。衣冠中雖有不少殉難的人。皆不知帝之所在。新受明帝敕諭。使督天下兵的成國公朱純臣。首先降了流賊。其餘大臣。也都爲了身家性命。紛紛投順。自成既入宮。求帝后所在。及得帝屍於煤山。遂以門扉載帝屍。殮以柳木之棺。置於東華門外蓬廠。百官奔走新朝。皆欲撈個一官半職。匆匆忙忙。全由梓宮旁邊經過。卻無一人往哭拜者。只有數名老宮監。在彼守護。涙雨滂沱。演出異樣慘狀。及四月中。有昌平布衣趙一桂。不忍帝屍暴露。始倡義捐資。移葬昌平之明陵。及大清兵入關。平了流賊。命以禮改葬。諡曰莊烈皇帝。明祚既亡。自成入據宮中。首先勸進大號者。爲陳演、朱純臣。指斥先帝。謂爲無道之君者則爲魏藻德。自獄中出投自成。爲畫降南京之策者。則爲張若麒。其稱頌賊德。謂爲救民水火。神武不殺者。則爲梁兆陽。代賊焚太廟神主者。則爲楊觀光。先帝求金不與。太子往投不納。負君辱國者。則爲周奎。其他叛閹。原屬勢力小人。則不足誅也。於是倡亂多年。殺人不啻草芥之魔君李自成。遂踐阼稱尊。代明而有天下。這且不言。卻說攝政睿親王。這時業已統師西行。前部先鋒。郡王多鐸。阿濟格。督滿蒙漢八旗勁旅。以及孔耿尚三王朝鮮王世子之衆。約十萬。已進至遼西地面。睿親王之牙營。則在翁後。（廣寧附近）迭接前方報告。王因以軍事諮洪承疇曰。流賊已據京師。先生之見若何。承疇因上書曰。

我兵之强。天下無敵。將帥同心。部伍整肅。流寇可一戰而除。宇內可計日而定矣。今宜先遣官。宣布王令。以示此行。特掃除亂逆。期於滅賊。有抗拒者。必加誅戮。不屠人民。不焚廬舍。不掠財物之意。仍希告各府州縣。有開門迎降者。官卽加升。軍民秋毫無犯。若抗拒不服者。城下之日。官誅而人民仍予保全。有首倡內應。立大功者。則破格封賞。法在必行。此要務也。況流寇初起時。遇弱則戰。遇强則遁。今得京城。財足志驕。已無固志。一旦聞我軍至。必焚其宮殿府庫。遁而西行。賊之騾馬。不下三千餘萬。晝夜兼程。可二三百里。及我兵抵京城。賊已遠去。財物悉空。逆惡不得除。士卒無所獲。亦大可惜也。今宜計道里。限時日。輜重在後。精兵在前。出其不意。從薊州密雲近京師處。疾行而前。賊走則卽行追剿。倘仍坐據京城。以拒我。我則伐之更易。如此。庶逆賊撲滅。而神人之怒可回。更收其財畜。以賞士卒。殊有益也。初明之守邊者。兵弱馬疲。猶可輕入。今恐賊遣精銳。伏於山谷狹處。以步兵扼路。我國騎兵。不能履險。宜於騎兵內。選作步兵。從高處覘其埋伏。俾步兵在後。比及入邊。則步兵皆騎兵也。孰能禦之。若沿邊仍復空虛。則接踵而進。不勞餘力。抵京之日。我兵連營城外。偵探勿絕。庶可斷陝西宣府大同眞保諸路。以備來攻。則馬首所至。計日功成矣。流寇十餘年來。用兵已久。雖不能與我大軍相拒。亦未可以昔日明兵輕視之也。

啓至。攝政王深納其言。偏巧這時候明將平西伯吳三桂。遣派親信將佐。持其書翰。自山海關來到攝政王大營。請王出兵。殄滅流寇。其書曰。

三桂初蒙我先帝拔擢。以蚊負之身。荷遼東總兵重任。王之威望。素所深慕。但春秋之義。交不越境。是以未敢通名。人臣之義。諒王亦知之。今我國以寧遠右偏孤立之故。令三桂棄寧遠而鎮山海。思欲堅守東陲。而鞏固京師也。不意流寇逆天犯闕。以彼狗盜烏合之衆。何能成事。但京城人心不固。奸黨開門納款。先帝不幸。九廟灰燼。今賊首僭稱尊號。掠擄婦女財帛。罪惡已極。誠赤眉綠林。黃巢祿山之流。天人共憤。衆志已離。其敗可立而待也。我國積德累仁。謳思未泯。各省宗室。如晉文公漢光武之中興者。容或有之。遠近已起義兵。羽檄交馳。山左江北。密如星布。三桂受國厚恩。憫斯民之罹難。拒守邊門。欲興師以慰人心。奈京東地小。兵力未集。特泣血求助。我國與北朝通好。二百餘年。今無故而遭國難。北朝應惻然念之。而亂臣賊子。亦非北朝所宜容也。夫除暴翦惡。大順也。拯危扶顚。大義也。出民水火。大仁也。興滅繼絕。大名也。取威定霸。大功也。況流寇所聚金帛子女。不可勝數。義兵一至。皆爲王有。此又大利也。王以蓋世英雄。値此摧枯拉朽之會。誠難再得之時也。乞念亡國孤臣忠義之言。速選精兵。直入中協。三桂自率所部。合兵以抵都門。滅流寇於宮庭。示大義於中國。則我朝之報北朝者。豈惟財帛。將裂地以酬。不敢食言。本宜上疏於北朝皇帝。但未悉北朝之禮。不敢輕瀆聖聰。乞王轉奏。

吳三桂的人格。在前面我們已然略加評論。他除了財帛子女。富貴尊榮。再找足以使他繫念的東西。就沒有了。怎麼忽然以自已所說的話。都是忠義之言。出關乞師。欲爲先帝報仇。統觀他一生的行爲。好象不能有這樣義憤塡膺的事。如果此日。眞正爲明。那末後半生的吳三桂。也就不會有了。再說莊烈殉國之際。滿朝文武。無一顧及帝屍。爭先恐後的去謳歌李闖。什麼『比堯舜而多武功。邁湯武而無慚德。』不知怎樣頌聖逢迎才好。吳三桂的品德。不見得便高於這班新朝大老。那里來得忠義呢。原來他有一名寵妾。名叫陳圓圓。乃是蘇州的名妓。吳三桂以重金置之金屋。百般寵幸。視如心肝。後來因爲軍事緊張。明廷命他鎭守寧遠。他只得把圓圓安置家中。隨侍父親吳襄。一同在京居住。

吳襄自聞流寇攻打北京。也不想法子逃走。又不把圓圓藏匿。天天因循着。直到賊已入城。他却不慌不忙。投了賊營。保全了性命。那天下第一美人陳圓圓。也就爲賊將劉宗敏所得。這時吳三桂正自奉命入衛京師。行至豐潤縣界。聽說北京已陷。於是他就遲疑起來。不敢再向前進。其實他擁有相當勁旅。如眞心爲國。未嘗不可破釜沉舟。決一死戰。然而他却遲疑不進。乃是等候家報。如果賊有遠計。預知三桂底細。只把陳圓圓加意款待。不許人侵犯。然後修一寸簡。去召三桂。他一定也作了闖臣。不想凶愚的流寇。又沒了李信那樣一位軍師。部下賊目。依然大肆擄掠。連陳圓圓也作了壓寨夫人。這實在是賊的一個失計。果然北京吳宅的家將。逃出北京的。迎着了三桂。把上項之事。向三桂細稟了一番。只氣得三桂怒髮衝冠。拍案大叫。連罵自成賊狗。我不殺你。誓不爲人。但是他又怕人單勢孤。戰不過流寇。想了想。關外大清軍。人強馬壯。足以殄滅流寇。以報奪妾之仇。當下修了一封家書。仍令家將齎回北京。交與其父吳襄。大義說。父既不能爲忠臣。兒亦自不能爲孝子』。他那里是爲他父親降了流賊。不忠明室。分明恨他父親。不該將他的愛妾。送與賊人。以買性命。只是實話不好出口。纔以名分大義去責其父。其實他的不忠。較比他的父親豈不更甚。三桂既與其父決訣。遂率部下仍然回到山海關上。修書遣使。去請清兵。他還以爲淸兵不知明國近日之事。殊不知關於明方的事體。清軍方面。已自無所不知了。大計已決。何待三桂之來請。不過有此一請。益發多了一層助力。更使事體易於解決了。所以攝政王看罷三桂來書。不覺大喜。一面命人管待來使。一面授意幕僚。與三桂作覆書。不一時繕就。仍着來人齎去。其書曰。

向欲與明修好。屢行致書。明國君臣。不計國家喪亂。軍民死亡。曾無一言相答。是以我三次進兵攻略。蓋示意明國官吏軍民。欲明國之君。熟籌而通好也。若今則不復出此。惟有底定國家。與民休息而已。予聞流寇攻陷京師。明主慘亡。不勝髮指。用是率仁義之師。沈舟破釜。誓不返旌旗。必滅賊出民水火。及伯（三桂）遣使致書。深爲喜悅。遂統兵前進。夫伯思報主恩。與流寇不共戴天。誠忠臣之義也。伯雖向守遼東。與我爲敵。今亦勿因前故。尚復懷疑。昔管子射桓公中鉤。後桓公用爲仲父。以成霸業。今伯若率衆來歸。必封以故土。晉爲藩王。一則國仇得報。一則身家可保。世世子孫。長享富貴。如河山之永也。

三桂奉書乞師。本打算求睿親王出師相助。滅了流寇之後。明廷自有相當重酬。他敢作保證。攝政王的覆書。一字不言希望酬報。反勸三桂來歸。至於出師大義。實不緣三桂之請。誠由流賊攻陷京師。害及帝后。因此髮指。爰統義師。救民水火。底定國家。先將自家脚根立定。無隙可擊。不但智慮明決。辭旨亦甚巧妙。宜三桂之投王之麾下也。

據當時隨征之朝鮮王世子日記。攝政王於覆三桂書後。對於全軍。復頒如左之令旨

攝政王令旨。諭官兵人等知悉。曩者三次往征明國。俱爲俘掠而行。今大舉不似先番。蒙天眷佑。要當定國安民。以成大業。入邊之日。所有歸順城池。不許殺害。除剃頭外。秋毫勿犯。其鄉屯散居之人民。亦不得妄加殺害。不許掠人爲奴。不許跣剝衣履。不許拆毀房舍。不許妄取民間之器用。

其攻取之城。在法不赦者殺之。宜俘獲者留養爲奴。其中一應之財貨。皆點收以爲公用。其城屯不論攻取降順。房舍俱不許燒焚。犯此令者。殺以儆衆。凡我將佐。務須對於所屬。三令五申。俾通曉毋違。特諭。

於是王令拔營前進。西至連山。復得三桂軍報。遂命兼程急進。吳三桂復遣郭雲龍、孫文煥來致書云。

接王來書。知大軍已至寧遠。救民伐暴。扶弱除强。義聲震天地。其所以相助者。實爲我先帝。而三桂之感戴。猶其小也。三桂承王諭。卽發精銳于山海以西要處。誘賊速來。今賊親率黨羽。蟻聚永平一帶。此乃自投陷阱。而天意可知矣。三桂已悉簡精銳。以圖相機剿滅。幸王速振虎旅。直入山海。首尾夾攻。逆賊可擒。京東西可傳檄而定也。再仁義之師。首重安民。所發檄文。最宜嚴切。更祈令大軍秋毫無犯。則民心服而財土亦得。何事不成哉。

三桂此書。與前書不相同。業已表示歸順。且爲王畫策矣。王得書。令晝夜疾行。次於沙河。戊寅、大軍已至山海關外。距關約十里。暫命扎營。時賊首李自成。率馬步兵二十餘萬。挾崇禎帝太子。還有第三子定王。第四子及宗室諸王。幷三桂父吳襄。俱來攻三桂軍。山海關已被重圍。使人勸三桂降。三桂不從。遣騎飛報攝政王。謂賊已出邊立營。山海危急。王命諸王貝勒。各率精兵進擊。至一片石。遇降賊明將唐通之馬兵。遂擊敗之。生擒二人。已卯、師至山海關。吳三桂率衆出迎。王大喜。設儀仗吹螺。同三桂向天行禮畢。三桂率所屬各官謁王。王謂三桂曰。爾歸可令爾兵以白布繫肩爲號。不然同係漢人。以何爲別。恐致誤殺。語畢。令之先行。遂入關。時李自成率賊衆自北山橫亘至海。列陣以待。頗佔形勢。攝政王因召諸王貝勒。以及各營將領語之曰。賊經百戰。不可輕視。爾等勿越伍躁進。須持重努力破敵。如破此兵。大業可成。我兵可向海。對賊陣尾鱗次布列。吳三桂兵。分列右翼之末。俟令下。一齊進擊。諸將得令。分頭布列。及戰。賊陣開而復合者再。戰良久。勝負未分。時大風揚塵。咫尺莫辨。但聞馬嘶人喊。聲震天地。此時大清兵自三桂陣右突出。直衝敵之中堅。萬馬奔騰。飛矢如雨。戰士怒叱。風亦旋止。自成方在高岡觀戰。忽見有編髮之兵。肉搏直前。因大驚曰。是滿洲兵也。策馬急走。賊衆隨之而潰。山路中自相踐踏。死者無算。大軍從後追殺。至四十里。只見死屍遍野。河水盡赤。賊首尾不能相顧。惟恨無翼。不能飛逃而已。

是時自成已遁至永平。命人將三桂之父吳襄。喚至面前。罵曰。老狗。老子怎樣待你。着你喚囘兒子。共享富貴。如今他却降了大清。勾來强兵猛將。殺得老子望影而逃。好不驚怕。這一定是你這老狗。暗中教他所爲。來呀。將他推出斬了。可憐吳襄。降了李闖。原爲保全性命。不想依然免不了一死。這時早有帳前武士。將吳襄推出斬了。自成方欲收集人馬。暫在永平休息。不想大清兵的前鋒。已然追及。自成叫聲不好。又復上馬逃去。單說攝政睿親王。一戰破了賊兵。殺奔追北。大獲全勝。

所獲駝馬緞幣。不計其數。悉賞隨征將士。同時明晉王朱審烜。在自成軍中。亦被俘獲。是日進吳三桂爲平西王。賜玉帶蟒袍。貂裘鞍馬。玲瓏橐鞬。弓矢等物。令山海關城內軍士。悉薙髮改裝。以馬步兵一萬。隸平西王。隨同睿親王直趨燕京。追殺流賊。時三桂營中。羈押一人。名叫王則堯。乃係密雲巡撫。因降了李自成。僞授兵部府尚書之職。遣其說降三桂。三桂痛恨流賊。霸佔愛妾陳圓圓。方欲食其肉而寢其皮。那有降理。不但不聽王則堯之言。反將則堯扣留、及至睿王兵至。破了流賊。三桂遂將王則堯獻出。睿王以降賊之人。留之無益。喝令誅之。自大軍入關。只殺流寇。對於民間。一草一木。亦不干犯。實行睿王所發令旨。因此人民安堵。有先逃於山谷者。聞大軍破了流賊。紀律嚴明。秋毫無犯。無不大悅。相率還家。爭先薙髮。以作太平之民。五月壬午。師次撫寧縣。知縣侯益光等率民出迎。賜袍服。仍令供職。發倉粟賑民。癸未、師次昌黎縣。知縣徐可大。率民出迎。誠諭之。仍令供職。甲申師次灤州。學正孫維寧。率民出迎。遂擢知州。誠諭之。令發倉粟賑民。沿邊各官來降。以行人李丕著爲永平道。副將張邦謨、遊擊唐志道等。俱令照舊供職。各賜袍服。乙酉、師次開平衛。指揮陳任重、李培元等。率衆來降。各賜袍服。丙戌、師次玉田縣。經歷張彥。主簿王家春。守備盧文宇等。率衆迎降。以家春爲豐潤知縣。各賜袍服。丁亥、師次公雞店。薊州監軍道李永昌。豐潤縣副將趙國祚。遵化開住總兵唐鈺。副將尤可望。守備陳良謨、黃家順、卜大式。千總文三元等。

皆率衆來降。先是自成遁走。睿王傳檄沿邊及山陝等處。謂李賊敗衂。勢必西走。當於各處截殺。勿令入城。自成遂自永平。一路狂奔。仍回北京。因爲他捨不得那些金銀財寶。准知大清兵一至。北京難守。倒不如席捲而逃。當下把明宮中所有金銀以及金銀器皿。全行溶爲金餅銀餅。每餅數千金。約有數萬餅之多。用車載騾馱。使賊兵護之西行。打算回到西安老家。依然富貴自豪。二十九日。自成僭帝號於武英殿。追尊七代皆爲帝后。立妻高氏爲皇后。過完了皇帝癮。演罷這齣滑稽怪劇。遂將一切細軟。也都教賊衆纏縛好了。是日晚間。自成下令。將宮中殿宇。以及九門城樓。凡屬高大建築物。全都付之一炬。項羽之燒咸陽。奈洛之焚羅馬。無此凶暴。當時烈焰翻飛。金蛇亂舞。元明以來的古建築。多半灰燼。自成在馬上觀火。因慘笑曰。你教老子作不成。老子也教你享不去。

大火既起。城內居民不知爲計。惟有提心弔膽。家家閉了門戶。好容易盼到次日天明。城內已不見流賊蹤影。始知自成業已縱火西逃。大清兵已將追及。一般民衆聞得此信。不啻解了倒懸。人人皆有喜色。這才彼此招呼。紛紛往各處救火。好幾百年的古建築。多半成了瓦礫場。在不讀歷史的人。又囿於南北之見。總以爲北人光恃武力。混一中國。無非是享現成。在文化上。未必有何建樹。清之代明。也以爲是坐享其成。這話未免太誣人。而且也絕無根據。如果肯虛心把歷朝興亡之跡。切實檢討一下。便能恍然。破壞中國文化文物的。不必是北族。大部出於中國之賊黨亂民。北族不但破壞罪小。

而且建設之功絕大。我們但看龍門、雲岡。以及河之南北。山陝遼東各地之石窟、佛像、慕表、彫刻。無人不認爲是文化美術的瓌寶。在全世中。絕無僅有。使世界高等人士。流連而不忍去。爲中國吐萬丈光焰。實多北族成績。至於絕大建築。如洛陽伽藍記所載。更無一不出於北族。然而這些國寶。大半皆爲中國盜賊、叛兵、亂民所破壞了。翻開歷史。皆有鐵案。明末亂離三十載。李自成張憲忠之禍。甚於已往的凶人。破壞之甚。殺人之多。不能縷述。清軍入關。眞可以說一無所有。宮殿城樓。已被燒毀。金銀財寶。已被掠去。加以地方糜爛。徧地皆是盜匪災民。有什麼實物奇貨。可以承繼的。幸喜清自太祖。已樹根基。以關外實力。來浥注關內飢民。一方用兵。一方振濟。削平亂黨。統一全國。到了聖祖仁皇帝的時代。休養了六十年。以天下之力。養天下之民。使互相調濟。南方的百姓。可以到西北地曠處去移植。而北方的百姓。也享受了南方魚米之利。這樣平均的養育。中國人口。才逐漸增加。視明末突加了百倍。中國全人口。有四萬萬。如果把通考翻開看看。就可以知道中國人口之增加。那一朝也沒有清朝增加的快。這第一是由於聖祖以下。仁君繼世。大享承平之所致。第二也因爲版圖增大。五族化爲一家。中國商民。容易遷徙資生之故。這樣歷史上的實在功績。可以胡亂看過麼。聖祖治世六十年。不但庶政武功。邁絕前古。而酷好科學。力倡文化。也是前代帝王所沒有的。大約在聖祖時。北京才相了樣兒。城樓城壁。大加改修。宮殿之中。也多了貯藏。到了高宗純皇帝的時代。雖也用兵。却又長治久安了六十年。偏生高宗之愛文學美術。比聖祖尤爲進步。奬勵提倡。復以高價蒐求。宮中之物。益發增加了。但是什麽是明宮故物。除了殘缺的幾套永樂大典。還有什麽。清宮之物。都是清朝歷代皇帝。自行蒐集的。並非承自前朝。關於此點。王靜安先生觀堂集林中。已有辨論。可作參考。惟腹笥貧儉的志士們。以及貪如虎狼的軍閥政客。則以爲這些東西。是故明的。是國有的。而不認爲是清室私產。於是盜賣、打刼。強運。相逼而來。寸草不留。試問破壞中國文化文物。使中一無所有。不能騙人。到底是北族是南人？無論什麽事。須以良心說公平話。尤須顧及全中國。那才算好漢英雄呢。

話說流賊李自成。雖然不曾把皇帝寶座坐得穩牢。僅不過一刹那間。便逃之夭夭。若按莊子齊大小一彭殤的哲理來作衡量。在事實上。他也算作過人間帝主了。第一他實在代明而有天下。焚燒了朱氏的太廟。自行建立李氏的七廟。第二明臣喪節歸事李闖的不一而足。而且極力頌揚。所有新朝之事。無一不備。使無大清之入關。他豈不是穩穩的開了李氏朝。時間的長短。也就不能問。所以大清入關。說是得自闖賊之手。這話也不算搶詞奪理。總而言之。李自成太爲不幸。其起兵以及得天下。和明朝祖先朱元璋在元末起兵搗亂時一般不二。都是毫無憑藉。乘天下大亂。召聚徒黨。反抗中央。因而以匹夫而有天下。不過他所處的時代不同。天意並不屬他。在三百年前。（清肇祖與明太祖同時而生）。

王氣就鍾於長白山上。紫氣一來。流氛立戢。所以李自成始終未把賊名洗掉。閒話不表。單說睿親王。統大軍一路收降。所在仍命地方官盡職治理。人民大悅。到處皆有歡聲。這日大軍將次通州。早有材官常義、吳有才、唐有功等。自通州來降。具言賊已燒毀京城。捆載西遁。睿親王見說。即命諸王貝勒貝子公等。率騎兵急追之。五月戊子朔。師次通州。知州率百姓迎降。己丑、師至燕京。故明文武官員。出迎五里以外。睿親王進朝陽門。老幼男女。就好象迎神祈福一般。焚香跪迎。都說我們的救星到了。從此可見太平。時宮中太監。早把故明鹵簿御輦。陳列皇城以外。跪迎路左。啓王乘輦。王曰。予法周公。輔沖主。不當乘輦。衆叩頭曰。周公負扆攝國事。今宜乘輦。王曰。予來定天下。不可不從衆意。令將鹵簿向宮門陳設。王儀仗前列。奏樂拜天。行三跪九叩頭禮。復望闕行三跪九叩頭禮。然後始乘輦。入武英殿陞座。故明衆官俱拜伏。王下令諸將士乘城。概不許入民舍。百姓安堵。秋毫無犯。庚寅、睿親王諭兵部曰。今本朝撫定燕京。天下罹難軍民。皆吾赤子。出之水火。而安全之。各處城堡。着遣人持檄招撫。檄文到日。薙髮歸順者。地方官各陞一級。軍民免其遷徙。其爲首文武官員。即親齎錢粮冊籍。兵馬數目。來京朝見。有雖稱歸順。而不薙髮者。是有狐疑觀望之意。宜核地方遠近。定爲限期。屆期至京。酌量加恩。如過期不至。顯屬抗拒。定行問罪。發兵征勦。至朱姓各王。歸順者亦不奪其王爵。仍加恩養。又諭故明內外官民人等曰。各衙門官員。俱照舊錄用。可速將職名開報。如虛飾假冒者罪之。其避賊回籍。隱居山林者。亦具以聞。仍以原官錄用。兵丁願從軍或願歸農者。許該管送至兵部。分別留遣。凡投誠官吏軍民。皆着薙髮。衣冠悉遵本朝制度。各官宜痛改故明陋習。共砥忠廉。毋朘民自利。我朝臣工不納賄。不徇私。不修怨。違者必置重典。凡新服官民人等。如蹈此等罪犯。治以國法不貸。辛卯、睿親王又諭故明官員耆老兵民曰。流賊李自成。原係故明百姓。糾集醜類。逼陷京城。括取諸王公主駙馬官民財貨。酷刑肆虐。誠天人共憤。法不容誅者。我深用憫傷。今令官民人等。爲崇禎帝服喪三日。以展輿情。着禮部太常寺。備帝禮具葬。除服後。官民俱着遵制薙髮。諭下官民大悅。頌聲徧於遐邇。於是草草葬埋的崇禎帝后。復依帝禮。葬於明陵。當闖賊入京之日。官民不相保。帝后不知所在。後來雖在煤山尋着帝屍。人民懾於賊威。誰敢倡言服喪之舉。不但流賊不許。那些降賊大官。忍於替李闖焚明太廟。又有說明帝乃無道之君。死猶恨晚。誰還敢多說一句話。及至攝政王底定燕京。先及此事。天下人心。早已歸服大半。其他諭旨。也都是攻心之計。不照其他鹵莽滅裂的武人。不管三七二十一。動輒以武力服人。雖然有欲歸服的。因爲措置不當。也就激起反抗之情。決難收拾了。明乃亂國。人民在水深火熱中。已有二三十年。善良的百姓。早已厭亂。十分希望出了眞人。振拔他們。速離災禍。這就是孟子所說的飢者易爲食。渴者易爲飲。所以此時只宜撫恤。招之使來。不可再以强橫。刺激他們。如果刺激太甚。使他們覺悟再無活路。一定要反抗到底。嘗與偕亡。湯武仁義之師。並沒有什麼特別法術。決不照封神榜說得那樣玄虛。只不過善於以敵制敵。使老百姓的心情。歸向自己。紛紛倒戈前導。自然而然。湯武遂興。桀紂遂亡。攝政王所使用的。也是這種法門。但能來歸。無不加恩。過期不至。始目爲反抗。然後加兵。其詞甚正。薙髮之事。最初也不是強制。非薙不可。完全一聽其便。因爲社會不到程度。愛惜毛髮。有時甚於性命。再加以腐儒誤解聖經。一髮之微。遂至以性命爭之。及至世運進化。把毛髮都認爲是贅疣。大家也就隨便取消。不甚愛惜。當初北方人。以地理氣候關係。天性尚武。以騎射爲能。爲了生活上所必須。所以把無用的頭髮。剃去一周。餘髮結成辮子。以圖利便。這不過和現代的歐風。剃光了出於一樣用心。所差不過一間。不想後來對於髮辮。又有說篇兒了。什麼『掃四夷而保中原』。這是那里說起。因此又遲了二三十年。纔把髮辮剃去。所謂『近之與世界同化了』。可是在三百年前。誰有這樣進化的思想呢。以攝政睿親王那等英雄。也得俯察輿情。等到天下大定之後。才把亂草蓬蒿一般的滿髮。取銷了一半。在衛生上和清潔上。總算有了相當的進步。是月己亥。睿親王以底定燕京。捷音奏至盛京。遂以壬寅日。世祖章皇帝。率攝政鄭親王濟爾哈朗。暨諸王貝勒文武群臣。拜天行禮畢。御殿。諸王貝勒群臣上表慶賀。以捷音宣示朝鮮外藩蒙古。乙巳、命學士占巴。侍衛巴泰。齎敕諭大將軍攝政睿親王多爾袞曰。朕聞王招降山海關總兵吳三桂。大敗流賊。自山海關至燕京。沿途城堡歸順。及燕京官民迎降捷音。深用嘉悅。此皆王籌有方。諸臣協心戮力之所致也。玆遣官往勞。王其益殫忠誠。統率臣工。佐成大業焉。到了本年六七月間。燕京諸事全行就緒。睿親王遂與諸王貝勒大臣計議遷都燕京。衆皆云然。因遣輔國公屯齊喀、博和託、管旗大臣和洛會等。齎奏前往迎駕。奏疏云。

仰荷天眷。皇上洪福。已克燕京。臣再三思維。燕京勢踞形勝。自古興王之地。今既蒙天畀。遷都於此。以定天下。則宅中圖治。宇內朝宗。無不通達。可以慰天下仰望之心。可以錫四方和恒之福。伏祈皇上。熟慮俯納焉。

是年七月。世祖已決計遷都。於是遣官祭告上帝。文曰。

荷天眷命。錫我以故明疆土。玆惟俯徇衆請。定鼎作京。用紹皇天之休。永錫烝民之慶。

又告太祖高皇帝。太宗文皇帝文曰。

流賊李自成。陷明北京。崇禎自經。隨命睿親王多爾袞爲奉命大將軍。統師西征。吳三桂迎降。整旅入關。自成抗我顏行。一戰敗之。大兵追躡。撫諭所過州縣。直抵北京。自成惶懼。焚明宮闕。竄走。大軍追擊。至慶都眞定。兩敗之。賊勢益不支。鳥獸駭散。河北、山東、山西、郡縣、人民聞風歸降。接踵恐後。皆我皇祖考之素志也。玆特虔告。用慰在天之靈。至燕京爲歷代帝王都會。

諸王朝臣。請都其地。欲順衆志。遷都於燕。以撫天畀之民。以健億萬年不拔之業。

八月丁巳。命官統八旗官兵。分管盛京以及各大要地。乙亥、車駕發自盛京。九月甲辰至燕京。自正陽門入宮。攝政睿親王多爾袞。明故大學士馮銓等。以爲世祖既入定中原。萬方歸化。宜登大寶。用慰臣民。聯章勸進。允之。先期詔禮官具典禮。定郊廟之樂章。曰『平』。奉太祖高皇帝。孝慈高皇后。太宗文皇帝神主。入太廟。至期。世祖親詣圜丘。告祭天地。祝冊曰。

皇天后土。垂鑒無私。我皇祖寵膺天命。肇造東土。建立丕基。皇考開國承家。恢宏大業。臣以藐躬。纘有鴻緒。值明祚將終。盜賊蠭起。生靈塗炭。中國無主。欽承祖功宗德。倚任親賢。爰整六師。救民水火。內外同心。徯望來蘇。臣工衆庶。僉曰景命不可違。輿情不可負。宜建一統。表正萬邦。敢不敬承天眷。俯順民心。定鼎燕京。以綏中國。

禮畢。御座。諸王文武百官行禮。大學士剛林奉寶跪進。禮成。上升輦。鹵簿前導。奏樂。進大清門。御皇極門。諸王文武百官。奏表行禮。頒正朔於中外。越日。祭告太廟社稷。遂下詔曰。

我國家受天眷佑。締造東土。皇祖肇興鴻業。皇考式廓前猷。遂舉舊邦。誕膺盛命。迨朕嗣服。越在沖齡。敬念紹庭。永綏厥位。頃緣賊氛洊熾。流禍中原。爰重屬親賢。救民塗炭。方馳金鼓。旋奏澄清。用解倒懸。非富天下。而王公列辟。文武群臣。暨軍民耆老。同心擁戴。懇請再三。用・

是祗告天地、宗廟、社稷。定鼎京師。緬維峻命不易。創業尤艱。況當改革之初。更屬變通之會。爰乃準今酌古。嘉惠臣民。勳賢懿親。從優封賞。悉除故明加派諸弊政。民間逋賦。概行豁免。故明建言罷謫諸臣。及山林隱逸。懷才抱德者。所在以聞。民年七十以上。給之粟帛。吏民人等。從前一切罪犯。咸赦除之。宏敷大賚。式沛新恩。惟爾萬方。與朕一德。

詔下。朝野騰歡。萬方稱頌。沈昏黑慘的明末時局。化爲黎明光耀的天地。亘古未有之大淸帝國。從此遂蒸蒸日上焉。成書具在。玆不復叙。於是福昭創業記至此已完

福昭創業記已然刊完了。共有三十餘萬字。連載了三百六十八天。文字初無可觀。因爲作者僅止把幾種編年或札記體的成書。分解離合。使它變爲前後關聯的章回體。表面雖似演義小說。骨子裡依然是正史。並不是小說。因此作者很慚愧。准知有一部分讀者不能滿意。

演義書多少要有點附會纔能使人愛看。平鋪直叙。光說事實。就失了演義書的精神。不過我這拙作。根本不想說怪力亂神的事。怪力亂神的書。已然有了不少貽毒流害。識者病之。如今我再推波助瀾。爲之張目。一般平民的教育。當眞就沒有提高之一日。永遠要受着怪力亂神的支配。眞不知伊於胡底了。

大淸開國的事蹟。文獻足徵。就好象列於目前。原用不着怎的宣傳附會。所謂鐵案如山。誰也不能

推倒。更不能泯滅。那末我們又何必舊話重提。妄費筆墨。說這末一大絡車呢。這話很對。在有歷史素養的人。自然對於這部福昭創業記。毫無一顧價值。但是那沒有歷史素養。以及一般人民。對於此書。便有一讀的必要。也許他們正在希望着。何況是在生棲在滿洲國的人。豈可不知滿洲的歷史。先民的遺產。先民的光榮。我們就能把它置於腦後。一點也不顧麼。只可惜成書文字艱深。體裁互異。而且價値昻貴。絕非盡人所能讀。所以我就把它變個樣兒。使成普通之讀物。一般家長們。如果怪你們的子女讀小說讀邪了心。壞了性質。倒不如教他們讀讀此書。不但明白了以往事實。祖先的功業。所有德行政治言語文學。莫不備具。最低限度還許把文字弄清順了。眞是有百益而無一害。這並不是老王賣瓜。自賣自誇呵。

滿洲人自來處處受人白眼。直到現在。仍不免白帽之譏。固然我們的先民。在文學藝術方面。也有不少傑出之士。但沒有互鄉。或彼此標榜的惡習。只受人罵。向來不會罵人。罵的對。自然得忍受。誰敎你找罵呢。若是罵得不對。甚至肆行謾罵。罔顧天理。口裡雖然不敢還言。心裡却是十分警屈。此書絕無罵人之處。是是非非。一準天理人情。至於事實。則依正史不事附會。老實說話而已。

SHOW小說13 PG1755

福昭創業記：
一位正藍旗筆下的滿清建國大業【下卷】
（復刻典藏本）

原　　著／穆儒丐
編　　者／陳　均
責任編輯／杜國維
圖文排版／江怡緻
封面設計／葉力安

發 行 人／宋政坤
法律顧問／毛國樑　律師
出版發行／秀威資訊科技股份有限公司
114台北市內湖區瑞光路76巷65號1樓
電話：+886-2-2796-3638　傳真：+886-2-2796-1377
http://www.showwe.com.tw
劃撥帳號／19563868　戶名：秀威資訊科技股份有限公司
讀者服務信箱：service@showwe.com.tw
展售門市／國家書店（松江門市）
104台北市中山區松江路209號1樓
電話：+886-2-2518-0207　傳真：+886-2-2518-0778
網路訂購／秀威網路書店：http://www.bodbooks.com.tw
國家網路書店：http://www.govbooks.com.tw

2017年3月　BOD一版
定價：420元

國家圖書館出版品預行編目

福昭創業記：一位正藍旗筆下的滿清建國大業 / 穆儒
丐原著；陳均編. -- 一版. -- 臺北市 : 秀威資訊
科技, 2017.03
冊；　公分. -- (Show小說 ; 12-13)
BOD版
復刻典藏本
ISBN 978-986-326-410-1(上卷 : 平裝). --
ISBN 978-986-326-411-8(下卷 : 平裝)

857.7　　　　　　　　　　　　106002675

讀者回函卡

感謝您購買本書，為提升服務品質，請填妥以下資料，將讀者回函卡直接寄回或傳真本公司，收到您的寶貴意見後，我們會收藏記錄及檢討，謝謝！如您需要了解本公司最新出版書目、購書優惠或企劃活動，歡迎您上網查詢或下載相關資料：http:// www.showwe.com.tw

您購買的書名：________________________________

出生日期：________年________月________日

學歷：□高中（含）以下　□大專　□研究所（含）以上

職業：□製造業　□金融業　□資訊業　□軍警　□傳播業　□自由業

□服務業　□公務員　□教職　□學生　□家管　□其它____

購書地點：□網路書店　□實體書店　□書展　□郵購　□贈閱　□其他

您從何得知本書的消息？

□網路書店　□實體書店　□網路搜尋　□電子報　□書訊　□雜誌

□傳播媒體　□親友推薦　□網站推薦　□部落格　□其他________

您對本書的評價：（請填代號　1.非常滿意　2.滿意　3.尚可　4.再改進）

封面設計____　版面編排____　內容____　文／譯筆____　價格____

讀完書後您覺得：

□很有收穫　□有收穫　□收穫不多　□沒收穫

對我們的建議：________________________________

____

____

____

請貼
郵票

11466
台北市內湖區瑞光路 76 巷 65 號 1 樓
秀威資訊科技股份有限公司 收
BOD 數位出版事業部

（請沿線對折寄回，謝謝！）

姓　　名：＿＿＿＿＿＿＿＿　年齡：＿＿＿＿　性別：□女　□男

郵遞區號：□□□□□

地　　址：＿＿＿＿＿＿＿＿＿＿＿＿＿＿＿＿

聯絡電話：（日）＿＿＿＿＿＿＿＿（夜）＿＿＿＿＿＿＿＿

E-mail：＿＿＿＿＿＿＿＿＿＿＿＿＿＿＿＿